笙歌

君不弃 ——
JUNBUQI

著

台海出版社

图书在版编目（CIP）数据

笙歌／君不弃著． -- 北京：台海出版社，2023.8
（2024.3 重印）
　ISBN 978-7-5168-3613-2

　Ⅰ．①笙… Ⅱ．①君… Ⅲ．①长篇小说－中国－当代
Ⅳ．① I247.5

中国国家版本馆 CIP 数据核字（2023）第 140924 号

笙歌

著　　者：君不弃

出 版 人：蔡　旭　　　　　　　装帧设计：小　乔　西　楼
责任编辑：徐　玥　　　　　　　总 策 划：闫　华
策划编辑：知　微

出版发行：台海出版社
地　　址：北京市东城区景山东街 20 号　　邮政编码：100009
电　　话：010-64041652（发行，邮购）
传　　真：010-84045799（总编室）
网　　址：www.taimeng.org.cn/thcbs/default.htm
E － mail：thcbs@126.com

经　　销：全国各地新华书店
印　　刷：常熟市华顺印刷有限公司
本书如有破损、缺页、装订错误，请与本社联系调换

开　　本：880 毫米 ×1230 毫米　　　　1/32
字　　数：312 千字　　　　　　　　　印　　张：10.5
版　　次：2023 年 8 月第 1 版　　　　印　　次：2024 年 3 月第 2 次印刷
书　　号：ISBN 978-7-5168-3613-2

定　　价：42.00 元

目录

目录

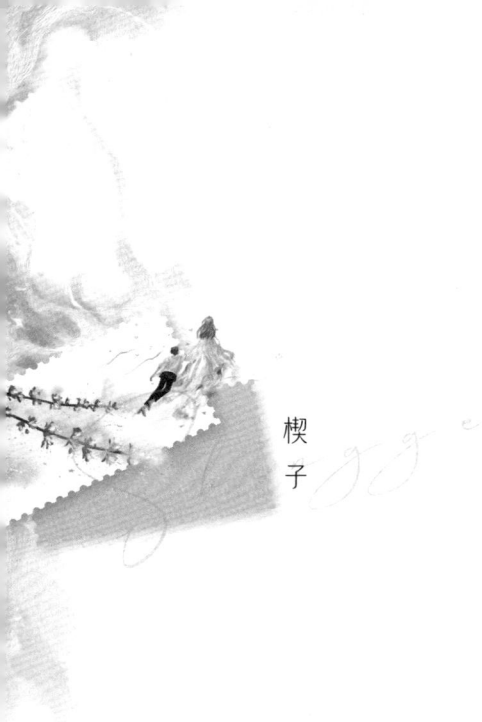

楔
子

我脑海里一直盘桓着一个不美满的故事——

笙歌死了。

二十岁的花季少女,在桃花盛开的季节被人从高楼上推下。

她心有执念,放心不下相依为命的奶奶,灵魂久久未散。

她想回去看奶奶最后一眼时,黑夜中一道白影狂奔而来,对方浑身散发着阴鸷和痛楚的气息,直到在她坟前跪下,她才看清这个少年。他竟是她曾经的同学——周夜。

他们之前交集不多,笙歌不解,他为何会来。下一秒,她看到来人一言不发地徒手就开始扒她的坟。

笙歌惊住。

周夜看着怀里惨死的女孩,猩红的双眸中瞬间染上阴郁之色,神情哀痛到犹如被人凌迟。他眼睛逐渐充血,挺拔的身体在伤痛中颓废地倒下,整个脊背弓着,所有的信念崩塌,眼前的世界全是一片血色。

周夜一言不发地将怀里的女孩紧紧搂住,眼泪从眼角滴落,滴在女孩冰冷的身上。

周夜已如万箭穿心，心上一片血肉模糊。他眼角猩红，悲痛得浑身都在颤抖。他看着女孩，声音悲怆嘶哑："对不起，我来迟了。"

周夜把笙歌抱回了家，一点一点地帮她把身上清理干净，然后换上了漂亮崭新的衣衫送她下葬。他知道笙歌喜欢桃花，早早地在后院栽满了桃树，把她葬在她最喜欢的桃花林中。

夜风清凉，周夜站立在黑暗中，双眸凝视着面前的墓碑。他抬手拂去墓上飘落的桃花，忽然低低地笑了，满脸阴郁而凄凉，其中满是遗憾："我还没来得及褪去一身的污垢……我本应该干净耀眼地站在你面前，说一句'笙歌，我喜欢你，想……'。"

嗓音哽咽，眉头紧皱了一下，周夜继续道："想娶你为妻。"

周夜弯腰伸手在墓碑上温柔地摸了摸，仿若是触在女孩软嫩的脸颊上，然后低下了头。

他的心中充满了无奈，还有痛彻心扉的遗憾。

看到这一幕的笙歌怔住了，她从来都不知道这个少年喜欢她。

此刻周夜眼底是掩饰不住的深情，她又听到他说："乖女孩，放心，我会替你照顾好奶奶的。"

指尖轻触在她的墓碑上，他在心底说：宝贝，等我。

那夜，周夜在笙歌的墓碑前坐到了天亮。

之后，周夜把笙歌的奶奶接到了家里。奶奶因笙歌的死精神严重受创，已经神志失常，像个毫无心智的孩童，甚至有些疯疯癫癫，这样一个老人照顾起来会渐渐消磨人的耐心和精力。

笙歌看到这个在她印象里桀骜蛮横的少年，日复一日耐心而温柔地照顾着她失智到疯癫的奶奶。可奶奶终究还是在第三年桃花盛开的季节因衰老和心病离开了人世。

周夜再回到笙歌墓前时，是在一个艳阳高照的午后，他穿着洁白的衬衫，干净利落的短发稍稍遮住眉骨，整个人沐浴在午后的阳光里，耀眼而纯粹。

周夜墨黑的双眸里染着触目惊心的血红色，他盯着墓碑笑了，那笑容里有着一份释然。随后，他嗓音嘶哑低沉地道："笙笙，三年了。

这三年我过得好痛苦，我每天都想早点去陪你。可我知道，奶奶才是你最在乎的人，所以我必须留下来照顾好奶奶……"

他眉头紧皱，眼神落寞："我在这没有你的世界煎熬了三年，终于可以去陪你了。"

他弯腰很是爱怜地抚摸她的墓碑，凄凉地笑了："如果有来生，我好想干干净净地站在阳光下，与我心爱的女孩大大方方地爱一场……"

在生命结束的最后一瞬间，周夜仿佛听到了笙歌的声音，冲着墓碑弯唇笑了。

我为爱隐忍三年，为爱于碑前自刎，愿深情不散，生生世世都能与你相见。

那个阳光明媚的午后，满园桃花忽然全部飘落，满天花瓣将墓碑覆盖，掩盖了满地的血色和凄凉之景。

故事里，少年一生未与爱的人相守过一日，却为她放弃了生命，放弃了整个世界。如果再赋予女孩一次机会，结果会怎样呢？

笙歌仿佛听到奶奶在叫她。

"囡囡，能听到奶奶说话吗？"

笙歌突然睁开眼，梦醒后浑噩昏沉的感觉袭过全身，好在入目的是熟悉的房间。

笙歌眼角挂着泪。她又做那个梦了。

此刻还处于失神状态的笙歌眼泪止不住地流，她怔怔地望着天花板，口中低念着："周夜……"

一直守在一旁的奶奶见孙女终于说话了，激动得喜极而泣，站起身摸着笙歌的脸轻声问："囡囡，你在说什么？"

笙歌被突如其来的触碰惊得瞳孔一缩，感受到奶奶掌心传来的温度后慌忙扭头看向奶奶，下意识地伸手去摸脸上的那只手。

在那个噩梦里，一切都太真实了。在梦里，奶奶已经去世了。此刻这真实的触感和带着温度的手让她乱了心，她难以置信地开口："奶奶，我们在哪儿呀？"

"囡囡这是怎么了？我们上周从海城搬到帝京，你忘了？你说要在这里重新开始。"

奶奶说着忽然又心疼又自责："囡囡是不是不喜欢这里？如果不喜欢，奶奶就带你回以前的学校读书。你放心，奶奶会护好你的。"

"帝京？"笙歌眼睫颤了颤，大脑一片混沌。她看到奶奶眼里的自责后快速抛开了心底的惊愕感，急忙安抚道："没有，我喜欢这里，这里的师资力量更好，奶奶别乱想。"

笙歌从小家境优渥，可在八岁那年，爸爸因工伤而亡，家里只拿到了六十万元的赔偿款。尽管没有了爸爸，妈妈和奶奶依然富养着她，什么都给她最好的。

可没想到两年后意外再次来临，她的妈妈因为一直走不出丈夫死亡的阴影，心疾成病而亡。之后就只剩她和奶奶相依为命。

她以为命运不会再对她不公，可半个月前，爸妈给她留下的钱财被那个嗜酒好赌的大伯从奶奶手里骗得所剩无几，大伯甚至失手打了奶奶。

她只有奶奶了，不能再让奶奶出事，于是主动提出搬出曾经的家，来到这个无人认识她们的地方继续读书。

好在帝京学院的校长曾在一场舞蹈比赛的后台破例邀请她来这边读书，这让她可以在搬家后迅速入读帝京学院。

大学开学这一天，笙歌早早地来到学校，听从校长的安排找到了辅导员，辅导员带她去教室。

这个学校给笙歌一种熟悉的感觉，路过某间教室时，她情不自禁地扭头朝教室的最后一排看去。她想起来了，这不就是梦里那所学校吗？她就是在这里，遇到了那个爱她爱得深沉而隐忍的少年。他叫周夜，坐在教室的最后一排。

笙歌还清楚地记得，她跟周夜第一次说话是在一节体育课上。体育课自由活动时，她和朋友坐在长椅上休息，忽然一个篮球滚到了她的脚边。抬眸的瞬间，她看到身穿红色球服的周夜蹲在她面前，将右手搭在膝盖上，吊儿郎当地弯唇冲她笑问："新同学，叫什么名字？"

周夜在学校的名声不大好，很多同学都怕他。她转校来的第一天，同桌吴忧就跟她说了很多周夜的"辉煌事迹"，导致她也有点怕他。紧张地眨了眨眼，她小声对他说："笙……笙歌。"

"笙歌？"周夜重复着她的名字，笑得不羁，"夜夜笙歌的笙歌？"

周夜看着女孩窘得泛红的脸颊，哼笑了声，有意逗趣道："巧了，哥哥单名一个'夜'字，夜夜笙歌的夜。"

他有意把最后几个字一字一顿地说得暧昧，引人遐想，周围顿时响起了男生们的起哄声，其中甚至夹杂着吹口哨的声音。

"你！"笙歌羞愤地瞪了周夜一眼，起身走了。

笙歌清楚地记得梦里的感受——她觉得周夜这人像极了地痞流氓，轻浮、散漫，让人讨厌极了！

笙歌回想着梦中两人初见时的画面，尤其是周夜那句"夜夜笙歌"，仿佛刻在了她的脑子里，以致辅导员忽然让她做自我介绍时，她脱口就说了句："大家好，我叫笙歌，夜夜笙歌的笙歌……"

此话一出，原本嘈杂的教室里陡然间诡异地静了下来。几秒后，后排几个男生的哄笑声打破了寂静。

笙歌意识到自己口不择言，此刻只想找个地洞钻进去。

此时辅导员张薇帮她解了围，指着一个空位对她说："笙歌同学，你先到吴忧同学旁边坐下。"

"好的，老师。"笙歌双手抓着衣摆，在同学们打量的视线中走到吴忧的身边坐下。

在梦里，吴忧是她最亲密的好朋友。

笙歌主动向吴忧打招呼："你好啊。"

吴忧看着笙歌咽了咽口水，满眼的惊艳之色。她友善又真诚地夸了一句："新同学，你好漂亮啊。"笙歌是那种浓颜系美女，长相明艳靓丽且身材姣好，拥有这种外表的女孩走在路上最容易引得旁人吹口哨，加上她自我介绍时说了一句"夜夜笙歌"，她直接在开学第一天就登上了校园论坛，各种议论将帖子顶到了首页第一。

评论A：这位新同学是哪个班的啊？求认识啊！

评论B：这张图像素这么低，能看清啥？求高清图。

评论C：哈哈哈哈哈……自我介绍说"夜夜笙歌"，挺带劲啊！迫切地想认识一下。

评论D：大家能不能文明点？这可是校园论坛！

评论E：图这么不清晰都能看出她好漂亮，感觉校花姜雪儿跟她一比，都逊色了。

…………

论坛里弥散着各种声音，而当事人笙歌丝毫不知，因为她以前做自我介绍时很正常，并没有引起过这种事。

教室内，吴忧沉迷于笙歌的美貌，拉着笙歌聊天。

"你姓笙，这个姓好少见啊。"

"算是稀有姓氏吧。"笙歌的声音与长相不太相符，声音温温软软，让人感觉很舒服。

一天下来，两个小姑娘投缘得不得了，简直相见恨晚。

傍晚，作为转校生的笙歌被辅导员喊去了解了一下以往成绩和家庭状况，再回到教室的时候，同学们都已经走完了。她背上书包刚走到门口，忽然听到一阵口哨声，笙歌抬眸看了一眼，迎面走来了几个男生。

笙歌刚转校过来，不想招惹不认识的人，立马移开视线微垂下头，继续走自己的路。

"同学，可以交个朋友吗？"谢礼直直地站在了笙歌的面前，挡住了她的去路。

笙歌愣了一下，有些惊慌地向后退了一步，跟谢礼拉开距离，紧张地抓紧了双肩带，抬头看了谢礼一眼，抿了抿唇。

笙歌记得，谢礼这个浑蛋曾因骚扰女同学被人举报过。她跟奶奶初来乍到，这种人她不能正面招惹。正当她犹豫着要怎么回答时，谢礼身后的男生开始不正经地起哄。

"哟，夜夜笙歌同学是不是看到谢少激动得说不出话了？"

"走啊，新同学，带你去校园周边玩玩，熟悉熟悉新环境啊。"

笙歌听着男生们轻薄的话语恼道："我不认识你们，请让一下。"

笙歌抬腿就要从谢礼身侧溜走，谢礼见状立马伸手要抓她的书包。不过他刚抬起手，一件外套飞了过来，直接盖住笙歌的书包披在了她的身上，阻拦了谢礼的魔爪。

随着衣服落下，走廊上随之响起一个冷厉的声音："都戳在这儿干什么，做人体展览吗？"

双手插兜的少年走到人群前,漫不经心中透着冷傲:"挡道了,是滚还是爬?"

被扰了心情的谢礼恼火地骂回去:"周夜!你以为你是谁啊?敢这么跟我说话!"

周夜不屑地挑眉,傲慢不羁地丢了一句:"我是你爹!"

周夜身后的程浩嘲讽般地笑着接话:"哟,谢大少爷,上次还没服气?还敢来我们五楼撒野?"

谢礼抬手,指着他们就要骂出口,忽然手机响了起来。他不耐烦地拿出手机,看到是姜雪儿的来电,顿时气消了一半。他接起电话,转身前冲周夜他们说了句:"咱们走着瞧。"

身上忽然多了一件衣服,笙歌转过身去,在看到周夜的那一刻,瞬间心如擂鼓,心底深处泛起涟漪,仿若千帆过尽、跨越山河、死而复生才再次看到他。她怔怔地僵在原地看了周夜良久,直到周夜走到她面前,面无表情地开口:"衣服给我。"

笙歌突然回神,却没有听话地把衣服还给他,而是悄无声息地扯了一下衣角,身上的外衫直接滑落在地。她假装无意地挪动了一下脚,踩在了周夜的衣服上。

眼见周夜的衣服被笙歌踩在脚下,一旁的程浩爆笑:"同学,你踩到我夜哥的衣服了!"

笙歌假装刚反应过来,挪开脚,惊慌地朝周夜道歉:"对不起,我不是有意的。谢谢你刚才帮了我,衣服脏了,我拿回去洗干净了明天还给你可以吗?"

周夜双手插兜,吊儿郎当地看着笙歌。笙歌说完,他的视线轻飘飘地落到她偷偷扯衣服的那只白嫩的小手上,两秒后移开视线。他没有回答笙歌的问题,直接侧头朝身后的程浩抬了抬下巴说:"走了。"

周夜踱步与笙歌擦肩而过,程浩立马跟上,不解地问了句:"夜哥,衣服不要了?"

周夜:"你拿回去给我洗?"

程浩快走两步跟周夜并排,笑嘻嘻地打趣道:"嘿……这夜夜笙歌同学的声音和长相严重不符啊,长得这么艳丽,声音却那么软……"

"什么夜夜笙歌?"周夜陡然皱眉打断程浩的话。

程浩：“今天学校论坛里这个词可火爆了——哦，对，忘了你不看论坛。”

周夜停下脚步，朝程浩伸出一只手：“手机给我。”

程浩随手掏出手机递过去：“要我手机干啥？”

周夜的视线落在手机屏幕上：“打开学校论坛。”

程浩狐疑地挑眉，照他的话打开手机点开了学校论坛，然后手机就被旁边的人抢了过去。

标题名为《新同学夜夜笙歌》的帖子挂在论坛顶部，周夜一看到这个标题，眉头便皱起。他修长的手指在屏幕上随意地滑动了一下，其实留言有好有坏，可周夜仿若选择性视力障碍，只看到了那些不好的言论，捏着手机的手骨节都隐隐泛白，眸色幽深到令一旁的程浩一头雾水。

“咋了，夜哥？”程浩纳闷地问，然后贼兮兮地笑了，“该不会对新同学一见钟情，见不得别人诋毁她吧？”

周夜睨了他一眼，把手机扔给他，冷然地说了句：“啰里啰唆的！”

周夜说完鬼使神差地回头看了一眼，一回头刚好对上还一直站在原地偷偷看他的笙歌的眼神。他有些诧异地微挑眉峰。

四目相对，偷看被发现的笙歌小脸瞬间红了，她立马抱紧手里的外衫，低下头转身离开。

周夜看着笙歌离开的倩影，女孩在傍晚的余光下跑动，马尾辫随着她的身姿摆动，最后，她消失在走廊的尽头。

周夜情不自禁地低下头弯唇笑了笑，这一幕刚好被走在前面忽然回头的程浩看到，程浩顿时笑着调侃道：“夜哥，你干啥呢？愣在这儿笑得这么灿烂，想什么呢？”

周夜上前一步，抬手就给了程浩的后脑勺一巴掌。程浩不以为意地笑着挠了挠被打了一巴掌的大脑袋。

两人并排走了几步，周夜忽然侧头看着程浩问：“发帖子的账号你眼熟吗？”

程浩瞬间来了精神：“当然眼熟啊，那人天天活跃在论坛上，就是二班的苏铭哲啊，经常给谢礼当跟班。再说那夜夜笙歌同学的照片肯定也是她的本班同学拍的，那角度，一看就是在教室……”

程浩说着，忽然感觉一道冷光扫过来，他有些不寒而栗。

周夜冷冷地睨过来，没好气地道："人家叫笙歌！什么夜夜笙歌？"

程浩苦兮兮地笑着说："得嘞得嘞，笙歌笙歌，她叫笙歌！你这么激动干啥？"

周夜挑眉，慢条斯理地笑着吐出一句："老师说了，要跟同学团结友爱。"

"老师说？"程浩一脸不可置信，"你啥时候这么听老师的话了？"

说话间，周夜忽然加快脚步朝前走去，程浩大声追问："晚上还去车行不？"

周夜径直往前走，没有回头，只说了句："晚点过去。有点事，先走了。"

周夜朝校门口走去，他脚步快，没走多久就看到那个叫笙歌的女孩正走在他前方，离他十米左右远。

周夜放慢了脚步跟在笙歌的身后，甚至跟着她一起上了校门口的公交车。途经三站，他又跟着她下了车。

笙歌和奶奶搬来帝京时，奶奶想着读书很重要，也怕那个败家儿子找来，特意租了一个离学校比较近的、治安很好的高档小区的房子。

周夜看着女孩刷门禁卡进了小区，那一瞬间，他抬头观望了一眼马路对面的高档小区。他知道那栋小区房价很高。少年忽然眼神黯淡地冷笑了一下。如此明艳的小公主，也该住在那种地方。

周夜再次抬头看了一眼马路对面的豪华高楼，这条马路恰好把他们分隔开了。

周夜靠在身后的树上，咬了咬后槽牙，喉结轻轻地滚动了一下。他仿若看到了十一岁那年暴雪中的海城。

那个夜里雪下得很大，地面上已经积了一层厚厚的雪，天空中还在不停地飘着雪花。寒风刺骨雪飘零，路上行人稀少，穿着单薄的他饿着肚子蹲在一栋高楼的墙角避寒，那可怜的模样，路过的人还以为他是乞丐，有些人会丢给他几个硬币或一些零钱。他羞愤又有心无力。活着对他来说，每一分每一秒都是煎熬。那时，对面高楼的外墙屏幕上正在重播市区举办的舞蹈比赛，他看到一个穿着洁白蓬蓬公主裙的女孩在跳芭蕾，路过的人都在驻足观看。

舞台的灯光搭配着满天飞雪，女孩翩然起舞，像极了一个仙子，美得纯粹而灵动，令人惊艳，让人不敢亵渎。

周夜还清楚地记得，女孩甜甜地笑着说："大家好，我叫笙歌，希望你们喜欢……"

从此，周夜的心里住下了一个美得惊天动地的小仙女，她高高在上，而他在泥潭里，只能仰望。

他曾以为这辈子再也不会遇见她，没想到她竟然从海城来到了这里。

天色渐渐暗了下来，周夜没有立即离开，而是怔怔地斜倚着树干，望着对面的高楼，看着看着，不知何时竟穿过了马路，走到了对面的高楼下。

"囡囡，等会儿到了超市，买些你爱吃的零食。奶奶再买些肉和芹菜，明天你上学的时候，奶奶在家包饺子等你回来吃。"

"好，辛苦奶奶了，那晚上我先陪奶奶一起把菜馅剁好。"

"奶奶不辛苦，你现在才是最辛苦的，读书很累的。不用你剁菜馅，奶奶明天自己剁，你早点睡觉。"

周夜忽然听到女孩熟悉的声音，慌忙地背过身往旁边走了几步，一副心虚的样子。

牵着奶奶的笙歌隐隐感觉有道视线看过来，于是下意识地抬眸看去，却并没发现什么异常的人或目光。

"绿灯亮了，我们过去吧。"奶奶出声提醒。

"嗯。"笙歌收回视线应了声。

隐匿在拐角处的周夜看着牵着老人过马路的女孩，心底五味杂陈。小仙女过得很幸福，真好。

周夜释然地低头笑了笑，转身离开了。

第二天一早，周夜破天荒地早早到了学校，却并没有进校门，而是守在校门旁，盯着一个个进去的学生看，直到终于在人群中看到苏铭哲的身影。

周夜直接走过去，从对方身后一把揪住他的衣领拖到一边，冷声道："哥们儿，聊两句啊。"

被揪着衣领拖到拐角处抵在墙上的苏铭哲看到抓他的是周夜，吓得直哆嗦："周……周夜，不是，夜哥，我没惹你吧？有话好好说啊。"

学校都传周夜没爹没娘、没人管教，做事可以不留后路且性格极端，这尊魔苏铭哲只想"敬而远之"！

周夜冷冷地拍了拍苏铭哲被吓得发抖的脸，眼底尽是阴鸷冷峻的神色："手机拿出来。"

苏铭哲立马掏出手机。

周夜冷冷地睨着他："点开相册。"

苏铭哲听话地打开手机点开了相册，手机唰的一下被周夜抢了过去。

周夜的指尖在手机屏幕上滑动。虽然苏铭哲偷拍了好多女孩的照片，但周夜一眼就看到了被偷拍的笙歌。他顿时紧抿薄唇，咬了咬牙，漆黑的瞳仁中顷刻间充满了暴戾之色，他抡起拳头就砸向苏铭哲。

"啊！"拳头还没下来，苏铭哲先吓得瘫软在地。

周夜收回拳头，桀骜冷酷地在苏铭哲面前蹲下，指着手机上笙歌的照片，双眸微眯："说说，手机里有多少她的照片？"

苏铭哲吓蒙了："就……就相册里那几张。"

周夜的声音冷了几分："有没有备份？有没有发给其他人？"

"没有备份，没有发给其他人。"苏铭哲不敢隐瞒，"但是发了帖子，我不知道别人有没有保存。"

周夜听到"帖子"二字，捏着手机的手猛然收紧，骨节泛白。

下一秒，他直接将手机砸向苏铭哲，嗓音冰冷："当着我的面，把照片一张张删了，把帖子也删了！"

苏铭哲忙不迭地捡起手机，大气不敢喘地快语道："这就删、这就删，不知道她是夜哥护着的人，一定不敢了。"

苏铭哲一边说着一边颤抖着双手清理照片，接着又打开了学校论坛删除了那条与笙歌相关的帖子。

周夜眼看着他将照片清理干净后，再次一把揪起他的衣领，将人从地上拽起来，低头在苏铭哲耳边低声警告道："别招惹笙歌，再有下次，走着瞧！"

直到周夜离开后，苏铭哲才心有余悸地长舒了一口气，暗骂了一声"疯子"。刚才周夜像是要把他送给阎罗王。

教室里，拎着豆沙包一路跑进来的吴忧一坐下来就很生气地拉着笙歌说："气死我了！气死我了！学校论坛上的人太恶心了。"

吴忧昨晚是因为睡觉前无聊才打开学校论坛的，一打开论坛，她就看到了关于笙歌的那个帖子。

她跟周夜一样，都有选择性视力障碍，只看到了侮辱笙歌的言论，被气得一夜没睡好，抱着手机在论坛上反击。

"怎么啦？"笙歌疑惑地看着气得不行的吴忧，"谁惹你生气啦？"

"给你看个帖子。"吴忧气鼓鼓地掏出手机，迅速点开学校的论坛，想找那个帖子给笙歌看，可是翻了翻，脸上的表情逐渐从愤怒变成了困惑。她翻了几页没找到，最终无奈地挠头："帖子呢？"

不明所以的笙歌趴在书桌上支着头看她，疑惑地问："什么帖子呀？"

"就是一个……"吴忧嘴一张，想如实说出情况，可说了一半又陡然停住了。算了，帖子已经被删了，她再提起来似乎也没什么意义，只会影响当事人的心情。

吴忧改口笑看着笙歌说："也没什么，就是昨晚睡觉前在学校论坛里看到一个帖子，帖子里都是一群'柠檬精'，看得我气死了。不过帖子已经被人删了，我心情瞬间又好了，哈哈……"

笙歌也不知道发生了什么，看到吴忧又笑了，也跟着笑了："不要搭理网上的言论，我们不要跟那些人置气，不值得。"

"嗯。"吴忧点头如捣蒜，表现出满满的赞同，"确实不值得。"

吴忧说着，忽然伸手拉了拉笙歌的胳膊，笑嘻嘻地说："笙歌，以后上课我们都坐一起好不好？"

"当然好呀。"笙歌开心地对吴忧说，"我也正想跟你说这事呢。"

"真的？"吴忧很激动。

笙歌看着开心的吴忧，眼角眉梢都染上了笑意，那是一种幸运之喜。她有奶奶，还有这个好朋友，甚至还有机会去靠近那个在梦中愿意为她付出一切的少年。

笙歌每到下课都假借着上卫生间的名义走出教室，在路过周夜上课的教室时都会往里面瞟几眼，可始终没有看到周夜。

中午放学的时候，她站在周夜上课的教室的后门处又朝里看了看，还是没有周夜的身影，倒是看到了程浩。

"程浩同学。"笙歌靠在一班教室的门框上微微探着小脑袋朝里面喊了声。

听到声音的程浩立马扭头看过来，面露诧异之色："夜……夜笙……笙歌同学。"

他起身走到门口问："喊我？"

程浩一脸困惑。

她怎么知道他的名字？昨天他好像没有自报姓名。他这是大名远扬了？

笙歌点点头，抬头看着程浩问："周夜没来上课吗？我想把衣服还给他。"

"夜哥没来。"程浩昨天就看出周夜对眼前的女孩挺在意的，便主动说，"要不我给夜哥打个电话问一下他在哪儿？"

"可以吗？"笙歌一脸感动，"那就太谢谢你了。"

"小事。"程浩说着掏出手机拨通了周夜的电话，"夜哥，在干吗呢？"

周夜："赚钱。"

程浩："在车行？"

周夜："嗯，有事？"

程浩："那个叫笙歌的同学来还你衣服，没找到你人。"

话落，对面的人忽然陷入沉默。

听着程浩的话，周夜脑海里又浮现出昨天看到笙歌进入高档小区以及初见她时她在聚光灯下犹如仙子在跳舞的样子，明媚耀眼。他收回思绪，看了一眼自己沾染上黑乎乎的油漆的手，他手中还拿着一把螺丝刀，面前是正在改装的重型机车。这样的他与那个纯粹而娇艳的女孩显得很不搭。

周夜缓缓垂下眼皮，神色黯然。他低低地说了句："跟她说衣服我不要了，别找我了。忙了，先挂了。"

程浩郁闷地看着被挂断的电话，朝笙歌耸了耸肩，如实传话："夜哥说衣服他不要了，让你别找他了。"

笙歌微怔，慌忙地说："可是昨天说好今天还给他的，他怎么又不要了？既然他今天不在，那我明天再来还给他。"

不给程浩说话的机会，笙歌立马补充了一句："麻烦你跟周夜说，我明天再来还给他，谢谢你了。"说完似乎怕程浩拒绝传话，笙歌立马转身走了。

程浩看着疾步走开的新同学，一脸蒙："这是什么情况？"

笙歌一路小跑着下了楼梯才放慢脚步。她将书包从身后拿到怀里抱着，拉开拉链看到了里面洗干净了的外衫，抿了抿唇，神色有些落寞。明明她昨天说好今天还给他的，他怎么就不要了？

梦里，他们的交集很少，她只知道他总是逃课，还爱打架，被学校通报批评了好几次。难道他又是跟别人打架了，所以不想见她？

思绪乱飞，笙歌伸手摸了摸书包里的那件外衫，心想：不管是什么原因，周夜，这一次，我主动。

她抬头看着阳光，弯唇笑了一下。

正想着，笙歌皱起了眉，感到挫败地嘟囔着："怎么忘了问程浩要周夜的电话号码？"

正式开学后，大家开始上晚自习，放学的时候已经晚上九点半了。

笙歌背着书包走向公交站台的时候，总感觉背后有道视线在看着自己，可是每次她回头看，又没发现什么异常之处。公交车到站，车上还有位子，笙歌在靠窗的位置坐下后就支着下巴看向窗外，脑海里都是周夜的模样，直接忽视了此刻正从她身侧走过的她思念的人。周夜将连帽衫上的帽子戴在头上，在最后一排落座。

因为学校论坛的事，周夜怕有人对笙歌图谋不轨，即使他自己一天没来上课，也赶在放学前赶到学校，来送她回家。

下了车，周夜看着笙歌刷了门禁卡进入小区后才转身离开。然而他刚转身，就看到不远处有几道熟悉的人影，其中一人大喊一声："那不是周夜吗？"

另一个男生朝为首的谢礼说："礼哥，那就是周夜，他落单了！"

周夜不想在笙歌的小区附近闹事，看了一眼谢礼后转身离开。

谢礼第一次见到逃跑的周夜，瞬间兴奋起来："他落单了，怕了，快追上去！"

一句话落，几个满身戾气的少年朝周夜狂追而去，嘴里兴奋地叫嚣着："周夜，你跑什么？"

一晚上，笙歌总感觉有人在跟着她，进入小区门后下意识地回头看了一眼。透过玻璃门，她竟看到一道熟悉的身影跑过，眸光陡然一颤。那身影……

"周夜！"笙歌慌忙地掏出门禁卡刷卡跑了出来，隐约听到有人骂骂咧咧地喊了周夜的名字。她寻声望去，看到一群人匪气十足地朝一个方向狂追而去。

笙歌满脸惊慌地跟着追过去，连追两个路口，奈何体力实在比不上他们，还在经过第二个路口时差点被一辆车撞到。车经过后，她再抬眼，视野中已经完全没了那群人的身影。

她站在路边惊惶不安地环顾着四周，想要寻找那群人的身影，可车流穿梭，她一点踪迹都寻不到。

手机忽然响了起来，是奶奶见她放学很久了都没到家，很不放心，给她打了电话。

"奶奶，我没事，就是放学后跟同学讨论了一下数学题，没注意时间。我马上就到家了，您别担心。"

"好好，那囡囡路上小心。"

"好的，奶奶。"笙歌最后望了一眼四周，踌躇不安地转身往回走。心扑通扑通地跳着，她忽然想起吴忧，吴忧和周夜身边一个叫沈星的男生走得近。笙歌急忙掏出手机给吴忧打了个电话："忧忧，抱歉这么晚了还打扰你。能不能麻烦你帮我找你朋友要一班程浩的电话号码呀？"

吴忧："当然可以，我现在就问，你稍等一下。"

两分钟后，吴忧发来一个电话号码，笙歌回了句"谢谢"。

程浩以为桃花运来了，看到来电立马就接了。

笙歌急急忙忙地说："程浩，我是笙歌。对不起，这么晚打扰你了，你现在能联系到周夜吗？我刚才好像看到有一群人在追周夜，他们人好多，我追到华晨路和延安路的交叉口就跟丢了……"

"夜哥出事了？"程浩瞬间收起懒散的劲头，表情严肃地说，"先挂了，我联系夜哥，你自己注意安全。"话落，不等笙歌再回应，程浩挂了电话，随意地套了件衣服就从家里跑了出去，一边跑一边打电话。

周夜带着谢礼他们一群人跑出好几个路口后，身后骂骂咧咧的人逐渐变得气喘吁吁。黑暗中，把脸藏在帽子下的周夜不屑而猖狂地笑了一下。

周夜陡然停下脚步，下一秒，转身迎面就朝谢礼他们猛冲而去。夜幕下，黑影急速冲去，速度远比刚才他逃跑的速度快了好几倍。他犹如暗夜雄狮！

夜风在他耳边呼啸。

见周夜忽然转身主动朝他们跑来，所有人不明所以，蒙了好几秒，甚至开始心生怯意。就在他们愣怔的时间里，周夜已冲到他们面前，阴鸷如魔。他目标明确，直接对着为首的谢礼俯身横扫了一脚。

"啊！"谢礼痛呼着摔倒在地，其他人还没反应过来，只见周夜快如闪电般地直接揪起躺在地上的谢礼，作势一拳砸向他，被他将将躲开。所谓弱的怕强的，强的怕不要命的，而周夜就是那种不要命的。

其他人直接吓蒙了，不敢上前，只有早上刚被周夜教训了一下的苏铭哲哆哆嗦嗦地想趁机上来"报仇雪恨"。然而他还没靠近，察觉到的周夜直接捡起谢礼掉落在地上的手机快狠准地砸向他，他吓得一哆嗦，自己将自己绊倒在地上。

周夜眼神凶狠，拽着谢礼质问："谢礼，我跟你说多少次了？下次再惹我，我就不会手下留情了！"

谢礼的脑袋是蒙的，仿若从他带人追着周夜到自己被打倒就是眨眼间的工夫。

谢礼嘴上不服输地冲周夜艰难地挤出了几个字："周……周夜！你有种打死我！"

"你以为我不敢？"周夜再次抡起拳头，拳头就要落下去的时候，一道强烈的车灯忽然照来，灯光炫目刺眼，所有人本能地抬手遮挡视线。

一辆车停下，一个四五十岁的司机从车窗内探出头，面无表情地淡声提醒道："嘿，警察快到了。"

这句话吓得少年们纷纷转身想逃，但他们一个个都还算有义气，见周夜站起身，动作迅速地从周夜手下拉着谢礼一起跑了。

周夜逆着光看了一眼说话的男人，也转身离开了是非之地。

没过几秒，真的有警车的鸣笛声传来。

司机关上车窗，重新启动车子，恭敬地朝后座的男子说了句："季总，是夜少爷。"

后座的季云潇透过车前窗盯着跑走的周夜，直到少年的身影消失在视线里才收回视线。他眸色微沉地把玩着拇指上的戒指，嗓音中带着些沧桑感："对面的人认识吗？"

司机："刚才看了一眼，其中一人好像是谢家的谢礼，其他的人倒是没见过。"

季云潇气定神闲地吩咐道："明天去查一下。如果他是谢家的，就去跑一趟，跟他们说别光顾着做生意了，孩子该管还得管；如果他们没空管，我季云潇可以替他们管一管。"

司机："明白了，季总。"

程浩找到周夜的时候，周夜正坐在笙歌小区对面的路牙石上，眼睛一眨不眨地盯着那栋小区看，刚才那份戾气渐渐消失。

周夜看到程浩赶来的时候一脸诧异。

"笙歌给我打电话说你被一群人追，把我吓得半死，你竟然在这儿悠闲地坐着！"

周夜看向程浩时眉头紧皱："她看到了？"

这是程浩第一次在他的眼神里看到慌张之色，他的第一反应不是程浩怎么赶来了，而是担心那个女孩是不是看到了。

程浩一脸担忧地看了一眼周夜的全身："有事没？"

周夜兴致缺缺地开口："没事，这不好着呢？"

程浩在周夜旁边坐下来，问了句："对方是谁啊？"

周夜："谢礼。"

"怎么又是他？"

"行了，别说他了。"周夜心急不安地问，"笙歌怎么会给你打电话？她看到什么了？"

程浩："有人托朋友要我号码，还以为是我的桃花呢，谁知道电话一接通就听到笙歌着急忙慌地说，她看到一个人很像你，正在被一群人追……"

"她跟你说的时候很着急？"周夜直抓重点，诧异地问。

程浩也很诧异，但还是如实说："人家追了你们几个路口，可是跟丢了，急得不知道该怎么办，这才找了同学托了沈星找到我。"

程浩贼笑着说："还是夜哥魅力大，这新同学刚来没几天就对你这么上心了，我看……"

他正说得起劲，手机忽然响了起来。

程浩拿起手机一看，发现电话正是笙歌打来的。

"哟。"程浩将手机递给周夜看，"新同学的来电，要接不？"

周夜侧头看向手机上的号码，犹豫了片刻后开口："接吧，跟她说是她看错了，我在家睡觉。"

"成。"程浩接通电话的同时开了扩音。

笙歌很小声又很心急地说："程浩，我是笙歌，抱歉又打扰你了。"

女孩声音里的着急之意十分明显："你找到周夜了吗？他有没有事啊？"

笙歌温软又着急的声音传入周夜的耳中，瞬间落到了他的心尖上，他既诧异又欣喜，然后深觉落寞。他眸色黯然地朝程浩使了个眼神。

程浩瞬间明白，直接说："找啥呀？我夜哥在家睡觉呢，是你看错了，害得我从被窝里爬起来，跑到延安路和华晨路找了老半天。"

"啊？"笙歌愣了一下，"他在家睡觉吗？可是当时我好像听到那群人喊他的名字了。"

程浩又正经又坚定地说："指定是你听错了，如果夜哥真被人围攻了，我现在不得'上阵杀敌'，哪有空接你的电话？"

怕被奶奶听到便躲在被窝里打电话的笙歌皱了皱鼻子，觉得这话好像也有点道理。以程浩跟周夜的关系，周夜要是真的出事了，程浩一定会跟周夜并肩御敌，没空接她电话的。可她还是不放心地说："他真的在家睡觉吗？你能不能拍张照片给我看看呀。"

她也挺想见见他的。

程浩吊儿郎当地笑道："成啊，我夜哥喜欢裸睡，现在还是裸着的，我这就给你拍一张。"

周夜：……

笙歌听完顿时又惊又羞又难为情，快语道："别别别，别拍了，我确定他没事就行了，你别拍了。"

程浩笑得嘚瑟："真不用拍了？我夜哥还有腹肌呢，八块！"

一旁的周夜听笙歌忽然不出声了，想起那天在走廊上他一回头，看到女孩红着脸跑开的样子，想她此刻大概也是被程浩逗得害羞了。周夜踢了程浩一脚，用眼神示意程浩不准再逗笙歌了。

程浩立马笑哈哈地转移话题说："行了，周夜他真没事。你不会到现在不睡觉，一直在等他的消息吧？"

笙歌用手指绞着被角，如实说："我害怕当时看到的是周夜，怕他出事，有点睡不着，就又打扰你了。"

女孩有些抱歉地说："真是不好意思，这么晚了还闹了这么一场乌龙事件，打扰你休息了。"

程浩大大咧咧地笑着说："没事没事。"

快挂电话时，笙歌忽然鼓起勇气问了句："你可以把周夜的电话号码给我吗？"

程浩脱口就说："你自己问他要呗。"

笙歌撇了撇嘴："我又见不到他。"

这句话听得周夜心尖一麻。他怎么听出了一股委屈的味道？她见不到他，觉得委屈了？

程浩随口接了句："那我说说他，让他明天去学校。"

笙歌从被窝里探出小脑袋，欣喜激动地道："好，太谢谢你了。"

笙歌满脸笑容地说："为表今晚多次打扰的歉意，明早我给你带早饭。明天见啊。"

隔着手机，周夜仿若都能听出她那份喜悦和激动的情绪。少女温软的声音中满是娇俏之意，这一切只是因为程浩说明天让他去学校？

挂断电话后，一脸蒙的程浩看着手机嘀咕了一句："这妹子咋听到你要去学校就这么激动？不会是看上你了吧？"程浩后知后觉地挠挠头，看着周夜问了句："那你明天去学校吗？"

周夜站起身，一脸决然地说："不去。"

程浩：……

这一夜，周夜都没有睡着，脑子里全是笙歌的声音，她说怕他出事睡不着，说见不到他。尤其最后程浩说让他明天去学校时，他感觉女孩语调里的喜悦之情掩饰不住，悦耳的声音似钻入了他心尖。

她一句一句，好像把他心底自我建筑起的那道枷锁弄松了。

翌日清晨，昨晚说着不来学校的周夜，早上五点半就给程浩打电话喊他去学校，程浩一路几乎是闭着眼睛被周夜骑车带去学校的。

"你不是不来的吗？来就来吧，这么早把我拖来干什么？"程浩委屈巴巴地趴在桌子上补觉。

周夜看了他一眼，一本正经地说："忽然想起晚上约了篮球赛。"

趴在桌子上的程浩困惑地抬了抬眼皮，又闭上眼睛。晚上举行篮球赛，这人为啥大清早五点半喊他起来？

笙歌怕程浩他们来学校晚，早饭会凉，还特意晚些买好送过来。走到教室门口时，她习惯性地往里面看了一眼，竟然真的看到了后排的周夜和程浩，于是喊了一声，开心地小跑过去。

一直盯着门口看的周夜在笙歌一出现的时候就看到了她，他清楚地看到女孩是欣喜地跑进来的，站在门口喊的也是他的名字。

周夜假装不经意地看过去，明知故问："有事？"

笙歌仔细打量了一番周夜全身——身上没伤，看来昨晚真的是她闹了场乌龙事件，他没事就好。笙歌微笑着将手里的早餐递向周夜，说："给你和程浩带的早餐。"

笙歌停顿了一下，找了个理由说："谢谢那天你们为我解围，哦，对……还有你的衣服。"她又将手中装着衣服的手提袋递过去。

周夜看着站在他旁边冲他笑着的女孩，一时有些恍惚，犹如在梦境中。

他忘了伸手去接东西，也忘了开口回应。

而此刻，其他同学看到美女，不由得调侃道："哟，周夜，你行啊！这都送早餐来了。"

男生轻浮的调侃声让周夜瞬间回神，他直接抄起手边的一本书朝说话的同学砸过去："嘴巴放干净点！"

周夜说完，立马接过笙歌手里的早餐和衣服："行了，赶紧回去。"

笙歌开心地笑了一下，看着周夜眨了眨眼，趁热打铁地问："周夜，我可以要你的手机号码吗？"

女孩冲周夜微微笑着，眼睛里好似有流光，绚烂璀璨。这一刻，周夜感觉整个世界都变得多彩了起来。

"我等会儿问程浩要你的号码，给你发消息。"

笙歌先是愣怔了一瞬，反应过来后高兴地道："好，我等你消息。"

话音刚落，路过的老师张薇站在教室门口冲笙歌喊道："笙歌，你不去上课，在这儿干吗呢？"

张薇看了一眼周夜后，直接半揽着笙歌的肩膀走了。笙歌无奈地抿了抿唇，看了一眼周夜后离开了。

周夜清楚地听到张薇对笙歌说："你是要好好学习的，校长都特意交代了我要多照看着你一些。以后少跟周夜那种问题学生在一块儿，不然会影响你的成绩，甚至是前途。"

周夜听着张薇的话，瞳孔微缩，他攥紧了手中的衣服和早餐。好像就这么一瞬间，昨晚他内心深处刚松动的枷锁又变得牢固了。是啊，他们不是一类人。

张薇说完，笙歌很认真地对张薇说："老师，周夜他很好的。"

张薇："你刚来，很多事情都不知道。行了，快回座位吧。"

笙歌回到教室后就开始频繁地看手机，等待周夜发来消息。

周夜把早餐往桌子上一放，在旁边补觉的程浩闻着饭香立马就醒了。看着桌子上的两份早餐，程浩伸手去拿其中一份："是笙歌送来的吧？还真饿了。"

然而程浩的手刚伸过去，周夜就一巴掌拍过来。他把两份早餐拎在手里，朝程浩仰着下巴沉声道："我的！不准碰！"

程浩一脸蒙地看了看护食的周夜，郁闷地道："这儿有两份呢，笙歌说我们一人一份的！"

周夜一本正经地说："都是我的！"

程浩："那我吃啥？我可是五点半就被你喊起来了，肚子饿得都唱歌了。"

周夜听罢随手就从桌洞里拿出一袋老面包塞进程浩的怀里，眉峰一挑："吃这个！"

程浩看了看手里干巴的老面包，又看了一眼周夜手里香喷喷的早餐，不可思议又委屈巴巴地说："你太没人性了！"

算了，老面包就老面包吧，总比饿肚子强。程浩想着，一脸凄惨地撕开包装袋，刚咬了口面包就看到周夜拎着早餐起身走了。

程浩嚼着面包问："干吗去？"

周夜："等晚上举行篮球赛了再回来。"

程浩又咬了一口面包，看着周夜的背影调侃了句："敢情你就是来拿早餐的啊？"

其实程浩很郁闷，已经一个多学期不参与篮球赛的周夜怎么忽然就接受邀请了。

清晨的马路上，行人和车辆络绎不绝，每个人都在为更好地生活而奔波忙碌着。

周夜骑着机车，风声在耳边呼啸，张薇的那些话却依然消散不去。

或许，我注定只能仰望你。

朝阳下，少年凄惘地笑了笑，然后释然地不再妄想。机车如飞般在车流和人群之间穿梭，他像是要冲破心底的不甘。

笙歌一个上午都没有等到周夜的消息，抱着手机失落地合了合眼帘，发消息问了程浩才知道周夜已经离开学校了。

他怎么又走了？女孩闷闷地皱着眉。他明明说好要给她发消息的，现在不仅消息没有发，连人都消失了。

周夜并不是一个言而无信的人。

没关系，他逃跑，她就多主动；他卑微，她就做他最明媚的朝阳。

所以，周夜，你别逃好不好？

晚上的篮球赛吸引了很多学生前来围观，吴忧这个"颜控"自然是不会错过这种帅哥云集的场面。

吴忧拉着笙歌挤了个好位置站稳后开始解说："小鸽子，我跟你说啊，这场篮球赛可是把我们学校的帅哥都集齐了。尤其是那个周夜，他已经一个多学期没参加篮球赛了，这次竟然也参加了。"

　　提到周夜，笙歌的话就多了："周夜吗？他以前不爱打篮球吗？"

　　吴忧讪讪地说："也不是吧，主要是这个周夜整天神神秘秘的，我们见到他的次数都很少，而且朝整个篮球场放眼望去，你不觉得周夜身上的社会气很浓吗？他都不像个学生……"

　　她忽然凑到笙歌耳边小声说了句："周夜这人脾气不好，特暴戾，虽然长得很帅，但是咱们看看脸就行了，你千万别跟这种人有过多的交集。"

　　笙歌听得皱眉，很不赞同："忧忧，周夜很好，你别这么说他。"

　　此时球场上忽然响起球赛开始的口哨声，男生们在球场上奔跑着拉开距离，围观的学生简直比球场上的人还要激动，尖叫声、助威声不断。

　　吴忧最喜欢这种帅哥多的场面，激动地蹦跶了好几下，然后又开始跟笙歌介绍帅哥："看到那个穿 3 号白球衣的男生了吗？他可是我们学校的校草楚奕。"

　　笙歌顺着吴忧手指的方向看到了那个叫楚奕的男生。

　　她知道楚奕，听人说他爸爸是教授，家里算是书香世家，他本人是挺绅士的一个男生。

　　就在笙歌看向楚奕的一刹那，早在人群中看到她身影的周夜顺着她的目光也看向了楚奕，紧接着瞳孔微缩。

　　篮球场上，两支队伍针锋相对，接下来的十几分钟内，周夜没让楚奕摸到一次球。

　　笙歌收回目光，笑盈盈地对吴忧说："那人是校草吗？我感觉他没有周夜帅。"

　　吴忧愣了一瞬。从帅哥身上收回视线，她不可思议地看着笙歌："你怎么老是提周夜啊？你们有情况？"

　　笙歌被看得有些心虚，敷衍着回答道："哪有？明明是你先提的，我就是顺着你的话回答一下。"

　　吴忧沉浸在帅哥的美颜中也没多想，也顺着话接了句："你这么说好像也是，周夜的脸更好看，可是人家楚奕综合条件好呀，家世好、长得帅，成绩还好。这校草当然得是富有青春朝气和正能量的嘛。"

吴忧说完，激动地把双手放在嘴边做喇叭状冲着现在落后的楚奕一队大喊了声"楚奕加油！"。

因为吴忧这一声加油，周围原本不好意思喊的女生也大胆地喊起来。周夜听到一声声"楚奕加油"是从笙歌那个方向传过来的，运球奔跑时视线穿过人群看向笙歌。所以，她也是来看楚奕的吗？如果她想让楚奕赢，他可以输。

周夜一时分了神，球被楚奕的队友抢走，追上来的程浩拍了周夜一下："想啥呢？走神了吗？"

因为周夜的有意放水，楚奕队很快就追平了比分。

围观的人都兴奋地为楚奕尖叫，只有笙歌留意到了周夜黯然的模样，尤其中途好几次程浩和沈星一脸不解地拍了拍周夜，像是在问他怎么了。

笙歌看着没了气焰的周夜，忽然退出人群，跑到离周夜最近的一个地方冲着赛场上的他大声喊道："周夜！你加油呀！"说着，她甚至拿出手机对着周夜拍摄。

这一个举动、这一声加油，像是最热烈、炙热的烟花，绽放在原本黯然失落的周夜的心上，仿若一瞬间就把他从黑暗的深渊里拉到了璀璨的朝阳下。

周夜隔着人群看着拍照的女孩，笙歌通过手机镜头看到了他望过来的视线，立马将手机挪开一些，侧头笑着对上他的视线。星眸粲然的她只对着他笑，那一刻，他如获新生，重新点燃了气焰。

下一秒，只见周夜观察了一下赛场的现状，瞄准了正运球跑的楚奕，看准时机后，迅速从楚奕手下将球拦截，转身后直接跳跃而起，投了个三分球，引得女生们纷纷尖叫。

进球的一瞬间，周夜特意看了一眼笙歌，幼稚得像个要讨夸赞的孩子。当周夜看到女孩激动得手舞足蹈时，嘴角咧到了后脑勺。

笙歌兴奋地举着手机记录着关于周夜的每个瞬间，这也是她第一次仔细而专注地看这个少年。他留着一头"雾霾蓝"的微分短发，身穿红黑的 7 号篮球服，有着 1.88 米的身高，挺拔矫健，肤色冷白，脸部线条流畅，有些狭长的双眼中透着丝丝阴鸷之色，整个人都带着一股张狂痞坏的野劲，但高挺的鼻尖处那一颗浅痣又使他身上的叛逆野气变得柔和了些。

笙歌看着手机镜头里奔跑着投球的少年，恬静地抿唇笑了笑。他哪里有社会气了？他明明就只是一个极度缺乏安全感的自卑少年。

只是少年似乎脾气不太好，就这短短的一会儿，笙歌已经看到周夜因为程浩失误拍打了他三次，甚至因为楚奕那边的啦啦队声音太吵，几次用眼神吓得那群小姑娘安静了好几秒。笙歌无奈地皱了皱鼻子，低声自语着："脾气真的好差。"

笙歌看得入迷，忽然看到程浩被对面的球员使诈，脑袋差点撞地，幸好周夜及时伸手扶住了程浩。她吓得慌忙地收起手机，接着就看到球场上的男生们吵了起来。

队员让使诈的人给程浩道歉，说道了歉这事就算了，可是对面的人似乎输急眼了，就不道歉。程浩以及其他队员还在指着对面的人骂骂咧咧时，周夜一言不发地拿起篮球直接砸到那人的脑袋上，桀骜地指着那人怒道："给程浩道歉！"

那人瞬间被砸蒙了，踉踉跄跄地捂着脑袋。

笙歌远远地看到周夜动了手，瞬间惊慌地喊了声："周夜！"

笙歌怕他再次出手，急忙拔腿跑了过去。她跑到那群人面前时，两拨人就快打起来了。

围观的其他人看到笙歌跑了过去，有人看热闹不嫌事大地起哄道："周夜打架，那转校生是要上去拉架吗？怕不是会被连带着一起挨打吧？"

路人甲："这转校生真是有出不尽的风头，男生打架她插什么手？是要引起男生的注意吗？"

路人乙："可不就是？怕是不了解周夜的脾气吧，周夜打架谁敢阻拦？"

路人丙："哈哈……等着看那转校生被周夜扔走吧。"

…………

然而下一秒，所有人都傻眼了——他们看到笙歌跑过去后一把拉住周夜的手，直接把人扯到身后，而后朝楚奕那拨人说："你们队员脑袋都被砸蒙了，你们还不带他去医务室看看？"说完她又迅速回头看向周夜，皱眉说了句："周夜，你别打架行不行呀？"就算他打赢了又怎样？他也有可能会受伤。笙歌心里很是担忧。

周夜此时直接愣住了，反应过来后难以置信地低头看了一眼手腕上女孩那只白嫩的小手。刚才笙歌冲过来就拉过他的手腕，甚至把他护在了身后，尤其她皱着小脸声音温软地让他别打架的时候，他感觉心底某处瞬间一软。

围观的群众也愣住了。周夜怎么非但没把人骂走，还让人牵了手？

在周夜愣怔的瞬间，楚奕满眼惊艳地看着笙歌，好似不受控制般地脱口问了句："同学，你叫什么名字？可以认识一下吗？"

这句话让周夜陡然回神，他直接反握住笙歌的手腕把她拉到身后，一脸不悦地冲楚奕说："你管她叫什么名字。"

此时一个男生有些担心地朝楚奕喊了声："队长，还是先带人去医务室检查一下吧。"

听到有学生在篮球场要打起来，有位老师连忙赶过来，远远地喊着："都散了吧，别围在那儿。"

顷刻间，所有人纷纷从篮球场上散开，老师看了一眼被扶走的男生问了句："怎么回事？"

楚奕看了一眼被砸蒙的男生。这事是他的队友使诈在先，说出来也难听，于是他对老师说："打球的时候不小心碰到了。"

楚奕是那种老师都喜欢的学生，老师急忙说："那快带他去医务室看看，我跟着一起去。"

从卫生间跑回来的吴忧看到清冷的篮球场直接愣住，然后看到被周夜攥着手腕的笙歌，虽不知发生了什么事，但还是直接冲了上去，大喊一声："周夜，你放开笙歌。你别欺负她。"

周夜看着跑来的吴忧，不耐烦地开口道："你哪只眼睛看到我欺负她了？"

吴忧护友心切，口无遮拦："你一贯喜欢欺负人，总是凶巴巴的。笙歌胆子小，她是好学生，你别招惹她！"

笙歌急忙走到她面前如实说："周夜没有欺负我，是我自己过来的。忧忧，你先回去，我有点事要跟周夜说。你放心，他不会欺负我的，放一百个心吧。"

吴忧皱眉道："你跟他有什么好说的？你们都不是一路人，有共同语言吗？"

不是一路人，没有共同语言。

吴忧简短的一句话让周夜瞳孔一缩，他紧抿薄唇捏紧了拳，目光深邃地看向笙歌，想看看她的态度。

笙歌坚持着说："哎呀，真的没事，他真的不会欺负我的。"

于是吴忧不情不愿地走了，周夜便把程浩他们也支走了——他不想别人听到笙歌跟他说什么。

他站在原地看着笙歌，两人面对面站着，彼此沉默了几秒后，周夜嗓音有些低沉地问："要跟我说什么？"

笙歌仰头看着他眨了眨眼，有些委屈的样子："我这一天都在等你给我发消息，你说好要给我发消息的。"

笙歌继续说："周夜，我想跟你交朋友，可以吗？"

周夜看着她委屈的样子，心仿若被狠狠地刺了一下。可是她为什么想跟他交朋友？

周夜在心里苦笑。吴忧的话还回荡在他的耳边，像是一把刀在凌迟着他。她是好学生，是纯净的小仙女，他不该影响她。

"交朋友？"周夜轻浮地冲她哼笑一声，挑逗着说，"怎么，喜欢我？"

笙歌透过他轻浮的眼神看到了他心底的试探意味，坦然地冲他笑了笑，毫不掩饰地点点头："嗯，喜欢你。"

周夜闻言惊愕得一怔。他眯了眯眸子，目光直勾勾地盯着眼前的女孩，几秒后懒洋洋地溢出一声笑，轻佻地向她逼近一步，挑眉反问："喜欢我？"

笙歌被忽然逼近的那股野劲震慑得不自觉地向后退了一步，惊慌地眨了眨明艳的星眸，有些紧张地望着近在咫尺的少年。

周夜看着笙歌后退一步的小动作，冷笑着故意又向她逼近一步。他个子很高，野气十足，尤其刚结束一场酣畅淋漓的球赛，他浑身都还透着未褪尽的运动后的力量感。强大的压迫感让笙歌情不自禁地咽了咽口水，她紧紧地攥着双手，忍不住向后退着。可她退一步，周夜就逼近一步，直到她的后背抵在篮球架上，整个人被堵在周夜和球架之间。他挡住了灯光，让她整个人隐匿在了昏暗中。

大眼睛眨了又眨，笙歌有些惊慌地喊了他一声："周夜。"

"嗯？"姿态懒散、自带野气的周夜忽然伸手撑在女孩头顶的球架上，缓缓出声，"不是喜欢我吗，躲什么？"

笙歌看到他抬手的动作，心头一颤。她抿了抿唇，想悄悄地抬眸看一眼，刚抬眸，正好对上周夜陡然低下头来与她对视着的泛着幽光的双眸。笙歌吓得心猛地一抽，瞪大了眼睛看他，连呼吸都好像停了一瞬。

周夜看着她惊慌的眼神，慵懒地笑了笑："怕了？还要跟我交朋友吗？"

"谁怕了？"笙歌定了定神，强行保持镇定，掀起眼皮直视着他的眼睛，"要跟你交朋友。"

她知道，他不会伤害她的。

周夜看着故作镇定的笙歌哼笑一声，忽然凑近她，然后微微侧头低笑，吊儿郎当的，透着流氓劲："行啊，那你亲我一口，我感受下甜不甜。"

亲一口？

笙歌惊愕地咽了咽口水，慌张地眨了眨眼，有些不知所措。

周夜看着臂弯之间慌乱无措的女孩，弯唇冷笑："亲不亲？不亲我走……"

他一句话还未说完，笙歌忽然仰头凑近，在他的脸颊上亲了一口。

周夜愣住了，僵了好几秒，脸颊上还残留着女孩唇瓣的温软感。

第一次亲人的笙歌耳尖微微泛红，她抿了抿唇，小声问了句："甜……甜吗？"

周夜突然回神，将眼底的玩味之意尽收，猛地缩回撑在篮球架上的手，甚至向后退了一步，和眼前这个让他心跳加速且情难自控的女孩拉开点距离，连视线都下意识地落到旁边。

他克制着情绪说："不甜！我走了，浪费时间！"

话落，周夜迅速转身就走，像是落荒而逃。

笙歌见他要走，急忙伸手拉住他的衣角，快语道："那我明天多吃点糖，你再让我亲一口，然后再重新感受下好不好？"

周夜的瞳孔紧缩，他甚至觉得自己的耳朵出问题了。他的小仙女是要缠着他了？笙歌见他僵在原地不出声，另一只手也伸过去扯着他的衣角轻轻地晃了晃。她声音软软地喊他的名字："周夜。"

这一声直接让周夜整个人烧了起来，他血液都沸腾了，脊背绷得僵直。

周夜闭了闭眼，强行冷静后回头看着笙歌，声音有些冷："笙歌！你不知道对男人说这些话会让人误会吗？如果你是为了开学那天我替你解围，想要用这种方式报答的话，我不稀罕！也别这么跟男人说话，会吃亏的！"

一句"报答"听得笙歌心虚地松开了扯着周夜衣角的手。她攥紧了手，现在的她确实是想要报答他。

周夜见她松了手，那模样像是被他猜中了心思一样，他紧蹙眉心，隐忍着情绪冲她很冷淡地说了句："我不需要你报答什么，我也不喜欢你这种三好学生，以后离我远点。"

笙歌再抬起头时，周夜已经转身走了。他个子高，步伐很快，只是那背影看着有些落寞。

笙歌这一夜都没有睡着，她发现脑海里都是周夜，全是他落寞地转身离开的背影。她开始担心他的情绪，心疼孤寂的他，辗转难眠。

清晨，笙歌出门前给程浩发了条消息：程浩，很抱歉，又打扰你了。麻烦你跟周夜说我给他带了早饭，是我亲自跟奶奶学着包的饺子。谢谢。

程浩收到消息的时候正和周夜在一块儿。

"不是，你怎么还没给人家小姑娘电话号码？"程浩直接给周夜看消息，"喏，又给你带早饭了，还是人家亲手包的饺子。"

周夜看着手机屏幕上的字，想着昨晚在篮球场对笙歌说的那些话。他本以为她会彻底远离他，好好学习，过本该属于她的阳光明媚的生活，而不是来沾染浑浊不堪的他，却没想到她非但没有远离，还亲手给他包了饺子。

周夜的内心波澜不定，他不甘心后退，又不敢前进。

"想什么呢？"程浩见周夜愣神，一掌拍在他的肩上，"去不去学校啊？"

周夜回神，直接抬腿跨到摩托车上，脚点地，装作漫不经心地说："不去。"

现在的他不配站在她面前，她跟他在一起只会让老师和同学对她产生不好的印象，甚至排斥她。他要站在她身边，成为她的守护者，而不是不堪地将她拉下神坛，让她成为众人的笑柄。他会努力，尽快光明正大地站在她面前。在此之前，他不愿参与到她的生活里，扰了她的美好生活。

周夜眯了眯眼，看着前方的朝阳，自言自语地低喃了句："我要赚钱。"

笙歌没有等到周夜，在放学回家的路上，把那份饺子一个个吃掉了。她心里是有些委屈的，吃到最后的时候，她眼圈红红的，让人心疼。

周夜一直悄悄地跟在笙歌身后，隐隐看到她纤瘦的肩膀抽动了几下，她像是在哭。他心底一阵伤痛，想快步上去问问是不是有人欺负她了，公交车却在这一刻进站了。周夜戴着口罩，将连帽衫的帽子罩在头上，跟着笙歌上了公交车。这一次他没有坐在最后一排，而是悄无声息地坐在了笙歌后面的座位上。

坐稳后，他看到笙歌没精打采地低头盯着手里空空的饭盒，嘴里低声埋怨着："周夜！你个大灰包！哼！"

是因为他早上没有去学校吃她的早饭，她生气了吗？

周夜没有出声，就静静地坐在笙歌的身后看着她的后脑勺，听着小仙女嘀嘀咕咕地骂了他好几句"灰包"。

第一次有人说他，而他大气都不敢喘一下。

不知是不是感应到了什么，在一个转弯的路口，笙歌忽然回头，周夜急忙低下头，将手臂横在前座的靠椅上，把脸埋在手臂下让人看不清他的脸。

笙歌回头看见身后的人将整个脸都埋了起来，只当对方是一个在休息的陌生人，转过身来乖乖地坐好。

由于笙歌的回头，周夜怕被认出，便提前下了车，然后跑了一站路看着笙歌下了车。他双手插兜站在小区对面，看着女孩进了小区才拉下口罩。他怔怔地望了好一会儿，低喃了句："晚安。"

之后的几天，笙歌都没有在学校看到周夜。

周日这天，笙歌陪着奶奶坐在沙发上看奶奶爱看的电视剧，走神时点开了程浩的朋友圈，抱着一丝期待，想看看有没有周夜的身影。

快被笙歌翻遍的程浩的朋友圈里忽然跳出一条新的动态：小爷今天要把这俩货"杀"得哭鼻子！

配图是一张台球厅的照片，照片里周夜手持球杆伏在台球桌上，将球杆对准了一个球。他穿着简单宽松的白色T恤衫，有一头惹眼的"雾霾蓝"短发，还露出了冷白色的皮肤。起码从照片上看，他干净又意气风发，一点也不像个阴暗少年。

笙歌将照片放大，看到了玻璃门上贴着台球厅的名字，顿时眸色一亮，然后，她抿唇笑了笑。再抬起头看向奶奶时，她已经收起了浅笑，乖巧讨喜地开口对奶奶说："奶奶，我认识了一个好朋友，叫忧忧。她人很好，就是前两天跟我打视频电话时喊您奶奶的那个女孩。她约我出去逛逛夜市，可以吗？"

笙歌怕奶奶担心，急忙补充一句："我逛一会儿就回来，不会玩到很晚。"

奶奶看着孙女满含期待的小眼神，回想着前几天在视频电话里看到的吴忧，顿时慈爱地笑了笑，说："去吧，也在家陪奶奶一天了，跟朋友逛一逛也好，就是别太晚回来啊。"

笙歌开心地从沙发上站起身："好的，奶奶。"

笙歌跑回卧室换了套衣服，从书桌里拿了三百块钱，然后跟奶奶打了声招呼便开心地出门了。

奶奶看着孙女开心出门的背影，欣慰地笑了笑。自从被儿子骗了钱来到帝京，她就觉得宝贝孙女心思沉沉的，现在孙女有了朋友也是好事，总不能除了上学就只跟她这个老婆子待在家里。孙女的父母走得早，又接二连三发生了这么多事，她还是挺担心孙女的心理健康受到影响的。

出了小区后，笙歌打开地图搜索出那个台球厅的位置。确定好周夜所在的位置后，笙歌凭着记忆找到一家不太大的服装店，买了一件黑色的紧身小裙子，这套衣服极显"辣妹风"。然后，她将扎着的马尾辫放下来，从包里拿出小梳子理了理头发。她将乌亮柔顺的黑发披在肩后，穿着紧身的短款小黑裙，在右边大腿上绑上黑色腿带。笙歌本就长相明艳且身材姣好，如此装扮之后，形象与之前大不相同，足以让人眼前一亮。

那天周夜说他不喜欢三好学生、乖乖女，那她就换种风格靠近他。

试好衣服后，笙歌换回自己原先的衣服——就那样穿出去她有些不自在，她想着还是等到了台球厅再去卫生间里换上好了。

零点台球厅。

说要虐人的程浩被虐得整个人都蔫了，在旁边喝水补充能量，仰着下巴向坐在一旁看手机的周夜请求支援："夜哥，到你了，快来！"

周夜正拿着程浩的手机翻看笙歌的朋友圈，把动态里唯一一张笙歌跟奶奶的合照偷偷发到了自己的手机上，听到程浩喊他才站起身走过去，随手把手机扔过去。

程浩及时伸手稳稳地接住手机，调侃了句："嘿，我手机里有啥好看的，你看得这么入迷？"

程浩凑过去用肩膀撞了一下周夜，嬉皮笑脸地说："是不是看新同学呢？"

程浩喝了一口水，继续道："这偷偷摸摸的性格可不像你啊……"

几人正说着，忽然听到门口处传来一阵口哨声，接着是一阵不小的骚动。

"哟，来了个'辣妹'。"

"'辣妹'？"程浩饶有兴味地扭头看过去，定睛一看，直接喷了一口水出来，咳得眼睛都红了，震惊得不得了，"喀喀喀……是笙歌同学，她这身装扮也忒劲爆了！"

笙歌？周夜眸色一沉，迅速扭头看过去，紧接着就看到穿着紧身小黑裙，有点妩媚又有点野的笙歌。他整张脸都阴沉了下来。她穿成这样来这里干什么，不知道这样很危险吗？他手里的球杆被越捏越紧，都快被捏断了！

"哪来的漂亮妹妹啊？"

笙歌走进台球厅，直接无视几个猥琐男人轻佻的目光，自顾自地向里走着，下意识地向四周环顾，寻找周夜的身影。

看出她是在找人，有个穿着花衬衫的男人色眯眯地上前搭讪："美女，找人啊？要找谁跟哥哥说，这一片儿的人哥都认识。"

笙歌已经看到了周夜，欲加快步伐朝周夜那边走去，随口回应了花衬衫男人一句："谢谢，我已经找到了。"

花衬衫男人第一次见到这么漂亮的女生，看了一眼笙歌的穿着，内心已经在诋毁她假正经、装矜持，于是直接不屑地冷哼着伸手拦住了笙歌的去路，轻蔑至极地开口道："哟，都穿成这样了，还假正经什么，不就是来找男人的吗？哥哥也是男人，要不你先陪我玩玩？"

笙歌最讨厌这种对女生的穿着评头论足的男人，不悦地瞪了花衬衫男人一眼："我穿什么是我的自由，关你什么事？花你的钱买衣服了？"

她继续道："请你让一下！"她后退了一步，向右边走了一步，准备避开花衬衫男人伸长的手臂继续朝周夜那边走。

当众被人戗了的花衬衫男人瞬间恼羞成怒，直接用身体挡住了笙歌的去路，眼神凶恶不善地盯着笙歌说："今天我还就不让了，你能拿我怎么着？"

花衬衫男人忽然一把抓住笙歌的胳膊，叫嚣着："今天就跟你好好玩玩，你不愿意也得愿意！"说着，花衬衫男人凶神恶煞地要把笙歌拉出去。

笙歌没想到这男人会在众目睽睽之下耍流氓，顿时惊慌地要甩开他的手，还喊着："你放手！你放开我！"

花衬衫男人理都不理，继续拉着她要往外走，一副势必要玩弄她的姿态。

远处的程浩看到这一幕着急了，看了一眼正若无其事地俯身打台球的周夜，疾声问道："夜哥，你不管吗？"

砰！周夜面无表情地打出一个球，一杆进了两个球。他回复的声音毫无温度："不管，我不想跟她扯上关系。"说完，周夜下颌线绷得僵直。他用力地咬了咬牙，咬肌微微突了突，宣泄着主人此刻内心的隐忍和挣扎。

程浩看出周夜的隐忍："要不管一下吧？那男的一看就不是啥好货！"

此刻快要被拉出大门的笙歌急得嗓音里染上了哭腔，拼命地甩开那只肮脏的胳膊，大声呼救："周夜！周夜救我！"

她声音里的哭腔越来越明显："周夜……"

程浩都急得快冒烟了，伸手推了推还在继续捣球的周夜："哥，真不救啊？新同学都快哭了，她在喊你呢，你听到没？"

此时，笙歌被拉出了大门。在大门快关上的那一刻，笙歌彻底哭了出来，委屈又惶恐地喊了声："周夜……"

砰！一枚台球被周夜一杆打到了对面的墙上，幸好周围没人，台球没有伤及无辜，接着他狠狠地咒骂了一声。

程浩反应过来时，只看到周夜已经丢下球杆冲了出去，于是急忙紧追而去。

"放开她！"周夜冲过去一把拉住笙歌，眼神阴狠，嗓音如冰，拳头被捏得咯吱响。

花衬衫男人见来了个毛头小子，一脸不耐烦地愠怒道："你是谁啊？"

花衬衫男人话音未落，只见周夜陡然出手，从下往上一拳打在了他的下巴上。男人痛呼着松开笙歌的胳膊捂着下巴向后踉跄着退了好几步。周夜手疾眼快地一把拽过笙歌，把人推向身后的程浩，疾声道了句："看好她。"

五分钟后，周夜踹了一脚花衬衫男人，动了动嘴角骂道："她穿什么衣服关你屁事！"

等在门外的笙歌听着惨叫声，忐忑不安地看向程浩："程浩，你进去看看好吗？周夜他会不会受伤啊？"

程浩确实也担心，立马对沈星交代了句："你看着她，我进去看看……"

"周夜。"程浩话未说完，笙歌就看到周夜走了出来，于是不管不顾地喊了声，然后跑了上去抓着他腰间的衣衫很是担心地仰着头问他，"你受伤没有？"

她的目光在他身上审视着，最终落到他染着血迹的手上，瞳孔一颤："你受伤了！我们这就去医院……"

笙歌话未说完，忽然腰上一重，整个人被周夜搂进了怀里，脑袋被他按在胸口上。她瞬间什么都看不到了，只听到他说："外套给我。"

下一秒，程浩立马把手上的外套扔给周夜，周夜接过来就盖在了笙歌的头上。

笙歌视线一黑，接着只觉着身子一轻——她被人抱起来了。她趴在周夜的身上，能感受到他步伐很快，连呼吸似乎都很急。

"周夜，你要带我去哪儿？"

周夜没有回答，自顾自地抱着笙歌来到台球厅附近的一家服装店才把她放下来。他让她坐在店里的软椅上，蹲在她面前，拿下她头上的外套时，发现小姑娘眼泪汪汪地攥着小手。他心里咯噔了一下，眉头紧皱："别哭，我不会哄人。"

这句话说得笙歌很自责愧疚，她抽泣了一下，哽咽着说："对不起。"

是她冲动鲁莽了。

"好好的道什么歉？"周夜看着她湿漉漉的眼睛，很揪心，几乎是情不自禁地伸手给她擦眼泪，声音也不自觉地软了下来，"好了，别哭了，没事的，别怕。"

他指了指服装店里的衣服说："挑一件。"

此时一直因惊讶而未说话的店老板笑盈盈地说了句："小夜啊，你女朋友吗？"

周夜立马否定："不是，打扰了，张姨。"

被叫张姨的女人洒脱地摆摆手："客气啥？看上哪件姨送你，随便挑。"

周夜："不用，好意我心领了。"

张姨没再多拉扯。她了解周夜的性格，只笑着说了句："那行吧，你们挑着，我继续看剧了。"

笙歌顺着周夜手指的方向看了看店里的衣服，又低头看了看自己身上穿着的小黑裙，咬了咬唇，很小声地问眼前的少年："我身上的裙子你不喜欢吗？"

周夜愣了一下，惊愕后不答反问："今天为什么穿成这样来台球厅？你知不知道这样很危险？"

他想到刚才那个花衬衫男人对笙歌的所作所为，顿时心急地厉声道："如果今天我不在，或者没人出手救你，你想过后果没？"

笙歌撇了撇嘴，垂下眼帘，小声嘟囔着："如果你不在我就不来了，我是来找你的啊。"

周夜听了诧异至极，挑眉道："找我？"

笙歌露出一副小朋友犯了错的模样，低眉顺眼地点了点头："嗯，就是来找你的。"

笙歌伸手扯了扯周夜白色短袖衫的袖口，毫不隐瞒地开口说："你好多天都没来学校了，我看到程浩发的朋友圈，知道你在这家台球厅，就找来了。"

周夜抬眼认真地看着笙歌说完，她明亮的眼睛里满是认真的神色。

她说，她是特意来找他的，还关注到他好几天没去上学了。从来没有人关心他上学与否或者在做什么，甚至他不去学校有的人还会很开心，因为那些人觉得他就是个祸害，不来正好。

周夜的内心顿然变得柔软，视线紧盯着她水光潋滟的双眸，随后，他开口想寻求一个答案："为什么找我？"

笙歌眨了眨眼看着他："就是想你了。你总消失，找你好难。"

笙歌的声音软软的，里头带着些控诉的味道，听着像是在撒娇，一时间，周夜的心彻底乱了。

她的主动靠近，让他慌了神、乱了心。

笙歌见周夜怔怔地看着自己，眸色深沉，急忙主动解释说："你那天说不喜欢三好学生，所以我就想着你现在可能喜欢那种酷酷的女孩，便穿了这一身来见你……"

周夜惊了，受宠若惊的同时又觉得不可思议："就因为我说了一句不喜欢三好学生，你就穿成这样？"

笙歌看着他，抿了抿唇点头："嗯。"

周夜再次震惊，挑了挑眉后吊儿郎当地冲着笙歌轻浮地哼笑一声："那我也不喜欢你这一身装扮。"

笙歌立马抬起眼皮，一脸认真地问："那你喜欢我穿什么样的衣服？"

周夜痞痞地伸手挑了挑她的下巴，不正经地开口道："我要是喜欢不穿衣服的，你难道脱光？"

她愣了两秒后，脸颊羞红地抬脚轻轻在周夜的小腿上踢了一下，还偷瞄了一眼在专心看剧的店老板张姨，小声朝周夜控诉了句："你小声点，不许耍流氓！"

被踢了一脚的周夜愕然地低头看了一眼被踢的小腿。他就像被小猫轻挠了一下，直接被挠在了心上，尤其是抬头时看见笙歌羞红的脸和满脸控诉的小表情，他完全沦陷了。

周夜看着笙歌，忽然心思沉沉地问道："刚才我那么跟你说话，你不生气？"

他如此明目张胆地要耍流氓，她该生气才对。

笙歌不假思索地说："不生气，就是……就是有点羞。"

周夜心下一沉，盯着她，声音有些冷地警告道："笙歌，别对一个男人这么没底线，会变得不幸。"

他的小仙女只应该高高在上地被人捧在掌心，不该为任何人放下该有的原则底线，哪怕是为他。他会心疼。

笙歌听周夜说完，怔怔地看着周夜，忽然弯唇笑了："不会。"

周夜："什么不会？"

笙歌笑容明媚，她满心笃定地道："周夜不会让笙歌变得不幸。"

听到这一句话，周夜的心颤了又颤，心中泛起涟漪。他静默地看着眼前的女孩。她说的每一句话都是对他的认定和信任。年少时，他隔着屏幕见过她一面后，曾在心里设想过千千万万遍与她相遇的画面，却从不敢幻想她会主动靠近他。

笙歌见周夜又走神了，忽然倾身凑近他低语了句："我们出去好不好？这样说话好尴尬。不用买衣服，我带了衣服，在台球厅楼下超市的储藏柜里。"

周夜半信半疑："真的？"

"你跟着去看看不就知道啦？"笙歌站起身说，"再出去买点药膏，你的手要处理一下。"

周夜见她站起身，走到收银台前对张姨说道："张姨，借两张湿纸巾。"

张姨从抽屉里拿出一包湿纸巾递给周夜，周夜抽出两张把手上的血迹擦干净，然后回到笙歌面前给她看了看手，说："看吧，没事，不是我的血。"说完，他就径直伸手将外套重新盖在笙歌的头顶，裹着她将她抱了起来。

"哎！周夜，你不用抱我。"笙歌有些害羞地喊着。

周夜没有直接回她，而是跟张姨打了声招呼后抱着她出了服装店才开口说："这边学生多，万一有人看到你这身装扮，明天你在学校就红了。"

听到这话，笙歌老实了，由着周夜抱着她去了超市。

等在服装店门口的程浩看到周夜又把人抱了出来，不解地问："怎么又抱出来了？"

周夜："你们先去玩，别等我了。"

周夜来到超市储藏柜前，从笙歌手里接过取物票对着扫码处扫了一下。柜子打开，他伸手将里面的手提袋拿了出来。

周夜把笙歌抱到卫生间门口，把装衣服的袋子递给她道："去里面换，我在门口等你，进去再把外套拿下来。"

"好。"笙歌抱着装衣服的袋子，刚抬脚，忽然想起什么，扭头对周夜说，"你要等我，男人要说话算话，不准又跑了。"

周夜没想到她会回头说这么一句话。这个女孩好像真的很怕见不到他。

双手插兜的周夜弯唇不羁地笑了笑，说："好，不跑。"

笙歌这才安心地笑了笑，跑进了卫生间，开始换原本出门时穿的衣服。因为怕周夜跑了，她换得很快，小跑着出来的时候看到等在门口的少年，开心地笑了。

周夜迎上去接过笙歌手里装衣服的袋子，阴沉沉地说："把这裙子扔了吧，我给你重新买一件。以后别这么穿，容易招流氓。"

笙歌看出了周夜眼底的醋意和担心，有意笑着对他说："容易招你这种流氓吗？如果是的话，那我还要穿……"

她笑盈盈地靠近他，肩膀碰着他的肩膀。她仰着明艳的小脸看他，朱唇轻启："我想招你。"

周夜看了一眼她靠上来的小肩膀，一对上她的视线就立马收回，也没有再接她的话，故作淡定地继续下楼梯。

两人走在楼梯上，笙歌看着沉默不言的周夜，忽而幽幽地道了句："周夜，谢谢你今天保护我。"

"就只是口头感谢？"周夜漫不经心地侧头看着身边的女孩。

笙歌愣了一下，停下脚步，站在楼梯上望着周夜问："你想让我怎么表示呀？"

周夜也跟着停下脚步。

此时外面的天已经黑了，明明有电梯可以坐，周夜却鬼使神差地带她走了楼梯。

楼梯间只有他们俩，楼道昏暗，笙歌走在靠墙的那一边，昏暗中，周夜朝她逼近了一步。笙歌本能地向后躲了一下，后背紧紧地贴在了墙壁上。她看着逼近的周夜，大眼睛眨了又眨，声音有些惊慌："你干……干吗呀？"

听着笙歌惊慌不安的声音，周夜痞痞地哼笑一声，忽然从口袋中掏出打火机。

咔嗒一声，火苗在两人之间蹿出。周夜甚至开始使坏，将亮着的打火机凑近了她的脸，在不烫到她的安全距离内借着微光将她此刻的小表情尽收眼底。他懒洋洋地笑着弯下腰与她平视："我该让你怎么表示感谢呢？"

少年的目光缓缓落在她的唇上，他好想说一句"把你自己抵给我吧"，然而几次话到嘴边，他又放弃了。

笙歌被他看得心里躁动，缓缓地紧抿红唇，不安地咽了咽口水，主动提出："要不……要不我给你钱？"

周夜瞬间收回心底的想法，嗤笑一声："行啊。"

周夜灭了打火机的光，于昏暗中猛地凑近笙歌。两人近在咫尺，连彼此的呼吸都交错到了一起，笙歌紧张得大眼睛眨个不停，甚至能听到自己吞咽口水的声音。然后，她听到周夜吊儿郎当地开口说："哥哥收费很贵的。"

笙歌急忙问："多……多少啊？"

周夜看了一眼她背的斜挎包，竟直接就上手了："包里有多少，我都要了。"

"哎！你轻点扯，包里只有八十块了。"

拉扯中，笙歌买衣服和打车后剩下的八十块钱被周夜拿走了。周夜看了看手里的八十块钱，显然不满意，朝她抬了抬下巴问："手机里还有吗？"

笙歌委屈巴巴地说："没啦，我手机里没钱，都是现金。"

怕周夜不相信，笙歌还拿出手机展示给他看："你看，没有。"

周夜漫不经心地看了一眼又问："就八十块生活费？"

笙歌："其他的在家里，出门就带了这么多。"

周夜毫不客气地把八十块钱揣进兜里，说："你一个月生活费多少？明天上学都拿给我。"

笙歌撇嘴："我就一千块的生活费，现在就剩五百块了。"

周夜："行，明天把剩下的五百块拿给我，我帮你保管。"

笙歌：……

这人怎么是土匪？！

周夜看了一眼气鼓鼓的笙歌，一脸淡定地问："喂！走不走了？"

笙歌嘀咕着："钱都给你了，我中午在学校就没钱吃饭了。"

周夜以为她要说不愿意给他，没想到她接着说了句："你给我留一百行吗？"

周夜轻笑了一下，嘴上却说："不行！全部给我。"

笙歌委屈得不行："那我会饿死的。"

"不会饿死。"周夜嗓音低沉地说了句，忽然一连朝下走了好几级台阶，跟笙歌拉开点距离后，笙歌听到他说，"以后午饭跟我一起吃。"

女孩听得愣了好几秒后才反应过来。他说以后跟她一起吃饭？在学校？他是在传递他以后会按时去学校的消息，而且他们每天都会见面，他不会再像之前那样忽然消失了？

原本委屈的笙歌瞬间开心得蹦跶着跟上周夜，伸手轻扯着他的衣角，高兴地道："好，那你明天记得去学校，我拿给你。"

周夜回头看了一眼拽着他衣角的那只小手，弯唇笑了笑。

两人出了超市后，天已经黑了，笙歌既尴尬又为难地看着周夜。

周夜困惑地看着她，问："这是什么表情？"

笙歌："我没钱坐车回家了，你……"

周夜打断她的话，说："站在这儿等着。"

几分钟后，笙歌看到一辆黑色的摩托车停在她的面前。周夜脚踩地，撑着车子，将头盔递给她，抬了抬下巴："上来，送你回家。"

见笙歌愣住了，他补充说："我既然收了钱，自然是要安全地把你护送回家。"

笙歌看着眼前的"傲娇"少年，低头笑了一声，伸手接过头盔，没什么顾忌地上了他的车。见他没有头盔，女孩出声问："只有一个头盔吗？"

周夜："我一个人天天骑它，不就只有一个头盔？"

周夜怕她戴不好头盔，回头看了一眼，她果然有个扣子没扣好。

正调整头盔的笙歌看到眼前忽然出现一只手，那只手在她下巴处的扣子上按了一下。她一抬眼，刚好对上周夜的视线，于是冲他笑着说："周夜，你以后多备个头盔呗，给我戴。"

她抬手戳了戳他的头发说："就买你头发这种颜色的，好看。"

周夜瞳孔微缩。

很多人都嫌弃他染的这个发色，说他像个不良少年，这是他第一次被人夸发色好看。看来她不仅是仙女，还是个小天使。这种被认可的感觉真好，尤其是被她认可。

"我先去前面的洗车店借个头盔，走了。"

借到头盔回来，周夜启动车子，笙歌靠在周夜的肩上，大声问他："周夜，你车技好吗？你会不会把我甩下去？要不我抱着你吧？"

周夜还没回答，已经感觉到一双小手环住了他的腰。

夜风在耳边呼啸，周夜低头看了一眼腰上的那双手，无奈地轻笑道："我车技很好，不会把你甩下去！"

笙歌："那也不一定，这种事谁也说不准，还是抱着保险点。"

周夜感受着腰上的那双小手，她说话时，把他抱得更紧了些，仿若怕他不让她抱似的。他内心窃喜，嘴上却说："小姑娘这是想着法子占我便宜呢？"

笙歌偷偷笑着用手在他的肚子上挠了挠，说："那可以吗？"

她的指尖仿若带着微电流，电流从他的腰间散开。他冷不防地挺直了背，嗓音低沉地喊了声："手别动！"

声音有点大，他像是在凶她，她立马收了笑，绷着小脸说："哦。"

笙歌老实了，只紧紧地抱着他。

周夜的车技超好，笙歌整个人都靠在了他的后背上，心怦怦跳。

道路漆黑，可她一点也不怕，仿若他的后背可以给人无限的安全感。

"周夜，你到前面的路口停下吧。"笙歌伸手指了指前面的路口。

周夜看了一眼前方，见还没到她家，假装不经意地问："到了？"

周夜以为她是不想让他知道她住在哪里，没想到身后的女孩却说："没到呢，还在前面那个路口。我就是想提前下车跟你走一走，可以吗？"

吱——

笙歌说完，车子忽然猛地刹住了。在惯性的作用下，她猝不及防地往前冲，吓得叫出了声。

周夜是在失控情况下紧急刹车的，怕她摔倒，第一时间迅速朝后伸手揽住她的腰，诧异中带着忐忑地回头问她："你刚才说什么？"

她想跟他走走？他听到这句话的时候，一颗心都软了。

还处在惊吓中的笙歌没注意到放在她腰上的那只手，惊恐地咽了咽口水，说话都结巴了："我……我说想跟你走走。"

"你……"周夜一时乱了心神，不敢相信地重复道，"想跟我走走？"

笙歌眼睫颤了颤："不……不行吗？"

笙歌望着周夜，眼里还有未散的惊恐和忐忑神色。夜幕下，她水光潋滟的眸子里似闪烁着星光。暖黄的灯光洒在周夜的头顶，他单脚撑地，一只手还扶在她的腰上，侧身看她看得出神，耳边回荡着她那句"想跟你走走"。

两人停在路灯下，沉默了好几秒后，周夜弯唇哼笑出声："行啊，陪你走走。"

"好。"笙歌应了一声，缓过神后目光缓缓移向腰上的那只手。

周夜见状，假装淡定地将手抽回，仿若什么事都没发生地说了句："坐好。"

笙歌冲他笑笑，回了句："坐好了。"

车子在笙歌指定的路口停下，周夜下车后朝她伸手，痞痞地朝女孩抬了抬下巴："要抱你下来吗？"

笙歌愣了一下，有意俏皮地挑眉，试探性地反问道："你想抱吗？"

周夜神色微怔，下一秒慌张地缩回手，口是心非地说了句："不想。"

还坐在车上的笙歌冲他皱了皱鼻子，心里嘀咕道：真的？

笙歌忽然朝周夜倾身而去，摆出一副要直接从车上扑到他身上的样子，周夜错愕了一秒，怕她摔下来，慌忙伸手扶住她的肩膀，紧皱着眉心冷声道："你就是这么下车的？"

周夜话刚说完，只见笙歌的脸忽然在他眼前放大，接着，他的右脸上落下一个软绵绵的吻。周夜震惊了，呼吸又急又沉。他听到笙歌用温软娇柔的声音说："周夜，我这几天每天都有吃糖，你现在有没有觉得甜一点呀？"

周夜心情复杂地看着眼前的女孩，这一瞬间，他感觉周围都静止了，整个世界只剩下他们两人，脑海里是那天篮球场上她被他拒绝后，说的"那我明天多吃点糖，你再让我亲一口，然后再重新感受下好不好"这句话。

她竟然真的把那事放在了心上，只为让他说一句"很甜"。

"周夜，你再感受下嘛，甜了吗？"说话时，笙歌伸手轻轻戳了戳她刚才亲的地方，指尖轻触到周夜的脸颊时，周夜突然回神，目光灼灼地看着满心期待着他的答案的女孩。

周夜缓缓把手扣在笙歌的后脑勺上，将她拉向自己，两人之间只隔咫尺的距离。他语调暗哑地说："甜，甜得上瘾。"

真的好甜，甜得他心都化了。

听到满意的答案，笙歌开心地笑了："那你就要履行承诺，之前在篮球场你说甜的话就跟我做朋友。既然你和我是朋友了，那就要讲义气，不能随意消失让朋友找不到，要时刻保持联系。"

笙歌说得一本正经，周夜失笑，懒洋洋地说："好的，小朋友，快走了。"

周夜走在前面，笙歌嬉笑着快步跟了上去。周夜有意放慢脚步，两人并排行走在人行道上。她时不时地偷偷仰头看周夜，忽然小声控诉了一句："你走慢点呀，我都跟不上了。"

笙歌说着，周夜便感觉到衣角又被人扯住了。他下意识地低头看了一眼，视线落到笙歌拉着自己衣角的手上。哪里是他走得快，是她在找借口要牵他吧？

周夜忽然出声喊她："笙歌。"

笙歌抬头看他："嗯？"

周夜迎上笙歌的视线，她真的很像流落在人间的仙子。他到嘴边的话忽然变成了一句："没事。"

周夜弯唇笑着抬手轻揉她的发顶，心道：笙歌，你再这样主动，我就不会再放过你了。

笙歌抬起眼皮看了看周夜，没有对他的肢体动作表现出一丝抗拒，还甜蜜地冲他笑了笑。

两人安静地走了一会儿，笙歌突然开口问道："周夜，你今年多大了？"

周夜："怎么了？"

笙歌深思了一下，很认真地开口说，"男生的法定婚龄是二十二岁吧？"

周夜："嗯。"

笙歌："那你要想看我不穿衣服的样子，还得等等。"

这一天，周夜已经震惊不知道多少次了。

看出周夜眼神里的震惊之色，笙歌一本正经地解释道："你不是说喜欢不穿的吗？那得我们结婚了才行。"

周夜一脸不可思议地抬手在笙歌的额头上探了探，郁闷地嘀咕："没发烧啊。"

笙歌抬手，一把打开额头上的那只手，气呼呼地瞪着他说："我就不能是因为喜欢你，所以想着未来会跟你结婚吗？"

周夜看她眼神认真坚定，立马移开了视线。他现在不敢看她的眼睛，因为那总会给他一种错觉，好像她就认定他了。

周夜逃避她的眼神，说："我随口说的，你不用放在心上。"

"啊？"笙歌不高兴地皱眉，"你这么随便吗？你也随口跟别的女孩说过吗？"

周夜慌忙低头看着她解释："没有，我就跟你说过。"

似乎怕她不相信，周夜又强调了一遍："真的，就只对你说过。"

看着周夜认真又着急的模样，笙歌扑哧一笑，说："相信你啦，我也是只对你这样。"

周夜一时没明白："什么？"

笙歌笑着说："在服装店的时候，你问我有没有生气，我说没有。只因为是你，所以我不生气。我只对你这样，只有你说那话我才不会生气。换作别人，我一定报警说被骚扰了。"

我只对你这样，只有你说那话我才不会生气。

周夜的内心被这简单的一句话不断冲击着，心底深处被强行抑制的情愫在顷刻间汹涌而出。

周夜忽然抬手搂住女孩的肩，手从她的后颈绕到下巴处，抬起她的下巴迫使她仰起头对上他的视线。

周夜弯腰盯着她缓缓出声："小姑娘这么会撩的吗？撩一

路了……"

周夜停顿了一下，眯了眯漆黑的眸子："笙歌，如果我认真了，你会后悔的。"

被周夜禁锢在臂弯里的笙歌仰着头望着他，认真而坚定地道："不会后悔。周夜，我不会后悔。"

此时，两人已经走到了小区门口。笙歌戳了戳周夜的腰说："到了，我就住这儿。"

周夜看了一眼小区的大门，不想被邻居看到误会笙歌，立马松开手，甚至向后退了一步跟她拉开点距离。

周夜抬了抬下巴说："行了，回家吧。"

笙歌："那你回去路上小心点，骑车注意安全。"

周夜："嗯。"

笙歌朝周夜挥挥手，转身朝小区大门走去。周夜忽然喊住她："笙歌。"

笙歌回头："嗯？"

周夜犹豫了几秒，开口说："明早我来接你上学。"

那一瞬间，周夜清楚地看到笙歌的眼睛亮了一下，然后听到她满心喜悦地对他说："好，你要记得说话算话。"

笙歌到家的时候已经快晚上九点了，奶奶还在沙发上看电视。听到开门声，奶奶立马转头喊了声："囡囡回来啦。"

"奶奶。"因为周夜的回应，笙歌开心得不得了，蹦跶着来到沙发边，轻轻扑进奶奶的怀里，小脑袋在老人家的怀里蹭了蹭。

看到孙女如此高兴，奶奶也受感染地笑了起来："哎哟，出去玩了一会儿就这么高兴啊？看来这个朋友很好，让你这么开心。方便的时候带人来家里玩啊，奶奶做好吃的给你们吃。"

笙歌趴在奶奶怀里，听着奶奶的话，回忆着梦里周夜照顾奶奶的日子。她想，奶奶一定也会喜欢她的周夜的，因为他真的很好。

笙歌对奶奶说："好的，奶奶，方便的时候我带他来看你。"

周夜在小区对面站了很久，站到深夜才转身离开。今晚的一切都像做梦似的，笙歌说过的每一句话都像电影台词一样在他的脑海里一遍遍地回荡。

翌日，清晨。

刚刚睡醒的笙歌揉着眼睛坐起身，忽然手机响了起来。

笙歌迷迷糊糊地拿起手机，见上面是一串陌生号码，不知为何，瞬间想到了周夜，于是立马就接了电话。她带着刚睡醒的困意，软绵绵地轻唤了声："喂。"

女孩声音轻软，萦绕在周夜的耳畔，他耳根都酥麻了。

笙歌见对面的人久久不出声，试探性地小声喊了句："周夜？"

周夜微怔："你怎么知道是我？"

这可是他第一次给她打电话，那号码在她看来应该只是一串陌生号码。

听到周夜的声音时，笙歌开心得瞬间困意全无，一本正经地说："当然知道是你啊，因为我听到了你独有的呼吸声。"说完，小姑娘自己都觉得尴尬，拉着被角捂着嘴咯咯地笑了起来。

周夜隔着手机听着笙歌嬉笑的声音，觉得这个清晨美好极了。笙歌好似止不住笑了，周夜无奈地低头笑了笑："行了，别傻笑了，快起床。早上想吃什么？"

笙歌轻咳了一声强行止住笑："我早上……"

她本想说早上都是在家吃奶奶做的饭，但是话到嘴边立马改成了："想吃手抓饼。"

难得他主动，如果自己拒绝他，他大概会失落吧？她不想让他在任何细小的事情上有失落感。

"行，去给你买。"周夜跨上摩托车，"我在小区门口等你。"

"好。"

笙歌快速起床，洗漱好后换好衣服。她担心突然不吃早饭奶奶会起疑，只好喝完奶奶准备好的小米粥，拿上煮好的鸡蛋才出门。

刚走出小区门口，笙歌就看到等在路边的周夜，他"雾霾蓝"的发色实在抢眼，让人一眼就可以看到。黑色的摩托车停在路边，他交叠双腿，微垂着头，不羁地斜倚在车身上。他沐浴在清晨的阳光下，分外耀眼。

周夜一直用余光看着小区门口，笙歌出现时，他抬起头就看到笙歌笑盈盈地朝他跑来。那一刻，他昏暗了数年的世界，瞬间光芒万丈起来。

他真想冲上去把她抱起来，拥在怀里永不放手。

周夜一夜没睡，早上五点半就在小区门口等她，明明也看不到她，可他就是想离她近点。

"现在吃手抓饼吗？"周夜拿出早饭递给笙歌。

"现在不吃，到了学校再吃吧。"笙歌见周夜还细心地多买了一份温牛奶，心里很甜。

"也行。"周夜把早饭收起来，拿出昨晚连夜跑遍帝京才买到的"雾霾蓝"头盔递给笙歌，"把头盔戴上。"

笙歌微怔，抬头问他："你连夜买的吗？"

周夜装作云淡风轻地说："回家的路上刚好看到，就顺手买了。"

笙歌半信半疑地接过头盔，看到头盔侧面还有一张贴纸，侧头念出上面的字："宝贝专属？"

周夜假咳了一声，解释道："不是我贴的，是头盔上自带的，只剩这一个了，就买了。"

笙歌噙着笑看着周夜胡说八道，露出一副看透不说透的样子，附和着点点头："哦，这样啊。"

周夜被看得心虚，补充了一句："你要是不喜欢，我再重新买一个。"

"不用，我喜欢。"笙歌看了看贴纸，笑着仰起头对他说，"如果这个是你贴的我就更喜欢了。"

卖头盔的店老板是个年轻人，听到周夜说是给女朋友买的，就送了他一张精致好看的贴纸。他也是犹豫了一夜，直到在她小区门口等她的时候才鼓起勇气把贴纸贴上去的。

笙歌清楚地看到她说完那句话后周夜错愕了一瞬，于是故意凑近他，侧头问他："所以真不是你贴的吗？"

周夜看着眼前忽然凑近的小脸，喉结无意识地滚动了一下。他移开视线，迅速拿过她手里的头盔亲自给她戴上，也没有回答她的问题，而是心虚地催促道："快戴好上车，马上要迟到了。"

笙歌看着周夜心虚的样子，忍不住笑了起来，周夜没脾气地屈起手指在她额头上轻敲了一下："不许傻笑。"

笙歌憋了一秒，然后笑得更欢了。周夜无奈地扶额，眼底却满是笑意。

快到学校门口时，周夜回头对身后的女孩说："到前面的路口我就放你下来，你自己走进去。"

笙歌急忙问："你又不去学校吗？"

周夜："我去学校，但你别跟我走在一起，我走在你后面。"

笙歌瞬间明白了，他是怕她跟他一起走，同学看到后会对她有不好的印象，损了她的形象。他心里还是自卑且敏感的。

车子在一个拐角处停下，这里有一条通往学校的小道，没什么人走。

下车后，周夜替笙歌取下头盔，把早餐递给她后抬了抬下巴说："你先走吧。"

笙歌将早餐拎在手里紧紧地攥着，一脸不高兴地仰头，一言不发地盯着周夜看。

周夜困惑地皱眉道："怎么了？走啊。"

笙歌撇了撇嘴，一脚踢在周夜的小腿上，道："周夜，你好屄。"

周夜惊愕地看了一眼被踢的地方，不可思议地看着踢他的女孩。她又说他！

双眸一眯，周夜直接伸手搂着笙歌的腰，将人抵在了小巷子的墙壁上，一手捏起她的下巴，将她困在他的身体和墙壁之间。周夜居高临下地盯着笙歌，桀骜地冷声道："再说一遍，谁屄？"

笙歌勇敢得很，仰着小脸就说："你！你！"

周夜咬牙切齿地挤出三个字："你确定？"

周夜的脸突然压下来，笙歌的心理防线被打破了一点点，但她还是鼓着勇气回了两个字："确定！"

周夜诧异于笙歌的勇敢，哼笑一声挑了挑眉："今天是不是有教授公开演讲？"

笙歌愣了一下，眨了眨眼睛："嗯，干吗？"

周夜有意暧昧地看着她舔了舔唇，缓缓出声："当着全校师生的面，亲笙笙一下，证明我不屄好不好？"

笙歌拿出仅剩的一丝勇气怯生生地问："你……你敢吗？"

周夜挑眉，语调里透着侵略性："试试？"

笙歌咽了咽口水，心慌地开始扒他的手，委屈巴巴地说："那你怎么不敢跟我一起走进校园？"

"不跟你一起走那是为你好。"周夜咬了咬牙，嗓音低沉地说，"我不想你因为我被人议论。"

笙歌听到他说出心底的顾忌，心底是有些开心的，因为她不想他把所有的心思都压在心里。于是，她伸手拽着他的衣角对他说："周夜，我不在乎别人会不会议论我，我只在乎你。而且你很好，比任何人都好，我就想跟你走在一起。"

笙歌认真地看着周夜，满眼的坚定之色。

她的周夜，是这世间最值得她靠近的人。

笙歌坚定不移的眼神让周夜彻底沦陷了，他正要开口时，不远处传来急促的脚步声及一个略带呵斥意味的声音："周夜，你要干什么？"

远远走来的楚奕看到笙歌被周夜单手搂着腰抵在墙角，且表情有些严肃，以为是周夜在欺负笙歌，于是立马跑上前替笙歌解围。

"同学，他是不是欺负你了？你别怕。"楚奕说着就要伸手把笙歌从周夜的臂弯里拉过来，还冲周夜冷声道："周夜，你放开她。"

周夜看着忽然蹦出来的楚奕，在楚奕的手就要碰到笙歌时，陡然冷嗤："你敢碰她试试？"

周夜眼神暴戾，仿若楚奕敢碰到笙歌，下一秒他就会让对方好看。

楚奕微怔了一下，手悬在半空中。他试图讲道理："周夜，你欺负女孩算什么本事？"

欺负？

没等周夜出声，笙歌主动解释道："没有，楚奕你误会了，周夜他没有欺负我，是我拉着他说话的，谢谢你的好意。"

笙歌清楚地看到周夜的眼神里有对楚奕的排斥，于是立马扯了扯周夜的衣角说："周夜，你还走不走了？"

周夜低头看了一眼笙歌扯着他衣角的手，用余光冷冷地睨了一眼楚奕，慢条斯理地松开笙歌，冲她弯唇一笑，说："好啊，走吧。"

被松开的笙歌出于礼貌对楚奕矜持地浅笑一下，说："我们先走了。"

周夜走前看了一眼楚奕，眼神中透着警告和威胁之意，楚奕脊背发凉。

楚奕看着两人同时离开的背影，回想着之前的画面。刚才他远远走过来时看到笙歌委屈巴巴甚至带着些慌张的神色，便先入为主地认为她被周夜欺负了，哪怕她解释说没有被欺负，都像是在掩饰事实。

周夜和笙歌走进校门后，果然吸引了不少目光，引发了不少议论。毕竟笙歌在转学第一天就在学校论坛火了一把，而周夜更是校园红人。

周夜一路都在悄悄留意笙歌对于这些议论声的反应，可他的女孩似乎真的毫不介意，还主动笑着跟他说话。直到走进教室坐在座位上，周夜还感觉这一路走来像做梦一样。

周夜回想着笙歌出现后发生的所有事情。她很主动，不理外界的议论靠近他，还强行找各种理由撩他，甚至当着楚奕的面说是她主动找他说话的……一时间，周夜因为心底的那点敏感心思和不敢靠近开始感到惭愧。他真是活该总被她说。

"夜哥，大清早的你怎么笑得这么开心？"一旁的程浩看着发呆的周夜忽然弯唇笑了一下，忍不住问了句。他再抬眼一看，只见周夜眼睛有些泛红，一看就是一夜没睡。

程浩回想起昨天周夜是跟笙歌在一块儿，还特意把他和沈星支走了，顿时不怀好意地凑近周夜，不怕死地调侃道："夜哥，一夜没睡啊？昨晚干吗去了？"

程浩笑哈哈地用肩膀撞了一下周夜，继续道："这满面春光，还回味着……"

话未说完，一本书砸到程浩身上，程浩愤愤地看着罪魁祸首，捂着被砸疼的胸口说："打我干啥？"

周夜看了他一眼，冷淡地道："别开她玩笑！"

程浩：……

行吧，这就护上了。

周夜趴在桌子上准备补觉，明明困得很，可一闭眼，脑海里就都是笙歌的样子，又一点困意都没有了。他掏了掏口袋准备摸出手机，却摸到了几张百元大钞，正好是五百块，里面还夹了一张粉色便利贴，上面写着：

周夜，这是我全部的生活费了，我都给了你，现在身无分文了。

你要说话算话，每天带我吃饭。还有，你别那么抗拒我的靠近行不行？

明天和意外我们永远都不知道哪一个先到。

我很想在有限的时间里跟喜欢的人尽可能多地在一起。

————笙歌

周夜看得出神，目光全落在了"喜欢的人"那几个字上。她是在表白吗？

他没想到她真的会把剩下的生活费都塞给他。她怎么这么乖啊？他真是豁出命都想跟她在一起。

周夜又看了一遍"喜欢的人"那几个字，弯唇笑了笑。既然小朋友都表白了，那他就不能让她溜走了。

周夜把钱和粉色便利贴重新装进口袋里，抬脚踢了一下正在低头打游戏的程浩。

程浩一脸蒙地问："干啥？正在'推塔'呢，等会儿说。"

周夜难得好脾气地等着他"推塔"成功，单手撑着头懒洋洋地问："你是不是谈过恋爱？"

程浩露出一副被提起"黑历史"的样子，叹了口气："嗯，谈了两个月就分了！"

周夜："那女孩都喜欢谈什么样的恋爱？"

程浩很认真地回想了一下当时的恋爱过程，难得正经地开口说："应该都喜欢被宠着、捧着、呵护着吧？以前我也不懂谈恋爱，不会主动，都是她主动。后来分手的时候，她说太累了。现在想想也是，哪个女孩想主动啊？女孩是感性的，肯定都想是被宠的一方、被动的一方……"

周夜听完程浩的话陷入沉思。好像他也是让女孩主动，而且他还总是躲她。她也很累，很失落吧？

第二章
升温

第一节课结束，笙歌怕周夜偷偷溜走，趁着上卫生间路过周夜他们班教室后门的时候朝里面看了一眼，正好对上周夜的目光。

下课铃声响的时候，周夜就想着笙歌会不会出来，没想到就这样对视上了。原本还趴在桌子上补觉的他立马就精神了，直起腰，两人隔空对视一笑。

他没有偷偷溜走，笙歌很开心。

"哎呀，看什么呢？快走。"吴忧拉着笙歌快步往卫生间跑，"等会儿慢了要排队的。"

在周夜的视线里，笙歌被吴忧拉着跑去了卫生间。周夜起身走出了教室。下课时间，走廊上打打闹闹的学生很多，他背靠在门口的栏杆上，姿态懒散地斜倚着，目光望向卫生间的方向。程浩也跟着出来透气，同样斜倚在栏杆上。

"上午最后一节体育课不上了，去打台球？"程浩倾身看向周夜，询问道，"夜哥？"

周夜还看着卫生间的方向，一个眼神都没给，直接说了一句："不去，我要上课。"

程浩同时掏了掏耳朵，想自己莫不是产生幻听了。这哥们转性了？

周夜在看到笙歌和吴忧从卫生间出来的时候，狡黠地弯唇笑了笑。吴忧不知道在追着笙歌逼问什么，笙歌耳根微红地用胳膊肘轻轻碰了吴忧一下，害羞地跑开了，吴忧在后面追着。笙歌小跑着穿过走廊上的人群，忽然脚下一顿，绊到了什么东西，接着整个人就猝不及防地朝前摔了下去。她顿时惊呼出声。

笙歌以为要当众出丑摔个跟头，下一秒却被人接住，脑袋直接撞到了一个有温度又结实的胸膛上。突然抬头，她对上周夜噙着坏笑的脸。双手扶在她的肩上，周夜低头看着她吊儿郎当地笑，小声说了句："跑什么？投怀送抱？"

"才没有。"笙歌瞪了周夜一眼，慌忙推开他向后退了一步，与他拉开点距离。

于一旁亲眼看到周夜在笙歌跑过来时故意伸脚绊她的程浩露出一副好兄弟不说破的样子。

第一次见到夜哥追女生，他哪敢多言？

追上来的吴忧也看到了刚才的那一幕，一脸错愕地看了看噙着笑的周夜，又看了看脸颊微红的笙歌。她总感觉这两人之间气氛不对劲，还没想明白为什么，就被笙歌拉走了。

走到教室门口时，笙歌回头看了一眼周夜。两人的视线再次相撞，她皱了皱眉，发现了一个大问题——这个家伙开始主动了。

一时间，笙歌心里甚感欣慰和甜蜜。

门口站了几个女生，笙歌回头想踏进教室时，被人伸出一只脚挡住了去路。她没多想，直接朝旁边挪了一步绕过去，刚走过去，身后就传来一声不屑的冷嗤："啧！这不也不瞎嘛，怎么刚才就瞎了？故意往周夜身上撞是吧？"

赵曼诗开口后，身后另一个女生应和着讥讽道："人家第一天自我介绍说的可是夜夜笙歌啊……"

几个女生意味深长地哈哈大笑起来。

笙歌停下脚步，正要开口时，一旁的吴忧抢先不乐意地直接回怼："自己心里肮脏的人看什么都是肮脏的，你喜欢周夜就去找周夜说啊，欺负笙歌算什么事？"

笙歌见吴忧替自己出头，不想让她因此被针对，立马把人拉到身后安抚道："忧忧，别理她们，我们进去吧。"

赵曼诗顿时气急败坏地拽住笙歌的衣服怒道："你们骂谁肮脏呢？"

话音刚落，上课铃响了，赵曼诗不服气地警告了一句："走着瞧！"

坐好后，吴忧气不过，瞪了一眼赵曼诗，对笙歌说："小鸽子，你别怕她，我会保护你的。"

笙歌看着吴忧一脸义气的样子，看着她笑着说："哎呀，没事，别搭理就好了。"

笙歌跟奶奶刚搬到这个城市，也不好惹事让奶奶担心，但如果赵曼诗过分了，她也不会忍气吞声。

"对，不搭理她。"吴忧说着，忽然凑近笙歌问，"不过大家都在传你跟周夜有情况，你们到底怎么回事啊？刚才上卫生间我问你，你也含含糊糊地逃避问题。你们早上是一起来学校的？"

笙歌看着吴忧一脸期待且好奇的样子，便不打算瞒她了，凑近她的耳边小声说："我喜欢周夜，在追他。"

"啊？"吴忧一脸震惊，难以置信地站了起来。

好巧不巧，授课老师此时走进了教室，正好听到吴忧的惊呼声。

"吴忧，你在干什么？"老师看向教室里唯一站着的吴忧。

吴忧立马道了声"老师好"，坐了下来。

整整一节课，吴忧都震惊得不得了，时不时看向笙歌，还小声对她说："是不是周夜威胁你了？如果是的话你别不说啊，这种事不能忍气吞声。"

笙歌认真地记着笔记，扭头看了一眼着急得不行的吴忧，在课桌下面伸手拍了拍她的腿小声说："他没有威胁我，你别担心。周夜他真的很好，你别对他有偏见嘛。"

吴忧撇撇嘴。她可没见到那个周夜哪里好，一定要找一个他的优点的话，就长得还行。

终于忍到下课，吴忧立马凑近还在做笔记的笙歌，准备问个清楚，刚要开口，她们的桌子忽然被人踢了一脚，笙歌的笔尖一下子戳破了笔记本。笙歌紧皱着眉头抬头一看，又是赵曼诗那群人。

一次不计较，不代表会一直不计较，笙歌放下笔，瞪着眼前这些人，冷然地开口道："赵曼诗，你故意找碴儿是吗？"

赵曼诗傲慢地冷哼："是又怎样？就是看你不爽。我警告你，离周夜远点，别不要脸地想着法往他身上贴，令人恶心。"

这句话听得吴忧瞬间炸毛，她噌的一下站起身，指着赵曼诗就骂："你这人有病吧？笙歌招你惹你了？接二连三地过来刷存在感，你才不要脸！"

赵曼诗瞬间恼羞成怒，指着吴忧说："有你什么事？再骂一句撕烂你的嘴！"

赵曼诗说着，扬起巴掌就要朝吴忧扇去，笙歌迅速站起来挡在吴忧面前，对赵曼诗冷喝道："你敢打她试试？"

她紧盯着赵曼诗。赵曼诗披着头发，如果动手，她就第一时间去揪对方的头发，先占领上风。

"你以为我不敢？"赵曼诗一甩手就掀了笙歌桌上的书，想伸手把吴忧揪出来时，陡然间脑袋一痛——一个打火机越过人群砸在了她的头上。接着她就听到一个熟悉且带着怒气的男声："谁掀了笙歌的书？一本一本给我捡起来。"

正围观看热闹的人听到声音后立马不约而同地让出一条道，周夜气势汹汹地走了过来。

看到走来的周夜，笙歌惊愕地喊了声："周夜。"

捂着头的赵曼诗被吓得魂不守舍，怯生生地喊了声："夜……夜哥。"

周夜看了一眼笙歌后，直接对赵曼诗冷声道："谁准你找她麻烦的？把书捡起来。"

赵曼诗觉得委屈，带着哭腔说："是她们欺负我，指着我骂，这个笙歌她……"

周夜懒得听她说话，不耐烦地打断她，阴鸷地出声："捡书！"

赵曼诗被周夜眼神里的阴鸷之色吓到，立马蹲下身来把书捡起来。

周夜双手插兜，凝视着赵曼诗说："跟笙歌道歉！"

"我不道歉！"赵曼诗看着周夜，不服气又很委屈，"周夜，你干吗这么偏袒她？"

"我乐意！"周夜眯了眯眼，眼神暴戾，"我再说最后一遍，跟她道歉！"

赵曼诗承受不住周夜冷峻的气场，只好听话地向笙歌道歉，并保证再也不会找笙歌的麻烦，这才被周夜放走。

教训完赵曼诗后，周夜有些生气地看着笙歌，声音冷冷的："你是不是傻？受欺负了不知道找我？"

刚才若不是有人议论新转来的女生在跟人吵架，他还不知道她被人欺负了。他快速冲过来就看到赵曼诗掀了她的书，还抬起手准备打人。当时周夜以为赵曼诗是要打笙歌，隔着人群直接掏出打火机狠狠地砸向赵曼诗的头。

笙歌看着眼前带着怒气的周夜，像是犯了什么错似的抿了抿唇，无措地眨了眨眼说："事发突然，就……还没来得及跟你说。"

在一旁"吃瓜"的吴忧看着两人。这氛围，这对话，她已经开始相信学校里流传的绯闻了，他俩就是在一起了吧？

周围围满了好奇的同学，周夜和笙歌被围在中间。笙歌有些尴尬地看了一眼议论的同学们。

周夜看出笙歌有些局促和紧张，对她说了句："行了，该干吗干吗吧。我回去了，有事就来找我。"

笙歌也没想避嫌，立马接了句："好。"

周夜转身要离开时，用余光瞟到了人群外的苏铭哲，直接走过去把他拖出了教室。

"夜……夜哥，有话好好说，别……别动手啊。"苏铭哲谄媚道，"有啥吩咐您说。"

周夜沉声交代道："帮我看着笙歌，如果你们班再有人欺负她，随时告诉我，否则我就当成是你欺负她了，后果自负。"

苏铭哲：……

他只是看个热闹，怎么就成了"背锅侠"？

苏铭哲屈服于周夜的威慑力，只能答应："好嘞，夜哥，只要有人找笙歌麻烦，我一定第一时间通知您。"

眉心微蹙，周夜放开了苏铭哲。笙歌的位子刚好就在窗户边，他走到窗户处，听到吴忧在跟笙歌说："现在是休息时间，我想去小卖部买东西吃，你去不去？吃点东西去去晦气。"

笙歌早上吃了奶奶准备的早餐，又吃了周夜准备的早饭，肚子撑得根本吃不下东西，最主要的是她家现在经济条件不好，她也很少买零食吃了，更何况她还身无分文。

"我不怎么想吃东西，不过我可以陪你去。"

笙歌对吴忧说完，一抬眼就看到站在窗外的周夜，微微皱眉问他："怎么了？"

周夜动了动嘴角，对她说："我刚才不是要凶你。"

原来周夜是怕她生气，特意来解释的。

笙歌顿时笑了："我知道，你是太着急了。"

周夜见她没生气，才放心地"嗯"了声，转身走了。

周夜走后，吴忧把手拍在笙歌的大腿上，不可思议地道："这周夜是怕你生气特意来解释的吗？这还是那个'鬼见愁'周夜吗？"

好奇心上涌，吴忧说："算了，我也不去小卖部了，你跟我说说你跟周夜的事？"

笙歌无奈地笑笑，简单地跟吴忧说了些周夜的好，吴忧听了直摇头："不不不，你说的不是周夜，或者是他伪装出来的。小鸽子啊，你长得这么好看，可得当心不轨之人，别被他骗了……"

啪！两人正说得起劲，忽然一塑料袋的零食被人从窗外丢进来，笙歌抬头就看到了正在喝水的周夜。喝完水后，他一本正经地对笙歌说："去小卖部买水，为了凑整买了点零食。我不爱吃，你吃吧。"

笙歌：……

他买瓶四块钱的饮料，凑整买一堆零食？这理由还能再牵强点吗？

在笙歌愣怔时，周夜直接说了一句："我回教室了。"

周夜走了两步又折回来，再次交代了句："有事就过来找我，如果在上课就给我发消息，我随时过来，听到没？"

这话里的暧昧气息和甜蜜气息太浓，尤其看到吴忧眼巴巴地等着听他俩说话的样子，笙歌多少有点害羞，不由得红了脸，但还是对周夜点点头说："好，听到了。"

周夜走后，吴忧好奇地扒开零食袋，想要看看这"鬼见愁"给笙歌买了什么好吃的，结果一看，竟发现每一种零食都有两份。

吴忧直接愣住了，又怕是自作多情。

笙歌也看到了每种零食都是两份，立马懂了周夜的心思——他是怕只买一份，她一个人吃会让吴忧觉得尴尬，也不想让吴忧觉得她小气，所以都买两份，避免这种情况的发生。在很多人眼里，周夜不好，可笙歌知道他细心又温柔，他的好永远潜藏在每一个细节里。他可是她未来飘零人生里最坚实的港湾。

笙歌立马拿出一袋吴忧爱吃的黄瓜味薯片递给她："有你爱吃的黄瓜味薯片。"

吴忧觉得难为情，毕竟她前一秒还说周夜不好来着，这会儿吃人家的东西感觉不好。

"这是周夜给你买的，我就不吃了。"吴忧矜持地说。

"瞎客气什么呀？"笙歌皱了皱鼻子对吴忧说，"他都买了两份，明显就是我们一人一份嘛，这里我就你一个朋友。"笙歌说着直接把薯片塞到吴忧手里。

吴忧看了看手里的薯片，一瞬间好像对周夜改观了很多："周夜还挺细心的。"

笙歌察觉到吴忧对周夜的改观，立马开心地笑了。

中午放学，大家都离开了教室，笙歌还在低头认真地算最后一道题，连周夜趴在窗户上看了她好几分钟都没有察觉到。

看到笙歌学习这么认真，周夜想到自己听了一上午的课，似乎只听到了老师说的那句"下课了，同学们再见"。

见笙歌终于开始收笔了，周夜才伸过手去摸了摸她的头。

刚合上书本的笙歌忽觉发顶落下一只手，愕然抬头，看见了玩世不恭且浅笑着的周夜。没等她出声，周夜先开口问："写完了？"

看他这样子估计等了有一会儿了，笙歌急忙抱歉地道："写完了，不好意思，我忘了你要等我一起吃饭。"

笙歌快速收拾好书本站在周夜面前，双手插兜的周夜弯腰凑近她与她平视，懒洋洋地开口道："以后不准给我道歉，听着烦！"

笙歌怔怔地眨了眨眼，下一秒无奈地笑起来，亲昵地抬手去推他的脑袋，说："知道啦。"

细心的是他，霸道的也是他。

周夜满意地弯唇笑了笑，低头看着笙歌，吊儿郎当地笑着打趣道："小朋友真乖。"

周夜伸手抓住笙歌校服的后衣领带着她往前走，说："哥哥带你去吃好吃的。"

笙歌扑哧一笑："周夜！你这样好像骗小孩的大坏蛋！"

"哦，那你是小孩吗？"

"当然不是！"

周夜悠然地垂眸看她，低声问了句："那给骗不？"

笙歌闻言抬头与他对视，安静了几秒后笑了，双眼弯成了月牙状："给。"

周夜内心雀跃，立马收回视线，目视前方走着，有意让她看不到他嘴角掩饰不住的笑意。

两人并肩走着，走到楼梯口时，周夜蓦然笑着低声问了句："不牵衣角了？"

这几日只要他们走在一起，笙歌就会找理由牵他的衣角，像个怕跟丢的小朋友。周夜回想着那画面，哑然失笑，接着低头看着她，却见到小姑娘兴致不高地摇了摇头："不想牵了。"

周夜有些心急："怎么了？"

笙歌仰头看他，一本正经地说："想牵手。"

笙歌见他又惊住了，得意地仰着下巴问："给牵吗？"

她仰头笑的样子，眼里似有流光，小脸明艳娇憨。别说是要牵手了，她要什么他都心甘情愿。

他不动声色地伸手过去，又立马将伸出的手插进了兜里，笑着说："想得美。"

笙歌吐了吐舌头，说："不牵就不牵。"

周夜见状，突然俯身靠近她，在她耳边小声对她说："小朋友忍着点，回家路上给你牵。"

他倒是什么都不怕，只是不想她在学校被人议论。

笙歌扑闪着大眼睛望着周夜，耳根渐渐红了。这人主动起来有点要命啊。

两人走出教学楼。原本周夜要带笙歌到学校外面吃饭，可是笙歌说食堂的饭菜便宜，两人便去了食堂。到了食堂，周夜让她坐着等他，一个人去买饭了。

笙歌想到最近帝京有场英语听力比赛，奖金有一万块钱，便低着头打开手机开始搜索相关赛程。现在她跟奶奶两个人，除了奶奶的退休金，已经没有其他的收入来源了。她想去做兼职，可是奶奶不同意，说会照顾好她的，让她只管好好读书，其他的都不用她操心。可是奶奶年纪大了，她哪里能不操心？

"笙歌。"

笙歌下意识地抬头。喊她的是楚奕，她困惑地问："嗯，有事吗？"

楚奕端着餐盘，看了看笙歌对面的空位子，很礼貌地问："这里有人吗？可以坐吗？"

"有人的。"笙歌直接说，"周夜在那边买饭，马上就过来了。"

"周夜？"楚奕虽然很诧异，但依然很礼貌，"那我就不坐了。"

他说着从口袋中掏出一个粉色的信封放在掌心，犹豫了片刻后才伸手将其递出，还有些紧张地开口说："笙歌同学，这个给你。"

笙歌看了一眼楚奕掌心的信封，不解地反问："这是？"

楚奕："我不知道你跟周夜现在是什么情况，但是我想为自己争取一下。"

笙歌瞬间明白了什么，想了想，对他说："楚奕，我不想收除了周夜之外任何男孩给的东西，所以很抱歉，这个我不能收。"

楚奕听罢微怔。他没想到这个女孩会如此直白地说出这句话，好像周夜在她心里的地位不仅特别，还无法撼动。

此时，已经有很多同学好奇地朝这边看过来，站着的楚奕还端着餐盘，觉得挺尴尬的，便直接将手中的信封放到了笙歌面前的餐桌上，说："我放这儿了，如果你不想看就扔了吧。"话落，他便转身离开了。

笙歌一脸蒙地看了看桌上的信封，又看了看走远的楚奕。此时周夜端着餐盘走来了，笙歌不想因为任何人让她和周夜之间产生不必要的误会，便立马将信封丢进了桌子下的垃圾桶里。

周夜把餐盘放下，看到了笙歌把信封丢进垃圾桶的动作，把筷子递过去假装漫不经心地开口说："楚奕喜欢你。"

这不是问句，语气肯定。毕竟都是男人，他看得出楚奕的心思，而且他不得不承认楚奕很优秀，所以说出这句话的时候，他很怕在笙歌的眼里看到一丝一毫的犹豫和彷徨之色。

只见笙歌毫不犹豫地回了句："哦，可我只想让你喜欢。"

她选择了他，而且毫不犹豫。

周夜笑了。

笙歌见对面的人不吃饭，就用手撑着头看他，皱了皱小脸说："你吃饭呀。"

她给他夹了块肉："食堂的饭挺好吃的，你尝尝，既实惠也好吃。"

听到"实惠"二字，周夜顿时想起什么，忽然喊她："笙歌。"

笙歌抬头看他，嘴里还在嚼饭，两边腮帮子鼓鼓的："嗯？"

周夜轻皱了一下眉："你一个月只有一千块生活费，够用吗？"

笙歌总讲究实惠，像个生活不宽裕的小朋友。

"够啊。"笙歌很平静地跟他说，"我吃得又不多，再说了，一千块钱也不少了呀，省着点花，每个月还能剩一点呢。"

周夜听着觉得哪里不对劲。年少时，他初见她的那个雪夜，她万众瞩目，像个千金公主，现在怎么会每个月一千块钱都还要想着省着花？

"你爸爸妈妈他们……"

周夜本想问她爸爸妈妈是不是也在帝京，还是她一个人来帝京上学的，可才说几个字，就清楚地看到眼前的女孩吃饭的动作一顿，眼底闪过一丝酸涩和落寞的神色。他立马住嘴，低唤了声："笙笙。"

"啊？"笙歌突然从哀伤的情绪中回神抬头看他，勉强露出一抹笑意转移话题，"你快吃饭呀，都快凉了。"

周夜心一疼。他的女孩强撑着笑，可见她并没有他想象中过得幸福。看出她的抵触，他没再多问，也溢出笑，装作漫不经心地对她说："有任何需要，都记得告诉我。"

笙歌："好。"

离开食堂之前，周夜趁笙歌不注意，把她扔了的那封信捡起来带走了。

下午上课时，周夜打开了信封。他不得不承认，楚奕文采很好，连他一个"学渣"看着这封情书都还挺感动的。周夜看得很嫉妒，也很惭愧——女孩收到情书时大概都会很开心吧？

周夜蓦然陷入了沉思，没过多久，忽然拍了旁边的程浩，问："有笔吗？"

程浩很认真地回想了一下，开始在桌洞里扒拉："好像有……找到了。"

周夜接过笔，先随便找了纸打草稿。

正在喝水的程浩破天荒地看到周夜在写字，像发现新大陆似的问："夜哥，干啥呢？"

周夜："写情书。"

噗——程浩喷出来一口水，动静大到讲台上的英语老师被干扰得顿时停止讲课，呵斥了一句："程浩，你干什么呢？不听出去站着！"

程浩嬉皮笑脸地学着网上搞怪的语调说："Sorry（对不起）……"

英语老师听得脸都黑了。

周夜丝毫没受影响，一个人安静地想了一下午和一个晚自习，抱着手机查遍了诗词歌赋，终于写出了一封情书来。

上完晚自习放学，笙歌又因为解题耽误了一会儿，周夜去等她的时候，教室里就剩几个人了。周夜看到赵曼诗还没有走，而赵曼诗看到他出现后，着急忙慌地走了。

周夜若有所思地盯着赵曼诗，看着她走到楼道口时，给程浩发了条消息。

没过多久，笙歌背着书包走出来，周夜立马递上写了一下午加一晚上的情书。

"这是什么？"笙歌一脸好奇地看着周夜递过来的信封。蓝粉色的信封看着还挺好看的，她下意识地就伸手接过来要打开，却被周夜一把捂住她要拆信的手："回家再看。"周夜怕她嫌弃他写得不好，有些紧张。

笙歌好奇心一下子变重了，她侧头问他："你在里面写了什么？"

周夜漫不经心地挑眉，瞥了她一眼，战术性地避开她的视线，有意慵懒地说了句："这可是我想了一个下午加一个晚自习的成果，写得不好你将就着看吧。"

笙歌看到周夜略显紧张的模样，先是愣了一秒，反应过来后瞬间激动起来，满眼笑意地抓着他的衣服问："是给我写的情书吗？"

周夜立马口是心非地否认道："不是。"

周夜抬手搭在笙歌的后衣领上，带着她朝校外走："行了，快走，送你回家。"

笙歌看着他口是心非的样子，得意地笑道："哎……你写了一下午加一个晚自习，该不会给我写了篇小作文吧？啊，不对，应该是篇大作文。"

周夜脚步微顿，有些心虚。他一个"学渣"哪里会写作文？

此刻的笙歌完全沉浸在周夜给她写情书这件事里，完全没有注意到周夜此刻的神情。周夜看着笙歌一脸期待又很兴奋地盯着情书看的样子，忽然就更心虚了。他怕小朋友的期待过高，而他写的东西没有达到她的预期。

"好了，别盯着瞅了。"周夜一把从笙歌手里抢过信封塞进她的口袋里，转移了话题，"饿不饿？"

笙歌低头看了一眼被强行塞进口袋的信封，以为周夜是害羞了，轻笑着抬头回他："不饿，我直接回家吧，不然回家迟了奶奶要担心。"

周夜："嗯。"

两人走出教学楼。通往校门口的小路上人烟稀少，两人并排走着，周夜悄无声息地伸手牵住了笙歌的手，用温暖的掌心裹紧了女孩的手。笙歌微愣了一下后，满心喜悦，心跳加速，脸颊上染上了红晕。她缓缓仰头看着身边牵着她的少年。

周夜故作镇定地目视前方继续走着，玩世不恭地带着懒洋洋的痞劲说："小朋友要牵好，别跟丢了。"

笙歌看着他故作镇定的样子，笑弯了眼睛，指尖在他的掌心轻轻挠了挠："那你牵牢点，我就不会丢了。"

笙歌忽然郑重其事地喊出周夜的名字："周夜。"

周夜低头看她："嗯？"

笙歌一脸认真地说："你牵了我的手，以后就不准放，就算有任何理由都不行。"

周夜看着笙歌认真的眼神，心想，他哪里舍得放？今天在食堂听到了她对他的认定，那一刻，他惊喜万分甚至受宠若惊。他是在深渊里攀爬苟活的存在，曾奉她为光，她是他在这世间见过的最明艳的光芒。

她如此遥不可及，他本以为这辈子只能这样，未承想她忽然在某一天空降在他的世界，不畏任何流言蜚语，一次一次勇敢地靠近他，扇动着灵动耀眼的翅膀扑向他，让他一败涂地，再也不愿放手，只想偏执地把她圈在身边，生生世世。

他们之间，她主动伸出手。往后余生，他会主动向她迈出每一步。

笙歌见周夜走神了，晃了晃他的胳膊，撒着娇喊他："周夜。"

周夜突然回神，耳边萦绕着女孩软绵含娇的嗓音。此刻两人已经走到校外周夜停车的路口，夜黑风高，他弯唇笑得肆意不羁，猛然用力一扯笙歌的手，笙歌猝不及防地轻呼一声，撞到他的胸膛上。头顶忽然传来周夜哼笑的声音："不准撒娇。"

笙歌把手轻抵在周夜的胸膛上，怔怔地眨巴着眼睛望着他，嘟囔了一声："好吧。那你回答我刚才的问题。"

牵了我的手，以后你就不准放了好不好？

月光下，少年低头看着满眼期待的女孩，弯唇笑道："好，都听我们笙笙的，你说不放我就不放，永远都不放。"

听到这个答案，笙歌笑得很开心，轻靠着周夜的胸膛。月光将两人相依的身影倒映在路面上，青涩纯粹又唯美浪漫。

笙歌不放心地又说了句："男人要说话算话，你不准反悔。"

周夜拿过头盔给笙歌戴上，听到她的话微微皱眉。她已经不止一次提醒他要说话算话了，好像在她心里，他是个言而无信的人一样。他挑眉说："要不给你盖个章？"

笙歌茫然地眨了眨眼："怎么盖？"

周夜弯腰，将脸凑到她面前，痞笑着说："亲一口？"

笙歌瞳孔一震。她亲了他两次了，他是想亲回去吗？笙歌轻颤着眼睫紧张巴巴地问："亲……亲脸吗？"

下一秒，周夜在女孩慌乱的视线中突然抬手捧起她戴着头盔的脑袋，她瞬间脸颊羞红地紧抿双唇，甚至不自觉地向后退了半步。虽然她亲了他几次，可那都是她壮着胆硬着头皮上的，毕竟她也没谈过恋爱。她的心跳一下子加快，呼吸都乱了。

周夜看着她羞涩不安的模样，失笑道："逗你的！"

周夜抬手替她拉下头盔上的护目镜，松开她说："上车。"

笙歌长舒了口气，无法形容自己此刻的心情。

周夜本以为他刚才这么一逗，小姑娘会恼羞成怒，上车后不抱他了，谁知上车后，她还是拥上了他的腰，真好。

在小区门口下车后，笙歌想起一件事，忽然问周夜："周夜，你这个周日上午有事吗？"

原本要去车行工作的周夜听她这么问，想着她一定是有事，便说："没事，怎么了？"

笙歌道："周日市里有场英语听力比赛，我报了名。考场设在奥体中心，这边好像没有直达的公交车，我想让你送送我。"

"英语比赛？"周夜瞳孔微缩了一下，那玩意他都听不懂。他笑着摸了摸女孩的头说，"我们笙笙成绩很好吧？"

笙歌愣了一瞬。其实不仅周夜敏感，她也敏感，她总怕不经意间会让周夜觉得他们不合适，于是急忙笑着掩饰说："也没有很好啦，就是周日也没事，便报名试试，拿了名次还有奖金呢。"

从小就摸爬滚打过的人最懂得察言观色，周夜看出她眼里的掩饰之意，云淡风轻地弯唇笑道："好就好呗，不用掩饰。怎么，怕我自卑啊？"

少年意气风发地抬了抬下巴道："我也就成绩差了点，其他的倍儿棒。"

笙歌见他心情挺好，松了口气，笑着瞪了他一眼，打趣道："是啦是啦，你最厉害了，哪哪都厉害。"

周夜道："行了，快回家吧。周日送你去比赛。"

笙歌转身之前忽然问道："你明天还来接我上学吗？"

周夜双手插在兜里回她话："以后每天都来接你。晚上早点睡。"

这个夜晚，笙歌觉得全世界都冒着粉红泡泡，充满了青涩又甜蜜的幸福味道。

周夜看着笙歌进了小区，跨上摩托车戴上蓝牙耳机后立马给程浩打了个电话。

正在网吧的程浩很快接通了电话："夜哥，你在哪儿呢？"

"刚送笙笙到家。"周夜完全没了刚才和笙歌在一起的笑容和耐心，脸色阴沉地问，"赵曼诗什么情况？"

笙笙？笙笙是谁？新同学笙歌？

电话对面的程浩愣了一瞬，立马回神道："一收到你的消息我就在校门口等着，我看到她进了网吧，现在还没见她出来呢。"

周夜道："哪家网吧？我现在过去。"

程浩发来地址后，周夜挂了电话发动摩托车，随后引擎声响彻夜空，摩托车飞驰而去。

刚到网吧门口，周夜就接到了程浩的电话。

程浩道："到了没？赵曼诗出网吧了。"

"我到了，你不用看着了，该干吗干吗吧。"周夜挂了电话就看到赵曼诗和几个朋友从网吧里走出来，几人在门口聊了几句后，各自分开走了。

周夜跟上赵曼诗，在拐进一个胡同时，忽然吊儿郎当地喊了声："同学。"

赵曼诗听着有些熟悉的声音，蓦然回头，紧接着就看到了黑暗中一个男子有一下没一下地按动着打火机，慢条斯理地朝她走来。火光忽明忽暗，他的脚步悠闲，却让人噤若寒蝉。

"啊！"赵曼诗惊叫着要逃，周夜快步跑过去挡住她的去路。赵曼诗恐惧地惊叫着躲到另一边，哆嗦着抱头求饶："你是谁啊？别动我、别动我！"

"我对你没兴趣。"周夜冷嗤一声。

披头散发的赵曼诗恐惧不安地捂着脸和头发，看清眼前的人是周夜时，心虚惊慌得都快哭了："周夜，你想怎样？"

黑暗中的周夜冷冷地睨着赵曼诗，眼神阴鸷冰冷，嗓音冷漠："赵曼诗，我在教室没跟你交代清楚是不是？我让你别动笙歌，怎么，听不懂？放学了还准备跟着她？"

赵曼诗顿时心虚地否认："我没有！我是在等别人，你误会了。"

"别解释，我不瞎！"

周夜眯起双眸，厉声警告道："我最后警告你一次，别动笙歌，离她远点，否则后果你承受不起！"

听到喜欢的人在为别的女孩威胁自己，赵曼诗委屈又不甘地大声道："周夜！我也是女孩，威胁女孩难道不觉得丢人吗？"

周夜冷笑："别跟我扯那些大道理，我听不懂。我只知道谁也不能欺负笙歌，不信你就试试看！"

赵曼诗第一次觉得一个人的眼神可以杀人，透着让人窒息的压迫感，冰冷如刀，阴鸷如箭。他仅仅是这么看着她，她就好像在地狱里走了一遭，从此终生难忘，再也不敢违背他的警告。

很多年后，赵曼诗再也没见过哪个男孩可以为一个女孩做到周夜这种地步，好像笙歌是他的命，他可以豁出一切去护她。

他偏执、阴鸷，喜欢上一个人便会不惜一切地守护她。

这种少年一旦遇见，便再也忘不掉，很多年之后，这个叫周夜的少年依然令赵曼诗心动。

笙歌回到家时，奶奶已经回房睡了。奶奶本想等笙歌回来的，可知道如果她每天等着，笙歌会担心她，便给笙歌留好饭菜，早早去睡了。奶奶睡眠很浅，笙歌也知道奶奶不会睡太熟，每天回来后都会悄悄打开奶奶的房门小声说一句："奶奶，我回来啦。"

一个知道奶奶睡得不安，每天回来都会去打声招呼；一个一听到孙女说回来就会安心入睡——祖孙俩彼此心照不宣，互相体谅。

笙歌洗漱好后钻进被窝，内心雀跃又激动地掏出周夜给她写的情书。笙歌的心脏怦怦跳，她笑着嘀咕道："写了一下午加一个晚自习，该写了多少字呀？真是难为他了……"

笙歌一脸期待地打开信封掏出信纸，嘴角的笑都要溢出来了。

然而打开信后，笙歌傻眼了。她看见大大的一张纸上只写了短短

.069.

的三行字，怔怔地眨了眨眼："我的小作文呢？"

笙歌怕是自己拿反了，还把纸张反过来看了看，反面空荡荡的，没有字。不过她内心的喜悦情绪并没有受影响，她兴奋地摊平纸张，一字一字地读出上面的字。

笙歌，我喜欢你，一眼万年的那种。

我想做你的骑士，护你一生平安喜乐。

笙笙小公主是我的曙光，也是我的信仰。

第四章

磨　合

　　笙歌将那简短的三行字一字一句地印在心里，脸上的笑容渐渐消失，心里有些沉重酸涩。她鼻尖一酸，眼眶湿润了，满脑子都是周夜的样子。

　　笙歌看了一眼手机上的时间，已经快晚上十一点了，不知道他有没有睡下，她好想他。笙歌在被窝里翻了个身，把情书放在心脏的位置，将手盖在上面，望着天花板，轻声地傻笑起来，带着平日里少有的青涩和娇羞之意。

　　犹豫了好一会儿，笙歌还是没忍住，拨通了周夜的电话。

　　车行里，临时被喊来修车的周夜正在拆车。铃声响起，程浩瞅了一眼屏幕上的来电备注——小公主——顿时嬉皮笑脸地喊了一嗓子："夜哥，你家小公主来电话了。"

　　周夜愣了一下，立马摘了沾满黑乎乎的油漆的手套，快步走过去拿起手机。现场有些吵，他跑到安静的地方才接听电话，刚接通就听到笙歌轻软的声音："周夜。"

　　周夜懒散随性地斜倚在一处栏杆上，耳边是笙歌轻软婉转的声音，这声音好听得让人好像坠入了棉花糖里，甜蜜动人。

"笙歌。"他忽然连名带姓地喊她。

笙歌愣了一下，鼓了鼓脸："干吗？"

周夜噙着笑："看不见摸不着的时候别撒娇。"

笙歌羞涩地嗔道："我没撒娇。"

她真的没撒娇，怎么声音听到他耳朵里就是撒娇了？

"哦？"周夜吊儿郎当地哼笑出声，"那笙笙现在撒一个娇给我听听。"

笙歌：……

周夜见笙歌不出声了，猜她多半是羞臊了，只好笑着主动转移话题："怎么还没睡啊？"

笙歌把被子扯到了鼻子下，小声支吾着说："我看完你写的情书就睡不着了。"

夜色下，周夜漆黑的双眸微眯，眼底闪过一丝黯然的神色："我没什么文采，想了一下午就写了那么几行字，你凑合着看吧，委屈我们笙笙了。"

连封像样的情书都写不出来，周夜有些挫败，在心底叹气。他记得楚奕的情书写得可好了，有什么"你如星如月，明媚璀璨，是不灭的星河"，还有什么"于人群中惊鸿一瞥，从此沉沦，不可自拔"……这些他都写不出来。

笙歌听出他语调里的不对劲，急忙解释说："才没有委屈。周夜，在此之前，我从来不知道文字也可以让人如此震撼，你写的这三行字是我见过的最真诚、最唯美的文字，它比任何情诗都来得惊天动地。"

笙歌笑了笑，很认真地对周夜说："我好喜欢这封情书，喜欢到都睡不着了。"

周夜很诧异，甚至有些难以置信，然后感觉欣喜："真的喜欢？"

"嗯，好喜欢好喜欢的。"笙歌忽然含羞咬了咬唇，问，"你今天怎么想起来给我写这个啊？"

周夜："因为你今天丢了一封情书，我要给你补上。"

如果她是因为跟他在一起而丢失了什么，他都会亲自给她补回来。

笙歌听得心里发颤。他用最朴实的语言，让她感受到了无尽的宠爱。笙歌郑重其事地对他说："周夜，你真好。我不仅喜欢你写的情书，也很喜欢你。"

这是她第二次跟他说喜欢，她真的喜欢这个隐忍、深沉又对她极尽偏爱的少年。

她知道，她的少年需要她明确地表达对他的喜欢，那会成为他的底气，会驱散他心底深藏的敏感与自卑的情绪。

果不其然，周夜听到她说完"喜欢"二字，微低着头，眼角眉梢都挂满了笑意。他漆黑的双眸中仿若有流光在闪烁，夜风吹动他额前的发，银色耳钻泛着光，他的眼底隐匿着前所未有的满足感。

一直认为自己在深渊中的周夜在这一瞬间感觉身边光芒万丈，他好像从深渊里爬出来站在了阳光下。

周夜心情舒爽地仰头，看着天上最亮的那颗星星，有意逗她："小姑娘是有意这么晚了隔着电话跟我说这些，成心让我今晚睡不着？"

他痞痞地哼笑出声："我现在去找笙笙好不好？"

"啊？"笙歌很惊愕，"现在？都这么晚了，奶奶不让我出门了。"

周夜故意道："行吧，那明天接你的时候你把今天在电话里说的话当着我的面重新说一遍，然后……再给我亲一口，弥补一下今晚不眠的我。"

笙歌惊愕得小脸都红了，支吾了半天，憋出一句："不……不说了，很晚了，我要睡觉了，你也早点睡。晚安。"

笙歌不等周夜再出声就挂了电话，周夜看着猝不及防被挂断的通话，想象着她躲在被子里红着小脸的样子。此刻，他很想抱一抱她。

笙歌挂了电话后，感觉浑身好热，把被子都掀开了。

笙歌发现之前她主动的时候，周夜像个木头人一样没反应，但现在他有反应、开始主动了，她却好像有点接不住了。

周夜从车行离开时已经凌晨一点了，去自动取款机取了五千块钱出来。

程浩："取现金干啥？手机不能支付了？"

"能支付。"

"那你取现金干啥？现金容易丢。"

"我家笙笙不用手机支付，只用现金。"

"啥？"程浩愕然，"所以这钱是给她的啊？"

"嗯。"周夜把钱收好，抬腿跨上摩托车，眉心微蹙，"她好像有点缺钱花。"

"不会吧？笙歌看着就像富家千金，会缺钱花？"程浩难得一本正经地说，"不过咱也不是富二代，也没金库，你还想从现在开始养她啊？"

周夜听得咬肌微动。他拧动车钥匙，声音低沉地说了句："没有钱，我可以赚。我想养她。"

话落，黑色的摩托车在夜幕下飞驰而去。

清晨，周夜接到笙歌的时候，明显感觉到小姑娘的眼神一跟他的对上，就会立马躲开。

周夜无奈地失笑，抬手轻敲了一下她的头盔："看到我躲什么？不亲你。"

小心思被戳穿，笙歌眨了眨眼看周夜，然后安心地笑了。

周夜把笙歌的书包拿过去顺手挂在摩托上，到教学楼楼下的时候取下书包递给她。

把笙歌送到教室门口的时候，周夜忽然冷不防地对她说："以后中午吃饭你付钱吧。我把生活费放在你的书包里了，想要什么自己买，以后每个月我都给你钱。"

"啊？"笙歌惊住了，急忙打开书包拿出钱想要还给他。这太夸张了。

可周夜直接伸手按住她的手说："别在教室附近拉拉扯扯的，快进教室吧，我也去教室了。"

说完没等笙歌回应，周夜大步流星地离开了。周夜原本想把卡直接给她，可是想到给她卡，她不会去取钱出来花，而且一下子给太多，她也会有负担，便想着以后每月五千、五千地往她书包里塞。

笙歌直接蒙了，但是在教室门口也不好过多拉扯，且快上课了，她只好紧紧揣着书包先进了教室，想等中午吃饭的时候再把钱还给他。

课间休息的时候，难得连着几天都来学校的周夜成功地被老师抓住机会喊进了办公室。

戴着眼镜的辅导员指着他的头发训斥着："你自己看看你缺了多少节课，再这样下去，你离被开除也不远了！"

周夜不耐烦地听着这几句熟悉得不能再熟悉的话，换作以前，他会直接怼回去，可是笙歌也在办公室和一位老师聊天。

他的小公主在，他不敢造次，只好低着头漫不经心地听着，左耳进右耳出。

辅导员被周夜这副目中无人的散漫样气得怒火攻心，又大声训斥道："你看看你这是什么态度？我说的话你听进去了吗？"

辅导员说着，看了一眼隔壁桌正在和老师聊天的笙歌，又看了一眼周夜，开始做比较："同样都是学生，看看别人班的学生，再看看自己班的学生，真是……"

周夜和笙歌一同从办公室走出来时，走廊上的学生都看到了。昨天周夜为笙歌出头的事情早就在学校里传开了，两人早上又是一起来的，尤其是还有同学说看到笙歌是坐周夜的车来的。一时间，大家都在传笙歌不仅和周夜在一起了，还把他拉回来上课了，都说笙歌很厉害。

"哎，你听到传闻没？"吴忧见笙歌回来，拉着她就说，"大家都在传你跟周夜已经在一起了。不过小鸽子啊，不是我戴有色眼镜看人，就……真的有很多关于周夜的谣言，你跟他在一起一定要小心点。虽然小说里有那种救赎文，把人从黑暗深渊里拉出来之类的，但是故事书咱看看就好了，千万要清醒点……"

笙歌知道吴忧是真心怕周夜骗她、欺负她而好心提醒，于是也很认真地对吴忧说："放心，我没想救赎他。如果他注定属于黑暗，我可以陪他下地狱。"

吴忧："小鸽子啊，咱不能……"

两人正说着，忽然教室外一阵骚动，议论声此起彼伏。

"天哪，什么情况？有警察来了。"

"那不是周夜吗？怎么被警察带走了？犯事了？"

"估计是吧，警察直接来学校抓人了。那事情会不会很严重啊？"

周夜？笙歌在吵闹的议论声中听到周夜的名字，瞬间绷紧神经，慌忙地站起身，想跑出去。然而她刚起身就看到一名警察从窗外经过，接着看到了周夜，他的身后还紧跟着一名警察。

不知道发生什么事的笙歌被吓蒙了，急忙倾身趴在窗边喊了声："周夜。"

周夜没有回应，笙歌的视线里只剩下周夜跟着警察离开的背影。笙歌彻底慌了，小脸惨白地拔腿跑了出去。

笙歌跑进办公室，匆匆忙忙请了假。她眼看着周夜出了教学楼被带上了警车，瞬间心情沉重。警车开走的同时，她看到了程浩和沈星狂奔而去的身影。

笙歌急忙边跑边喊道："程浩，你们是不是去找周夜的？带我一起行吗？"

程浩回头看了她一眼，但情况紧急，他未停脚步，也没有回她，甚至加快了速度朝校外跑去。

笙歌看着不搭理她跑了的程浩和沈星，急得都要哭了。她不知道发生了什么事，不知道周夜是遇到了什么事情会被带走，只能拼尽全力朝校外跑去。

几分钟后，一阵摩托车声由远及近传来，伴随着紧急刹车的刺耳声，一辆摩托车在笙歌面前滑了半圈停下，只听程浩急切地喊了声："上车。"

笙歌被刺耳的刹车声吓得愣了半秒，反应过来后急忙应声上了程浩的车。

两人出校门时，保安大爷厉声训斥着："臭小子，说了不准骑摩托车进校园！"

程浩将车骑得很快，大爷的声音瞬间远去，笙歌双手紧紧地抓着后座。

"先去了解一下情况，你别自己瞎想。"一路上，程浩就说了这么一句话。

两人到了公安局，车子停稳，笙歌下了车就往里面冲。此时有两名女警察刚好从里面走出来，其中一名女警察看着笙歌，试探性地喊了声："笙歌？"

笙歌停稳脚步，一脸愕然地看着说话的女警察，如实回道："我是笙歌。"

女警察打量了她一下，向另一名女警察说："她自己来了，不用再去学校带人了。"

直到被带进询问室，笙歌才知道原来是那天在零点台球厅被打的花衬衫男人报了警。

询问室里警察一边看从台球厅取来的相关监控录像，一边上下打量着笙歌，不解地问道："你一个学生为什么穿成那样去台球厅？那起打架事件是不是因你而起？"

从来没进过公安局的笙歌有被吓到，眼圈红红的，但她强行让自己快速冷静下来。她明白这个时候她说的每一句话都可能对周夜有影响，于是深吸了口气后，看着警察，冷静地回答："我穿成什么样了？衣服是我花钱买的，我没偷没抢也没有怎么样，不能去台球厅吗？监控录像你们也都看到了，那是打架事件吗？救我的人是见义勇为。难道就因为我穿了条黑色的紧身裙就活该被那样对待吗？你们为什么不去谴责坏人，而是抓着女孩的穿着不放？难道路人见义勇为有错吗？我们女孩是没有穿衣自由了吗？明明我才是受害者。"

随后警察又问了几句，可她没再多说，反反复复只说那一句："周夜不是打人，他是在救人，他是见义勇为的英雄。"

周夜这边的询问室里气氛阴沉，小房间里，他面无表情地坐在审讯椅上，警察将那个花衬衫男人的验伤报告给他看，然后开始问那天的情况，并表示报警人一口咬定所有的伤都是他打的。

周夜听完警察的话后依然面无表情，只抬起眼皮轻飘飘地说了句："有证据吗？有证据就处理我，没证据别浪费大家的时间。"

警察道："摄像头拍到你动手了，你还要狡辩？"

周夜不屑地冷笑，带着股吊儿郎当不以为意的劲："哦，还有监控录像啊，那拍到他强迫少女没？他都把小姑娘拖出门外了，见义勇为也犯法？"

周夜仰起下巴说："我承认，我是出手打了那禽兽，可那是救人啊。我好言让他放人，那畜生不放，难道我要看着小姑娘被带走啊？"

警察继续问道："那你救过人之后呢，为什么还把人打成重伤？

你把人拉进卫生间的那六分钟内做了什么？"

周夜面无表情地道："拉他进去跟他说以后别当禽兽，接着上了个卫生间就出来了。"

警察拍了下桌子接着问："你把他拉进去后，他再出来的时候就一身伤，难道那不是你干的？"

周夜云淡风轻地回着："那种禽兽，估计很多人都想打他，谁知道他是被谁打成那样的？警官，你有证据就直接处理我。"

警察看着眼前的少年玩世不恭的样子，换了种方式继续问："行，你不说也没事，当时你救的那个女孩会说。她也在公安局，被带来的时候都被吓哭了……"

周夜听到笙歌的名字，脸色陡然变得阴沉，他瞬间情绪激动地要站起身，却被看着的警察按住。他怒道："她是受害者，你们凭什么带她来？"

警察道："现在慌了？人家一个小姑娘因为你被带到这里来，不知道自己犯了什么事，被吓得一直在那儿哭。你们辅导员也来了，她跟我们说那个小姑娘是好孩子，这其中一定是有什么误会。人家是好孩子，什么都会说清楚的，可是你呢？在这儿东拉西扯，无视法纪。就你这副样子，你连实话实说的勇气都没有。我再问你一遍，人是不是你打伤的？"

周夜原本平静的心态瞬间被警察打乱，双眼充血泛红，他几次欲站起身都被人按了下去。他将双拳捏得咯吱作响，紧盯着问话的警察咬牙切齿地说："有证据你就处置我！"

周夜仅剩的理智在告诉他事有蹊跷，警察正要再开口问话，忽然，讯问室的门被打开。

看见来人，警察立马起身喊了声："张局……"

张局的身后还跟着商业巨鳄季家的掌权人季云潇。

张局客套地点了点头算是回应，然后对季云潇说："季总，既然你已经和报警人达成和解，那我们也没必要扣着人了。人在这儿，我们也就是按正常流程问话。"

季云潇客气地说："那我可以单独跟这小子聊聊吗？"

张局道："行，你们先单独聊，聊完叫我们。"

所有人离开后，周夜阴鸷冷峻的目光对上季云潇气定神闲的视线，气氛诡异。

公安局外，笙歌和程浩焦躁地等在路边。快到中午了，周夜还没出来，笙歌心里很急很慌，好几次都忍不住要掉眼泪，可她怕周夜出来看到后会担心。

程浩看着一直低着头一言不发抠着手指的笙歌，不知所措地挠了挠头。他不知道怎么安慰女孩，只好说："你别乱想，我夜哥福大命大，不会有事的。"

嘴角抽动着，笙歌强忍着眼泪没有出声。

程浩心急不安地自语了句："他这次是下手重了些，之前谢礼还有其他人来烦夜哥的时候，他也就是吓唬吓唬，这次……"

笙歌听得心底一沉。他这次下手很重？是因为当时那个花衬衫男人欺负她了？

笙歌忽然就想起周夜阴鸷的样子，是她触动了他理智的防线，让他变得疯魔了。

她想起那日，他从卫生间出来，一句话不说就把她抱进了怀里，当时她以为他是急着带她去买衣服，现在回想，那时的他大概也是怕自己陷入深渊无法上岸，而拥着她可以驱散心魔吧。

笙歌忍了许久的眼泪忽然落下，她吸了吸鼻子，抬手抹掉眼泪，问程浩："周夜以前进过公安局吗？"

如果这是第一次，他心里肯定也很害怕。她心里好难受。

笙歌低着头，程浩看不出她的情绪，听到她这么问，会错了意，以为她会觉得周夜是经常进公安局的坏人或是地痞流氓，急忙替兄弟解释道："没有没有没有……这是第一次，你可千万别乱想啊，我夜哥是一个很好的男人。而且你大概不知道，他可喜欢你了，昨天他是不是给你送了封情书来着？"

笙歌听到这儿，缓缓抬头看着程浩问："那情书怎么了？"

程浩强笑着说："你都不知道，为了写那封情书他打了多少草稿。他查诗词歌赋查得手机都没电了，就拿着充电宝给手机充着电继续查，我就没见过他写过那么多字，写了一页又一页，都不满意……"

程浩低笑："他还骂骂咧咧地说那些文人雅士写的啥玩意，都没有他想表达的意思。后来到晚自习时，他似乎查到了一些满意的话，写了满满一页，可后来又撕了，他说给你的情书要自己写，不能抄。最后也不知道他给你写了什么，反正我是没见过他这么扭扭捏捏又小心翼翼地做过一件事，他特别怕你不满意。"

笙歌听得紧咬着唇，眼眶里泪水在打转，但她很想了解更多有关周夜的事情，于是强忍着眼泪说："程浩，你跟周夜从小就认识吗？他小时候过得好不好呀？"

"对，我们小时候就认识。"程浩叹了口气开始回想小时候，"夜哥他从小就没有父母，是跟着舅舅生活的。可是他舅舅不当家，舅妈也不想养他，经常打他，想让他自己离家出走。我记得特清楚，有一年的冬至，下了好大的雪，七岁的夜哥就穿了件薄外套被他舅妈赶了出来。他躲在一棵树下，都快冻傻了，眼睫毛上都是雪花。当时我妈看到了他，就给他送了碗水饺，后来这一碗水饺他一直记着。他得多缺爱呀，连送一碗水饺的恩都铭记于心。他从小所有的一切都得自己拼，连饭都吃不饱。但即使这样，两年前，我妈没钱进行癌症化疗，他也把所有积蓄都拿出来给了我。不过最后我妈还是走了……"

程浩说着，忽感喉咙发酸，立马住了嘴，强笑着说："嘻，扯远了。"

笙歌听完程浩的话，胸口像被人压了块大石头，她感觉沉闷到快要窒息，脑中回荡着程浩那句"他得多缺爱呀，连送一碗水饺的恩都铭记于心"。

他小时候大概每天都像是在炼狱里吧，所以长大后才变得深沉隐忍，用玩世不恭的姿态来掩饰内心的孤寂落寞。

她的周夜，好让人心疼。

周夜被季云潇带出来的时候，满脸不耐烦："我不可能跟你回季家，你死了这条心吧，当年你抛弃我妈的时候就该想到我不会认你！"

季云潇脸色微沉："你再怎么不认，身上也流着我的血。还有你喜欢的那个女孩，人家那么优秀，你现在这样配得上人家？"

周夜紧咬着后槽牙，吐出一句："我不稀罕季家，至于我配不配得上她，也不是你说了算。"

两人走出公安局时，外面阴云密布，像是要下雨了。

一直盯着公安局看的笙歌一见到周夜出来了，立马惊喜地跑了过去："周夜。"

听到声音的周夜脚步一顿，抬眸看着朝他跑来的女孩。那一瞬间，他百感交集，心跳都快停了。当笙歌满眼焦急、不顾一切地扑到他怀里紧紧抱着他的刹那间，他听到了自己心碎的声音。

周夜抓着笙歌的手腕，毫不温柔地把人拉进了右边的小公园。

笙歌愣住，不安地喊他："周夜，你要带我去哪儿？"

周夜不出声，直至找到一个合适的位置将她抵在一棵树的树干上。他眼底一片阴鸷隐忍之色，抓着她的手都在隐隐发颤。

笙歌的心跳得凌乱，她仰头望着他，轻声喊他："周……"

她刚开口，他突然低头吻住了她的唇，强势且不容推拒地吻她。

笙歌被他忽然落下的吻惊得睁大了眼睛，接着不安地眨巴着眼睛。

笙歌第一次接吻，呼吸很快就乱得不成样子，大眼睛慌乱地眨着："周……周夜！"

然而周夜像是陷入了疯魔状态中似的，无视她不安的声音，甚至无视她惊吓和抵触情绪。

啪！混乱中，一个巴掌扇在了周夜的脸上。

世界陡然静止，耳边所有的声音都消散了，而周夜也停下了所有的动作，放开了怀里的女孩。笙歌瞪圆了眼睛怔怔地看着周夜。

周夜低着头，让人看不清他此刻的情绪，可他周身散发的阴沉气息让笙歌不安极了。

她大口大口地呼吸着，慌忙跟他解释说："周夜……我……我不是要打你，我刚才……"

周夜冷哼一声打断她的话，慵懒地抬起眼皮看着她，然后慢条斯理地抬手抹了一下刚才接过吻的嘴角，一脸玩味地伸手，指腹落在她被亲得红润晶莹的唇上。他玩世不恭地噙着笑问："宝贝，刚才感觉怎么样？"

他的语调里有轻浮甚至是逗弄之意，笙歌瞬间愣住，不知他是何意，紧抿着唇看着他，胸口不安地起伏着。

周夜在笙歌慌乱不安的视线里哼笑着继续道："我倒是很爽。"

他说完突然收起笑，微眯漆黑的双眸，捏着她的下巴，阴鸷无情地开口说："笙歌，你看清楚了吗？我就是一个地痞流氓，这几天陪你也不过就是看你长得漂亮，又整天上赶着往我身边凑，就想着不玩白不玩……"

指腹在她的下巴上轻轻地蹭了蹭，然后他不羁地笑了。他收回手，把双手插进兜里，接着说："行了，我也爽过了，你也打了我一巴掌，咱俩扯平了。我不想玩了，以后离我远点。"

他用词粗鄙，言语轻浮，一字一句都显得很不堪，甚至他说完不等笙歌回应，立马转身走了，无情地走了。

笙歌在周夜转身离开的刹那间突然回过神。她慌忙跑上前拉住他的手，红着眼睛喊道："不是这样的，这不是你的心里话……"

她说着，声音已经哽咽起来："周夜，你怎么了？发生什么事了？"

手被拉住的周夜听到笙歌声音哽咽，不敢回头看她，背对着她不耐烦地冷漠出声："让你离我远点听不懂吗？"话落，他无情地甩开她的手，疾步逃离了小公园。

笙歌忍了许久的眼泪在这一刻终于落下，她追着跑上去，看着他的背影喊："周夜……"

等在路口的程浩看到周夜丢下笙歌疾步走了出来。程浩一把拉住周夜的胳膊挡住他的去路问："你怎么回事？"

程浩知道周夜喜欢笙歌，但他不理解周夜为什么这么做。

周夜没有回答程浩，直接挣开了他的手，甚至一把夺走了他手里的车钥匙跑了。

笙歌追出来的时候，周夜已经跨上程浩的摩托离开了。

此刻天空乌云密布，随后刮起大风，雨水伴着风倾盆而下。

"周夜……你别走。"笙歌不顾风雨追着车跑，用她那哭得嘶哑的嗓子喊着，"别丢下我……"

风雨很大，周夜透过后视镜看雨中追他的笙歌。雨水淋湿了她的衣服、头发，那张小脸哭得不成样子，那一刻，他感觉心都被撕碎了。

可是他拿什么跟她在一起？警察的话一直在他耳畔回响。他不该再耽误她，影响她的前程。他跟她在一起的短短几日，她已经开始被人议论，今天甚至被带到了公安局。

从公安局出来的时候，他看到她哭红的眼圈，而这一切她本不该承受，都是因为她跟他在一起了。

周夜攥紧车把手，忍着心疼加快车速离开了。

大雨中痛哭的笙歌任程浩和沈星怎么劝说都不理，眼看着周夜越走越远，哭得浑身都在颤抖也还在拼命追着他喊："周夜……"

雨水模糊了双眼，笙歌哭得上气不接下气，一不小心脚下不稳摔倒在地，溅起满地的水花，但立马支着胳膊爬起来继续追。

程浩实在看不下去了，快步走上前准备把人强行带走。然而从雨中狂奔回来的周夜比他更快一步，将哭得上气不接下气的笙歌抱走了。

笙歌浑身湿透，周夜怕她感冒，直接拦了辆出租车。

两人坐进车里后，被周夜抱在怀里的笙歌紧紧地抱着他的腰不放手，浑身还因为哭得太凶而颤抖。她委屈无措地看着他，说不出话来，只能小声地啜泣。

周夜看得眉心紧皱，向出租车司机喊了声："师傅，空调开热风，可以加钱。"

司机道："得嘞。"

空调被打开后，周夜又开口说："师傅，有纸吗？有新毛巾更好，都算在车费里。"

司机道："有卷新的卫生纸。"

周夜接过卫生纸，给怀里的女孩擦着满是雨水和泪水的小脸，然后是她湿透的头发和衣服。他动作温柔，很耐心地一点点帮她擦着。

笙歌紧紧地抱着周夜，不出声也不动，由着他擦着雨水和泪水，只眨着哭红的眼睛怔怔地看着他，时不时不受控制般地呜咽几声，委屈得不得了。

两人都不说话，开车的司机有些不自在地透过后视镜看了他们好几眼。

笙歌早已看出周夜沉默下的隐忍和挫败感，他一定是遇到了什么事才会这样。

明明他不久前还答应过她永远不会放开她的手。

她知道，他在小公园里说的那些一定不是真心话。她始终相信，他永远不会想要离开她、丢弃她，是有人跟他说了什么吗？

笙歌忽然想起他在学校被警察带走时，在所有同学的议论声中不肯回头看她的样子。那时他就已经在担心会影响到她吧？可她真的不在乎这些啊。

下车的时候周夜想赶快带笙歌回家换衣服，于是直接付给司机一百块钱，抱着她就下车了。

被周夜抱着，笙歌很安心。

周夜抱着笙歌走进一个陌生的小区，这是一个老小区，没有电梯，周夜抱着笙歌爬上了四楼。

一直未说话的笙歌在周夜打开门进入房间后，声音哑哑地问他："这是你家吗？"

"不是，租的房子。"周夜径直把笙歌抱到浴室，然后将她放下来，声音低沉地说，"比较简陋，将就一下吧。先洗澡，把湿衣服换了。"

房子不大，里面没多少家具，有些清冷但又很干净，格调很清爽。

周夜说完不等笙歌回应，转身就要走，然而刚转身出浴室，笙歌忽然从他身后抱住他的腰，将脑袋轻轻蹭在他的后背上，低低地出声："周夜，别走。"

她的嗓音中还染着的哭腔，听得令人心疼极了。

周夜心思沉重地咬了咬牙，紧攥双拳，骨节隐隐泛白。无措中，他听到身后的笙歌又对他说："我不知道你今天是听到了什么话或者想到了什么事，可是周夜，我想告诉你，我什么都不在乎，只想好好地跟你在一起。这辈子除了你，我不会再喜欢上其他男孩，如果你非要离开，不管天涯海角，我都会去找你，一天、两天……一年、十年……我会一直找你，如果找不到，那我会一个人孤独地过完这一生。所以，你不要总想着会影响我什么或是害我过得不好，因为我过得好不好只取决于你在不在我身边。而且，我的周夜很好，他值得我相伴一生……"

笙歌缓缓松开周夜的腰走到他面前，小心翼翼地牵起他的手，仰头看着他说："你不要这么敏感好吗？周夜，你不在深渊里，我也不在阳光下，你不要在心里把我们分开了好不好？"

女孩弯唇冲他笑了笑，轻轻靠在他怀里坦然地说："周夜，如果阳光刺眼，我愿意陪你下地狱，陪你坠入深渊……"

笙歌一字一句直击周夜内心深处，如在静谧的黑暗中点燃了火光。

他哪里值得她这样？

周夜低头看了一眼抱着他的女孩，紧皱着眉心问她："是不是我对你做什么你都不生气？"

在小公园里，他那样对她，她不生气吗？她这样什么都不计较地认定他，让他觉得很虚幻、很不真实。

笙歌仰起头，皱着小脸说："我生气！怎么会不生气？你那么亲我，还……"

笙歌不好意思说下去，冲他哼了一声娇嗔道："可是相比你要离开我，我可以不计较那些。"

周夜看着她羞涩中满是认定意味的眼神，想要一个确切的答案，于是问："为什么认定我值得？"

笙歌看着他眨了眨眼，忽然摆出一副受委屈的样子低下了头，怯生生地开口说："周夜，早上在学校，班里有同学欺负我，她打我，还骂我，骂得好难听……"

此话一出，一直僵着不动的周夜顿时瞳孔一缩，双手抓着她的肩，情绪瞬间变得激动。他怒道："谁？谁打你了？打哪儿了？我去找他！"

笙歌听着周夜激动的声音，扑哧笑了。

周夜不解地挑眉，满心着急地抬起她的小脸，疾声道："傻笑什么？谁欺负你了，啊？"

笙歌望着他，笑得更欢了："我骗你的，没有人欺负我。刚才你问我为什么认定你值得，是因为只有你一听到我受欺负就特心疼又愤怒，甚至不问原因就要为我出气。周夜，除了你，我不会再遇到第二个对我这么好的男孩了。如今我遇到了你，哪里能放手？"

周夜听得愕然极了。他确实听不得她受欺负，一丁点都听不得。

笙歌看出他眼底的深思之意，有意扯了扯他的衣角，打乱他的深思说："周夜，你宠我一辈子好不好？"

因为这一句话，周夜的心彻底软了。

"好。"周夜长舒了口气，抬手摸了摸笙歌的脸，自责地道，"对不起，我再也不会这样了。笙笙不用下地狱，我去阳光下，你原地不动，我奔向你……"

此后，他再也不会逃避，再也不会独留她一个人不知所措和彷徨不安了。

笙歌听完他的话，终于安心地笑了，情不自禁地又说："你要说话算话，不许再食言！"

周夜无奈地低笑，摸了摸她的头问："我在你心里就这么言而无信吗？每次都要提这么一句。"

笙歌有意嫌弃地撇撇嘴："你自己觉得呢？你食言几次了？信用度在逐渐下降……"

周夜自觉惭愧，笑了笑说："行，以后做给你看，把信用度提到百分之百。"

笙歌见他笑了，俏皮地轻咳一声，举手拍了拍他的肩逗趣道："那小伙子以后要多努力啊。"

周夜弯唇笑了笑，再次把她推进浴室说："行了，快去洗澡。"

"好。"

笙歌进了浴室，周夜找了两件干净的衣服走过去敲了敲浴室的门："洗好先换上，我出去一趟，马上回来。"

笙歌开了点门缝把衣服拿进去，说了声："那你快点回来。"

周夜道："嗯。"

出门后，周夜颓然地靠在门口的墙壁上。他低下头，脑子里全是笙歌刚刚说的话和她追着车跑、哭着摔倒在雨地上的画面，一幕一幕刻在他心上，像一道道鞭子猛抽在他身上，刻骨铭心。

回来的时候，周夜拎了一大包东西。

刚进门他就看到洗好澡出来的笙歌，她穿着他的灰色薄卫衣。衣服很大，她直接把它当裙子穿在身上，卫衣下是两条笔直又纤细的美腿，周夜只看了一眼就立马移开了视线。他心跳加速地问了句："怎么不穿裤子？"

"不……不是，你别乱想。"笙歌立马尴尬地解释，"你的裤子太大了，腰上挂不住，我穿上就掉。我刚才喊你，你不在，我就想着先出来找一下有没有夹子什么的……"

周夜听完她的解释，闷闷地"哦"了一声，小心翼翼地看了一眼穿着他衣服的小姑娘，伸手递过去一个漂亮的服装袋："拿进去换上。"

笙歌接过袋子看了一眼，里面是一条白裙子，她仰起笑脸看向他：

"你刚才出去买的吗？"

周夜道："嗯，快去换上。"

笙歌转身进了浴室，心里开心得不得了。

笙歌打开袋子才发现里面不仅有一条白裙子，还有文胸和一次性内裤。

笙歌换好衣服出来的时候，周夜正把买回来的外卖摆放在桌子上。听到脚步声，他扭头看向穿着他买的白裙子走来的女孩。裙子及膝，她穿上后像个小公主，洗过的头发吹干后柔顺如瀑地披在脑后，这样的她恬静明艳得让人移不开眼。

"你别这么看我。"笙歌被周夜直勾勾的目光看得心扑通直跳。

笙歌有些扭捏和不自在地朝周夜走去，周夜看出她的异样，担心地问："怎么了？哪里不舒服吗？"

笙歌耳尖微红地摇摇头："没有不舒服。"

周夜不解地打量着她："那是怎么了？浑身不自在的样子。"

笙歌仰头看他，有些含羞地小声说："你没给我买安全裤……"

穿裙子不穿安全裤，笙歌总感觉不自在。

周夜挑眉："安全裤是什么？"

"就是防穿裙子走光的嘛。"笙歌看着他，眨了眨眼说，"不然出门风一吹或者有什么大动作，不就走光啦？"

周夜道："我不知道还要穿安全裤。行，我现在去买。"

周夜伸手拉着笙歌让她坐在椅子上："你先坐着吃饭，我马上回来。"

"不用……"笙歌急忙伸手拉住要出门的周夜说，"现在不用买，我就是提醒你，以后再给我买裙子的时候要买安全裤。"

她主要是想说以后，想表达他们的未来。

果然，周夜听得瞳孔一亮，重复着那两个字："以后？"

"对呀。"笙歌好似理所当然地笑着对他说，"以后我们会一起生活，你总要再给我买裙子的嘛。"

周夜沉浸在她的笑容里，耳畔是她许下的未来。他弯唇笑了，伸手摸了摸她的头："好，以后我会给我们笙笙买很多漂亮衣服。"

"衣服不用漂亮、不用珍贵，是你买的我都喜欢。"

笙歌说话间，看着他身上还穿着淋了雨的衣服。回来后他就一直忙着照顾她，到现在连湿衣服都没来得及换。笙歌心疼地抿了抿唇，伸手推他："你去洗澡换衣服，出来我们一起吃饭。"

周夜低头看了一眼自己，这才意识到自己还穿着湿衣服，立马对笙歌说："你先吃，我去洗澡。"

他转身就把上衣脱了，露出健壮的上身。笙歌无意间瞟过来，看到那线条完美、很有力量感的脊背，瞬间脸颊一红，咽了一下口水。她慌忙收回视线，不再看他。

周夜洗好澡从浴室出来的时候看到笙歌很乖巧地坐在椅子上，饭菜一点都没动。

"怎么不吃？"周夜走过去在她对面坐下，"不合胃口？"

"不是。"笙歌抬头看他，"等你一起吃。"

周夜皱眉："以后别等我吃饭，不许让自己饿肚子。"

现在都下午一点多了，平常她早吃过午饭了。

笙歌眨巴着眼睛看着他，假装没听到，也没有答应，而是夹起一块牛肉放到他的碗里："你多吃点。"

吃饭的时候笙歌很小心，担心弄脏周夜买的白裙子。笙歌低头看胸前有没有油污，忽然想起什么，悄悄看了一眼坐在对面的周夜，又立马羞怯地低下头，支支吾吾地问出声："周夜，你……你怎么知道我穿什么尺码的衣服？"

周夜道："你这么瘦，肯定穿 S 码的啊。"

笙歌露出难以启齿的样子，最后还是道："我不是说裙子，是……是问里面那件。"

周夜抬眸就看到她低头脸红的模样，弯唇轻轻笑了笑，一本正经地说："目测。"

笙歌道："目测一下就知道了？你……你是不是对女孩的身体很了解？你以前……"

"没有，以前什么也没有。瞎想什么呢？"

周夜似乎猜到她要质问什么，直接打断她的话解释道："我怕直接问你你说我要流氓，出门的时候就上网查了一下，然后大概猜测……"

"好了好了，你别说了……"笙歌又羞又恼，打断他的话，闷头扒着米饭，不说话了。

周夜见笙歌羞得不行的样子，觉得很可爱。

彼此静坐了几秒后，笙歌深吸了一口气，又问道："那你以前亲过别的女孩吗？"

"没有，"周夜认真而笃定地说，"我只碰过你一个女孩。"

笙歌心里舒服了，得了便宜还卖乖地嘀咕了一句："哦，怪不得你吻技这么差……"

他那时候是有意吻得恶劣，想让她厌恶他。

周夜挑眉看了看对面暗暗偷笑的笙歌，忽然伸手挑起她的下巴，迫使她看着他的眼睛，暧昧地哼笑出声："那等吃好后抱着笙笙再亲一次，亲到笙笙满意为止？"

笙歌心虚又紧张地迅速抬手打开挑着她下巴的手说："不要！"

接着她听到周夜笑了，这一笑惹得她更心虚了，好在后面周夜没再逗她。

吃完饭，周夜一边收拾桌子一边对笙歌说："我送你回学校上课。"

"我想在你这儿睡一会儿再回去。"笙歌询问他的意见，"行吗？"

脑袋有些昏沉，她好困。

周夜自然是答应。他本想换一套干净的床单和被罩，但笙歌不让。

笙歌在睡觉前拉着周夜的衣角说："我就睡一会儿，你这会儿别出门好吗？我不想醒了看不到你。"

周夜见她一副可怜巴巴的样子，像个怕睡着了家长就会离开的乖宝宝，无奈地笑着说："好的，小朋友，我不出门，等你睡醒。"

笙歌安心地盖好被子睡了。她入睡得很快，周夜守在床边听着她安睡后轻而均匀的呼吸声。周夜看着床上的人，守了好一会儿后见她睡得很安静，悄悄起身去找被他丢弃的书，打算真正回到校园。今天发生的事和她对他说的话，都让他醍醐灌顶，他要努力走进她的世界，追上她的脚步，跟她站在同一个高度上，而不是永远躲在黑暗的深渊里日渐变得不堪。

沉睡的笙歌梦魇了，梦里是今天发生的一切。

梦里，周夜把她拉进小公园，不顾她的感受欺负她，他推开她、抛弃她，把她丢在大雨里，她拼命地喊他，可他越走越远。她摔在雨水里，依然不见他回头，哭声淹没在大雨中……

周夜陷入黑暗中，她跟着追进黑暗里。黑暗的尽头是艳阳高照的桃花林，那里桃花满地，她又梦到了他跪在坟前抽刀自刎的画面，锋利的刀抵在他的脖子上。心尖一阵刺痛，她疯了似的呼喊着跑上前想要夺走他的刀，歇斯底里地喊："周夜，不要……你别做傻事……周夜！"

可她刚跑到他面前，眼前顿时就一片血红。周夜已经倒在了血泊里，她哭得声嘶力竭，抱起血泊里的人拼命地呼喊："周夜……你别走，别走……"

"周夜！"

听到声音的周夜跑到床边，看到原本安稳入睡的人此刻满脸痛苦，不住地流着眼泪，哭着喊他的名字。

周夜慌了神，急忙把人抱进怀里，柔声喊她："笙笙，做噩梦了是不是？别怕、别怕……"

然而笙歌像是陷入了噩梦里，丝毫听不到外界的声音，只有哭泣声越来越大。周夜急得额角冒汗，她哭得他心疼。他伸手去摸她的脸，低声喊着："笙笙，醒醒……别怕，我在这儿……"

脸颊上真实的触感让笙歌陡然睁开眼睛，看到周夜的一刹那，她怔怔地用哭红的眼睛望着他好一会儿。心神从梦境中回到现实，她忽然开始生气地捶打他，心有余悸地带着怨气骂他："你是浑蛋！你为什么丢下我、不理我？你不准再做今天这样的事情，不准再为了让自己心安而离开我。你好自私，听别人说了几句话就想离开我……"

笙歌压抑的情绪在梦境的影响下终于发泄出来。

周夜心疼地任由她捶打他释放情绪。他不知道原来今天她是忍着快要崩溃的情绪来挽留他的，眼下看到她的样子，他更自责、更懊恼了。

"我自私，我是浑蛋，我以后再也不会这样了。对不起，以后再也不会了。"周夜跟她保证，"否则，就让雷劈死我！"

笙歌沉浸在做噩梦的情绪里，听见他的声音，停下打他的动作，用一双泪眼望着他，好一会儿后，忽然狠狠地咬住他的手。

笙歌梦里有多害怕、多无助，现在就咬得有多用力，像是惩罚他般想让他刻骨铭心，哪怕口腔中有了血腥味也依然没有松口。

周夜也不动，眉头都没皱一下地由着她宣泄所有的情绪。

咬到情绪彻底释放了，她哭着扑到他的怀里："周夜，我多怕下一次我就哄不好你，挽留不住你了。所以你别再想着离开了，永远都不要。你今天赶我走，我好难过，好怕不能在你身边……"

周夜抱着她，心疼得不得了。她哭湿了他的衣服，哽咽得浑身颤抖，他声音沉重地开口："对不起，永远不会再发生今天这种事了。我会永远守在笙笙的身边，不再因为外界的任何人和事而丢下你……"

他说完又重复道："不会了，再也不会了……"

他心里像在滴血，一滴一滴化成刀，在他的体内划开一个个血淋淋的口子，令他痛不欲生。

从来没有人说怕哄不好他，从来没有人说怕挽留不住他，也从来没有人说怕他不能在自己身边。

她是他不堪人生里上天给予他的恩赐，他不敢再把她弄丢了。

而且他们两人之间，如果他放弃了，那么所有的压力和难过情绪就落到了她的身上，折磨着她一个人。以前他不懂，但以后他不会再辜负这个把全身心交付给他的女孩了，他会坦然且光明正大地视她如命，不再逃避。

周夜哄笙歌的时候才发现她发烧了，急忙送她进医院。好在医生说她只是着凉引起了低烧，吃点药就行。周夜本想让笙歌住院观察一晚，但笙歌怕奶奶担心，执意回去，周夜这才送她回了家。

小区楼下，周夜交代道："夜里不舒服就给我打电话，几点打都行，我随时赶过来，听到没？"

笙歌接过周夜递过来的书包，有气无力地点点头："好。"

她有些心神不宁地抬头看着眼前的人喊道："周夜。"

"嗯？"

"今天我是不是吓到你了？当时刚睡醒，脑子好乱……"

笙歌小声说着，伸手去牵他被咬伤的那只手，看着被她咬出的伤口，轻声说："对不起。"

周夜见不得她这副样子，立马缩回让她看着自责的手，直接把人拉进怀里抱着："没吓到，就是挺心疼你的。都是我的问题，别瞎想，也不准道歉。"

他轻揉她的后脑勺，然后将双手搭在她的肩上，与她拉开点距离，低头催促："快回家吧，奶奶该担心了。好好睡一觉，我明早来接你。"

说完他又叮嘱了句："有事一定要给我打电话。"

笙歌点点头："好，那你回去路上小心。"

周夜看着笙歌进了小区，却并没有转身回家。他不放心她的状态，生怕半夜她有事而他无法及时赶到，于是就在她家小区后面凉亭下的长椅上守着。

心思沉重的少年坐在长椅上，看着手背上两排深入肉里的小牙印。那处已经有些红肿，他清楚地记得她当时咬得多用力，那是她因恐惧和无助而做出的宣泄，这痛是他应受的。

周夜看着红肿的伤口，忽然伸出另一只手狠狠地按在伤口处碾压，伤口再次渗出血迹。

周夜加重伤势，只为将这次他对她的伤害牢记于心，后来他甚至有意留下疤痕，时刻提醒着自己曾经多愚蠢。

夜里十点多的时候，周夜怕笙歌不舒服、睡不着，想给她打电话又怕她已经睡着了。最后，他在网上搜了一则童话故事，录成语音发送给她。如果她没睡，就当这是睡前故事，愿她做个好梦；如果她已经睡了，他也不会将她吵醒。

没睡着的笙歌听到手机响了一声，看到是周夜发来了消息便立马点开了。一则《骑士与公主》的童话故事从手机里悠扬地传来，他的声音似有一种魔力，她听得低笑出声，呢喃了句："好傻。"

不知听了几遍后，笙歌终于睡着了，一夜无梦。

清晨，奶奶做好早餐，又多给笙歌煮了一碗姜茶，叮嘱道："喝完再走，昨天雨那么大，淋了容易感冒。你昨天借同学的衣服，今天洗干净晒干后，明天记得还给人家。"

昨天笙歌穿着周夜买的裙子回来，跟奶奶说裙子是下大雨自己被淋湿后跟其他同学借的。她平时听话懂事，奶奶丝毫没有起疑。

吃完早饭，笙歌背着书包一走出小区就看到了等在门口的周夜。他的头发被染黑了，也剪短了一点点，他穿着白色宽松的长 T 恤衫和一条黑色的运动裤，还破天荒地背了个黑色书包。他个子高，腿很长，双手插在兜里，整个人沐浴在清晨的阳光下，一眼看过去就让人感觉是个阳光大男孩。

一夜之间，他好像变了一个人。

周夜眼睛很红，透着疲意，笙歌皱着眉问："你昨晚没睡好吗？"

笙歌心疼地看着周夜的眼睛，周夜则是先伸手探了探她额头的温度，觉得温度正常，才回她说："昨晚睡得很好，就是在理发店染头发的时候，那理发师不小心把染发膏擦到了我的眼睛里，所以眼睛看起来有点红。不过没事，明天就好了。"

他不敢告诉她自己是在冰冷的长椅上熬到了早上才匆匆回家换了身衣服，背上昨天找到的书来接她上学的。

笙歌看着他染黑的头发也没起疑，只抱怨了句："那理发师好不专业。"

"确实不专业，下次不找他了。"周夜一本正经地附和着，牵上她的手问，"早上的药吃了没？睡一觉感觉好点没？"

"吃了药。"笙歌低头看了一眼他主动牵上来的手，心里很开心。她抬头看着他担心的眼神，又想起昨晚他发给她的睡前故事，满心甜蜜地抿唇笑起来，俏皮地朝他皱了皱小脸，笑着说："听了某人发来的童话故事，睡得超香，现在感觉全好了。"

周夜牵着笙歌往路边走，低头看着她俏皮的小表情，见她心情好了，顿然松了口气，笑着问："故事好听不？好听的话今晚再给小朋友读一个。"

笙歌笑着说："还行吧，凑合着能听。今晚继续啊。"

周夜很喜欢看她笑，低头看了她一眼后继续目视前方牵着她过马路，一本正经地回了句："行，晚上继续读。昨晚读到了公主和骑士举办了盛大婚礼，接着该是洞房花烛夜了……"

"啊？"笙歌没有反应过来他话里的不正经之意，狐疑地扭头求解答。

周夜看着她那一副好奇宝宝的样子，笑出了声："笙歌，你怎么这么可爱啊？"

笙歌看着他那流氓兮兮的笑，眨了眨眼睛，几秒后似乎明白了什么，顿时脸颊羞红地用胳膊肘撞了他一下："周夜！你不要脸！"

周夜见她脸红，笑得更放肆了："这是听懂了？"

"没听懂！"笙歌瞪他一眼，急忙转移话题，"我们在这儿等什么呢？"

两人站在路边，也不见周夜的摩托车。

"你感冒了，坐在摩托车上容易受寒，上班高峰期公交车又太挤了，带你坐出租车去学校。"周夜说着伸手就要拦下渐渐驶来的出租车，却被笙歌阻止了。

"坐公交车就好了，就三站路而已。"笙歌说着，不等周夜同意，拉着他就往前面的公交车站台走去。

打车好贵，他们都没什么钱，能省则省。

两人刚走到站台，公交车停下，笙歌拉着周夜就上了车。

车上已经没了空位子，满车人头攒动，挤得人寸步难行。周夜顿时紧皱眉头，抓着扶手把笙歌紧紧地护在怀里，低头问怀里的人："挤得难受不？"

"不难受。"

周夜眉头皱得更紧了。不难受就怪了！

周夜心里憋着一口气，而此时恰巧还有个油光满面的秃头男看了一眼笙歌，随后有意朝笙歌后背挤靠过来。

看出秃头男肮脏心思的周夜一把推开他，怒道："你眼瞎吗？旁边不能站？"

秃头男被周夜的眼神吓到，立马朝旁边挪去，嘴里嘀咕了一句："嫌挤别坐公交车啊。"

周夜听后从牙缝中挤出一句脏话，被他紧搂在胸膛处的笙歌感受到周夜烦躁的心情，立马扯了扯他的衣角轻声说："没事的，别搭理他。"

周夜低头看着安慰他的女孩，心里闷闷的。如果他有钱，条件好点，能买得起车……他的小公主就不用遭这罪了。

到学校下车后，周夜忽然对笙歌说："笙笙，我不会让你一直坐公交车的。"

周夜心想：我会努力改变现状的。

笙歌没有多想，只以为他是因为公交车太拥挤，不喜欢坐公交车，便回他说："好，等我感冒好了，你还骑摩托车送我。"

周夜没多解释，两人朝校园走去。笙歌走着走着，瞥见周夜背后的书包，忽然好奇地问道："周夜，你书包里有书吗？"

周夜脸都黑了，郁闷地道："没有书，我背它干什么？"

笙歌笑了，有意戳他的心窝："哦，那你装了什么书啊？你有课程表吗？"

周夜无奈地动了动嘴角："我不仅装了书，还买了好几本专业习题册！"

笙歌见他一脸认真的样子，又忍不住笑了。她发誓这绝不是嘲笑，她就是觉得诧异、震惊。

周夜见笙歌一直在那儿笑他，无奈地抬手搂住她的脖子把她夹在臂弯里，咬牙道："我好不容易想好好学习、天天向上，有这么好笑吗？"

"哈哈哈哈哈……"笙歌忍不住，大声笑出来。

笙歌见周夜不作声了，立马憋住笑，轻咳了一声，清了清嗓子解释说："不是觉得你好笑，就是很震惊，也很开心。"

笙歌哄道："好啦好啦，别郁闷了，从今天起我们一起好好学习。"

两人正欢乐着，周边忽然传来议论声。

"啊，那不是昨天被警察带走的周夜吗？"

"是啊，也不知道是因为什么事被带走了。"

"听一班的学生说，昨天笙歌也追过去了，后来都没来学校。他们俩搞什么啊？"

"这转学生长得就挺不安分的。"

"你们瞎议论什么？他们今天能回来就说明没事。一天天的尽嚼舌根了。"

"就是，有种到周夜面前说啊，他撕烂你们的嘴！"

"他竟然把头发染黑了，不过还是一样帅。"

…………

周夜这种人，在学校有看不起他而贬低他的学生，也有觉得他很酷而拥护他的学生，所以那些话有好有坏。

周夜无所谓自己被如何议论，可就是听不得他们议论笙歌一丁点，眼下听见了，顿时脸色一沉，想冲过去把说笙歌的那人教训一顿。笙歌急忙拉住他说："别搭理他们，他们爱说什么说就是了。你有这时间去跟他们争论，不如多跟我说几句话。"

周夜不想当着笙歌的面发火，只捏了捏拳，眼神阴鸷暴戾地回头瞟了一眼那个议论笙歌长相的人。明明隔了一段距离，但那人一抬头对上周夜的眼神，就感觉脊背一冷，顿时吓得闭上嘴溜走了。

周夜走进教室时，程浩看着黑发的他背着书包走进来，一脸蒙地瞪大眼睛，仿若自己看错了人。直到周夜坐到座位上，程浩还是无情地嘲笑出声。

"哈哈哈哈……"

"夜哥，你书包里有书不？"

周夜：……

他书包里不能有书吗？都这么问他！

程浩道："夜哥，你咋变性了——不是，你咋转性了？"

周夜一脚踹过去："你才变性了！"

当周夜拿出书包里的书本扔到桌上的时候，程浩眼珠子都快惊掉了，然后才惊讶地凑过来问："夜哥，你不会真是季总失散多年的儿子吧？昨天那季总找到你，让你好好读书？"

周夜瞳孔一缩，严肃地反问道："季云潇找你们了？"

程浩收起笑，严肃了些回道："昨天你带走笙歌后，跟你一起从公安局出来的季总拦住我，非要聊聊，说你是他失散的儿子，他觉得对不起你，想要弥补，但是你不接受，大概意思是想让我劝劝你。他还给了我一张卡，说是一点心意，不过我没要。"

"当然不是真的！"周夜不屑地冷声道，"我姓周，他姓季，我跟他有什么关系？"

程浩还要再问什么，周夜忽然不耐烦地道："别问了，我要学习了。"

程浩：……

真是太阳打西边出来了。

笙歌来到教室坐下的时候，明显感觉到同学们异样的眼神。大家一边看着她一边窃窃私语。

"还以为她今天不来学校了呢，昨天就那么追着周夜出去了，还挺疯狂的。"

"是啊，明明刚转校过来，怎么就和周夜搞在一块儿了？听说他们还是一起来学校的。"

"其实我们这个年纪喜欢周夜那种男生也挺正常的，他长得帅又酷酷的，我也挺喜欢的。但是这种男孩我不会去追，不适合谈恋爱。"

"哎，你们说转校生会不会是在以前的学校混不下去了才转校的，不然谁随便转校啊？"

…………

笙歌有一句没一句地听着，倒是一点也不在乎这些声音。她只在乎周夜。可吴忧听得炸毛，一拍桌子就要站起来骂回去，笙歌及时拉住她，还没开口说话，就听到左后方赵曼诗嚣张的声音传来："你们都在嘀咕什么？我看你们都是嫉妒，嫉妒笙歌一转来就把咱学校的帅哥拐跑了。一个个人生很无趣吗？尽聊'八卦'了！"

笙歌怎么都没想到赵曼诗会在这个时候为她说话，很震惊，带着谢意回头看了一眼赵曼诗。

赵曼诗虽然为笙歌说话了，可并不代表她喜欢笙歌，像她自己说的，她心有嫉妒，可又很烦总是有人议论周夜。所以对上笙歌感谢的眼神后，她马上不屑地移开了视线。

而此时被周夜交代照看笙歌的苏铭哲也开口说道："就是！你们一天天的议论什么？有毛病吧？"

笙歌再次感到诧异，难以置信地看向苏铭哲。苏铭哲注意到笙歌的视线，立马笑哈哈地喊了声："笙姐好。"

同样不解的吴忧趴在笙歌的胳膊上问："这苏铭哲什么情况？"

笙歌一脸茫然地摇摇头："我也不知道。"

吴忧皱眉，然后又立马将眉头舒展开来："算了，随他们吧。对了，你跟周夜没什么事吧？我还以为你今天不会来呢。"

"已经没事了，就是场误会。"笙歌避重就轻地简单对吴忧小声说，"周夜就是见义勇为，反而坏人先报警了。好在事发的地方有摄像头，都处理清楚了。"

"那就好、那就好。"吴忧也很有分寸地没有细问，立马拿出昨天的笔记本递给笙歌，"快抄昨天的笔记。昨天你没来，倒是我上课最认真的一天。"

笙歌看着笔记，很是感动："忧忧，你真是太好了，太感谢了。"

"客气啥？平时我不也抄你的？"

下课铃响的时候，笙歌还坐在位子上闷头抄昨天的笔记。

周夜从窗前经过，本想和她说说话，见她在很认真地抄笔记，便没有打扰她。

第二节下课，周夜又来到窗前，直接从窗外伸手进去在笙歌的头顶轻轻揉了揉。笙歌慌忙抬头，接着就看到斜倚在窗边的周夜。

周夜率先开口："有哪儿不舒服吗？"

"没……"

"有，她有点咳嗽。"笙歌一个"有"字还没说出来，直接被吴忧打断了，"你给她接点热水吧，大家都跟狼一样，饮水机的水一烧开瞬间就被抢没了，我们都抢不上热水。"吴忧大大咧咧地说完。

笙歌在周夜冷峻的视线中郁闷地干笑两声，说："就一点点咳嗽……"

周夜无视她的狡辩，直接伸手过去："水杯给我。"

"哦。"笙歌立马拿起桌上的水杯递给他。

周夜接过水杯，说："等着。"

周夜从后门处拎了把椅子来到饮水机旁边，把椅子一放，坐等水开。大长腿随意地伸着，他像是在故意挡道，坐在那里像极了一个守护饮水机的战士。

程浩远远看过去，笑着跟旁边的同学说："你看夜哥像不像在守水晶塔？"

旁边人跟着笑："夜哥往那儿一坐，今天这水没人敢去接了。"

程浩道："谁说没人敢接，那儿不是来了个勇士？"

饮水机前，实在口渴的张家涛拿着水杯，战战兢兢地看着像大爷一样坐在椅子上的周夜，小声询问："周……不是，夜哥，你是在等着接冷水还是热水啊？"

周夜听完，顿时一脸无语地看向他，冷声道："接冷水我还用坐在这儿等吗？你傻吧？"

张家涛尴尬地挠挠头，咽了咽口水："那夜哥把腿抬一下吧，我接冷水。"

周夜看着那家伙战战兢兢的样子，又看了一眼自己确实挡道了的腿。他可真没想着挡道，就是腿太长了，随意一伸就挡了路。他只好漫不经心地缩回腿说："接吧。"

张家涛激动地道："谢谢夜哥高抬贵'腿'。"

高抬贵"腿"？周夜郁闷地看着正在接水的张家涛，拍了一下他的肩，说出一句："我很可怕吗？"

张家涛忽然被周夜拍了一下肩，吓得脊背僵了一下，急忙回道："夜哥，你想多了，你怎么会可怕呢？你长得这么帅，又这么有亲和力。"

亲和力？这形容得他自己都不信。

周夜接了两次开水，往水杯里装满水才给笙歌送过去。

周夜从窗外把水杯递过去，交代说："小心烫，喝完了再跟我说。"

他看着笙歌特意叮嘱道："要自己跟我说。"

笙歌郁闷地看着他冷峻的表情，撇了撇嘴，接过水杯后嘟囔了一句："听到了。"

等周夜回到教室的时候，笙歌掏出手机给他发了条微信：你刚才干吗表情阴沉沉的？

看到消息的周夜神色微怔，他没想到笙歌会特意问他原因。他也不想掩饰，如实回道：你咳嗽没水喝为什么不跟我说？吴忧不说你是不是就不说了？

笙歌看着消息，微微皱眉。他就是因为这个生气的吗？

笙歌闷闷地回他：难道这种小事也都要告诉你吗？

周夜回：那笙笙说什么是大事？非要磕着、伤着、生病了才应该说吗？

他刚发完一条信息，立马又发了一条：我告诉过你，你缺什么都要告诉我，不分大小事。

笙歌看着他一连发来的两条消息，无意识地抿了抿唇。她通过文字可以感受到他对她细致入微的关心，心里暖暖的，却有意回了一句：你好霸道。

最后她还配了个双手叉腰跺脚的萌兔表情包。

这句"你好霸道"硬是让周夜隔着屏幕看出了一股撒娇的味道，尤其是那个表情包，直接让他盯着手机弯唇笑了起来。

刚从卫生间回来的程浩看到盯着手机笑的周夜，无奈地朝沈星说："我发现夜哥自从遇见笙歌，盯着手机都能傻笑。"

"喂喂喂，同学们好。我是校长叶安和，下面播报一条好人好事。"

忽然间，每间教室的播音器里都响起了校长的声音。大家难得听到校长本人讲话，很震惊，一时间议论纷纷——

"什么好人好事要校长亲自播报？牛了。"

"是啊，谁有这么大的面子啊，还特意播报？"

…………

"同学们都安静一下，接下来由商界权威季氏季云潇董事长为大家讲述一下事情的经过。"

此话一出，学生们更加震惊了。

"是那个总是出现在财经新闻里的富豪大佬季云潇吗？忽然好奇到底发生了啥事。"

"别说了，让我好好听听。"

…………

"大家好，我是季云潇，很抱歉占用了同学们的课间休息时间。上周六发生了一件事，这让我很感激贵校的一名学生，我很想当众感谢他。上周六，家中亲人遭歹人迫害，是贵校的周夜同学勇敢出手相救才躲过一劫，可谓少年英雄值得敬佩。昨日歹人被捕，周夜同学被请去公安局协助查案，尽力配合，实在是值得赞赏。在这浮躁冷漠的世界，希望能有更多路见不平、见义勇为的人伸出手，让社会更和谐。为表感谢，本人会资助贵校一栋图书馆，而周夜同学有任何需要也可随时联系我，本人一定有求必应。希望大家好好学习，将来都能报效社会。一个人是否能报效社会，不该以成绩的好坏来判定，每个人都有自己的价值，希望大家不以偏见视人。在未来，大家一定都能在不同的领域闪闪发光……"

播报结束，全校人都惊呆了。

"竟然是周夜？太不可思议了。"

"原来昨天周夜被警察带走是去配合工作的，不是犯事了。"

"看吧看吧，那些戴有色眼镜看人的人'打脸'了吧？"

"周夜虽然成绩差、脾气坏，但其实是很讲义气的……"

"牛了，那句'有求必应'太馋人了。那可是季氏啊，顶级豪门啊。"

…………

各种议论声不断，当事人周夜却一脸冷色，没有一点感动和窃喜之意，反而满心不悦，甚至是嫌恶。

"周夜。"忽然，辅导员走到教室门口喊道，"去校长办公室一趟。"

周夜猜到去了那儿会见到谁，但笙歌就在隔壁，他不想当众拒绝老师引起更多人的议论，哪怕很不想见到那个人，还是起身去了校长办公室。

季云潇似乎有意想让大家看到他们接触，特意等在校长办公室的门口，看到周夜走来，和周夜一起进了办公室。远处的学生一一看在眼里。

办公室里只剩下了周夜和季云潇两人。

季云潇面容亲和，他主动开口说："刚才的播报能讨得你一点欢心不？播报后大家不会再像以前那样议论你了，甚至会对你改观。"

"我不需要别人对我改观，"周夜双手插兜，语气懒散傲慢，"也不会领你的情。"

季云潇叹了口气："我知道你因为你妈恨我，但是当年我并不知道她怀孕了，现在我知道了你的存在，只想好好弥补一下。"

周夜不屑地冷笑，盯着季云潇怒道："不知道她怀孕？你当年有没有管住裤腰带自己不知道吗？还是你觉得我妈不怀孕你就可以不用负责了？"

周夜像被触碰到了心底最深处的刺，阴沉地凝视着季云潇："我外公家就是普通人家，没本事藏人。当年季总要是真想了解我妈的情况，那对你来说根本不是件难事，可你从来没找过她，一直对她不闻不问。现在蹦出来说要认回我，你恶心谁呢？我不想知道你盘算着什么事，也阻止不了你季总做任何事，但你是你，我是我，咱俩这辈子都不会再有关系。还有，别再打扰我朋友。"

季云潇眼看着周夜说完转身就要走，立马站起身冲着他的背影说："我不指望你现在就能接受我，但我相信你会认我的。我知道你喜欢那个女孩，我给你调了班，以后你可以跟她一起上课了。"

听到自己可以跟笙歌一起上课，周夜离开的脚步明显顿了一下，他却依然什么话都没说。

上完晚自习放学的时候，笙歌一抬头就看到了靠在窗边的周夜。周夜故意伸手在她的头顶胡乱地揉了几下。

"呀！头发都被弄乱了。"笙歌气鼓鼓地拍他的手，瞪了他一眼。

"竟敢瞪我？"

周夜忽然倾身过去，将长臂一伸，直接搂上笙歌的脖子，把人拉到窗边。隔着窗台，周夜将半个身子探进来，把笙歌的小脑袋搂在臂弯里，让她紧贴在他的胸腔上。

他低头看着臂弯里仰着小脸、把眼睛瞪得圆圆的笙歌。

从这个角度看，她跟他近在咫尺，连呼吸都很近。

周夜看得喉咙发干，无意识地滚动了一下喉结，嗓音有些低哑："不许瞪。"

教室里只剩笙歌一个人了，笙歌胆大地故意把眼睛瞪得更大了，仰着下巴说："就瞪！你要怎样？"

目光落到她的唇瓣上，周夜情不自禁地轻舔了一下自己的唇。

周夜压下心里想要吻她的想法，把双手掐在她的腋下，阴沉沉地说了句："要把你掳走，然后找个没人的地方揍你一顿！"

说完，周夜一用力，直接把人从窗内抱了出来。忽然被抱起来的笙歌惊呼出声："哎！周夜。"

笙歌整个人被稳稳地放在地上时，还惊愕地抓着周夜的臂膀。周夜看着她，脸上带着笑。

还处在愣怔状态中的笙歌轻轻地眨巴着大眼睛，看了看窗台。他竟然就这么把她抱出来了，这臂力有点惊人啊。

笙歌被周夜牵着走出教学楼时，手无意间碰到了他的裤子口袋，里面像是有烟盒。她侧头轻轻皱着眉对他说："你以后少碰这个。"

　　"已经在戒了。"周夜急忙看着她说，"好几天都没碰了。"

　　笙歌看着他那一副怕被嫌弃的紧张样子，忍不住笑了："偶尔遇到棘手或烦心事的时候抽一抽也不是不可以，但是千万别抽烟成瘾。"

　　周夜把笙歌往怀里扯了扯，一脸知足地笑看着她开口："笙笙，你是小天使吧？是上天派下来拯救我的吧？"

　　"是啊，长翅膀的小天使。"笙歌仰着下巴戳了戳他的腰威胁道，"所以你要抓牢了，不然就飞走了。"

　　周夜笑得恣肆："抓牢，一定会抓牢的，你这辈子都飞不走了。"

　　听到满意的话，笙歌笑得眸光璀璨，眼里像闪着星星似的。

　　没走多远，笙歌忽然又开口问他："对了，今天播报的那个季总是怎么回事啊？你们认识吗？白天我就一直想问了。"

　　周夜瞳孔微缩了一下，转瞬之间，他换上一副云淡风轻的样子说："季总是我妈以前的一个故友，那天在公安局碰见，了解情况后可能觉得我在学校的形象太差了，想给我恢复一下形象吧。"

　　他不太想提到那个人，因为他妈妈死的时候很悲痛地说，这辈子最后悔的事情就是遇见了季云潇，而他从小就对那个不负责任的男人产生了怨恨。

　　周夜巧妙地转移话题："笙笙，我今天有好好听课。"

　　一直仰头看周夜的笙歌自是看出了他眼神里一闪而过的伤感神色，也看出了他有意转移话题。她没有再多问，只笑笑对他说："周夜，不管你以后会遇到什么人或事，我永远都会陪在你身边。"

　　说完不想让氛围显得太过沉重，笙歌便立马接着周夜的问题反问道："那你都听得懂吗？"

　　"当然听得懂。"周夜特意看着笙歌说，露出一副讨要奖励的样子。

　　笙歌无奈地笑，小声说了句："周夜，你弯腰。"

　　"嗯？"周夜不知她是何意，但已经弯下腰凑近了她。

　　笙歌倾身在周夜耳边轻软地说了句："我的阿夜好厉害呀，说好好读书就真的认真听课了。"

　　她说话时，温软细腻的唇瓣似有似无地触到了他的耳郭，周夜的脊背瞬间僵了，耳郭和心尖都麻麻的。轻软的声音萦绕在他耳畔，像是诱人的果实，勾人遐想。喉结微动，他好似不受控制般地忽然抬手搂上她的脖子，手从她的后颈绕至她的下巴处。

笙歌被周夜揽在怀里，下巴被猝不及防地抬起，她对上了他极具侵略性的视线。

他弯腰低头，两人的距离近到呼吸交错。心跳加速，笙歌攥着双手，尽可能地将脑袋向后仰，却被周夜搂得更紧了。他一双眼直勾勾地盯着她的唇，嗓音有些哑："亲一口好不好？"

笙歌立马紧抿上唇，脸颊一红："不好！"她慌忙一把推开他，含羞着向前跑走了。

周夜有意放她走，看着红着脸跑走的女孩，无奈地低头笑了，长舒了口气看着那抹背影，吊儿郎当地笑着说："不给就不给呗，跑什么？"

他大声喊她："喂，别跑了。"然而他越说，她跑得越快。

周夜笑得恣肆又无奈，几步追上去后，直接从笙歌身后把人抱起扛在了肩上。

忽然身体悬空的笙歌吓得惊叫出声："哎！你放我下来！"她手脚并用地踢打着扛着她的人。

周夜慢条斯理地开口："还跑吗？"

"不跑了、不跑了，你快放我下来。"

"不放！"

"周夜！"笙歌气得拧周夜的腰，"这样扛着难受呀。"

"那我背着。"周夜说着就强行让她将双手环在他的脖子上，借着力迅速把人背起来，笙歌简直像个皮娃娃一样被他随意摆弄。

"哎！别背着，你放我下来，我自己走。"

他干吗要背着她？虽然他们出了校门，可是路上还有路人，这多尴尬啊！

笙歌拍着周夜的肩，还是想要下来。

"别动！"周夜回头说了句，"亲又不给亲，背一会儿也不行啊？"

笙歌郁闷又尴尬："你不讲道理，好端端地忽然背我干吗？"

她悄悄环顾了一眼四周的路人，嘀咕："有人看呢，好丢脸的。"

"看就看呗，还嫌我丢人啊？"周夜说着，默默腾出一只手把背上笙歌的脑袋按在肩上，说，"行了，这样趴好，别人就看不到你的脸了。"

反正他脸皮厚，不怕丢脸！

笙歌忽然被按在周夜的颈上趴着，正要开口说话时，听到周夜沉闷的声音传来："反正今天不丢，过几天也得给你丢脸。"

"怎么啦？"笙歌听得直接抛开了心底的尴尬情绪，关心道，"干吗这么说？"

周夜："这周五有个摸底考试。"

笙歌了然地笑了笑。本来也知道他是个"学渣"，她又不会介意。

周夜忽然停下，沉声道："你好好读书、好好考试，反正我不及格习惯了，但你不一样。"

笙歌很不喜欢听他说他们不一样，顿时撇了撇嘴说："我们一样，你不许说我们不一样！"

周夜反应过来自己触到了她的敏感点，立马改口说："那你也得好好读书，我还等着你考第一，出去跟人吹牛说'听说过咱校品学兼优的校花没？那是我女朋友，也是我未来老婆！'"

笙歌不好意思却又忍不住笑地打了他一下："谁是校花了？你别瞎说。你还真是会吹牛！"

周夜听到背上的人又笑了起来，也弯唇笑着说："那以后有人问起，我就说你是我女朋友，好不好？"

笙歌抱着他的脖子，侧头眨了眨眼："难道我不是吗？"

周夜开心地笑了，盯着她挑眉道："都是我女朋友了，那你还不让我亲？"

笙歌瞪了他一眼，双手捧着他的头强行摆正，娇嗔道："好好看路，不许再回头看我。"

被强行摆正头目视前方的周夜没脾气地笑了："好，不回头。"

路灯下，少年背着女孩一步一步地走着，灯光将两人的身影无限拉长，路上时不时地传来少女被逗笑后含着轻笑的声音。

笙歌趴在周夜的肩上，月光和灯光打在周夜的脸颊上，仿若为其披上了一层薄雾。他的脸很好看，她侧头看着，忽然伸手摸了摸他的眼角，感叹了一声："周夜，你的睫毛好长。"

周夜回头，眼角刚好擦过笙歌的唇瓣。笙歌那模样像极了故意等着要亲他的样子，她还用手摸他的眼睛和睫毛，动作亲昵。

周夜忽然噙着笑连名带姓地喊她："笙歌！"

笙歌眨了眨眼看着他："干吗？"

"你故意的吧？"周夜不太爽地挑眉道，"天天闷声不响地过来亲我一口、撩我一下，什么时候你也让我亲一口，让我也占一下便宜？你自己算算，你亲过我几次了？"

笙歌看着某人一副得了便宜还卖乖的嘴脸嘟囔道："说得好像你没亲过我似的，亲得还很过分！"

周夜立马狡辩道："那时候情绪不对，我亲得都没感觉，也不爽……哟！"

周夜正说着，大腿忽然被笙歌踢了一下，小姑娘气势汹汹地质问："亲我没感觉？"

"有感觉、有感觉……"周夜立马笑着改口，"特别有感觉！"

笙歌没好气地瞅着他："既然没感觉，以后我都不让你亲了。"

"别啊。"周夜连忙道歉，"我错了行不？"

两人嬉闹着，周夜直接走过了第一个站台，直到走到下一个站台，才停下来等公交车。

将笙歌送到小区门口，周夜依依不舍地把人拉在怀里低声问："还生气呢？"

笙歌："我才懒得跟你生气。"

周夜死皮赖脸地低声哄道："那你让我亲一口呗？你撩我一路了，不亲一下我今晚都睡不着了，你忍心吗？"

笙歌仰头看看他，抿了抿唇，等了一秒，才推开他说："忍心！你今晚别睡了！"

周夜没脾气地笑了笑。这个小朋友真无情！

笙歌说完转身就跑向小区，但跑了几步后，忽然回头喊了一声："周夜！"

周夜："嗯？"

笙歌小脸微红地说："你真是蠢死了！"

他想亲直接低头亲下来就是了，她又不会生气，还非要问她。这种事她一个女孩要怎么回答？难道要她回答"好吧，让你亲一口"？那她多难为情啊！他真是蠢死了，该霸道的时候不霸道！

笙歌嗔怪周夜，周夜直至她进入小区也没想明白他是哪儿蠢。

周夜离开后，不远处一辆黑色轿车里的男子给季云潇打了一通电话："季总，夜少爷寸步不离地把笙小姐送回了小区，我们没法单独接触笙小姐。"

季云潇道："行了，我知道了，那就不要再跟了。这小子很聪明也很谨慎，别让他发现，引起误会就不好了。"

"好的，季总，属下明白。"

周夜跨上停在不远处的黑色摩托车，拧动钥匙的那一刹那，听到不远处传来一对情侣的对话。

女孩怨气滔天地说："我不想坐公交车。我本来就不舒服，公交车还那么挤，还有好多乱七八糟的味道，难闻死了，还可能有'咸猪手'。"

男孩心急不已："但是这边不好打车，怎么办？将就一下好不好？"

……………

周夜没再听下去，骑车走了。他骑得很慢，看着路上来来往往的公交车和私家车，脑海里回荡着刚刚那个女孩充满怨气的话，想起早上笙歌毫无怨言地跟着他挤在公交车里的画面……

他想了很多。如今渐渐入秋，接着会进入寒冬，他实在无法忍受自己让笙歌在寒冬腊月里还坐在摩托车后被刺骨的冷风摧残。纵使她可能不介意，纵使今天她说不管未来会经历什么，她都会陪他一起，可他还是想给她更好的生活。关于她的事，他总会情不自禁地想很多，不只现在，还有很多年以后。

周夜在周六中午的时候独自去了一趟驾校，周日笙歌要去参加英语比赛，他送她去考场，陪她参加比赛。

"昨天中午你去哪里啦？都没跟我一起吃饭。"

周夜道："有点事，去处理了一下。"

"哦。"笙歌担心道，"那处理好了吗？"

"处理好了。"周夜说，"你好好考试，别想其他的。我在考场外等你，考完了带你去吃好吃的。"

抱着他腰的手紧了紧，笙歌开心地说："好。"

比赛上午九点开始，赛程两个小时。

周夜等在外面的时候，看到马路对面有好多女孩在排队买什么。他走过去问，才知道她们是在排队买一款小蛋糕，小蛋糕店家一周卖一次，排队的女孩都说很好吃。

周夜想给他的笙笙也买一份，便排在了队伍后面。

周夜一来，顿时又吸引了不少女孩过来排队，还有女孩过来找他要微信，但他统统拒绝了。

周夜排了一个多小时，终于买到了一份小蛋糕，蛋糕包装十分精致，让人不得不怀疑这些女孩就是冲着包装来的。

笙歌从考场跑到大厅的时候，远远就看到坐在椅子上等待得已经睡着了的周夜。他将手肘撑在椅子的扶手上，手支着头睡着了，腿边放了一个很漂亮的小盒子，他好像很累，连有人走到身边都没有察觉。

"怎么困成这样？"笙歌皱着眉在他面前蹲下，侧头看他。她忽然意识到，这么久以来，她一直只在拼命地靠近他，想要陪在他身边，却并没有去真正地了解他，走进他的世界。他现在看上去很疲惫，她却不知道是因为什么。

笙歌自责又心疼地抿了抿唇，轻轻地朝周夜伸手，想要喊醒他。可她刚伸出手，周夜就陡然睁开眼，一把抓住笙歌悬在半空中的手。女孩惊慌地出声："吓我一跳！"

周夜看清是笙歌，伸手摸了摸她的头："胆真小。小朋友考完啦？"

"嗯，考完了。"笙歌一脸担心地问他，"你昨晚没睡觉吗？"

"睡了，等得有些无聊，就眯了一会儿。"

周夜拉着笙歌站起身，把小蛋糕递给她："给，好吃的，考试辛苦了。"

笙歌看了一眼递过来的小蛋糕，没有立马接住，而是面色凝重地望着眼前疲惫的人，撇了撇嘴："骗人，你看起来好疲惫，像是一夜没睡。"

周夜见不得她皱着小脸担心的样子，故意牵上她的手，不正经地开口："可不是一夜没睡？尽在想你了，想你什么时候才能让我亲一口。"

他不正经地嘻着笑，露出一脸云淡风轻的样子，说得好像真的是因为这个才一夜没睡，可笙歌看得出根本不是因为这个。这么久以来，虽然他总是说些轻浮不正经的话，可他的行为一直有分寸，他一直把他们的关系维持在分寸恰当的范围内，不想让她不自在。

既然他有意搪塞隐瞒，笙歌就没再追着问；既然他不说，那她可以想办法去套程浩的话。笙歌如此想着，冲他笑着眨了眨眼，接着他的话说："你这么蠢，永远都亲不到我！"

周夜没脾气地笑着说："你就仗着我喜欢你，使劲损我吧。"

笙歌得意地冲周夜笑，接着接过他手里漂亮的盒子，拎起来看了看："这里面是什么呀？"

周夜牵着她往外走："小蛋糕。等你的时候看到好多人在那边排队，觉得应该很好吃，就买了一份。"

走出奥体中心，周夜给她介绍附近的餐馆："对面有家西餐厅，前面还有家饭店……笙笙中午想吃什么？"

笙歌听得一怔："你是把周围都跑了一遍吗？"

周夜说："没，手机查的。"

周夜说得自然，笙歌却听得心尖都软了。因为她来这里比赛，他就熟悉了附近的环境，还给她排队买好吃且难买的小蛋糕。他在努力把全世界捧到她面前，供她选择。

笙歌牵紧周夜的手，仰头看着他，满眼柔情："阿夜，有你我真的好幸福啊。"

她眼中似含着流光，每次她看着他笑的时候，脸颊上都有两个浅浅的酒窝，醉人又醉心。

她声音温软，她不再喊他的名字，而是亲昵地喊他"阿夜"。

周夜弯唇笑了，很是认真地说："笙笙就该幸福。"

他的宝贝，就该平安喜乐、幸福安康。

应笙歌的要求，两人去饭店吃了比较实惠的炒菜。

从饭店出来，周夜接到了程浩的电话。

"不去，没空。"

程浩说："咋了？补觉呢？"

"不是，陪笙笙呢。"

程浩：……

等周夜挂了电话后，笙歌才出声说："你有事就去忙，不用特意陪着我。"

周夜给笙歌戴上头盔，说："没事要忙。程浩喊我去玩。"

瞳孔一亮，笙歌立马抱着周夜的胳膊说："程浩喊你玩什么啊？我也想去玩，你带我一起呗？"

笙歌抓着周夜的胳膊晃了晃，说："好不好啊？"

她不想只是陪在他身边，还想慢慢走进他的世界。

周夜看着晃他胳膊的笙歌，低笑出声："小朋友这是在撒娇呢？"

笙歌大大方方地点头承认："对啊。"

笙歌这副样子，周夜哪能拒绝？

"好，带你去玩。"他随后提醒道，"那儿都是男孩，如果你去了觉得无聊就跟我说，我们可以先走。"

"好。"

周夜和笙歌同时出现在台球厅的时候，程浩感觉惊愕之后嬉皮笑脸地调侃道："哟，某人不是说不来的吗？"

有人跟着程浩调侃出声："人家夜哥这不是直接把女朋友带来陪着了吗？"

旁边另一个男生嬉笑着上前递了支烟："好久不见啊，夜哥。"

周夜看着那人递过来的烟，立马说："戒了。"

男生听了显然诧异了一瞬，然后打量了一下笙歌，一脸惊艳地朝周夜抬了抬下巴问："夜哥身边这位美女是？"

周夜低头看了一眼身边紧紧牵着他、怕走丢的小姑娘，得意、骄傲、大方地跟人介绍道："我女朋友。"

笙歌听完愣了一下，然后开心地冲他笑了。

他终于大大方方地跟别人说他们在一起了，不再敏感地怕自己会影响她，怕她跟他在一起会给人留下不好的印象，也不再觉得自己配不上她。

笙歌也落落大方地主动跟周夜的朋友进行自我介绍："你好，我叫笙歌。"

男生一脸惊讶："笙……笙哥？"

笙歌见他一脸惊愕，瞬间明白过来，解释道："是唱歌的歌。"

"哦……"男生尴尬地笑着说，"这名字起得真好。"

男生继续说道："嫂子想喝什么饮料自己拿啊，今天初次见面，我请嫂子喝。"

笙歌礼貌而矜持地笑笑，道了句："那先谢谢了。"

周夜见笙歌局促的模样，知道她哪怕渴着也不会让外人破费，便低头小声对她说："我去给你拿瓶酸奶。"

笙歌慌忙仰头想要拒绝，却听到周夜说："你男朋友买单。"

闻言，笙歌这才笑着点点头。

周夜转身去拿饮料时，程浩懒洋洋地用球杆撑着地，斜倚在球桌上问笙歌："小笙笙，会打台球不？"

笙歌道："不会。"

程浩挑眉："那你来这儿多无聊啊。"

"不会啊。"笙歌笑着调侃他，"可以看我家周夜把你'杀'得哭鼻子，怎么会无聊呢？"

她可还记得之前程浩在朋友圈发的要把周夜'杀'得哭鼻子的动态。

程浩看到走来的周夜，立马委屈巴巴地求助："夜哥，你听听你家这位说的话，赶紧管管！"

周夜吊儿郎当地回了句："管不了，都是她管我。"

程浩：……

周夜把酸奶瓶盖拧开递给笙歌，问她："想不想玩？"

"不想。"笙歌接过酸奶，"我不会玩这个。"

周夜道："我教你玩。"

笙歌想到这样他们之间就可以多点互动了，于是说："好。"

接着笙歌说出一句："那你球技好吗？"

听笙歌竟然质疑他的技术，他闷闷地说："还行吧，一般般。"

笙歌立马一本正经地接了句："没事，我不嫌弃你。"

周夜看着她一本正经的样子觉得好笑，用舌尖抵了抵后槽牙，忍不住伸手捏了捏她的脸蛋，说："谢谢宝贝不嫌弃。"

此刻笙歌正弯腰伏在球台上，姿势别扭又僵硬地拿着球杆，双眼直勾勾地紧盯着台面上的球。然后，她听到身后的周夜指挥说："先瞄准7号球打过去。"

笙歌紧张地看着7号球，眨了眨眼说："好。"

接着周夜就看到笙歌一杆打出去，完全避开了所有球。

笙歌自己都觉得尴尬了。

"没事。"周夜低声安抚了句，"刚开始打不中很正常。"

接着笙歌又打了一杆，算是有进步，起码碰到了球。

打完第四杆后，笙歌既尴尬又没耐心地松了球杆，红着脸转过身小声对周夜说："不学了，我玩不好。"

周夜难得见到她这样子，整颗心都化成一汪春泉。

周夜弯腰与她平视，低声说："手把手教你好不好？"

笙歌抬起眼皮看着他，他眼里藏笑，那模样让她无法拒绝，于是她伸出一个手指说："再教最后一次。"

周夜看了一眼她白嫩的手指，笑着伸手握住说："转过身去把球杆拿好。"

笙歌听话地再次拿起球杆。她弯腰伏在球台上的瞬间，握着球杆的手忽然被人握住，接着身后靠上来一个温热的胸膛，然后另一只手也被身后的人握住。

笙歌整个人都被周夜圈在了他的胸膛和球台之间。虽然彼此之间的距离不算太近，但他气场有些强，她紧张地咽了咽口水。这时，她耳边传来周夜痞痞的低笑声："这么紧张吗？"

他清楚地感受到掌心下的那只手在隐隐发颤。她怎么就紧张成这个样子了？

"没有紧张。"笙歌紧张地小声狡辩着，一扭头就看见了周夜近在咫尺的脸。温热的呼吸喷洒在她的脸上，他噙着笑，两人四目相对。

他的眼神好温柔，她整张脸忽然红得发烫。

脸上带着笑，周夜声音低哑地说："小朋友，别看我啊，看球台。"

他一定是故意的。他真的好会撩，笙歌一时间心尖都有些酥麻了。

砰，清脆的一声，一个球进洞。

笙歌吃惊地看着台面上缓缓滚动的球，身后的少年笑得恣肆。

这一刻，笙歌超级后悔在这么多人面前跟他学台球。虽然她主动过很多次，可大多是在只有他们两人的时候，现在这样她实在很害羞。

"我……我还是不学了。"笙歌松开球杆直起身，避开周夜的视线说，"你跟程浩他们玩去吧。"

说完笙歌逃似的走到一旁，然后把酸奶捧在手里说了句："我去那边坐一会儿，看你们玩。"

周夜看着低头逃走的小姑娘，弯唇笑了笑。

笙歌坐在不远处的椅子上，缓了好一会儿才静下心来。她喝了一口酸奶，看着周夜那边。不知道程浩调侃了周夜什么，他直接被周夜一把扯过去按在了球台上，其他人无情地哄堂大笑。这是男孩之间的嬉闹。

程浩大概是不服气了，非要拉着周夜单挑，因此好一会儿都是周夜和程浩霸占着球桌。

笙歌看着周夜一个球接着一个球地进洞，他时不时地回头看她一眼，而程浩骂骂咧咧的，又好像在笑。

欢乐中，笙歌忽然听到门口有人咋咋呼呼地喊了一嗓子："老板，新店开业的活动还有吗？"

老板立马笑着说："有的有的，要办卡吗？"

笙歌闻声看过去，这一看，她的心猛地一沉，脸上满是恐惧之色——她看到了大伯的儿子笙子豪。

她决不能让笙子豪看到她，他知道了一定会告诉大伯，她跟奶奶偷偷搬来了帝京。

笙子豪跟大伯一样，小小年纪已经有一堆恶习。

梦里的记忆和现实中的过往在笙歌的脑中翻滚。梦里就是大伯和大伯母把她从楼上推下去导致她和奶奶阴阳相隔的。他们虽是在争执中失了手，可本就不是什么好人。之前他们丧心病狂得连自己的亲生母亲都要殴打，逼着要她的奖学金无果便想要置她于死地，骗取奶奶给她买的高额保险金。她好不容易逃离他们，断不能再被他们找到。她要好好活着！

笙歌的手心冒着汗。梦里那些记忆不断地冲击着大脑，她像是亲身经历了一遍所有事情，恐惧感压得她快喘不过气了。

一直留意笙歌动静的周夜察觉到她的不对劲，立马丢下球杆快步走来。

"笙笙，怎么了？"

处在极度恐惧情绪中的笙歌听到让她安心的声音，慌忙起身一头扎进了周夜的怀里，很紧很紧地抱着他，呼吸粗重，声音颤抖："周夜，我想回家。"

周夜愣了愣神。她的恐惧感无法隐藏，哪怕她抱着他，浑身都还在战栗。他不知道发生了什么，抱着她心疼地说："我送你回家。"

周夜牵着笙歌朝门口走去，笙歌看了一眼门口，立马惊慌地把脸藏在周夜怀里，双手不安地紧紧抓着他的衣服，声音依然颤抖："我不想走这边，有别的门吗？"

门口，笙子豪正在办理会员卡，她不能这么冒险地走过去。

周夜紧皱眉头，朝笙歌刚才看的方向看了一眼，同时迅速脱下身上的外套盖在了笙歌的头上，直接把人抱出了台球厅。

出了台球厅，周夜见笙歌还害怕地紧紧抱着他，便没去骑摩托车，而是直接拦了辆出租车坐上去，一路把人搂在怀里送到小区。

到小区附近，周夜没有直接让她回家，而是把人抱到了小区后的凉亭下。

周夜把人放到长椅上坐着，在她面前蹲下来，盯着她问："在台球厅看到谁了？你怎么怕成这样？"

笙歌看着他的双眸，想要隐瞒："没……没看到谁。"

感受到她的隐瞒，周夜顿然眸色一冷，声音都冷了好几度："当我傻吗？都吓成这样、慌成这样了，还说没有！"

笙歌看着他，心虚地想要低下头，周夜却抬手轻捏着她的下巴不准她低头。

他强硬霸道地出声："看着我。我再问一遍，刚才看到谁了？"

怕笙歌不说实话，周夜直接出言堵了她的后路："如果你想隐瞒，我可以自己去找老板调监控录像，接着会看到那个时间段你看到了谁吓成这样。到时候我会自己想他对你做过什么让你恐惧成这样，我自己可不知道……"

笙歌看着周夜阴鸷的眼神，心跳陡然慢了半拍。他的眼神瞬间让她想到梦里他为她报仇的样子，这样的他仿若顷刻间就会坠入地狱里。笙歌不安地慌忙伸手捂上他的耳朵，拉回他的心神，疾声道："你不要乱想，我就是看到了一个亲戚。"

她努力用最平静的语气跟他说："是我堂哥。"

"继续说。"周夜阴鸷的双眸微眯，语调中依然透着冷意，"为什么这么怕他？他欺负过你？"

周夜浑身都透着十足的压迫感，让人有些喘不过气。笙歌慌了神，不知该如何跟他说家里的事情，怕他知道了做出极端且不可挽回的事情。眼睫颤动，她看了看他，试图靠进他的怀里逃避他的问题："周夜。"

然而周夜看出了她的想法，直接伸手撑在她的肩上，阻止她往他的怀里靠，冷声道："别往我怀里钻，把话说清楚，为什么怕他？你曾经遇到过什么，今天都一五一十地说清楚。"

笙歌咬了咬唇，快速运转着大脑，想着该怎么平心静气地把事情说给他听。她的沉思让周夜以为她想要闭口不谈，他瞬间厉声道："笙歌！"

笙歌被吓到了，真的怕他做傻事，惶恐不安地告诉他："你不要这么极端。我不是帝京的人，我跟奶奶是从海城搬过来的。因为大伯骗走了我们的钱，还差点失手打了奶奶，我们就只好搬来这里。我今天遇到的那个人是大伯的儿子，如果他知道我在这里，一定会告诉大伯的，那样我跟奶奶就会没有安生日子过。奶奶年纪大了，我要保护她。不过你不用担心，他们就是贪财，没发现我们的话，我们就不会有事的。"

她已经彻底跟他们断了联系，刚才看到笙子豪会产生恐惧感也是受曾经的事影响。她努力说得平静自然，可每一个字都像一把刀子一样插进周夜的心脏。周夜的双眸瞬间被心疼之色占据，声音也柔了下来，他悲痛地问道："那你爸爸妈妈呢？他们不管吗？"

笙歌轻轻地笑了，云淡风轻地说："我爸爸妈妈早就不在了。爸爸在我小时候就走了，妈妈太想爸爸了，几年后也随他走了……"

笙歌紧攥着手，指甲陷进了肉里。她咬紧下唇不让眼泪流下来，却还是在低头的一瞬间落下了泪。她的嗓音里染上了哭腔："周夜，我只有奶奶了。"

她终究还是红了眼眶，却在眼泪落下的一刹那迅速抬手抹掉了眼泪。再抬起头时，她冲他甜甜地笑着说："我现在有了你，已经比以前幸福了呢。"

她的一字一句、每一个表情都让周夜伤心，她明明心里难过得要命，却不想让他心疼自己，抹掉眼泪冲他笑。这是他第一次体会到书里说的那种肝肠寸断的感觉，蚀骨灼心又无能为力，好像身体在被无情地撕扯着，心都在滴血。

周夜看着笙歌，红了眼眶，那种无能为力的挫败感像烈火一样在灼烧他。原来他的宝贝之前一直过着那样的日子。

周夜伸手把笙歌紧紧抱在怀里，以一种绝对保护的姿势紧拥着她，声音有些沙哑："别怕，以后我会保护好你跟奶奶。"

周夜摸了摸笙歌的后脑勺，深情且温柔地说："对不起，我出现得太迟了，让我的小公主受了那么多罪。

"他们打过你吗？是怎么欺负你的？这些年你一个人都是怎么过的？"

他声音很轻，轻得让人有些听不清，好像他很怕听到答案。

笙歌知道不说点事，他也不会安心，便一脸平静像是在说别人的故事一样娓娓道来："他们没有打过我，就是比较贪财，有一次把我跟奶奶关在家里，逼着奶奶把存折拿给他们。不过后来警察来了就没事了，之后我跟奶奶就来了帝京。"

她反过来拍拍他的背安抚他说："都过去好久啦，爸爸妈妈也走了很多年，我们早都习惯了现在的生活，你别难过。而且现在我身边还多了你，我已经很知足、很开心了。今天就是忽然看到笙子豪，情绪有些过激了。其实现在想想，那也不是什么大事，以后我不跟他们接触、不跟他们有联系就好了。所以，阿夜别难过，也不用心疼，都已经过去了。以后有你，我相信我们会过得很幸福。"

周夜听着她安抚自己的话，心里酸涩得很。他怀里的女孩大概是世界上最傻的人了，明明自己难过又惊惶，却一字一句地努力安抚着他。如果这辈子给不了她幸福和宠爱，他会永远不得安宁的。

周夜没有说话，笙歌被他紧紧地抱在怀里。明明还是初秋，笙歌却感觉他整个人都透着寒气。分别时，她怕他做傻事，拉着他的手再三叮嘱说："周夜，你不准做任何极端的事情，也不许做任何违法和不可挽回的事情，知道吗？如果你出了事，我以后怎么办？"

周夜见她心神不宁的样子，把人扯进怀里低头在她的脸蛋上亲了一下，笑着说："不做傻事。我还要照顾你跟奶奶呢，不会让自己出事的。"

他松开她，神色异常平静："行了，快回家吧。以后发现哪里不对劲立马给我打电话，然后再报警。"

"好，我会小心的。你不要担心了。"笙歌不放心地把手上一直戴着的有桃木珠子的红绳取下来戴到周夜的手腕上，很认真地对他说，"这条红绳我戴了好多年。今天我把秘密说给你听，并不是想让你为我做什么，而是想告诉你，我已经失去了爸爸妈妈，不想再失去你。以后你做任何事情之前，都要考虑到我。"

周夜看着手腕上多出的那条手绳，眼睫轻颤。珠子上面还有她的温度，他用指腹在那颗桃木珠子上摩擦着。这条轻飘飘的手绳是她将自己的一生交付给他的凭证。

他握住她空荡荡的手腕轻轻摩挲着，跟她保证："我做任何事之前都会考虑笙笙的。"

看着笙歌进入小区大门后，周夜返回了刚才的台球厅。

门口前台处，周夜把提前备好的烟递给老板，露出一副没办法的样子笑着跟老板说："老板，能看一下监控录像不？女朋友送我的定情信物刚才被我弄丢了，她这会儿正跟我闹脾气呢，我看看有没有丢在这儿。娶个媳妇不容易，我得找找。"

老板看了一眼面前上好的烟，笑着接过烟，说："行行行，女孩闹脾气，哄哄就好了。"

老板站起身指了指手边的监控屏幕："来，你坐在这儿看，希望你能找到啊。"

周夜抬了抬下巴："谢了。"

在前台坐下后，周夜开始挪动鼠标查看监控内容。他看得极度认真，不放过一个画面，仔细观察着屏幕里笙歌的表情。终于，他发现了那个让笙歌惊恐万分，看见直呼要离开的人。周夜紧盯着笙子豪，来回拖着视频进度条想看清他的脸。

接着，周夜抬头环顾了一眼台球厅的所有人，目光落到了还没离开的笙子豪他们几人身上。他假装过去找东西，在那几人身边逗留了几秒，恰巧听到其中一人笑哈哈地朝笙子豪道："子豪，什么时候再请我们去玩玩啊？"

笙子豪烦躁地摆摆手："别提了，我爸好几天都没给我钱了，等等再说吧。"

听到钱，周夜顿时想到了笙歌说笙子豪的爸爸把她的钱骗走了，还把她和奶奶关在家里的事。周夜不动声色地瞄了一眼笙子豪。他们一家子把他的心肝宝贝欺负得背井离乡，让她独自带着奶奶来到陌生的地方生活，而他笙子豪却还能在这儿潇洒肆意地消遣人生。

周夜确认让笙歌恐惧的人是谁后转身离开，路过前台时，跟老板打了声招呼："没找到，我去别处再找找，打扰了。"

离开台球厅，周夜去杂货铺买了一副皮手套。

夜幕降临，周夜终于等到笙子豪从台球厅出来。因为笙子豪没钱，别人也懒得带他玩，他落单了。

穿着黑色连帽卫衣的周夜才踏出昏暗的巷子，突然抬手看了一眼手腕上的那条红绳，笙歌的话瞬间在他的脑海里回响——

"周夜，你不准做任何极端的事情，也不许做任何违法和不可挽回的事情，知道吗？如果你出了事，我以后怎么办？"

"我已经失去了爸爸妈妈，不想再失去你。以后你做任何事情之前，都要考虑到我。"

周夜恢复理智，继续往前走，从笙子豪身边路过时用力将他撞倒在地。笙子豪骂骂咧咧地从地上爬起来一看，整条街上已经空无一人。

晚上，笙歌给程浩打了通电话，想问问他周夜最近晚上都在忙什么，看起来这么疲惫。

程浩接通电话后，立马笑盈盈地喊了声："小笙笙，找我啥事？"

笙歌琢磨了一下，如果她直接问，程浩一定会替周夜隐瞒，于是她灵机一动，开口说："程浩，又打扰你了，很抱歉啊。可是我心里很急，有些事想弄明白……"

她装作为难地停顿了几秒，继续说："程浩，周夜是不是认识了别的女孩？所以他除了陪我还在陪别人，对不对？"

程浩一听，顿时心急地要为兄弟辩解，激动得嘴一秃噜，把什么都说了："笙歌妹子，你想啥呢？我夜哥是那样的人吗？他除了陪你就是在赚钱，连觉都没时间睡，哪有时间去陪别人？"

笙歌立马接话："他在哪儿赚钱，做什么？"

程浩一心要为兄弟澄清，急忙说："在车行啊，夜哥都两个晚上没睡觉了。他帮人改装赛车，车是从国外空运过来的，时间紧，人家又指定让他改，今早凌晨五点多改装好就立马被空运回去了……你放心，属于合法改装！"

程浩说着，一脸骄傲地道："雇主就是国际上那个大名鼎鼎的职业赛车手 Abbott（艾伯特），他的车全是指定你家男人改的。"

笙歌直接过滤了他后面那句话，而是担心地确认着："他两个晚上没睡了？干吗这么拼啊？"

他什么都不说，早上还送她去比赛，怪不得坐在那里都能睡着。

程浩接着说："夜哥说急着赚钱，想在冬天之前买辆车，最近不是还在考驾照吗？有空就抱着手机做科目一的题目。"

"买车？"笙歌心里难受得不得了。他急着买车是因为那天坐公交车时发生的事情吗？她真的不在乎这些。她真的好心疼他。

程浩见电话那边的人忽然沉默了，郁闷地问了句："怎么，夜哥没告诉你这些？"

笙歌心疼又生气地说："他才不会告诉我这些。"

"完了。"程浩瞬间反应过来，一拍脑门，跺毛跳脚，"笙歌你不地道啊，你是来套我话的！"

挂了电话好一会儿，程浩都还在郁闷，直到看到周夜出现在车行。他一脸委屈巴巴地冲上去告状："夜哥，你家小公主忒坏了，她套我的话！”

周夜心不在焉、眼神无光，脸上没有一丝情绪，像一具被抽走了灵魂的行尸走肉。他并没有听清程浩说了什么，只隐约听到程浩说笙歌坏，便立马用无光的眼睛看了一眼程浩，语调冰冷地说了句："你别欺负她。"

"我没欺负她啊。"程浩快步走到周夜面前，见他眼神不对，立马抬手拍了周夜一下问，"你咋了？魂丢啦？"

程浩以为周夜是睡眠不足犯困，急忙对他说："困成这样就赶紧回去睡觉，今晚没活。刚才笙歌还打电话问你晚上都在做什么，我嘴一秃噜就全说了，跟她说你两个晚上没睡了，她挺心疼的。"

周夜听完，忽然面无表情地抬头看向程浩："你给她打电话了？"

程浩："不是，她给我打的。"

周夜仿若神游般地"哦"了一声，又收回了视线，盯着前方看了两三秒后，又茫然地扭头看向程浩："打电话说了什么？"

程浩要被这对情侣弄疯了，大声说："敢情我说了半天你一句没听啊，魂飞走了？"

程浩对着周夜的耳朵大声重复了一遍："你家小女朋友给我打电话，问你最近晚上都在干什么。她故意套我的话，我嘴一秃噜全说了，说你两天没睡，天天在赚钱，要买车……"

周夜被震得瞬间清醒，一脸嫌恶地皱着眉推开靠在他耳边的程浩："这么大声干什么？"

程浩："哟！魂回来了？"

周夜看了程浩一眼，立马掏出手机准备给笙歌打电话，同时对程浩说："以后别跟她说这些事。"

程浩委屈地道："我也不想说啊，可是她诱导我！"

周夜刚要打电话，屏幕亮起，笙歌给他打电话了。周夜立马接听，从冰箱里拿了一瓶水朝外面的空地走去。手机里传来女孩温软好听的声音："周夜，你在干吗呀？"

周夜单手拧开瓶盖仰头灌了一口水，清凉感滑过喉咙，让他冷静了下来。他不正经地笑着回："想你呢。"

笙歌撇了撇嘴，倒也没害羞，直接反问："想我什么啊？"

"当然是什么都想。"周夜洒脱不羁地直接在宽阔的草地上坐下，懒散地把胳膊搭在膝盖上，依然噙着不正经的笑，"想抱着笙笙睡觉。"

笙歌不理他不正经的话，阴阳怪气地说："哟，你还要睡觉啊。"

周夜笑容更深了，里头透着无奈和纵容之意。笙歌接着又问："晚饭吃了吗？"

"吃了。"

"吃的什么？"

"牛肉盖饭。"

"哦。"笙歌嘴里哼了一声又问，"我问了这么多问题，你有几个回答是真的？"

周夜听出笙歌声音里的不对劲，立马收回笑，认真表态："当然全是真的，我哪敢跟你说假话啊？"

"是吗？"笙歌不高兴地哼着，"那我再问一个。你昨晚睡得好吗？前晚睡得好吗？"

这是来秋后算账了，毕竟之前笙歌每次问，他都瞒着她说有好好睡觉。

夜光下，席地而坐的周夜低头笑了笑，立马道歉："宝贝，我错了，别生气，以后不瞒你了。"

"哼！已经生气了！"

周夜死皮赖脸地哄着："那我现在去你床头跪一夜赔罪，行不？"

本就不怎么生气而是心疼居多的笙歌听着他这不正经又死皮赖脸的话，一时没忍住，被逗笑，嘟囔了一句："谁要让你跪着了？再说你现在来家里，奶奶会把你当成贼打死的！"

周夜听到她笑了，顿时松了口气，弯唇笑着说："打死就打死吧，能让笙笙消气就行。"

笙歌忽而眸光黯然、满心不忍地冲他说："这么想死吗？你死了我怎么办？"她忽地情绪低落，感伤地喊了他一声，"周夜……"

周夜顿时神情严肃了些，紧张地问："怎么了？"

周夜听到笙歌语气低沉地说："你对自己好点行不行？我们未来的时间长着呢，有大把的时间可以赚钱闯事业，你别这么激进好吗？听到程浩说你两天没睡，我很心疼。阿夜，我希望我的出现是带给你温暖和开心的，而不是让你原有的生活多一份压力和负担的。我真的不在乎坐什么交通工具去学校，也不在乎任何物质上的东西。我在乎的就只是你是否平平安安，每天是否轻轻松松、顺心如意。"

周夜听得心头一颤。她每次说出的这种话都是他从未听过的。

她是第一个让他觉得原来他也是很重要的人。

"笙笙。"周夜声音低沉，"你不是负担，也没有给我压力，没遇到你之前我也是这么生活的。以前我没有目标，没有方向，就一天天麻木地活着，可现在我有方向也有目标了，我想跟你有个好的未来。这不是负担，是一个男人的责任。而且有了你，我做什么都比以前开心了。你只管好好读书，不用担心我。"

周夜停顿了一秒，笑着说："你也别听程浩瞎说，我有分寸的，不会把自己累垮的。要是累垮了，以后怎么抱你啊？"

笙歌轻叹了口气，最后只轻轻对他说："你别累着自己就好，不然我很心疼，会不开心的。"

周夜看向天上一闪一闪的星星，带着笑说："好，我不累着自己。"

挂了电话后，周夜低下头独自沉默了好久，各种想法在脑海里闪过，眼睛盯着手机里那张笙歌和奶奶的合照发呆。

照片里染着岁月痕迹的奶奶两鬓发白，笑得慈祥亲和，而他的笙笙也笑得明艳动人，可这样的祖孙俩却无依无靠，被欺负得从家乡来到这个陌生的地方相依为命。

他一直以为他的笙笙一直过着小公主般的日子，可现实竟然是被欺负得无家可归。

他真的想让笙子豪永远地离开这个世界。可若想保护一个人，成为她的依靠，他就不能用这种方式。他若出了事，以后就没人能护着她了。

他只有变得坚不可摧，才能真正成为她的依靠。

"夜哥，你今天咋了？"一路走过来的程浩看着心事重重的周夜，有些担心地在他旁边坐下，"心事重重的样子，被笙歌骂啦？"

周夜整个人隐匿在黑夜中，让人看不出什么情绪。他只轻喊了声："浩子。"

程浩一脸蒙："啊，咋了？"

周夜扭头看程浩，平静至极地说："明天再上最后一天学我就休学，以后在学校里，你帮忙照顾着点笙笙。"

"啊，为什么？"程浩惊讶地出声。没等周夜说出原因，接着他又说，"你休学那我也休学，我跟你混。"

"混什么啊？"周夜直接驳回去，"你别受我影响，我自己都不知道前路怎么样。"

程浩看着周夜的样子，很担心地问："发生什么事了？怎么突然就决定休学了？"

周夜声音极低地说："笙笙她没有爸爸妈妈了，只有一个奶奶，两人还被亲戚欺负得背井离乡，我要成为她们祖孙的依靠。"

"笙歌会同意吗？感觉她很在意你，你不上学她会难过吧？"

"我会跟她说清楚，消除她的担忧的。"

"那为什么明天还要上一天学？"程浩不太理解，"反正都不去了，上明天一天也没用啊。"

周夜向后一仰躺在了草地上，枕着双臂望着璀璨的夜空，弯唇笑着说："想跟她做一天同班同学，看看她上课的时候是什么样子的。"

周夜看着天上的星星，仿若已经看到了笙歌的样子，会心一笑："一定很乖、很认真吧？"

季云潇说调班是从明天开始的，他想留一份自己与她同班的回忆做纪念。

程浩见周夜一副下定了决心的样子，也跟着在旁边躺下，看着星空很认真地说："夜哥，我陪你一起。不准拒绝，兄弟！"

程浩接着说："那你休学准备做什么？"

"想出去单干，改装车，只改赛车。"

"行，反正你干啥我都跟着。"

"你这份信任搞得我压力好大。"

周夜扭头看向程浩，很严肃、很认真地提醒他："混得不好，你跟着我，以后可能连白馒头都吃不上。"

程浩不以为意地笑出声："那就陪你喝西北风呗。"

周夜睨了他一眼，跟着笑出声，调侃一句："傻兮兮的！"

空旷的草地上，两个少年笑得爽朗，彼此之间有着年少时不掺杂任何杂质的兄弟情义，只是周夜的笑容下深藏着对未来的不安和未知。

清晨，周夜一睡醒就给笙歌打了个电话，有意带着刚睡醒的困音跟她说了几句话，告诉她他昨晚有好好睡觉。

笙歌说今天他不用给她买早饭，他便直接到小区门口等着她。

晨光下，周夜看着满眼笑地朝他跑来的女孩，那份满足感让他情不自禁地弯唇笑了。

笙歌是一路小跑着扑进周夜怀里的，周夜伸手扶住她的腰，接着就看到怀里的人举着手里的袋子，仰着小脸神秘兮兮地笑着说："猜猜我给你带了什么好吃的？答对有奖！"

周夜整个人都沉浸在了她的笑容里，嘴角止不住地上弯。他配合着回答："包子？"

"不是。"

"饺子？"

笙歌望着他眨了眨眼："你怎么两下就猜中了？"

周夜噙着笑，揽着她的腰，低头问了句："猜中了，那奖励是什么？"

笙歌笑得眼含亮光："奖励就是……"

周夜忽然出声打断："奖励可以自己挑吗？"

"你想要什么？"

话音刚落，周夜忽而低头亲了下来，一个吻落在她的唇上。

这个吻来得突然，笙歌惊愕得瞪大了眼睛，周夜及时伸手接住从她手里掉落的早餐。

"你……"笙歌红着脸支吾，慌忙挣脱他的怀抱向后退。

周夜看着笙歌羞红的小脸，得意地笑："谢谢笙笙的奖励。"

笙歌低头悄悄地看了一眼四周，还好人不太多。她什么话也没说，害羞地转身去戴上自己的头盔，很小声地嘟囔了一句："快走啦。"

她没有生气，只是有些害羞地红了脸。周夜安心地弯唇笑着，伸手握住她的手腕。

笙歌一回头就看到手腕上多了一条精致漂亮的银色手链，周夜正准备给她戴好手链。她微皱细眉，问道："干吗给我手链？"

细看之下，银色手链上坠着几颗小小的泛着彩光的星星钻，倒是挺别致。

周夜给她戴好手链才抬眸看着她说："你把戴了很久的手绳给了我，我哪能让你的手腕上空荡荡的？先戴着，以后给笙笙换好的。"

周夜痞痞地抬手捏了捏笙歌的脸说："你让我看着手绳多想想你，那你以后也要看着手链多想想我啊。"

这手链是周夜昨天特意跑了很多地方去买的，他喜欢那上面闪闪发光的星星饰品，就像她一样闪闪地发着光，照耀着他，温暖着他。

笙歌被捏得皱了皱鼻子，满眼笑意地故意调皮地道："行吧，看在你这么有诚意的分儿上，我以后多想想你好了。"

笙歌开心地晃了晃手腕，说："好漂亮啊，不用换了，这个就是最好的。"她的阿夜给的什么都是最好的。

两人进了学校，在食堂吃完了饺子。

笙歌对周夜说："这可是我跟奶奶亲手包的，上次给你带的你都没吃上。好吃吗？"

"怎么不早说是你包的？"周夜一脸遗憾，认真地说，"早知道我就不吃了，拿回去珍藏起来。"

"不用珍藏。"笙歌冲他笑笑，"以后机会多着呢！"

周夜看着她笑，抬手摸了摸她的头，也笑了。

走到教室门口，笙歌冲周夜摆摆手："我进教室了，拜拜。"

说着笙歌转身进了教室，但她感觉熟悉的气息依然在身后。她狐疑地回头，果然看到周夜跟着她走进了教室。

"你怎么跟进来了？"

周夜双手插兜，一脸淡定地挑眉："陪笙笙上课啊！"

看到两人一起走进来，其他同学也投来诧异、困惑的目光。

"周夜怎么进来了？"

"该不会是为了护着笙歌，要把人送到位子旁才走吧？"

"这周夜疯了吧？又没人跟他抢笙歌。"

"不不不，要不是周夜，我也想追笙歌，她真的好漂亮。"

"漂亮能当饭吃吗？庸俗！"

…………

这堂课恰好是辅导员张薇的课，此时张薇拿了几张纸走了进来。

张薇看了一眼周夜，眼神不是很和善。当时校长说要把周夜转到他们班的时候，她是拒绝的。奈何她拒绝无用，现在她还要跟大家介绍他。

张薇站到讲台上，很随意地对同学们说了句："跟大家说件事，从今天起，周夜同学调到我们班，希望大家团结友爱。"

张薇说着看了一眼周夜。她是真的怕周夜，周夜是出了名的不听话、爱闹事，谁也管不了。

张薇话刚说完，转身就看到程浩和沈星吊儿郎当地站在教室门口。

程浩嘻嘻哈哈地喊了声"老师早"，还鞠了一躬。

张薇一脸震惊地问："你们俩站在这儿干什么？"

程浩："我们也转过来了。"

"不可能！"张薇气得头发都快竖起来了。来一个周夜就算了，再来这两个，她不说疯掉，也会半疯的。

沈星挠着头说："不信您去问问，我们也是刚刚知道的。"

张薇推开门口的两人，气冲冲地走出去，边走边说："行，我这就去问问！"

张薇急急忙忙地走进校长办公室，然而听到答案后快哭了。

教室内，笙歌呆呆地望着周夜："是你找老师调的班吗？"

"不是。"周夜双手插着兜，漫不经心地说，"老师又不听我的，怎么可能我让他调，他就给我调？"

"那老师怎么会突然把你们都调过来了？"笙歌很是不解地问。

周夜低头，不正经地笑着小声说了句："大概是我喜欢你喜欢得太明显，被老师看出来了，就被调到你身边了。"

笙歌耳尖微红地瞄了他一眼，羞臊地提醒他："会被别人听到的，他们听到又要说你了。"

周夜受宠若惊地看着笙歌。他本以为她是因为害羞而怕被别人听到，却没想到是怕别人听到对他产生不好的印象。他顿时心尖微动，收起不正经的笑对她说："我不在乎他们怎么说。"

"我在乎！"笙歌脱口而出，仰头看他，小声说，"我讨厌他们议论你。"

周夜僵在原地，呆呆地看了她好几秒，然后痴痴地笑了。

这一句"我在乎"，落到了他心底最深处。

吴忧今天晚到了一小会儿，在来学校的路上看到班级群里在说周夜等人转班的事情。她一到教室就直奔周夜而去，气鼓鼓地看着周夜，跟笙歌抱怨："我们不能坐一起了，呜呜……烦躁！"

笙歌心虚地看向周夜，周夜笑眯眯地冲吴忧抬了抬下巴。

笙歌和周夜坐在一起上课，后桌是程浩，吴忧和另一个女生坐在笙歌前面。

周夜一整节课都在瞄笙歌，看着她在书上写下一行又一行清秀的小楷笔记，看着她坐得端端正正的，认真地听着老师讲课。她今天穿着白色的裙子，扎着高马尾辫，额前散落着几缕碎发，粉嫩的脸颊，娇小的鼻尖，一双美眸明艳动人。她整个人被窗外照进来的微光覆住，美得不真实，卷翘的睫毛轻轻颤动着，勾人心魂。

周夜看得失神。跟他想象的一样，他的女孩真的好乖、好认真，乖得让他产生奢望，想要这样陪着她度过她完整的学生时代。那样的话，这段记忆一定会是他匆忙、漂泊的人生里最纯洁、最温暖的回忆了。

笙歌察觉到某人直勾勾的视线，趁老师不注意，不悦地转头瞪了他一眼，拿出草稿纸，在上面写上几个大字：别看我，好好听课！

草稿纸被递到周夜面前，周夜看着那几个字轻笑了一下，朝她悄悄做了个"OK"的手势，然后立马坐端正了，目视黑板。但坚持了没几秒，他又情不自禁地扭头看向认真听课的笙歌。

笙歌感觉到他的视线，一侧头就与他直勾勾的视线对上。像做了坏事被当场抓住，周夜忙不迭地移开视线看向黑板。

下课铃响，笙歌没好气地在桌子下不轻不重地踢了周夜一脚，小声提醒他道："你上课别老是看我。你看我，能听进去老师说的什么吗？"

"听不进去。"周夜倒是坦荡，"反正听了也听不懂。"

周夜看着气鼓鼓的笙歌，有意又补充了句，也算是提前给她打预防针："我就不是学习的料。"

不料笙歌却说："就是听不懂才要好好听，都懂了你也不用在这儿了。"

第二节高等数学课，笙歌一直认真地看着讲台听老师讲课。

笙歌中途无意间扭头看了一眼周夜，发现这家伙竟然趴在桌子上睡着了。

笙歌皱着脸，气鼓鼓地用笔戳了戳周夜的胳膊。根本没睡着的周夜感觉到了却没有给出任何反应。笙歌见周夜没反应，闷闷地撇了撇嘴，又伸脚在桌下轻轻踢了他一下。

周夜立马佯装惊醒，从臂弯里掀开眼皮看她，懒洋洋地明知故问："踢我干吗？"

笙歌瞪着他小声说："你好好听课呀，不许睡觉。"

周夜露出一副破罐破摔的样子："听不懂，不想听。"

笙歌没想到他会这么直接地说出这种话，明明前两天他还说有好好听课的，怎么今天又是这副样子？她一时想不明白，只想让他好好听课，于是对他说："你都不听哪里能听懂？周夜，你试着听听呗？"

周夜很倔地说了句："听不进去，像听天书似的，越听越困。"

笙歌不喜欢他这副自暴自弃的样子，心急地看着他，只听到周夜又说了句："你好好听课，别管我。"

笙歌气结："我怎么能不管你？你……"

啪——

"周夜、笙歌！你俩嘀嘀咕咕的干什么呢？"讲台上传来一个气势汹汹的声音，数学老师用力地将黑板擦拍在讲台上，视线冷飕飕的，"你俩不听就给我出去！"

很少被老师点名批评的笙歌立马羞愧地低下头，周夜无所谓地站起来，把双手插在兜里走出了教室。

后桌的程浩看着转班第一天就被轰出去的周夜，趴在桌子上快要笑死了，还好心地小声安抚笙歌说："笙歌妹子别担心，反正他也听不进去，说不定出去了才是解脱！"

笙歌：……

周夜整整一天都是一种很颓废、烂泥扶不上墙的状态，笙歌没有多想，只以为这是身为一个"学渣"的常态。以后他们在一个班，她总有办法能让他好好学习，天天向上的。

晚上，自习室内，笙歌认真地给周夜讲白天的上课内容。

周夜听了一会儿，受刑似的支着脑袋，眼睛一眨不眨地望着笙歌。他苦兮兮地开口说："笙笙，我能不听了吗？听得都想吐了。"

笙歌没好气地用明艳的双眸看了他一眼，直接拒绝："不能！"

她生气时小脸红红的，有些可爱，周夜看着，有意朝她那边挪了挪椅子紧挨着她，然后抢过她手里的笔，噙着不正经的笑在书本的空白处写下一句：我好好听，笙笙给我亲一口，行不？

笙歌看着那一行字，顿时又羞又恼，于是一脚踩在他的脚上，仰着下巴表示拒绝。

周夜被踩后，笑看着笙歌说了句："笙笙好凶。"

"你再不正经点，还有更凶的！就罚你……哎，怎么回事？"

明亮的自习室里陡然间一片漆黑，有个同学亢奋地喊："停电了停电了，大家快跑！"

周夜在漆黑的自习室内忽然伸出手，精准地扣住笙歌的后脑勺，凑上去狠狠地亲了她一口，接着满又得意地附在她耳边说："笙笙要罚我什么？刚才还没说完，宝贝继续说，我凑近了听。"

笙歌整个人都是蒙的，怔怔地眨巴着一双水灵灵且明艳的眸子。她此刻心跳如擂鼓。她没想到他会突然亲她。

回过神的笙歌慌忙伸手推他："周夜！你……"

"嘘！"周夜忽然伸手将食指按在笙歌的唇上，玩世不恭地哼笑着，很小声地提醒，"别撒娇，别人会听到。"

笙歌气呼呼地打了他一下，立马从他的魔掌下逃脱。

学生们蜂拥着往外冲，场面有些混乱，笙歌不想跟他们挤，对周夜说："我们等会儿再走，现在太挤了。"

说完，笙歌掏出手机打开手机的手电筒对周夜说："我把这一页的内容跟你说完再走。"

周夜听后只得在心里感叹：她是不是太刻苦了点？

当两人在漆黑的自习室内照着手电筒讲完最后一页的内容时，自习室里已经只剩下他们两人了。笙歌露出一副新账旧账要一起算的样子，气鼓鼓地直接把灯光照向周夜的脸，瞪着他："你是不是就想着亲我了？是不是什么都没听进去？"

周夜无赖地笑着："啊，被你发现了。"

"哼！"笙歌气得捶了他一下，把书收好，起身就走了。

周夜见状慌忙起身跟上去，伸手去牵她的手。

整个校园里漆黑一片，两人沉默地牵着手走出了教学楼。

"下次人多的时候你别那样做。"

如果被看到，别人会误会他是流氓。

周夜牵着笙歌走，不知不觉走到了一个小公园。借着月光，他看了一眼四周，见无人，便把笙歌轻抵在一棵树上。朦胧的月色下，周夜低头看着靠着大树上仰头看他的笙歌，接着她的话说："所以笙笙的意思是人不多就可以了？"

笙歌怔怔地眨了眨眼。她好像是这个意思又好像不完全是。还没等她理清思路，周夜忽然弯下腰来与她平视，似笑非笑地说："那现在可以吗？"

虽然这是问句，可还没等笙歌回应，他已然吻了上去。笙歌睁大了双眸，不知所措地眨巴着大眼睛，双手紧紧地抓着他腰间的衣衫："你……你今天好不正常。"被松开的笙歌抿了抿红润晶莹的唇，看着周夜，大脑有些混乱。她在他的眼里看到了踌躇不安和隐忍、挣扎之色。

周夜收起所有不正经与吊儿郎当的态度，抬手摸了摸笙歌的脸蛋，弯了弯嘴角轻笑："不正常吗？或许是吧。"

周夜看着笙歌，有些落寞："我就想在学校给你留点深刻的记忆，怕我不在这里了，笙笙会慢慢忘了我……"

"不在这里？"笙歌表情凝固了，她慌张地道，"你要去哪儿？"

周夜笑了笑，然后认真地说："之前，我会先问你给不给亲，是怕你未来某一天会后悔跟我亲近过。毕竟我们笙笙还小，以后会继续读书，找到好工作，会遇到很多很多优秀的男孩。之前，我希望你在后悔后，还可以清清白白地去选择更好的……可是，突然要离开了，我才发现我没那么伟大，甚至自私地……"

周夜低头，又去亲笙歌的唇、脸颊，然后嗓音极低地说："想彻彻底底地占有你再走。"

周夜说得直白，笙歌又惊又羞，抿了抿唇，微微侧头逃避耳边他炽热的呼吸，不安地问他："你今天到底怎么了？是不是发生什么事了？你还没说你要去哪儿。"

笙歌褪去羞意，心急忐忑地望着周夜漆黑的眼睛。眼下，她不知道他是遇到了什么事。

笙歌心急不安，周夜则淡定很多。他很平静地继续对她说："笙笙，今天的课我一点也听不懂，也不只今天的，其实所有的课我都听不懂。你也看到了，我总听着听着就睡着了，一节课一节课地熬，也挺痛苦的。与其这样浪费时间，倒不如去做点有意义的事情。"

周夜望着笙歌停顿了一下，情不自禁地用力紧握双手。喉结微动，他嗓音低沉而坚定地说："所以，我决定休学了。"

"你要休学？"笙歌瞪大了双眸，震惊不安地问，"为什么？"

周夜看着她，很坚定地继续说："我就是提前出去工作，想做一些我喜欢的事情。"

笙歌听得呼吸一滞，怔怔不安地看着周夜。他又想着出去工作赚钱了，这么突然地说要休学，难道是因为昨天他知道了她的所有事？

一定是这样的，毕竟他会因为跟她坐了一次拥挤的公交车而想着买车，而昨天他知道了那么多的事情，那对他的打击一定很大，所以他起了休学、想好好赚钱的念头。怪不得他今天总是表现出一副颓废且烂泥扶不上墙的样子，他是故意在做给她看，让她觉得他不是读书的料，从而使她答应他休学。他真的好傻，傻得让人心疼。

笙歌理清了前因后果，心疼得鼻尖泛酸。忽然，周夜伸手抱住她，把脑袋搭在她的肩上，声音低沉地说："休学了我也会每天接送笙笙上下学的，你……"声音哽了一瞬，他继续道，"不要在学校喜欢上其他人好不好？"

笙歌听得快要心疼死了，声音中都带着哭腔："不好。"

话落，她清楚地感受到抱着她的周夜身子微顿，然后，他叹了口气。

周夜眼底满是落寞和无奈的神色，下一秒，他的衣角被扯住，笙歌忍着哭腔说："周夜，你不要休学。我不想让你休学。"

笙歌仰头看他，月光下，眼角隐隐泛着晶莹的泪光："你休学是因为我吗？"

周夜看着，心像被刺了一下。他掩饰道："不是因为你，就是想做点别的。你看我要么听课听得想吐，要么就直接听得睡着了，还要时不时被老师骂。"

"我才不相信。"笙歌难过地撇着嘴看着他说，"你被老师骂又不是一天两天的事了，听不懂课也不是才听不懂的，为什么却要在知道我的家事之后突然要休学去工作？周夜，我昨晚才跟你说过，你别这么激进，我们可以慢慢成长，你不用这么着急的，别这么逼着自己往前走好吗？"

周夜听得眉心微蹙。慢慢成长，多么美好的两个词，从他出生到现在，这个世界就没有给过他慢慢成长的机会。他从出生起，就在努力地融入这个世界，努力地活着。

他只想拼尽全力护着他心爱的女孩，可他一无所有，所以唯有逼着自己加速往前走。

周夜看着怀里的笙歌，神色微动。他把双手搭在她的肩上，将人从怀里拉开，没再多解释什么，直接不容置喙地说："行了，我已经决定好了，就是跟你说一声。"

他像以往一样牵着她的手："走吧，送你回家。"

然而这一次笙歌用力甩开了他的手，情绪有些失控地冲他喊："你要休学就别牵我的手，以后也不要接我上下学，我也不理你了！"

周夜叹气，试图跟笙歌讲道理："笙笙，你要理智点。我就算现在不出去工作，以后也要工作的，别这么抗拒这个事实好吗？而且我是休学不是退学，有机会我还是可以重返校园的。"

"我不要理智，"笙歌忽然上前抱住周夜的腰，不管不顾地说，"只要你。"

周夜看着忽然抱上来的笙歌，无奈地哄着她："笙笙，听话。"

"我就不听话。"笙歌像个无理取闹的小孩，忍了半天的情绪有些绷不住了，"你要休学，我就不听。"

笙歌知道自己不完美，可是有幸成为他的挚爱。她没有什么远大的理想和抱负，只想陪他轻松幸福地走完这一生，不想他早早进入社会去打拼。她知道学生时代的美好回忆会是一生中最珍贵的记忆，而他之前的回忆并不美好，她不想他继续留有遗憾。

笙歌抽泣了一下，哽咽着哭了出来："周夜，你就当是陪我好吗？

你这样我一点都不开心，只会好心疼好难受。我们都还小，未来的路长着呢，我们慢慢走，不着急行吗？"

周夜听着她声音里的哭腔，胸膛处的衣衫被泪水洇湿。他紧皱眉头，慌忙把怀里的人拉开，抬起她的下巴。月光下，笙歌满脸泪水，周夜瞬间慌了神，疾声道："怎么还哭了？哭什么啊？"

他给她擦掉眼泪："别哭，哭得让人觉得心里跟下刀子似的。"

笙歌一听他心疼了，立马不顾形象地哭得更大声了，纤瘦的肩膀轻颤着。

那流出的一滴滴泪水好像不是泪水，而是滴进周夜心里的血。

笙歌断断续续地说："那你……你别休学，我就……就不哭了。"

周夜叹了口气说："小朋友，故意的吧？"

她以为他看不出她是故意哭得更凶的？

被看穿的笙歌吸了吸鼻子，抬手抹了把眼泪，倒也诚实："哭大声是故意的，可不想你休学是真的。"说着她还不受控制地吸了吸鼻子，又伸手牵着周夜的小指晃了晃，委屈巴巴地抬起泪眼望着他，声音软软地说，"别休学嘛。"

看到笙歌泪眼婆娑的样子，周夜彻底妥协了。

两人走出校门的时候，碰上返回学校的程浩。

"哎，你俩咋还没走？"程浩走过来就问。

刚哭过的笙歌不太想被其他人看到自己这副样子，立马退到周夜的身侧，抓着他的胳膊抵着额头，避开程浩的视线。

周夜察觉到她的小动作，顺势侧身挡着她问程浩："你怎么又回来了？"

"突然想起来有个球留在体育馆了，现在来拿走，省得明天还要来一趟。"

"别拿了。"

"啊？"程浩一脸蒙地看了一眼像见不得人似的笙歌，识趣地没再多问。

"你怎么来的？"

"打车来的。我的车爆胎了，在修。"

周夜闻声直接把手中的车钥匙扔过去："把我的车骑回去。"

程浩接过钥匙，丈二和尚摸不着头脑地应着："哦，行。"

程浩走后，两人继续往回家的路上走着。

笙歌问周夜："我们怎么回去呀？"

路灯下，周夜低头看着她哭红的眼睛，心里涩涩的。他伸手摸了摸她红红的眼角，低声说："今天还早，我背你回去好不好？"

"啊？"笙歌惊愕地看着他，不理解怎么会有人提出这种受累的要求，"你背我干吗？"

她牵紧他的手，弯唇笑着说："你要是想跟我多待会儿，我们可以牵手走回去，背着人好累的。"

笙歌刚说完话，忽然被周夜伸手掐着腋下抱到路边的一处台阶上。笙歌忙不迭地用双手扶着他的肩。这样站着，她就比他高了点。

周夜抬头冲她笑了笑，说："背着踏实点。"

周夜原定的计划全被笙歌打乱了，心里沉闷，他就想贴着她。

笙歌没辙地笑出声："既然有人不嫌累要背着我回家，那我就让他背会儿呗，过了这个村可就没这个店了。"

笙歌看出了周夜眼底隐匿的沉闷和踌躇之意，便顺着他，得意地冲他张开双臂，笑着说："要好好背啊。"

周夜弯唇笑，转身把人背起。

路灯下，街角的人行道上，周夜背着笙歌走在道路里侧。昏暗的灯光将他们的倒影拉长，两人周围散发着青春和浪漫的气息。

"阿夜。"趴在周夜肩上的笙歌忽然亲昵地喊他。

周夜侧头回她："嗯？"

笙歌眨了眨眼："你有没有觉得自己像个小老头？你是不是跟我谎报年龄了？"

周夜郁闷地说："再说一遍，我像什么？"

笙歌丝毫不畏惧，在他的耳边重复了一遍："像小老头！"

周夜：……

笙歌继续说："你心思跟年龄一点都不符，总是想得很多、很极端，喜欢把情绪憋在心里自我消化，深沉得像是经历了很多事情似的。"

女孩说完，犹豫了几秒，趴在他耳边很直白地小声说："我的阿夜是不是很没有安全感呀？所以遇到想要抓住的人或事就会激进地想要证明自己，想要用物质或者其他的什么来绑定那个存在。"

周夜听得心猛地一颤。她的每一句话都好像说到了他的心里，像一束光照在了他的心上。

笙歌看着周夜，笑着在他的嘴角上亲了一口，周夜得了便宜还卖乖，挑眉道："趁机占我便宜呢？"

笙歌冲他皱了皱鼻子，抱着他的头说了句："好好看路，别老是回头。"

周夜无奈地低笑："行，都听笙笙的。"

笙歌趴在周夜的肩上说："周夜，你记着，你背上的这个女孩，她永远不需要你用任何物质或者其他的东西去留住她。她只想跟你肩并肩地慢慢感受这个世界上所有美好的一切。所以以后不管发生任何事，你都不要再像今天这样了好不好？不要把我丢在你的身后，你要牵着我的手一起往前走。"

说完，笙歌轻轻地亲在他的耳郭上，声音很软、很甜地笑着说："我的阿夜，要每天开心呀。"

笙歌一字一句地说到了周夜的心坎里。很多人都怕他、躲他，只有她在拼命地靠近他，只有她看出了他缺乏安全感，还有他小心翼翼和敏感的心思。

小时候他任人欺负，长大后他学会了保护自己，故意让自己看上去很凶，让人以为他坏透了。他只身一人，可以不计任何后果，只为让别人怕他、惧他、不敢再欺负他。可只有他自己知道，那都是他给自己披上的保护色——桀骜不驯，又野又乖张。

可遇见她，他觉得自己好像可以放下伪装，不用每天都紧绷着心底的那根弦。

周夜笑着说："你这张嘴是抹了蜜吧？"

笙歌侧头笑："我也不知道，要不你尝尝？"

话一说出口，笙歌立马意识到不对，于是慌忙捂上嘴巴，紧张地道："算了，别亲，还有好多路人呢。"

周夜低声笑着，有意说："那就等没人的时候再尝。"

两人走到小区附近，周夜才把笙歌放下来。笙歌怕他回去后一个人又乱想，不放心地对他说："周夜，我想让你留下来继续读书，不是非要你考第一，你不用很紧张，给自己压力。我就是想学生时代有你陪着我走到最后，不想让你再一个人拼命往前跑，都来不及享受生活和看这个世界……"

笙歌话未说完，周夜忽然双手捧起她的脸亲了上去。笙歌猝不及防地瞪大眼睛，卷翘的睫毛轻轻颤着。她有些蒙地僵着不动。

周夜与她额头相抵，得意地哼笑出声："笙笙今天好啰唆啊，像个小老太太……"

小老太太？因为她之前说他像小老头，所以他现在是在报仇吗？

笙歌顿时紧蹙秀眉，瞪着他娇嗔道："你说谁像小老太太？谁啰唆啦？"

周夜又捧着她的脸亲了一口，笑得神清气爽："不是小老太太，是小仙女。笙笙不是啰唆，是担心我。我懂。"

自己的宝贝，他怎么会读不懂她的心思？

笙歌撒娇似的伸脚踢他，小脸上满是幽怨之色："哼！"

周夜也不躲，让她踢了一下，只笑着说："小朋友还回不回家了？再不走就走不了了啊。"

笙歌含羞带怒地给周夜一个大白眼后，转身小跑着进了小区。周夜看着她进小区，直到她的身影消失在视线中才转身离开。

周夜刚回到家没多久，在他家附近吃夜宵的程浩就来了。

程浩一进门就问："怎么不让我去学校拿球？不休学了？"

周夜拧开一瓶水喝了一口说："我一说休学，笙笙就哭得梨花带雨的，差点把我的命都哭没了，还怎么休？"

程浩一直感觉笙歌不会让周夜休学，此刻好奇地问道："笙歌妹子哭了很久吗？很委屈吧？"

周夜回想了一下，说："也没哭很久，哭了几声。"

"哈哈哈……"程浩听完忽然大笑起来，"才哭几声就把你的命哭没了，夜哥，你这命还真好拿捏啊。"

周夜也不觉得程浩嘲笑自己没面子，还吊儿郎当地笑着回了句："那能怎么办，谁让我栽她手里了呢？"

程浩继续笑着打趣："我都准备好休学去跟你喝西北风了，这反转也来得太快了吧？"

周夜走到书柜前开始翻找东西，程浩见状收起打趣的笑，问出声："你找什么呢？"

周夜："找书，落了太多课程，得补一补。我答应她要继续上学了，以后去了学校就不能像以前那样睡觉了，不然她会失望的。"

程浩没再提这个问题，话锋一转问了句："那你还要买车不？"

"买。"周夜把翻出来的几本书放到一边，继续翻其他的书，"冬天太冷了，不能冻着她。我约了下周考科目一，大概十一月能拿到驾照，到时候就买。"

他说得轻飘飘的，好像不是要买车，而是要买一个很普通的东西，可语调里又满是坚定之意。

程浩递了一张卡给周夜："兄弟这里还有点钱，不多，你拿着用。"

一直在找书的周夜看着眼前的银行卡，眉心一皱。他立马沉声道了句："用不着，收回去，别跟我搞这些。"

程浩看着周夜说："我现在用不着。当我是兄弟就拿着，你就当是我还你给我妈的医药费。"

周夜脱口低骂了声，说："程浩，你这说的是什么话？那钱是我孝敬阿姨的，还什么还？"

"那夜哥你要非这么说也行。"程浩故意嬉皮笑脸地说，"那我这钱是给未来嫂子的见面礼，说是你们结婚我给的份子钱也行。说好了，份子钱我提前给了，到时候可不能再问我要。"

程浩说完放下银行卡转身就跑："走了。"

周夜迅速拿起银行卡，拽住程浩的后衣领把人拽回来，然后把卡塞进他的裤兜里："卡拿上，我不需要。"

程浩无奈地说："不当我是兄弟了？如果当年我妈生病的时候，我不要你的钱，你啥心情？"

"这根本就不是一档子事。"周夜声色俱厉，"那是救命，能一样吗？"

程浩顿时也严肃了很多，把银行卡掏出来放到周夜面前："夜哥，我最后问一遍，卡你要还是不要？"

程浩嬉皮笑脸惯了，忽然严肃起来。

周夜知道程浩嬉皮笑脸的样子下一直藏着不染任何杂质的义气，想他今天要是不拿这张卡，程浩心里大概也不痛快，于是只好先拿着，决定日后再想办法还给对方。

周夜伸手把那张卡拿过来，然后无情地把程浩推走，说："行了，卡我拿着，人滚吧。"

程浩听着周夜无情的话，重新笑了起来，大大咧咧地说："这才是兄弟。行吧，我滚了。"

年少时的真情，热烈又真挚，不掺杂一丝一毫的作假奉承。

清晨，笙歌拿了五个奶奶蒸好的包子，周夜三个，她两个。

奶奶眼见着孙女这两天食欲上涨，关心地问："囡囡啊，是不是最近学业太重比较辛苦？最近压力大吗？"

正在装包子的笙歌愣了一秒，看到奶奶的视线落到她装的包子上，顿时明白了奶奶话里的意思，急忙解释说："我给同学带两个。"

"哦，这样啊。"奶奶相信了，还主动说，"两个够吗？再多拿两个。"

"够了够了。"

笙歌笑盈盈地在奶奶的脸上亲了一口，眼底藏着少女的娇羞之意："奶奶，方便的时候，我带他来见您。"

奶奶笑得一脸慈爱："好，到时候奶奶给你们做一桌好吃的。"

笙歌在奶奶慈爱的笑容下蹦跶着出了门，走到楼梯口的时候，长舒了口气，然后又情不自禁地想，奶奶一定会喜欢周夜的。

等在小区门口的周夜每次看到笙歌满眼笑意地小跑着奔向他的时候，总是很开心，这种情绪他能保持一整天。

笙歌看着周夜车把上的书包，好奇地问："你背了书包？你的书不都在学校吗？"

周夜娴熟地拿过头盔给她戴上说："找了些上学期的书，补补课。"

笙歌诧异地眨了眨眼，然后笑了："那我给你补。"

"好。"

到了学校，笙歌发现周夜这人只要想做什么，就能特别快地进入状态，明明昨天还是一副颓废厌学的样子，今天就真的主动认真听课了。虽然很多知识他还是听不懂，但是他已经会问她了，而且她给他讲的时候，他也听得很认真。

下午第一节课开始得早，上午上完课吃完饭，两人回教室准备午休一会儿。午休的时候，笙歌拿出一个软乎乎的小抱枕放在桌子上趴着休息。周夜趴在旁边，看着睡颜恬静的笙歌一脸痴笑，好几次差点没忍住伸手去摸她睡得红扑扑的脸颊。

笙歌睡得并不舒服，睁开眼看了看时间。周夜看到她迷迷糊糊地睁开眼看着时间，轻声说："安心睡吧，到点我喊你。"

笙歌迷糊地冲周夜笑了笑。

下午第二节课是体育课，好巧不巧，楚奕他们班也是。

自由活动的时候，程浩和沈星觉得无聊，拉着周夜要打篮球。

周夜原本是拒绝的，可是笙歌说："你去跟他们玩会儿。"

笙歌拿着一瓶水在旁边看着球场上的周夜，看着他做着与年龄相符的事情，脸上展露着爽朗的笑容。

她看得出来，篮球场上的他很开心。

以前的周夜活得太过深沉，没来得及享受这风华正茂的年纪该有的惬意生活。笙歌希望他能拥有一段美好的回忆，那回忆将成为他原本黑暗深沉的世界里的光芒。她的阿夜，回忆不该全是沉闷的。她也会好好读书，做他的底牌。

周夜在球场上大放光彩，渐渐地，笙歌听到有人在议论——

"哎，你们发现没？周夜现在挺爱笑啊。别说，真的好帅。"

"我也发现了，以前就感觉他阴沉沉的。"

"大概是爱情的力量吧。他不是跟那个笙歌在一起了吗？爱情使人舒爽。"

"真的在一起啦？"

"谁知道呢？多半是吧。"

"那笙歌还挺厉害的，把这阴鸷少年拉到了阳光下。"

…………

笙歌听着大家的议论，第一次不讨厌这些议论声，甚至看着弹跳起身，很帅气地投了一个球的周夜笑了。周夜隔空对上笙歌的笑，得意骄傲地挑了挑眉。

笙歌无奈地笑看着他轻轻摇头。他真是个幼稚鬼。

正看得认真的笙歌肩膀忽然被人轻拍了一下："笙歌同学。"

笙歌转身看到楚奕，下意识地向后退了半步，与他拉开点距离，矜持礼貌地问："有什么事吗？"

楚奕温文尔雅地轻笑着说："我们学校要派学生代表去参加市里举办的朗读比赛，老师让我推荐一个搭档。我推荐了你，已经跟你们辅导员说了。大概课后张老师就会通知你。"

笙歌顿时有些不高兴地皱眉："你推荐我是不是应该先问问我的意见，然后再告诉老师？你这样直接告诉老师，我如果不想参加，都不知道怎么拒绝。"

周夜知道楚奕给她递过情书，她如果还要跟他一起去参加朗读比赛，两人肯定就要经常见面，她不想让周夜吃醋。

楚奕见笙歌如此抗拒，有些诧异，解释说："比赛赢了会有奖金的。赢了的话奖金我不要，都给你。"

"我也不想要这个钱啊。"笙歌闷闷地抿唇，已经在想怎么跟老师说不想去了。可是如果辅导员直接通知她人员定下来了，她似乎也找不到好借口。

笙歌看着楚奕说："你去跟老师说你要换搭档，我不想去。"

楚奕急忙说："为什么不愿意去呢？这也算一次机会啊。"

笙歌正要再开口，忽然听到身后传来周夜的声音："小同桌。"

笙歌回头看着刚从球场上退下来还流着汗的周夜，微微皱眉："你不打球啦？"

周夜看了一眼楚奕，阴阳怪气地说："还打什么啊？"

他再打一会儿，怕是媳妇都会被抢走。

笙歌怕周夜误会，立马说："楚奕在找我聊学校朗读比赛的事。"

"哦。"周夜兴致不高地走到笙歌面前,视线直接落到她手里的矿泉水上,"渴了,想喝水。"

"那边有,体育老师买的。"笙歌指着地上的几箱矿泉水说。

周夜不高兴地皱眉,指着她手里的矿泉水说:"你这儿不是有现成的?"

笙歌茫然地眨了眨眼:"这瓶我喝过了……"话音未落,周夜直接伸手就抢了笙歌手里的水,拧开盖子仰头灌了一口。

笙歌看着周夜抢过她的水,一口下去水都快被喝没了,急忙说了声:"周夜,你别给我喝完了。"

楚奕大为震惊,张口问道:"这水你还要继续喝?"

笙歌并不觉得哪里不妥,对楚奕说:"不然呢?这本来就是我的。"

楚奕:……

喝完水的周夜听得心底又惊又喜,假装漫不经心地拧着瓶盖,微微弯腰看着笙歌,弯唇笑着说:"什么是你的?"

笙歌伸手去夺周夜手里的那瓶水,然后说:"你和水都是我的!给我!"

听到"你和水都是我的"这句话,周夜心底乐开了花,嘴角止不住地上弯。而一旁的楚奕脸都绿了,无意识地捏了捏拳,十分震惊和不甘。

周夜此刻幼稚得像个赢了糖的孩子,将双手插在兜里,玩世不恭地噙着笑,朝楚奕微抬下巴,虽一句话没说,却把楚奕气到了。

笙歌见他这副有些幼稚的模样忍不住失笑。听到她的笑声,周夜立马把视线从楚奕身上收回,看着笙歌嘚瑟道:"行了,我就是过来喝口水。"

周夜收起了笑,有些认真地对笙歌说:"你们不是在谈朗读比赛的事吗?想去就去,我没这么小气,到时候我送你去。"

周夜说完,看向篮球场那边:"程浩他们还在那边等着我,我过去了。"

他虽然总害怕她会被别人抢走,但也决不会让她为了他而放弃任何想做的事情。只要他确定她是他的,她做什么他都支持,无论她去做任何事,他都会在她身后守护着。

见周夜终于转身走了，忍了半天的楚奕才闷闷不乐地问笙歌："你跟周夜走得很近吗？"

笙歌没想跟他隐瞒，笑得满脸甜蜜地小声冲楚奕说："我跟周夜在谈恋爱。"

她有意说得直白，希望楚奕断了对她的心思，不想因为自己解释得含糊让他误会。除了周夜，她不想跟任何异性产生暧昧不清的关系。

刚转身走了没两步的周夜听到笙歌的话，脚步一顿，心里很是甜蜜。

阳光下，双手插兜的周夜垂眸弯唇笑着，然后小跑着回到了篮球场上。

这一刻的周夜，奔走在篮球场上，散发着他这个年纪本该有的活力，像被重新点燃了青春的光芒。

这已经是笙歌第二次当着楚奕的面毫不掩饰她对周夜的心意，可楚奕不明白自己哪里比周夜差，于是不甘心地皱眉问："你跟周夜这种人……"

"楚奕，如果你要跟我说朗读比赛的事，那可以继续说。"笙歌似乎猜到楚奕要说什么，立马打断他，很严肃地挑明道，"但如果你想说我男朋友的坏话，那我会生气的。"

楚奕被笙歌几句为了别的男生跟他划清界限的话弄得心里有些不舒服，动了动嘴角说："笙歌，我一定会让你看到我比周夜更适合你这一点的。"

楚奕转身走后，笙歌郁闷地皱眉。没办法，她必须把每句话都说得直接点。

笙歌往球场上看去，发现打篮球的男孩们已经坐下来休息了，虽然一个个热得满身汗，但每个人的脸上都洋溢着爽朗的笑容。

笙歌看了一圈寻找周夜的身影，看到他正坐在一张长椅上，豪迈地敞着腿，弯腰把双臂搭在膝盖上，目不转睛地往她这边看，却在她看过去的一刹那忙不迭地移开了视线。

周夜立马心虚地拿起手边的矿泉水假装在喝水。

毕竟他才跟她说过不会小气的，却还在盯着看，好像对她很不放心似的，虽然……他确实挺不放心的。

周夜这些小动作哪里能逃过笙歌的眼睛？她把他的小动作尽收眼底后笑着小跑了过去，在他旁边坐下，侧头嬉笑着问他："同桌，水好喝吗？"

周夜听完弯唇笑了笑，扭头看着笑出浅浅酒窝的笙歌："没有笙笙手里的水好喝。"

笙歌故意把手里的水藏到身后，仰着下巴俏皮地出声："好喝也不给你喝了，都快被你喝完了。"

周夜被她的小表情可爱到，忍不住哼笑出声："行，不喝了。朗读比赛在几号啊？什么时间？到时候我送你去。"

笙歌侧头盯着他的眼睛看，眼含笑意地问："你想让我去吗？"

"去啊，干吗不去？"周夜不想让她感觉自己心胸狭隘，一脸云淡风轻地说，"多好的机会啊。"

笙歌看出他眼底的闪躲和故作镇定之意，笑着给他投了颗定心丸："可我不想去。等辅导员找我的时候，我会找个合适的借口推了比赛。"

周夜神色微怔，他直接问："为什么？是不喜欢朗读比赛？"

"不是。"笙歌看着他说，"因为不想我的阿夜不安心。"

周夜听得心尖微颤，接着又听到笙歌含着笑对他说："如果今天来的人不是楚奕，换作别人，我或许会参加，但是楚奕不行。这就好像如果有一天赵曼诗喊你做搭档去完成一件哪怕是很正经、很平常的事情，我心里多多少少也会闷闷的。同样，如果我跟楚奕搭档做什么，你就算不说，心里也一定闷闷的，我不想让你那样……"

人在感情里要懂得给另一半安全感。

轻软的声音一字一句传到周夜的耳畔，如雷鸣击鼓般惊天动地，落入周夜的心尖。

周夜咬肌微动，他情不自禁地看着她低语出声："笙笙好乖啊。放心，除了笙笙，我不会靠近任何女孩的，不会让你有机会心里闷闷的。"

笙歌被周夜直勾勾的眼神看得耳尖微红。她咽了咽口水，慌忙提醒他："你……你别这么看我。"

周夜见笙歌红了脸，立马换上往日那副慵懒不羁的样子，困惑地问："怎么了？看都不让看了？"

笙歌抿了抿唇，小声说："不是。"

周夜："那不让我看？"

笙歌嘟囔着说："怕你要亲我。你最近太随心所欲了。"

他刚才看他的眼神真的让她觉得他会忍不住亲下来。这两天他时不时就趁她不备亲她一下，没人的时候就算了，可是现在人太多了。

周夜见她这副娇羞的模样，哼笑出声："想什么呢？我也是懂分寸、分场合的。"

他说着忽然低声问："还是说……宝贝想亲？"

"我才没有！"笙歌娇羞地立马反驳。

笙歌站起身去找吴忧，坐在长椅上的周夜看着因害羞走远的笙歌，脸上的笑容收都收不住。

远处的赵曼诗将两人的互动全都看在眼里，眼底满是落寞之色。原来他也是会笑的，还笑得如此真诚，和以往她见到的那副冷漠得拒人于千里之外的样子完全不一样。

体育课下课后，笙歌被辅导员张薇喊到了办公室。如笙歌所料，老师是来跟她说朗读比赛的事情的。

笙歌主动跟辅导员说："老师，对不起，这个比赛我可能参加不了，周六我要陪奶奶去体检。您是知道我的家庭情况的，只有我能陪着她去。"

这周六她确实要陪奶奶去体检。每隔半年她就会带奶奶去检查身体，这次刚好是这周六。

张薇在笙歌转校第一天就了解过她的家庭情况，听她这么说也很理解："那还是陪老人家比较重要。那行，我跟楚奕说让他换个搭档。"

"好的，谢谢老师的理解。"

"回去上课吧。"

"好。"

周六，笙歌陪奶奶去了社区医院。

在驾校正排队等着考科目一的周夜怕等会儿考试的时候笙歌联系不到他，于是提前给她打了个电话说："笙笙，我上午有点事，手机可能会打不通。我忙完了就给你打过去，如果有急事找不到我，就给程浩打电话。"

正在给奶奶排队的笙歌回他说："好，你去忙你的，忙完了再给我打电话。"

"嗯。"

因为周六考试的人多，所以周夜快到中午才考完科目一，好在一次性过了，没有辜负这几天他连夜攻题的心血。

周夜出了考场，高兴地给笙歌打了电话，正在帮奶奶洗菜的笙歌听到手机响，看了一眼，见是周夜的来电，便悄悄地看了看奶奶。她怕自己接电话奶奶会听出不对劲，只好咬了咬唇把电话给挂了，悄悄回了条消息：在陪奶奶做饭，接电话奶奶会听到的。等会儿给你回过去。

周夜看到消息，回了句：好，那笙笙方便的时候再给我回过来。

周夜隔了几秒又发了一条消息：以后，我做饭给你吃。

笙歌看着消息，又悄悄地看了一眼奶奶，偷偷地笑了，迅速回了条：晚点给你打过去。

周夜点开了手机里笙歌和奶奶的那张合照，看着照片里慈善的老人，深吸了口气。希望两人相见的那天自己能够得到老人家的喜欢，不要让笙歌夹在中间为难。

笙歌陪着奶奶做好饭吃好后，又陪着奶奶打扫了卫生，此时已经是下午一点多了，她这才回到房间给周夜打电话。

在车行的周夜听到给笙歌设置的专属铃声时，整个人变得精神了起来，立马接通了电话："终于等到你的电话了。"

趴在床上的笙歌一听到他的声音就笑了："你在干吗呀？对了，你上午干吗去了？"

周夜不想告诉她自己偷偷去考驾照的事情，可也不想骗她，就说："做很重要的事情，但是先不告诉笙笙，等完成了再告诉你。"

"咦，还神神秘秘的。"

"下午有空吗？"周夜不动声色地转移话题，"能出来不？你前两天跟吴忧说好多年没去游乐场了，我带你去玩好不好？"

笙歌愣了一下，想到周四吴忧在看小视频时指着视频内容问她玩没玩过那么刺激的过山车。当时她们就是闲聊，周夜也没插话，没想

.147.

到他竟然放在心里了。

笙歌心里暖暖的，但是她下午不能去玩。

笙歌："我去不了，一会儿要跟奶奶去超市，去买点米面油盐之类的生活用品，奶奶一个人提不动。"

周夜顿时皱起了眉："那你就能提动了？你提得动米和面？这些以前都是你提回家的吗？"

她柔柔弱弱的，哪里能提得动那些东西啊？周夜想到这儿，眼神瞬间黯淡下来。

笙歌听出了周夜声音里的心疼之意，立马解释说："我们买的都是小袋包装的，我跟奶奶两个人买大袋的东西短时间内吃不完，还容易变质。小袋的东西也不重，我提得动。"

周夜听着，黯然地道："都是硬撑的吧？"

毕竟她不提就得奶奶提，她不会那样做的。

笙歌听了，垂下眼眸。爸妈离开后，很多事她不做就得奶奶做，她只好把能做的事都做了，做不了的事有时也会硬撑着去做，不被人提起的时候，心里也没什么感受，可忽然被提起，心里就有些酸涩。但她不想让周夜心疼她，于是云淡风轻地说："也没有啦，还有那种小推车可以用，很方便的。"

"你不用在我面前逞强，这样我会更心疼的。"周夜直接戳破她的小心思，接着问，"你们都是去哪个超市啊？准备几点过去？"

笙歌说："奶奶刚打扫完卫生，要休息一会儿。我们大概两点出门，就去小区旁边的那个超市，离得近。"

"行，我知道了。"周夜看了一眼时间，对笙歌说，"晚半个小时再去。"

"嗯，干吗？"笙歌一脸困惑。

周夜没有解释，只说："听话，晚半个小时再去。你也休息会儿，睡个午觉。"

周夜挂了电话，立马洗了个澡，换了身干净衣服就赶往笙歌说的那家超市。路上他接到了一个陌生电话，接听后发现来电人是教练，教练询问他什么时间去练车。

周夜对教练说："我还在上学，时间比较紧。你们早上最早是不是六点半开始练车？"

"对，还有晚班是到晚上九点。"

"我早上过去练，要一对一，不排队。"

他没时间排队，练完车刚好赶过去接笙笙上学。

"一对一属于 VIP（贵宾）服务了，要额外交五百块钱。"

"行。"周夜直接问，"付现金还是转账？"

"都行。你等会儿加我微信，就是这个手机号码，我拉你进群。"

周夜挂了电话立马加了教练的微信，但他向来谨慎，怕对方是骗子，钱要自己练车的时候才转。

笙歌听周夜的话，晚了半个小时才跟奶奶去超市。

笙歌指着活动牌对奶奶说："奶奶，这个油在做活动，买一桶还附送这个小瓶的，我们就买这个好吗？"

奶奶应着："好，听囡囡的。"

见奶奶同意后，笙歌立马提了桶油放在购物车里。

接着祖孙俩将米面也买好了，奶奶带着笙歌到零食区说："再买点好吃的零食。奶奶前两天领了这个月的退休金，给囡囡买点好吃的。"

"我又不是小孩了，还吃零食……"笙歌笑着，拉着奶奶朝菜品区走，"去看看有没有新鲜的蔬菜，我们再买一点蔬菜。"

奶奶被笙歌拉着往前走，有些心疼地看着孙女，微不可察地叹了口气，因无能为力而自责。自己现在能为孙女做的或许就只剩给她做些好吃的，照顾好她的日常起居，让她安安心心地读书了。

因为买了米、面和油，所以她们就没买太多其他东西，不然太重了。

笙歌推着购物车去收银台排队结账，付了钱刚把车推出超市，一抬眼竟然看到了周夜。

"周……"笙歌差点喊出他的姓名来，但意识到奶奶在后面后，立马闭了嘴。

他怎么穿着超市的工作服？

周夜看着笙歌惊讶的小表情，轻弯了一下嘴角，冲她轻挑眉峰，接着在她惊愕的目光中越过她直接看向在她身后的奶奶，并微微笑着，礼貌又谦和地开口说："奶奶，您好，需要送货上门吗？今天我们做活动，凡是购买我们活动商品的顾客，我们都可以帮忙送货上门。我是学生，过来做兼职的，奶奶，您要不帮我凑个单？"

笙歌听着这看上去一本正经的家伙张口就来的谎话，既觉得震惊又觉得好笑，但是又不能表现出来，只好忍着笑低头揉了揉鼻子。奶奶愕然地看着眼前这个忽然冒出来的小伙子，有些丈二和尚摸不着头脑，愣了两秒才亲地对他说："学生做兼职啊，挺辛苦吧？"

周夜立马笑着接话："不辛苦、不辛苦，不怎么累的。"

笙歌捏了捏手心，忽然回头对奶奶说："奶奶，他是我的同学。"

笙歌看着奶奶心虚地说："要不我们给他凑个单？"

周夜神色微怔。他来的时候没想过笙歌会跟奶奶说他们是同学的事情，没想到她竟然主动跟奶奶说了，心里有种收到额外奖品的欣喜感。

她好像总能给他惊喜。

因为笙歌转了校，奶奶一直怕她孤单没有朋友，一听到两人是同学，顿时就想对眼前的小伙子亲近点。尤其是这个小伙子长得俊秀，又礼貌又谦和，老人家没有抵触感。于是她直接就对周夜说："那也行，送货多少钱你跟我孙女说……"

奶奶说着，情不自禁地感慨道："读书还要出来兼职也是不容易的，孩子。"

周夜立马对奶奶说："奶奶，您客气了，我们这是免费的，只需要……"

周夜看向笙歌："只需要笙歌同学给个好评就行。"

周夜怕奶奶怀疑，特意又补充道："我今天工作已经达标了，就是平台好评还差一个。好评率达标我就可以下班了。"

奶奶听到周夜说给她们送了货他就可以下班，立马就答应了："那行，幸好我们离得也不远，我们帮你一起提着。"

"不用不用，我一个人提着就行。"

得到允许的周夜迅速上前，把笙歌购物车里的东西全提在了手里，轻笑着对笙歌说："同学，你扶着奶奶去前面带路。"

笙歌仰头对上他的视线，当着奶奶的面也不敢与他有过多的眼神交流，只能矜持地笑笑："那辛苦你了。"

"不辛苦。"他心里想：应该的。

路途中，笙歌怕周夜一个人提着太累，趁奶奶不注意想从他手里分点东西过来，他却直接把东西提高让她够不着，用眼神拒绝了她。

　　到了小区门口，笙歌刷了门禁卡。周夜跟着踏进门的一刹那，心里有种说不上来的开心和激动。他好像离她更近了点，可以到她居住的地方看看，也能知道她住哪里了。

　　三人坐上电梯，十六楼，1608户。

　　到了门口，笙歌解开密码锁，周夜正琢磨着怎么开口给她们把东西送进家门，这个时候，奶奶主动开口说："进来喝口水，歇歇再走吧。"

　　周夜立马毫不客气地应道："好的，谢谢奶奶。"

　　门打开，周夜问："要换鞋吗？"

　　"我给你拿。"笙歌换上拖鞋后迅速从鞋架上拿出一双男士拖鞋放到地上，"你穿这双。"

　　周夜看着这双男士拖鞋，眉心微蹙，笙歌见状急忙解释："这儿只有我跟奶奶两个人住。刚搬来的时候怕遇到坏人，看网上说在门口放双男士鞋会好点，我就买了几双。"

　　笙歌是微微笑着说的，像是在说一件有趣的事情，周夜却觉得他的女孩过得如此小心谨慎，很让人心疼。

　　奶奶拿了一瓶水和一瓶牛奶走过来，亲切地问周夜："家里没有其他饮料，矿泉水和牛奶，你想喝哪个？"

　　"奶奶，我不渴，谢谢您的好意。"周夜提起手中的袋子问，"这些放哪儿？"

　　"放在厨房就行。"

　　笙歌想从周夜手里接过一些东西，周夜却直接绕过她走进了厨房。周夜刚进厨房放下东西，就看到放在水池边上的几个新水龙头，于是回头问笙歌："水龙头坏了吗？"

　　"嗯。"笙歌叹了口气，如实说，"物业推荐的维修师傅回老家了，要后天才能回来，我又拧不动，不然我就自己换了。"

　　周夜皱眉，瞟了一眼门口，发现奶奶不在，便看着笙歌，声音很轻地说："怎么不告诉我？"

　　笙歌仰头看他："你会换这个？"

　　"会啊。"周夜叹气，"就算不会，我也能想办法给你及时解决了，而不是让你跟奶奶在这儿发愁。"

笙歌看着眼前体贴入微的周夜，眨了眨眼，正要开口，忽然奶奶轻喊了声："囡囡啊，把这苹果拿给你同学吃。"

周夜听到脚步声，立马跟笙歌拉开点距离，接着就看到奶奶拿着削好的水果过来，满脸慈笑："刚削的。你也不喝水，那就吃点水果。"

"奶奶，您太客气了。"周夜礼貌地推拒着，目光落到那几个水龙头上，"家里是水龙头坏了吗？反正我也没事了，我帮你们换上吧。"

奶奶说："这太麻烦你了。虽然你是囡囡同学，但我们也不能这么麻烦你的。维修师傅后天就能来了。"

周夜说："没事的，不麻烦。笙歌在学校也经常帮我……和其他同学补习功课，就当是感谢了。"

周夜说着直接上手开始维修水龙头。他先检查哪里有问题，然后让笙歌拿来扳手，把旧的水龙头拧下来。他动作麻利，也很认真，不急不躁地仔细检查着每一处。在一旁看着的奶奶觉得小伙子还挺好，又是补习功课，又是假期做兼职，是个勤工俭学的好学生，对他好感度倍增，尤其他长得还很清俊，说话也很有礼貌。

半个小时后，周夜试了好几遍换好的新水龙头，确认没有漏水的地方，才安心地看了一眼笙歌，然后对奶奶说："行了，修好了。"

周夜心底很是不舍，他看向笙歌，声音低了些："我走了。"

笙歌也不太想让他就这样走掉，抿了抿唇，忽然扭头对奶奶说："奶奶，人家又是给我们送东西又是修水龙头的，要不我们留他吃晚饭吧？都是同学，这么让人家走了也挺不好的，是不是？"

周夜诧异地看向笙歌，还没出声就听到奶奶笑着说："对对对，留下来吃顿饭吧。这都四点多了，我早点做，我们早点吃，不多耽误你时间。哦，对了，小伙子，你叫什么名字啊？"

周夜受宠若惊地咽了咽口水，镇定礼貌地回道："我姓周，单名一个夜，周夜。"

"周夜。"奶奶念叨了一遍，笑笑说，"挺好挺好。那行，你就留下来吃顿饭吧，不然囡囡也总觉得欠了同学一个人情。"

奶奶看向笙歌，笑得一脸慈爱地说："我这孙女啊，最怕欠人人情了，总会记在心里的。"

周夜内心窃喜、表面镇定地点点头答应留下来吃饭。

奶奶让周夜去客厅看会儿电视等着开饭，他却主动到厨房帮忙，跟着笙歌一起给奶奶打下手。

今天是周夜人生里过得最温馨的一天，温馨得让他想要以后每一天都这样跟她们一起吃饭。

周夜走的时候，奶奶趁笙歌在扫地，偷偷给了周夜一个电话号码，悄悄说："小夜啊，奶奶看得出来，你是个好孩子，奶奶有个不情之请。我跟囡囡刚搬来帝京，她心疼我，对我总是报喜不报忧。她一个转校生没什么朋友，我怕她在学校受欺负或者受委屈了不跟我说。这是奶奶的手机号码，若是你看到她在学校出了什么事，麻烦悄悄跟我说一声，行吗？"

周夜听着奶奶的话，看着她递过来的写着电话号码的字条，心里蓦然变得沉重。奶奶说他的女孩总是报喜不报忧，可这么多年，他的笙笙只有奶奶啊。有了烦心事都不肯跟奶奶说，她是憋在心里独自消化吗？

周夜抬眸看了一眼还在扫地的笙歌，很心疼她。他收起字条装进兜里，小声对奶奶说："号码我记着了。奶奶您放心，今天都吃了您做的饭了，以后我就帮您看着笙歌，不让人欺负她。"

他有意笑得让老人安心，继续说："如果有人欺负她，我立马告诉您。"

奶奶放心地笑了，依然小声说："好，别告诉囡囡啊，不然她要怪我多嘴了，也会觉得害羞尴尬的。"

周夜也笑着保证道："行，我不告诉她。"

笙歌知道周夜和奶奶在说悄悄话，有意没去打扰，因为她想让奶奶多跟周夜说话，那样奶奶就会看到周夜的好，会觉得他值得托付。

第二天，周夜载着笙歌去学校，笙歌在路上就开始盘问："昨天你走之前跟奶奶神神秘秘地嘀咕什么呢？"

周夜想了想，对她说："奶奶说让我帮她看着你，别被人欺负了，说你喜欢把什么事都憋在心里不告诉她，她既心疼又担心。"

路过十字路口，周夜将摩托车停下，长腿撑地，侧头对抱着他的女孩说："以后有什么事不准憋在心里，要告诉我，听到没？"

笙歌看着说话的男孩，他眼神坚定又深情，眸光比这朝阳更耀眼。能拥有眼前的他和爱她的奶奶，是她不幸人生中的万幸。

笙歌看着周夜轻轻柔柔地笑："好，以后哪怕是鸡毛蒜皮的事让我不高兴了，我都会跟你说。"

笙歌到了教室，刚坐下来，椅子就被坐在后面的程浩不轻不重地踢了一脚。笙歌回头，看到困倦的程浩，细眉微皱："怎么了？"

趴在桌面上的程浩在笙歌回头的瞬间抬起头，一脸无语地问："夜哥昨晚在你家吃的饭啊？"

笙歌点头："是啊，有什么问题吗？"

"没问题，能有啥问题啊？"程浩郁闷地瞅了瞅回过头的周夜，壮着胆说，"也就在我面前说了八百遍，我耳朵都听出茧子了……"

周夜陡然站起身，桌椅被他弄得砰砰响，他伸手死死捂上程浩的嘴巴，看着笙歌说："你别听他瞎说。"

程浩哼哼哧哧地说不出话，脸都憋红了。

笙歌看着周夜紧张的遮掩动作，忍不住想笑。这家伙是不知道他这样子只会更加显得此地无银三百两吗？

"好，我不听他的。"

笙歌见程浩脸都憋红了，去扒周夜捂他嘴的那只手，说："都听你的，不过我要问你个问题。"

周夜看了一眼笙歌扒他的手，松开程浩，看向她说："要问什么？"

话音刚落，一团忽然从桌子那头飞来的纸砸在他的手上，"作案人"正是还在大喘气的程浩。

程浩实在气不过周夜刚才的行为，顺手就将桌上的试卷揉成团砸向周夜撒气。

周夜看都没看程浩，直接拿起纸团精准地砸到了他的脑门上，身后传来程浩的闷哼声。

笙歌看着这两个大男孩的幼稚行为无奈地笑，手撑着头问周夜："你昨天在超市穿的工作服哪里来的？"

周夜也学着笙歌用手撑着头，侧头看着她，笑着回："跟你心有灵犀呗。"

笙歌瞪了他一眼："正经点。"

被瞪了一眼的周夜立马收起笑，闲适地回道："工作服是我昨天去超市的时候借的，想着你们要是来了，我就说我是在超市做兼职送货的。"

笙歌看着他，笑着又问："那是谁借给你的？"

周夜吊儿郎当地笑着说："我把其中一人揍了一顿，抢的！"

其实他是花了五十块钱跟人借的。

说完，他还有意嘚瑟着问了句："厉害不？"

笙歌知道他是开玩笑的，看着他那股嘚瑟劲，无奈地笑着配合说了一句："好厉害。"说完她立马收起笑，板着小脸加了句，"以后别老是跟人打架。"

被夸一句又被教训一句，周夜瞬间丧气："哦。"

周夜说完又急忙加了句："我没打架。"

"我知道。"

"昨天在超市看到两支笔，超好看。"笙歌说着从笔袋里拿出昨天买的两支笔，递去其中一支，"这支黑色的给你，我用白色的。"

周夜看着一黑一白的两支笔，悄悄地凑近笙歌问了句："情侣笔吗？"

笙歌笑着点点头，小声回了声："嗯。"

周夜立马接过黑笔："下次考试我用这支笔，分数一定比上次高。"

"那你加油。"

下午第一节课下课，笙歌和周夜走在一起。一个美得显眼，一个痞得惹眼，两人一起走难免让人想多看几眼，他们隐约也会听到几声议论。以前周夜会因为议论声情不自禁地跟笙歌拉开点距离，不想她被自己影响。可是今天，周夜完全不在意那些议论声，牵着笙歌走，还时不时地把她逗得咯咯笑。

察觉到周夜这些改变的笙歌很开心，她的少年渐渐变得开朗阳光起来了。

笙歌看着周夜，忽然跟他说："对了，忽然想起件事。之前你没转班的时候，那个苏铭哲总是帮我们接水、擦黑板，还见到我就喊姐……明明他比我大，还喊我姐，就很奇怪。"

笙歌仰头看着周夜："该不会是你交代的吧？"

"嗯。"

周夜也没隐瞒，低头漫不经心地笑着说："这不是怕你被欺负吗？小姑娘也不爱跟我诉苦，我只能偷偷派个人保护你了。"

笙歌看着他说："我又没苦，跟你诉什么呀？"

正说着忽然后衣领被周夜一把扯住，他将她拉到了身后。

接着，笙歌听到前面传来一个熟悉的声音："周夜。"

被护在身后的笙歌偷偷探出小脑袋看了一眼，见对方竟然是谢礼，想起来自己好久没在学校见过他了。他旁边还有姜雪儿和另一个女生。

周夜看着谢礼，警惕得眸色微沉。看着越走越近的谢礼，周夜甚至已经准备让笙歌先回教室，然后随时揍到谢礼的脑袋上。然而他没想到，走上来的谢礼破天荒地递上来一瓶未拧开的饮料给他，态度和气地说："喝水不？"

周夜冷淡地拒绝："不喝。"

"拿我当贼防啊？"谢礼无奈地失笑，"以前就当不打不相识，以后有空约着打篮球啊。"

周夜不知道这家伙怎么突然变得这么和善了，但是碍于之前的过节，而且笙歌还在，不想跟谢礼多说什么，怕跟他一句话不和又打起来，吓到身后的小姑娘。于是，周夜顺着谢礼投来的言和之意，回了句"嗯"就带着笙歌走了。

两人走远后，姜雪儿看了一眼笙歌和周夜，诧异地问谢礼："今天怎么跟周夜这么客气？平时劝你无数次别跟他斗来斗去，都没见你听。"

谢礼道："这家伙身份不简单，以后都得对他客气点。"

毕竟季家人都亲自上门找过他爸妈了，不看僧面看佛面。

姜雪儿倒有些开心："不斗也好。"

站在一旁一直没说话的苏敏敏看向走远的周夜和笙歌。每次周夜跟笙歌说话的时候都会稍稍弯腰，像是怕听不清她说的话，就这样简单地走在路上，她都能感觉到他对笙歌的迁就，这些都体现在细节里。尤其刚才，她清楚地看到周夜在看到死对头谢礼的瞬间下意识地就把笙歌护在了身后，仿若护着她是一种本能。

而此刻，周夜不知道说了什么，笙歌仰头看着他笑得欢乐，苏敏敏觉得这一幕好刺眼。

"刚才那个女孩就是笙歌吗？长得也不怎么样啊。"苏敏敏阴阳怪气地跟姜雪儿说，"哪有我们雪儿好看呀？学校那些人眼睛都瞎了吧，还说笙歌比我们雪儿长得好看。我看啊，该不会是那个姓笙的转学生自己用小号在论坛上发的吧？她还想踩着我们雪儿的美貌当校花吗？"

"打住打住。"姜雪儿听不下去，皱眉打断，"别在我面前说这些，你都跟人家不熟，议论她干什么？我也不会因为别人说什么就对一个陌生人产生恨意，闲的吧？敏敏，你要是喜欢周夜就自己去追，别想把我当借口去排挤周夜身边的人。"

被戳破心思的苏敏敏难堪地捏了捏拳，心里有些怨恨，暗骂了声：假清高什么？

上课铃响，这堂课是高等数学课，周夜认真地听完了整节课。

下课的时候，老师还破天荒地夸了周夜一句："周夜同学这节课表现不错，继续努力啊。"

数学老师刚走，体育老师就走进教室，学生们一看到体育老师就异常兴奋。

"同学们，打扰一下。我跟隔壁学校的老师约了场学生友谊篮球赛，你们辅导员也同意了，时间在这周五晚上，不耽误你们白天上课，你们同意不？"

学生们一听还有这种好事，齐刷刷地点头说："同意同意。"

"那行，你们班哪几个参加？要十二个篮球打得好的。我记一下名字，参加球赛的同学平时得好好练练。"

体育老师话音刚落，就有男生自告奋勇地说："老师，算我一个。"

"还有我！"

"我我我……我也参加。"

…………

体育老师把名字一个个记下来，发现还差一个，等了半天，见没有人再举手，皱眉问道："这还差一个呢，赶紧的啊，这人要是凑不齐，你们可就参加不了了啊。"

笙歌看了看体育老师，又看了看旁边一直没出声的周夜，有些不解。为什么他不参加啊？程浩都参加了，这种会打篮球的男孩应该都会喜欢的吧？

"你不参加吗？"笙歌小声问道。

周夜侧头看她，闷闷地说："周五你给我布置了几张试卷，我要是参加篮球赛，就没时间写了。"

原来是因为这个，这家伙对学习这件事真是越来越认真了。

"那不用写了。"笙歌冲他笑笑，悄悄地说，"给你放一天假。"

说完的瞬间，笙歌看到周夜眼里冒着喜悦的光芒。毕竟跟同龄人肆意奔跑在球场上，酣畅淋漓地玩一玩，是一件令人身心愉悦的事情。

周夜刚要开口跟老师报名，体育老师先一步说："周夜，你不参加吗？你篮球打得这么好，得为班级争荣誉啊。"

"老师，他参加。"笙歌一激动，脱口喊了出来。

体育老师诧异地笑笑："你怎么知道他参加？"

笙歌：……

草率了，她不该这么激动的。

一下子，同学们皆露出一副看透不说透的样子，哄堂大笑起来，这笑声倒是没什么恶意，同学们就是打趣，只有笙歌尴尬地低下了头。

周夜见笙歌害羞了，立马大声跟老师说："这不是我刚跟同桌说要参加，想要张口报名，老师您就先问了？"

体育老师说："那行，就定你们十二个了。友谊第一，比赛第二啊。"

体育老师又开玩笑地补充一句："隔壁学校那几个男生还挺帅，你们啦啦队到时候别叛变了啊。"

台下的女生们大笑起来："哈哈哈哈……保证不叛变，咱们班的男生最帅。"

就在同学们嬉笑的时候，周夜闷闷地皱眉扭头看了一眼笙歌，然后用桌子下的手在笙歌的腰上掐了一下，说："到时候有帅的男生，你别看。"

莫名其妙被掐了一下的笙歌轻哼了一声，看着周夜无奈地笑："这位同桌，你好幼稚啊。"

笙歌低头看了一眼周夜刚才掐她的那只手，又悄悄瞅了一眼周围的同学。她在桌子下悄悄伸手钩住他的小拇指，笑容温柔明艳："你自信点好不好？你也很帅的。昨天你走之后，奶奶还跟我说'这小伙子长得真俊'。"

周夜有些不敢相信地说："真的？"

"当然是真的。"

周夜又乐了。幸好他早早地把头发染黑了，也摘了耳钻，不然奶奶对他的第一印象分不得是负分？周夜满心庆幸地低头看着钩着他小拇指的那只白嫩小手，又抬头看了看笑出浅浅酒窝的笙歌，心想有她在真好。

此时，后桌的程浩实在看不下去了，直接伸脚不轻不重地踢了周夜的椅子一脚，嫌恶地调侃道："你俩够了啊，这后桌还有人呢！"

笙歌听到程浩有意调侃打趣的声音，也跟着故意向周夜调侃道："我们后桌有人吗？"

周夜一本正经地说："没看到人。"

程浩：……

你才不是人！

球赛开始前，笙歌对周夜说："你要加油啊，为班级争光，为学校争光。"

周夜："好。"

周夜心想：我为你争光。

现在学校里很多人都知道他们走得很近，如果他输了，别人议论他时也会带上她。所以，他一定要赢，不给他人任何诋毁她的机会。

篮球场上，学生们异常兴奋，还有女生买了充气棒想为自己支持的队伍加油助威。篮球场上除了参赛班级的学生，还有少数其他班的学生，其中就有谢礼、姜雪儿和苏敏敏。人群中，姜雪儿捧着一杯奶茶在喝，闲聊道："也不知道哪边会赢。"

"管他呢。"谢礼无所谓地回着，"反正也没事，看看呗。"

姜雪儿正要跟苏敏敏说话，一扭头发现旁边没了人，再一抬眼，就看到苏敏敏已经抱着一瓶水和一条毛巾朝球场上跑去了。

球场上，换好球服的男孩们都在认真听体育老师的赛前指导。苏敏敏等了一会儿，见体育老师走了，少年们正在原地做着简单的热身运动，便趁机抱着水和毛巾朝周夜跑了过去。可同时，周夜直接朝围观的人群跑去，苏敏敏只好跑到周夜的面前挡住他的去路，喊了声："周夜……"

苏敏敏有些紧张地低下头，递上准备好的水和毛巾，说："我听说你今天有场球赛，特意过来给你送水和毛巾……"

苏敏敏刚说完，忽然听到四周传来阵阵看小丑似的哄笑声和毫不掩饰的议论声。她慌忙抬头，才发现面前根本没人，周夜早已经跑远了。

就在苏敏敏刚喊了声"周夜"的时候，周夜脚步都没停下，直接无视她，从她身侧跑了过去。周夜穿过半个赛场，走到人群中，站在笙歌面前，将双手搭在她的肩上，微微弯腰与她平视着，叮嘱道："外校人多，篮球场旁边有的地方比较黑，我打球的时候你别乱跑，听到没？"

周夜刚进篮球场的时候就留意到有好几个男生看着笙歌，而且还看到了谢礼。谢礼之前骚扰过笙歌，虽然前些天有意跟他示好言和，但他还是不敢大意。

笙歌看着眼前温柔叮嘱她的周夜，微微笑了。她扭头看了一眼周夜搭在她肩上的手。这是第一次，他在人多的时候明目张胆地跟她有肢体接触。

她笑着冲他说："好，我不乱跑，就在这儿看着你打完比赛。"

"嗯。"周夜直起腰，摸了摸她的头顶，"我回赛场了。"

笙歌看着转身跑回赛场的黑发少年，很开心他能身穿球服，穿过人群大大方方地来到她面前。她喜欢他所有明目张胆"宣示主权"的举动。

吴忧看笙歌嘴角微微上弯，诚心感慨道："这周夜变得好温柔啊，就像变了个人，又好像没变。"

吴忧想着，周夜好像只是对着笙歌的时候像变了个人，对着其他人的时候还跟以前一样。她有点看不明白了。

看到周夜弯腰跟笙歌说话的那一幕，苏敏敏气得脸都红了，手中的饮料瓶被她捏得咯吱响。她没想到周夜会让她这样难堪，当着这么多人的面竟然理都不理她。本来她还想着如果周夜理她了，笙歌大概就会吃醋、跟他生气，到时候周夜便会嫌笙歌小气。而此刻她只能尴尬地落荒而逃。

另一边的谢礼看着尴尬离开的苏敏敏，一脸无语地对旁边的姜雪儿说："苏敏敏这女的有毛病吧？我昨天才说过别再给周夜添堵，她明知道人家谈着恋爱呢，还往上扑。你以后别跟她玩了，不然周夜还以为是我指使的。"

"都是她要跟着我的，你又不是不知道。"姜雪儿喝了口奶茶，无奈地道，"她倒是也不嫌尴尬。"

随着体育老师的一声哨响，两个学校的学生不约而同地分开站成两排，一拨站在左边，一拨站在右边。

球场上的少年们瞬间奔跑开来，围观的学生们兴奋地呐喊着给各自的学校助威，充气棒被打得啪啪作响。赛场上的少年们活力四射，引得赛场下的女孩们兴奋尖叫，毕竟打篮球的少年们在学生时代超级吸引人。

笙歌全程都看着周夜。她发现周夜在球场上也变了很多，记得上次看他和楚奕打比赛，那一场球赛下来，大多数的球是他投的，个人英雄主义尤为明显。而眼下，他竟然会配合其他队员进球，给别人当助攻，而不是想着一个人拼搏。看到周夜打开了封闭的内心，能够感知友善和美好的世界，笙歌欣慰地笑了。

笙歌拿着手机记录着周夜进球或者某个瞬间超帅的动作。

她正拍得专注，忽然镜头里的一名男生后退的时候不小心撞到了另一名男生，另外那名男生差点摔倒。周夜急忙伸手去扶，好巧不巧，飞来的篮球直直地砸到了周夜的胸口。周夜闷哼一声，眉头紧蹙。

周围瞬间安静了下来，程浩急忙跑上前询问周夜有没有事，同时也怕周夜脾气上来要跟人干架，可周夜竟破天荒地完全没放在心上。

男生一脸诚恳地向周夜道歉："兄弟，抱歉，刚才向后退时没注意。有事没？要不要去医务室检查一下？"

周夜淡淡地说："没事，后面注意点就行，继续吧。"

周夜看到从人群中跑到附近的笙歌，怕她担心，直接大声冲她喊了声："我没事。"

笙歌见他似乎真的没事，冲他点点头，又跑回原来的位置。

"周夜真的变了好多啊。"吴忧看着跑回来的笙歌，评价着刚才那一幕，"周夜以前的脾气真的很火爆。就刚才那情况，换作以前，管对方是不是真的无意，他一定会认为对方是故意的，然后脾气暴躁地指责对方。"

吴忧朝笙歌竖了个拇指，笑着说道："小鸽子，你真厉害，都是因为你，周夜才改变的。"

笙歌看着吴忧说："周夜他一直都很好，只是以前大家总是只看他的表面，慢慢对他有了偏见。"

笙歌说着，目光直直地落在周夜的身上。她想着吴忧的话，看着周夜，有些心疼，心疼以前那个把自己伪装起来的他。以前他脾气暴躁，遇到些磕磕碰碰就敏感地以为别人是故意的，怕被欺负然后就会先发制人。以前的他大概每天都绷着一根弦，小心翼翼地活着吧？

她看着球场上时不时跟人嬉闹的周夜，心里暖暖的。他已经从黑暗深渊中攀爬而出，开始拥抱这阳光明媚的世界。她的阿夜，就该意气风发、阳光快乐地享受每一天。

比赛圆满结束，周夜带领的球队以高出三分的成绩险胜对方。

隔壁队伍的女生们又气又痴迷地开始议论穿 7 号黑红球服的队员。

"那人好像叫周夜吧？有听说过，以前是蓝发，还戴着耳钻，张狂极了，不知什么时候染了黑发。"

"不是周夜吧？听说周夜脾气可差了，感觉那人脾气还行啊。"

"啊啊啊啊啊啊啊啊……管他是谁，好帅啊，我现在转校还来得及吗？"

…………

比赛一结束，外校的女生们就一窝蜂地冲向了周夜。笙歌没能挤过她们，只能在外围踮着脚看看里面，郁闷极了。

体育老师罗成熙没有一点老师架子，一把搂住周夜的肩，说："打得不错啊，愿意跟我出去打职业赛的吗？"

"老师，您稍等一下，我过去跟人说句话，对不起，我马上回来。"

周夜个子高，隔着人群还能看到被挤在人群外的笙歌在拼命地往里挤。

她笨拙又无能为力的样子有些可爱，他从体育老师身后绕出去，走到她身后，一把抓住她的胳膊。

"哎？"忽然被抓住的笙歌刚要用力挣开对方，就听到了周夜的声音。

"还往里挤？"

笙歌回头对上周夜的视线，又听到他说："别跟他们挤，到旁边的椅子前坐着等我。罗老师找我呢，说完我就过来。"

"哦，好。"笙歌怔怔地点点头，"那我到旁边等你。"

周夜回到罗成熙老师面前："抱歉啊，罗老师。"

罗老师微笑着说："理解。"

周夜困惑地挑眉："您刚才说职业赛？"

罗成熙："对啊，赢了有奖金的。"

一听到有钱，周夜立马答应："行，有比赛的时候提前通知我。"

两人正说着，另一队的体育老师也带着球员过来找周夜聊了几句。笙歌听话地坐在长椅上等着周夜，旁边还有吴忧和另外几个女生。她们在问笙歌关于周夜的事。渐渐地，同学们好像对周夜有了些改观，此刻聊这些就是纯属好奇，没有任何恶意。

笙歌被问得挺不好意思的，时不时地干笑着敷衍过去。

此时，几名校外的男生忽然走进篮球场。他们咋咋呼呼地聊着天："这球赛真会招时间，刚把学校逛完，比赛也结束了。"

几名男生一走进来就看到了坐在长椅上聊天的笙歌和其他女生。为首的男生许翰初只瞟了一眼，就被笙歌惊艳到了，顿时两眼冒光地走过来搭讪："同学，交个朋友啊。"

几名女生也不知道他在跟谁说话，一脸无语地面面相觑后，打算不搭理他。说话的男生直接指着笙歌说："嘿，跟你说话呢，给个联系方式呗？"

被指的笙歌抬头看了一眼，并不想搭理人，此时旁边的女生看不过去，替笙歌说："你们是谁啊？人家有男朋友了。"

说话的男生直接笑了，流氓似的打量了一下说话的女生，然后说："那要不换你给个联系方式，交个朋友啊？"

说话的男生说完，还很无赖地回头跟同伴说了句："怪不得都说这个学校美女多，还真多。"他身后的两个男生顿时跟着哄笑了起来，很轻浮的样子。

笙歌瞄了一眼眼前像泼皮无赖一样的男生，心里一阵嫌恶。她站起身，一手拉着吴忧，一手拉着替她说话的徐丹丹，说："我们到那边去吧。"

笙歌看向周夜那边的人群，这种时候去人多的地方总归安全点，而且周夜还在那边。

徐丹丹也有些害怕，立马说："好。"

几个女生刚抬步要走，徐丹丹的手忽然被人拽住。

许翰初蛮横无理地抓着徐丹丹的胳膊，眼睛却盯着笙歌继续打量："别走啊，留一个号码……"

他话音刚落，一个篮球忽然从远处飞来直击许翰初的后脑勺，冲击得他整个人跟踉跄了一下，还好旁边的同伴及时扶住了他。

许翰初骂骂咧咧地道："哪个不长眼的砸的？"

"我砸的！"逆着灯光走来的周夜直接挡在笙歌面前，牵住她的手，一脸戾气地怒视着许翰初讥诮出声，"什么玩意，耍流氓耍到我们学校来了，胆挺肥啊？"

被许翰初的痛呼声吓到失声尖叫的女孩们在看到周夜走来的那一刻，第一次感觉周夜的身上披了一层光。

被护在身后的笙歌在惊骇中抬头看了一眼周夜的背影，他健壮挺拔，像这世间最坚实的避风港。

笙歌看到刚才慌乱中挣脱她的徐丹丹还被许翰初抓着，心急地喊出了声："徐丹丹。"

听到声音的周夜立即眸色冷冷地冲许翰初喊道："'爪子'松开！"

许翰初骂骂咧咧地道："你是谁啊？多管闲事！"

周夜压着火，声音瘆人："我再说一遍，松开！"

"就不放……"许翰初话音刚落，周夜抬起一只脚重重地踹了一下许翰初的胸口。

"好好说话不好使是吧？"见许翰初痛叫着摔倒在地，周夜上前一步，居高临下地冷声警告道，"滚回去，再看到你来我们学校骚扰人，我让你吃不了兜着走！"

笙歌趁机迅速上前，一把拉过徐丹丹拽到自己身后。

许翰初也是不知怕的少年，一脸怒意地爬起来就要打回去，可刚要站起来，四周忽然围过来很多人，甚至还有两名体育老师。

罗成熙作为东道主，急忙客套地主动去扶起许翰初，象征性地回头教训了周夜一声："不准打架！有话好好说，动什么手？"

另一个体育老师扶过自己的学生询问情况："怎么回事？"

气了半天的吴忧张口说："你们的学生骚扰女同学！老师，您是不是该把他们拉回去好好教育一下？！"

一听自己这边理亏，这老师教训了许翰初几句并赔礼道歉后，就带着学生走了。

许翰初极度不甘心，走之前恶狠狠地瞪了一眼周夜，仿若在说：这事不会就这么算了！周夜也丝毫不惧地还给他一个眼神。

体育老师罗成熙见人离开，立马回头冲周夜笑着竖了个拇指："有血性！打架是不好，但是保护自己学校的人没错！"

说完，体育老师又教育了一句："不过也要学会克制，别做无法挽回、让自己会后悔的事。"

周夜听着体育老师的话，心一瞬间变得柔软了。这是第一次有老师看到他打架没有上来就责骂，甚至给予了赞同。

"行了，今天到此为止，留几个人把卫生扫扫了，其他人散了吧。"

体育老师说完拿上篮球就走了，周夜看了一眼身后几个还心有余悸的女生，冷漠地出声："你们几个是哑巴吗？被欺负了不知道喊的？"他说话很冷，脸色很差，这些女生却觉得他帅极了。

笙歌小声说："我们刚才就准备去找你们。"

周夜听到笙歌说话，声音瞬间有了温度："没说你。"

徐丹丹后知后觉地哭了，细弱地啜泣着。

学生时代的少年们在面对外来人欺负的时候总会不约而同地对外，开始护短。有个男生上前询问到底怎么回事，一个女生把事情的经过如实说了一遍后，疾恶如仇的全班同学瞬间对那拨人充满了敌意。

此时，谢礼走过来喊了一嗓子："那人叫许翰初，挺难缠的，你们放学留个心眼。"

有男生立马接了句："他许翰初敢在学校门口等着，那我们也不是吃素的！"

谁知这人是乌鸦嘴，还真说中了，大家刚走出校门就看到了不远处站了一大群人，为首的正是许翰初。

许翰初一眼就望见人群中的周夜，烦躁地朝旁边吐了口唾沫，手指着周夜骂骂咧咧地说："原来你就是周夜啊，你挺牛是吧？"

周夜睨了一眼对面的人群，立马转身把笙歌往校园里面推，低头疾声对她说："去门卫室待着，不准出来！"

许翰初以为周夜要逃跑，带着一群人气势汹汹地围了上来。充满热血的少年们总是不知何为惧怕，除了几个胆小的男生跑了，剩下的全怒冲冲而上。

被推到后面的笙歌刚站稳就被混乱的场面吓得慌乱地去寻找周夜的身影，有些手足无措。她想要拿起手机报警，可眼下这情况，警察来了怕是周夜也会被带走。正踌躇之际，她忽然被人从身后拉了一下，惊慌地回头，看到的竟是姜雪儿："姜雪儿？"

姜雪儿惊讶地道："咦，你认识我啊？"

姜雪儿说着急忙先把笙歌拉到旁边安全点的拐角处，继续道："别站在那儿，危险！"

笙歌看着一脸平静的姜雪儿，诧异不解地问道："你不担心谢礼吗？"

她心里可都急死了，但自己又帮不上忙。

"急有什么用啊？"姜雪儿很无奈，"说他又不听。不过那些人也欠收拾，跑到我们校园外面来闹事，这不是挑衅吗？这群死要面子的男生哪能受这气？你要是担心，不如跟我一块儿去旁边的诊所买点棉签和药膏吧？"

笙歌紧张地盯着周夜那边，对姜雪儿说："抱歉，我不能跟你一起去。周夜他不知道我去哪儿了会担心的。"

姜雪儿愕然："他这个时候还会看你啊？"

笙歌脱口就说："他会。"她了解他，他总是怕她有危险，尤其这种时候更会多留意她，如果她走了，他会分心的。

笙歌说得笃定且自然，姜雪儿惊了一瞬，想起了学校里的那些传言。大家都在说周夜变了很多，大概是因为眼前这个女孩吧？她信他，也懂他。

"那好吧。"姜雪儿没再多说，"我过去买，给你带一份。"

"谢谢，不用……"

笙歌出声拒绝，姜雪儿却已经朝诊所跑去了。

笙歌看着混乱的场面，实在不放心，还是悄悄报了警。她想用警笛声把打得不可开交的男生们吓走。

买了药跑回来的姜雪儿远远便看到笙歌在打电话，接着没一会儿就听到了警笛声。

"你报警啦？"姜雪儿递上药膏和棉签，依然淡定地问。

笙歌没有隐瞒，点点头承认："嗯。"

姜雪儿忽然笑了："你都跟周夜在一块儿了，怎么胆子还这么小啊？他们不会闹得多严重的。"

笙歌抿了抿唇。她没办法就这样干看着他们闹下去。

警笛声越来越近，混战终于停止，笙歌看到周夜跑过来一把拉住她的手腕就跑。

周夜拉着笙歌朝停车的方向跑去，一片混乱中，戴着一个黑色口罩的笙子豪如发现新大陆般看到一抹熟悉的身影，惊得逃跑的脚步都停住了："那不是笙歌吗？她怎么在帝京？"

笙子豪正想追过去看清楚时，警笛声渐近，顿时觉得还是先逃要紧。

警笛声及时制止了混战，警察和双方学校沟通后，学校在公告栏上对参与此次斗殴事件的学生进行了公开批评，并处以了相应的责罚，不过这已是后话。

周夜带着笙歌逃走后，骑上摩托车把笙歌送到小区楼下，准备走时却被笙歌拉到了小区后面的凉亭下一言不发地把人按在长椅上，给他脸颊上的擦伤处抹药膏。

周夜坐在长椅上仰着头，笙歌站在他面前轻柔地给他抹药，一直不说话。这个点，凉亭下也没其他人，氛围沉静得让人不安。

最后周夜忍不住，主动伸出双手抱上笙歌的腰，很小声地问："生气啦？"

他知道她不想他打架，她今天大概是生气了，这样不说话，他好慌。

"没有生气。"笙歌闷闷地抿了抿唇，"你受伤了，我心疼，不想你打架。可今天这事你又没做错，我一时就不知道该说什么。"

笙歌叹了口气，拿棉签轻轻碰了碰周夜脸上的伤，心疼地问："疼吗？"

"不疼。"周夜仰头看着笙歌安抚着说，"就这点伤，不碍事的。"

若不是中途看到姜雪儿忽然靠近他的笙笙让他一时分了心，他连这点伤都不会留下。

"其他地方还有伤吗？"笙歌轻轻拍了拍他的肩，"身上还有吗？"

周夜看着笙歌心疼得轻轻皱眉的样子，忽然想逗她笑，于是嬉皮笑脸地说："有啊，应该还挺多，笙笙给检查一下呗？最好检查一下全身。"

笙歌见他还能嬉皮笑脸地打趣，觉得他多半是没事，顿时轻拍了他一下，没好气地嘟囔着："谁要给你全身检查啊？"

"不检查，那……"

周夜见她皱着的眉头舒展开了，搂在她腰上的手放肆地蹭了蹭："亲一口，我即使身上有伤，也不疼了。"

"不行……"

笙歌正说着，搂在她腰上的手忽然攀上了她的后颈，把她按弯了腰。弯下腰的瞬间，她与仰头的周夜鼻尖相触，呼吸交错间，她听到周夜说："反对无效！"

月光下，笙歌弯腰低头，周夜坐着仰头，此时的画面比璀璨的星空更浪漫。

"笙笙，我不想打架的，可是他想轻薄你，我忍不了。许翰初虽然抓的是徐丹丹，可目标是你，我以后会克制的。"

周夜用指腹摩挲着笙歌泛红的眼角，继续道："不让你担心，不让你害怕。"

笙歌双手还搭在周夜的肩上，她低头看着认真保证的少年，主动弯下腰笑看着周夜说："虽然打架不对，可是你今天保护同班同学的样子超帅，徐丹丹还让我跟你道谢呢。"

　　周夜立马说："我不是救她，我是因为你才那样的。"

　　"我知道你是因为我。"

　　"那然后呢？"周夜忽然看着她，眼中泛着幽光。

　　笙歌眨了眨眼："没有然后了。"

　　周夜无奈地哼笑出声："宝贝现在怎么不撩我了？一开始不是挺会撩的吗？要是之前，你一定会主动亲我一下，可是笙笙好久都没主动了。"

第七章
阳光下肆意成长

　　笙歌听完周夜的话，心虚地拿下了搭在他肩上的双手，低头看着他，吞吞吐吐地说：“我以前主动是因为你不主动，可是现在你主动了，我怕我再主动，咱俩会……”

　　笙歌停顿了一下，眼睫颤了颤。

　　周夜反问：“会怎样？”

　　笙歌没回话，想要从他的腿上站起来，可刚动一下就被周夜揽着肩膀按住。她动弹不得。

　　周夜知道她害羞了，没再追问，低声说：“别动，坐一会儿。”

　　“你刚打完架不累的吗？”笙歌都不敢完全把重量放在周夜的腿上。

　　周夜云淡风轻地说：“这有什么好累的？”

　　说完，周夜忽然低头凑近笙歌，不正经地说：“我还能跟笙笙打一场。”

　　笙歌很纯洁地皱着小脸瞪他：“你舍得打我吗？”

　　周夜喜欢她这副傻气的纯真样，笑着说：“舍得。”

　　笙歌撇了撇嘴：“你力气这么大，我会哭的，你不心疼？”

"不心疼。"周夜笑得放肆，"哭了继续。"

"哼！"笙歌顿时一脸郁闷地耷拉着脑袋，要站起来，"我要回家了。"

周夜没再禁锢着她，松手让她站了起来，自己也跟着站起身，恋恋不舍地牵着她的手说："走之前主动亲我一下行不？像以前那样亲脸就行。"

今天观看一场普通的篮球赛，她就惊艳了很多人，被人看上，总有人想打她的主意。他的笙笙太耀眼了，耀眼得哪怕此刻她就在他面前，被他牵在手心，他依然不够踏实，很想她主动靠上来，似乎那样他才能真切地感受到他的小公主依然是他的。

笙歌感受到周夜牵着自己的手握得很紧，仰头对上他的视线，察觉到他眼底隐匿着的不踏实的感觉，立马听话地抬手揪着他胸膛处的衣服让他弯下腰，同时踮脚在他的嘴角轻轻落下一个吻。她笑得很甜，问道："这样好了吗？"

周夜满足地笑了，把人抱进怀里，低头在她耳边郑重地说了句："你是我的。"

第二天，笙歌和周夜刚走进学校大门，就听到周围有很多议论声，只是这次的声音全是善意的。甚至他们一走进教室，还发现他们常坐的桌子上堆满了好吃的零食，还有信封。两人直接傻眼了——他们竟连坐的地方都没了。

程浩看着站在座位边的两人，嬉皮笑脸地说："夜哥，可以开小卖部了！"

周夜把椅子上的零食扒拉掉，让笙歌先坐下，接着扭头看向程浩问："这儿哪里来的这么多零食？"

程浩露出一脸为兄弟骄傲的样子，说："你昨晚一战成名，这些都是那些女生送来的。"

周夜：……

他只想保护笙歌，当时若不是听到笙歌喊了声徐丹丹，他都没注意到。

最后笙歌看着桌子上堆得满满的甚至有些都掉到了地上的零食，

琢磨了几秒，看着周夜说："要不分给其他人吃吧？"

就当是借花献佛，再给周夜刷一拨好感吧。

等桌面上的东西全部被处理干净，周夜扭头就看到旁边的笙歌双手捧着下巴，像朵小花似的侧头在看他。

见他看过来，她瞬间笑了起来，轻声对他说："某人成香饽饽了，有什么感言不？说来听听呀？"

"没有感言，不想成为香饽饽。"周夜看着她，漫不经心地开口说，"又不是你夸我。"

"嘴硬！"笙歌直接戳穿他，"你明明就有点开心。"

毕竟没有人会排斥赞美，哪怕那个人很不在意世俗的眼光。

周夜看着笙歌脱口而出："我开心只是因为你。"

因为我带给你的终于不是不好的议论声了，我也可以捧给你一小束属于我的光亮。

笙歌听着他脱口而出的话，笑了。好像不管什么时候，发生任何事，他的眼里、他所关注的都只有她一个人，她何其有幸能遇到这样一个少年？

周夜右眼下贴着一个创可贴，整个人更添了一分张狂不羁的野性。笙歌看得笑弯了眼，掏出手机打出几个字递给周夜看。周夜微微挑眉，低头看她递过来的手机，只见她的对话框里写着：突然好想亲你一口。

周夜看着这几个字，整个人都笑开了，立马抬起眼皮看着笙歌挑眉："来啊，别光说不做。"

周夜稍微凑过去点，微仰下巴："要不要我把同学都赶出去，给笙笙腾个空间？"

听到周夜要把人赶出去的程浩突然插了一句："要腾啥空间？"

暧昧的氛围忽然被打破，周夜脸都黑了。他冷着脸看着程浩："腾出揍你的空间！"

程浩：……

笙歌看着一脸不爽的周夜，又回头瞄了一眼一脸无语的程浩，没忍住，低头轻笑出声。

晚上放学，笙歌和周夜又是最后走的。

周夜像往日一样骑着摩托车载笙歌回家。他一直很谨慎，离开校园没多久，透过后视镜看到后面一辆摩托似乎一直跟着他们，怕是巧合，便有意放慢了速度，结果那辆摩托也慢了下来。他再加速，那辆车也加速。很明显，他们这是被跟踪了。

那人没戴头盔，周夜有意调整速度缩短两车之间的距离，想透过后视镜看清那人是谁。此时恰好经过一处明亮的大路，路灯下，笙子豪的脸清晰地出现在后视镜中。周夜陡然眉心紧蹙。怎么是他？

周夜不能让笙子豪知道笙歌住在哪里，于是立马给程浩打了个电话。

"咋了，夜哥？"还在回家路上的程浩接通电话就问。

"到学府路这边的烧烤店来，请你吃夜宵。"

"啊？我不饿，不吃了。"

周夜声音冷了些："你饿！快出来。"

程浩立马听出了不对劲，急忙应了句："马上到，到了我给你打电话。"

周夜算着时间，把车骑得很慢，甚至还绕了路。此时还不知道发生什么事的笙歌见路不对，侧头问了句："你绕路啦？"

周夜一脸平静地说："嗯，车好像出了点毛病，我记得这边有家修理厂，找一下。"

他有意继续说："可能不能送你回去了，我让程浩过来接你，他会送你回去。我得把车修一下。"

"没事，我等你修好一起走，不用麻烦程浩再过来了。"

周夜安抚着说："不用等我，修车挺费时的，你回去晚了，奶奶会担心。"

笙歌有些不放心地说："那你一个人行吗？要不我打车回去，让程浩陪着你？"

周夜吊儿郎当地笑着说："我一个大老爷们要陪什么？你还怕我被拐走啊？"

说完，周夜接到了程浩的电话，知道他快到了，于是立马朝着约定的烧烤店驶去。

周夜把笙歌带进烧烤店交给程浩，用眼神示意程浩从另一个门走，两兄弟心照不宣，一个眼神足够。

程浩不动声色地扯了一下笙歌的衣袖，说："笙歌妹子，我把车停在那边了，走那边吧。"

程浩边走边故意笑着打趣一句："夜哥忒不靠谱了，这个时候车坏了。"

笙歌听得皱了皱眉，看着周夜交代了一句："那你把车修好后给我打个电话。"

周夜说："行。我这就去修，你快回去吧。"

走前，周夜又对程浩交代了一句："看着她进小区门再走。"

程浩露出一副"兄弟做事你放心"的样子说："放心好了。"

笙歌听这两人的对话有些不对劲，狐疑地反问："你俩这副样子是准备干什么大事去？"

程浩立马巧妙地转移了话题，道："可不是大事？我刚正准备'推塔'，夜哥一个电话打过来，估计现在队友都在骂我呢。"

程浩扯着笙歌的衣袖把人往外拉："快走，把你送回去我还得再跟他们开一局弥补一下，不然我得被骂死。"

周夜知道笙歌很怕给别人添麻烦，立马看着程浩说了句："别吓唬她。"

而笙歌果然很吃这套，怕因为自己让程浩被骂，急忙跟着程浩往外走。

程浩把人带出后门，周夜立马掏出手机往正门外走，同时点开了手机录音功能，重新把手机装进兜里。

笙子豪刚踏进店门就迎上了走出来的周夜。

"兄弟，跟了一路，要不出去聊聊？"周夜云淡风轻地看着笙子豪开口。

笙子豪看了一眼周夜，感觉他有些眼熟，想了一下没想起来他是谁。

那天跟着许翰初充人数，笙子豪站在队伍的最后面，混乱中也看不清人脸，就逃跑的时候看了一眼，而且他的注意力全在笙歌身上了。但是今天他看到是眼前的人载着笙歌的。

笙子豪不耐烦地问周夜："你是谁啊？跟笙歌什么关系啊？"他

一边说着一边探头往里看，要推开周夜去找笙歌。

周夜双手插兜，也没动手，心平气和地说："别看了，人已经被我朋友带走了。找她什么事，可以跟我说说。"

笙子豪一听这话，上下打量了一番周夜，不屑地笑了："跟你说？怎么，喜欢她啊？男朋友？"

笙子豪瞬间来了劲，嘚瑟着伸手拍了拍周夜的肩膀，很欠揍地说："我就很乐意碰到喜欢她的男人。"

周夜忍着脾气睨了一眼被他拍过的肩膀，接着就听到笙子豪主动说："那就出去聊啊。"

笙子豪转身走了出去，周夜跟着出来，语气平淡地问笙子豪："你跟笙歌是什么关系？"

笙子豪说："我是她堂哥。她还真是有出息了，竟然跑到帝京来了。"

周夜说："哦……堂哥啊，就是你们一家人把她和奶奶从海城逼得背井离乡躲来帝京的？"

笙子豪露出一副恶棍的样子，不耐烦地说："谁逼她了？你别血口喷人啊。别说那些没用的，就说你是不是喜欢她。"

周夜直接承认："是，我喜欢她。"

笙子豪像看冤大头似的看着周夜，笑得贼眉鼠眼："喜欢就好，给哥哥搞点钱花花啊。你给点钱，我就不找笙歌了。"

笙子豪理所应当地继续说："你不给我钱，我就天天去校门口堵笙歌。对了，提醒你一下，笙歌这丫头胆特小，吓一吓就会哭，哭得可伤心了。"

周夜立马装出一副有被威胁到的模样："你这是威胁！我一个学生哪里有钱给你？"

笙子豪无赖地道："威胁又怎么了？没钱回家找你妈要。"

周夜假装妥协说："给了钱你就不再骚扰我们了？"

笙子豪敷衍说："对，拿到钱我就当没看到笙歌那丫头，以后就不找她麻烦了。"

"你想要多少？"

笙子豪听到钱，眼里瞬间冒光，他激动得有些得意忘形："五千，拿了钱保你们平安。"

笙子豪直接掏出手机点出收款码，命令道："快点，扫给我！"

周夜看到他亮出收款码的一瞬间，心里嗤笑着骂了一声。原本周夜录音只是想套套话，没想到他蠢到要把自己送进去。手机还录着音，周夜迅速掏出手机结束录音退出录音界面。

笙子豪见他抱着手机磨蹭，以为他想反悔，立马抓着他的胳膊催促道："快点！"

周夜扫了收款码转了五千块钱过去，笙子豪看到五千块钱到账，激动得转身就跑了。

夜幕下，周夜看着携款跑走的笙子豪，弯唇笑了。

十分钟后，周夜拿起手机报了警。

"你好，报警中心，请问你遇到了什么事？"

周夜淡定地出声："十分钟前，我在放学路上受到了威胁，被敲诈勒索了五千块钱，有录音，有转账记录。事发地在一家烧烤店附近，不知道这里有没有摄像头……"

当天晚上，钱还没花出去的笙子豪就被警察带走了。

第二天下午，周夜接到一通电话，是笙子豪父母请求他签下对笙子豪的谅解书。

周夜冷淡地回了句："不签。"

没过多久，笙子豪的父母赶到帝京找到周夜，再次请求他签下谅解书。

周夜漫不经心地看着笙子豪的父母，此刻的他们满脸焦急地祈求他能给笙子豪一份谅解书。

笙子豪的妈妈眼睛红红地哀求着："小伙子，阿姨求你了行吗？你放过我们这一次，我们子豪以后一定改过自新，做个好孩子。"

笙子豪的爸爸也焦急不安地求着："你要我给你下跪都行，或者你说个条件，我们一定照办，叔叔也求你了。"

周夜将双手插在兜里，漫不经心地听着这夫妻二人的话。他们焦灼不安，周夜则吊儿郎当的，透着股懒散劲。

周夜不说话，也不拒绝，就这么懒洋洋地站在那里把玩着从他们手上收过来的手机。他怕他们也录音，听着他们求了很久，才慢吞吞地开口："求人放过一马的感觉难受吗？你们欺负笙歌她们祖孙俩的时候，没想过自己也有今天吧？笙歌没错，你们都欺负她，那笙子豪自己犯了错，就好好在里面蹲着吧！"

听周夜提到笙歌，笙子豪的妈妈立马赔着笑脸想打亲情牌："小歌那么懂事，我们怎么会欺负她呢？她小时候我们子豪就很护着她，兄妹俩关系很好的，一定是有什么误会……"

周夜冷嗤一声，眼神变得阴鸷，满脸讥讽："这话说出来你自己信吗？"

笙子豪的爸爸见状，焦急地说："那你提条件行吗？你说，怎样你才能写谅解书？"

周夜睨了他们一眼，直接把手机扔给他们，说了一句："想要谅解书？没门！"

说完他直接转身走了。

在笙子豪被抓第二十天的时候，周夜再次在他父母的哀求下跟两人见了面。

这一次，笙子豪的爸爸一见到周夜就扑通一声在他面前跪了下去，悲痛地哀求道："求你写下谅解书吧，要我们做什么都行。"

周夜脸色淡然地看着跪下来的中年男人，慢条斯理地蹲下来平视着眼前变得憔悴像老了好几岁的男人，声音里没有一丝温度："这段日子心情如何？有没有记忆深刻？是不是痛苦不堪？是不是睁眼闭眼都觉得走投无路和焦灼不安？"

周夜说完，清楚地看到男人眼底的哀痛无措之色。他冷笑一声，直起身的同时将面前的中年男人扶起来，目光深沉地盯着中年男人说："写谅解书也可以，条件就是，从今天起，你们一家三口不准再出现在笙歌和她奶奶面前，不准对她们进行任何形式的打扰，也不准打听、联系她们。总之一句话，离笙歌祖孙俩远点。这祖孙俩，从今天起，我周夜护着，谁动一下，试试看。"

最后周夜冷声提醒道："警察那边已经有你们全家人的备案了，以后笙歌和奶奶出任何意外，警察都会率先找到你们的，希望你们明白其中的厉害。"

笙子豪的父母看着转身离开的周夜，年近半百的他们感受到了来自这个少年的压迫感。他透着与年龄不符的阴鸷戾气，令人生畏。

　　而且这个少年不仅心狠，还将人心拿捏得透彻，故意让他们煎熬了二十天，让那种痛苦和无助感在他们心上扎根，然后拉他们一把，给他们希望。这时，这份希望的影响被无限扩大。

　　最后，周夜是在笙子豪被抓第三十天时给警方递上的谅解书，笙子豪的父母在偿还了五千块后，笙子豪才被放出来。

　　十一月的夜，凉意很浓。

　　车行旁的栏杆边斜倚着两个少年，程浩看着旁边的周夜笑着开口道："夜哥，你变了。"

　　"嗯？"懒散地斜倚在栏杆边的周夜扭头看着程浩笑着说，"又变帅了是吧？我也这么觉得。"

　　"丑好吧。"程浩没什么顾忌地开着玩笑，说着忽然收起了笑意，难得严肃地看着周夜，道，"若是以前，笙子豪这人，你定是会打一顿的……"

　　周夜看着程浩学他的样子，忍不住低笑出声："我以前那么暴躁吗？"

　　程浩抬了抬下巴，笑得放肆："那叫暴躁吗？放以前都是小场面好吧？"他又道，"但是现在你开始动脑子了，不再像以前那样凡事都用武力解决。"

　　周夜仰头看了看天，看着那颗最亮的星星，想到笙歌每次冲他笑时，眼里藏着的星星。

　　周夜弯唇笑着说："打架不管赢了还是输了，笙笙都会担心。以前我孤身一人可以不计后果，现在不可以倒下……"

　　周夜低下头，微风轻轻吹起他额前的碎发，月光照亮他藏在眼底的深情，只听他低喃出声："我倒下，那小朋友就没人护着了。"

　　程浩听得愣了一瞬，然后把手搭在周夜的肩膀上："这样挺好。"

　　他们从小一起长大，他受过多少伤，程浩比任何人都清楚。他暴戾脾气下隐藏着孤寂和敏感的情绪，他们都是用暴力掩饰内心的卑微与不安的孩子。

程浩把手搭上去的一瞬间，周夜抬头看向他，对视间，两个少年笑得真挚豪迈。

清晨，阳光很好，笙歌装早饭时，听到奶奶说："囡囡啊，过几天我得去你小姨奶奶那儿一趟。平时她总照顾我们，你大表嫂生了个大胖小子，我得去看看。"

笙歌惊喜地问："啊？表嫂生小宝宝啦？我陪您一起去，我也想去看看小姨奶奶。"

奶奶和蔼地说："你不行，你得上学呢。你小姨奶奶也说了，让你好好学习，你放假了再去，不然请假去了大家也都不安心。"

笙歌撇撇嘴："那您怎么去呀？您一个人去我也不放心啊。"

奶奶说："你表姐过来接。她出差的地方刚好离这儿近，到时候她再把我送回来，这样也不用我自己去坐车了。冰箱里有我给你包的饺子和包子，你热一热就能吃。"

笙歌听奶奶说完，急忙凑到奶奶面前，摆出一副小大人的样子问奶奶："那大表哥家生了小宝宝，小姨奶奶会通知大伯他们家吗？他们会去吗？"

奶奶看着孙女严肃认真的模样，捏了捏她的鼻子笑着安抚说："囡囡放心吧，在海城，那夫妻俩把我们关起来闹到公安局，现在我们又搬来了帝京，从那之后跟我们还有联系的亲戚都很生气，都说不会再跟他们联系了。昨天你小姨奶奶打电话来也特意说了，没通知你大伯他们，大家都当没那门亲戚了。"

奶奶说着，伤感地叹了口气："唉，是我没教育好。"

笙歌安抚奶奶说："这不怪奶奶，您别自责。"

奶奶知道孙女担心她，保证说："你放心，虽然你大伯是我十月怀胎生下的，但是在海城他们那么对我这个妈，我也想开了，就当没这个儿子。以后啊，我就操心你。你大伯我就当他死了，没这个人了。"

笙歌有些心疼地看着奶奶喊了声："奶奶。"

奶奶笑着催她："好了，没事。快上学去吧，别迟到了啊。"

"好。"

下课后，周夜拉着程浩到教学楼后面的无人处，直接打开手机翻出一个电话号码给程浩看："就这个号码，打过去。"程浩立马掏出手机输入电话号码，笑眯眯地对周夜说："看我的，忽悠人这种事我最拿手了，保管把笙子豪忽悠得找不到家。"

电话响了十几秒，那边的人才接通。

笙子豪看着来自帝京的陌生号码，心里有些慌，接通后就急忙问了句："哪位啊？"

程浩："豪哥，咋了？不记得我啦？海城职高咱俩一个学校的啊，还一起跟人打过架来着，这就忘啦？你有个特别漂亮的妹妹，我还想追她来着……"

一听人提到笙歌，笙子豪瞬间心里发怵，急忙打断说："好像记得。找我什么事啊？"

"也没什么事，去年来帝京打工了，好像在这边看到你那个漂亮妹妹了，她不在海城啦？"程浩模仿地痞无赖的声音说，"你还在帝京不？帝京大城市日子不好混啊，我能不能说是你朋友，找你妹妹借点钱花花啊？我记得以前你说她家很有钱来着。"

"不行不行不行！"笙子豪瞬间惊慌得连声拒绝，疾声道，"你别去找她，现在她出一点事都会被算在我头上，我可不能当冤大头，你离她远点！"

被拘留的那一个月，笙子豪想想都心有余悸，这辈子不想再经历那种事了。

程浩讪讪地说："哦，这样啊。那行，我不说认识你，我自己去找她借点钱花花。"说完不等笙子豪反应，程浩立马就挂断了电话。

笙子豪看着被挂断的电话，急得要冒烟了，嘴里骂骂咧咧的："这是哪个浑球啊？想死别拉上我啊。他这真去了，周夜那疯子指定要把这事赖我头上。"

笙子豪慌乱不安地想着，接着急忙开始翻找通讯录，一找到周夜给他留下的电话号码，就立马拨了过去。

程浩想到笙子豪刚刚紧张的声音和语气，都快要笑死了。直到周夜的手机响起，他接到周夜的眼神示意后才憋住笑。

周夜一按下接听键，就听到笙子豪着急慌地喊："夜……夜哥。"

周夜一脸平静淡定地说："嗯。"

笙子豪："那什么，提前跟你说个事啊，我……我已经回海城了，以后都不去帝京了，但是刚才接到以前校友的电话，他可能要找笙歌麻烦，你……你到时候可别把事情赖我头上啊。我把那人的电话号码给你，你自己注意着。"

周夜声音很冷地说："行。不管谁要找笙歌麻烦，来一个我应付一个，最好不是你。"

刚挂断电话，周夜就立马收到了笙子豪发来的程浩的号码。程浩看着周夜新消息里自己的号码，更放肆地笑了出来："哈哈哈哈……这也太好忽悠了。还是夜哥你想得周到，这么试探他一下，结果很明显，看样子他以后是再也不敢了。"

周夜满意地笑笑，把手机装进兜里，又朝程浩交代了一句："过两天你再给笙子豪打个电话，把他骂一顿，就说你被人欺负了，让他明白，不管谁找笙歌麻烦，都别想逃得掉。"

他因为年幼时就开始独自存活于这险恶的世间，所以养成了做任何事都十分缜密的习惯，做戏也要做全套，才能不露破绽。

程浩笑着做了个"OK"的手势："行，保证完成任务。"

回到教室里，周夜一进门就看到坐在椅子上的笙歌低头看着手机笑得很开心，顿时郁闷地皱眉。她这是在跟谁聊天吗，笑得这么开心？

周夜走过去伸手在笙歌的桌面上敲了一下，轻蹙着眉心直接坐在桌子上低头问她："傻笑什么呢？"

笙歌急忙抬头，眼里全是笑意，她开心得像朵花一样。她直接把手机界面上的信息给周夜看，周夜看着她明艳的笑容失了神，手机被递到面前的时候才突然回神去看手机上面的内容。原来之前她去参加的那个比赛，名次公布了。那次比赛是三个城市同时进行，最后等赞助商奖金下发才公布名次。

周夜看着笙歌的名字排在第一，很为她高兴，笑着伸手摸了摸她的头，然后真诚地夸了句："我们笙笙真是厉害，中午带你去吃好吃的。"

今天真是个好日子，他的驾照也下来了。

"好。"笙歌没有拒绝，还开心地又对他说，"还有一万块钱。"

说完，笙歌把那条银行卡奖金入账的短信点出来给周夜看。

周夜看着她问："你不是跟我说你没银行卡吗？"

他记得之前她说自己不用手机支付，也没有银行卡。

"我是因为这个比赛特意去办的。"笙歌解释道。

她本来以为最多一周就会有结果，没想到会拖到现在，差点都忘了办好的银行卡的密码！

笙歌说着，指了指椅子，对坐在桌子上的周夜说："你坐下来。"

周夜听话地坐下来，旁边女孩继续对他说："我中午不睡午觉了，小姨奶奶家的表哥添了小宝宝，我想去给小宝宝买点衣服，再给嫂子买点营养品。"

"我陪你一起去。"

"好。"

笙歌看着周夜笑了笑。她还要给他买衣服，但是不能提前告诉他。

第二天清晨，笙歌把买好的衣服和营养品递给奶奶："奶奶，我之前参加比赛拿了奖金。我给小宝宝和表嫂买了点东西，您去小姨奶奶家的时候带上。比赛剩下的钱都在这张卡里。"

"卡你自己收着，奶奶不要。"奶奶直接把卡塞进笙歌的衣服口袋里，"囡囡是个懂事的孩子，钱放你那儿你也不会乱花的，奶奶放心。再说了，女孩平时也要买点日用品、化妆品什么的，你手里有点钱也方便点。至于这些衣服和营养品，奶奶会带过去的。"

笙歌把卡掏出来和奶奶商量着说："奶奶，孩子和产妇用的东西有些贵，卡里还剩九千，我自己留两千，奶奶您把剩下的七千存起来。而且马上就要交房租了，都要花钱。"

奶奶看着孙女递过来的卡，估计自己不拿着小丫头也不安心，只好妥协说："好，奶奶给你收着。除了生活费，平时要买衣服什么的，你就跟奶奶说啊。"

"好的。"

笙歌拎着早餐走出小区，看到周夜的时候发现他正斜倚在摩托车上看着手里的一个红色丝绒盒子。

"你手里拿的什么呀？"笙歌走到他面前问。

周夜看着笙歌，把盒子递过去，说："一对小银镯，昨天你说你小姨奶奶家添了小宝宝，我也不知道送什么，问了个老人，说小婴儿戴银镯好。你就放在昨天的衣服里，都当作你送的。"

笙歌愣了一下，急忙拒绝说："你不用送东西。应该还能退吧？你去退了。你一个人用钱的地方也多，别浪费这钱。"

"哎哟，银的不值钱。"周夜强行把盒子塞进笙歌的衣服口袋里，不容反抗地道，"拿着。"

"可你花了钱，他们也不知道是你送的。"笙歌有些替他不值。她知道小姨奶奶一家人很好，可是周夜花了钱，大家也不知道这是他的心意，而且他的每笔钱都是自己辛苦赚来的，赚得很不容易。

"总有一天会知道我的。"周夜笑着捏了捏笙歌的脸蛋安慰着，"行了，别想了，也就三四百块钱，不贵。"

周夜给笙歌戴上头盔催促着："快上车，别迟到了。"

路上，车流和人群川流不息，街道繁华热闹，笙歌坐在车后紧紧抱着周夜的腰。她抱着的人是这繁华世间让她最安心的存在。他太细心了。昨天她说她表哥添了小宝宝，他没表现出来一点要送礼的态度，但今天连礼物都准备好了。

他总感觉自己堕落在黑暗里，可他不知道，在她心里，他才是那个披着万丈光芒来拯救她的人。

红灯亮的时候，他停下车，背后紧贴着他的笙歌忽然喊他："周夜。"

他扭头："嗯？"

笙歌侧头对着他笑："我会跟奶奶说银镯是你送的。"

周夜立马阻止："别！奶奶会多想的，到时候会骂你，不许说。"

笙歌坚定地对他说："不会，奶奶很喜欢你的。我的阿夜是最好的，我不用藏着掖着。"

周夜不该付出了还得不到一点认可。

周夜神色隐忍地皱眉，继续阻止她："不行，笙笙不许说……"

笙歌出声打断周夜的话："绿灯亮了，快走。"

笙歌以为这事就这么过去了，没想到周夜到校门口停下车后立马将双手搭在她的肩上，弯下腰平视着她叮嘱道："笙笙，你不许跟奶奶说镯子是我送的，你说了奶奶一定会多想。而且对于一个长辈来说，现在的我并不值得她把孙女托付给我。奶奶年纪大了，别让她担心你。我会努力，争取早日大大方方地主动到奶奶面前请求她把宝贝孙女交给我照顾。现在你说了，除了让奶奶担心，并没有什么实质性的意义。"

笙歌听得心疼，撇了撇嘴说："可是你值得，全世界你最值得。"

周夜安抚着她说："乖，别皱着小脸，惹得人怪心疼的。你是不相信我能早日大大方方地站到奶奶面前说出我们的关系吗？"

笙歌眨了眨眼，坚定地摇头："相信！"

周夜说："那不就成了？不急着这一天。乖，不许说啊。"

"好，听你的。"

周五，笙歌欢乐地回到家，下意识地喊了声："奶奶，我回来啦。"

过了好几秒，家里没有人回应，这时笙歌才想起来今天奶奶已经去了小姨奶奶家。

笙歌有些不太放心地给奶奶打了个电话，问了情况后才放心地挂了电话。

笙歌去冰箱拿出奶奶准备好的饭菜，准备热一热，这时接到了周夜的电话。

"小朋友在干吗呢？"

"准备一会儿就吃饭，然后洗完澡睡觉。"

周夜又问："明天周末能出来吗？"

笙歌说："能呀，明天没事。"

周夜直接说："行，明早睡醒方便出来的时候给我打电话，我去接你，你把身份证带着。"

笙歌纳闷地反问："身份证？要身份证干什么？"

周夜一本正经地胡说八道："带你去玩，一人一张票，要登记身份证。放心，不会把你卖了，我可舍不得。"

笙歌有意笑着反问："有多舍不得呀？"

"要不我现在去找你，向笙笙证明一下我有多舍不得？"他说着，自己叹了口气，"算了，你肯定不让我去，会说奶奶不让你晚上出门。"

笙歌听着他这有些委屈巴巴的语调，忽然想起他平时不在学校的时候总会打电话开玩笑说想到小区楼下来找她，然后她就会说，奶奶不让她晚上出门。

可是今天，奶奶不在家呀。

笙歌琢磨着，忽然很小声地问了句："周夜，你想不想我呀？"

周夜无奈地笑："你说呢？别人都喜欢周末，我最烦周末了，因为周末见不到你。"

"哦。"笙歌紧张地应了声，被自己的小心思惹得心里热热的，感觉心跳都有些快了，"那你就想着吧。"

匆忙说完，笙歌立马挂了电话。周夜看着手机愣了愣，只以为她是打电话被奶奶发现了才匆忙挂断电话的。

打完一通电话，笙歌盘腿坐在沙发上，小脸通红地低头咬着手指，内心正在思考要不要悄悄跑过去找他。他应该会觉得很惊喜吧？可她去了之后呢？

笙歌的小心脏怦怦跳。

她捧着自己泛红的脸蛋，缓解紧张似的挤了挤，嘴巴都被挤得嘟了起来。

挣扎犹豫着，她发现自己满脑子都是周夜，尤其再看看这空荡荡的只有她一个人的房间……她是真的想他了。

周夜正在洗衣服。他刚把泡了会儿温水的衣服放进洗衣机。

咚咚咚——

门外忽然传来敲门声。

周夜困惑地站起身走到门口，打开门的一瞬间，一个小脑袋探了出来。

"笙……笙笙。"他惊愕得呼吸都仿若停了一瞬。

刚才他还在想她，一开门，她竟然就出现在了他眼前。这份惊喜来得让他觉得自己仿如进入了幻境，他整个人还保持着单手搭在门把手上的动作，生怕动一下，幻境就破灭了。

笙歌见周夜整个人都僵在了原地，冲他笑得明艳动人，嗓音软软地说："小哥哥，可以借宿一晚吗？"

"借宿？"周夜突然在她明艳的笑容下回神，迅速伸手要把人拉进屋内，这才发现小姑娘手里提着大包小包。周夜看到她小手都被勒红了，心疼地迅速把她手里的东西全接过来。

"怎么提这么多东西？你怎么过来的？"

周夜急声问："笙笙怎么现在跑过来了？奶奶不担心吗？"

看着从她手中接来的东西，周夜眉心微蹙："还提这么多东西，这装的都是什么啊？"

明明笙歌只提了两个袋子和两份饭菜，可在周夜眼里，好像笙歌提了千斤重的东西似的。

周夜把手里的东西放在桌子上，直接牵起她的手放在掌心："都被勒红了。"

笙歌看着周夜一脸心疼的样子，轻笑出声："你是把我当成小宝宝了吗？我哪有那么娇气？一会儿就恢复正常了。"

她指着那些袋子笑着说："我用奖金给你买了衣服和鞋子，你试试合不合适。"

周夜微怔，心想：给我买了衣服和鞋子？

从他有记忆后，这是第一次有人给他买衣服和鞋子，而且这个人还是他日思夜想的女孩。顷刻间，他心田中充溢着暖流。

"不用试了，笙笙买的都是最合适的。"周夜忽然伸手把人抱进怀里，微微弯腰把下巴搭在她的肩上，声音低沉地说句，"谢谢。"

谢谢你，愿意在流言蜚语中靠近我，让我觉得人间值得。

"但是只准这一次。"周夜直起腰双手捧起笙歌的脸，低头一字一句地交代，"以后别给我花钱，把钱留着给自己和奶奶花。"

"可我……"

"嘘。"

周夜似乎猜到她想说什么，不容置喙地打断她的话："不许反驳。"

他从来不需要她给予什么，因为她留在他身边对他来说就是上天给予的最大恩赐。

笙歌大眼睛滴溜溜转，脑子里不知道在想着什么，此刻的周夜因为她的忽然出现心跳都乱了。

"笙笙进门的时候说借宿，是要在我这儿睡？奶奶知道你出门了吗？"

"奶奶不在家，"笙歌的脸还被周夜捧着，她仰着头说，"去小姨奶奶家了，要明天下午才能回来。"

她说着轻轻一笑，踮起脚伸手环上周夜的脖子，用水光潋滟的双眸望着他，朱唇轻启："就我一个人在家，我害怕，就来找你了。"

周夜面色沉沉地说："那你该给我打电话，我去找你，而不是你一个女孩跑过来找我。"

幸好今天他没去车行，不然小朋友得白跑一趟。

笙歌看着周夜，眨了眨眼解释说："我就想着给你个惊喜嘛。"

周夜低头看着笙歌，笙歌睫毛轻颤着，每颤一下都触到了他的心弦，在他心里掀起阵阵涟漪。他忽然哼笑出声，带着慵懒劲玩世不恭地说："笙笙这哪里是来给我送惊喜的？"

他俯身在她耳边说："是想来要我的命吧？"

"谁想要你的命啦？"笙歌把胳膊放下来，推他，佯装要走，"那我回去好了……哎！"

周夜见笙歌想走，直接把人按在怀里，不怀好意地嗑着笑说："回哪儿去？来了就别想走了……"

猝不及防的吻落下，周夜喑哑低沉的嗓音在笙歌耳畔萦绕："小朋友出门前还特意打扮了一番，是不是？"

笙歌被亲红了脸，一开口，声音都是软软的："没有，就是换了件衣服。"

周夜低笑。她穿了套米白色套装小裙子，踩着一双白色板鞋，还扎着高马尾辫，是他自己乱了神，被这突如其来的惊喜迷了心智。

他呼吸微乱地亲笙歌的唇，笙歌耳尖泛红，她有气无力地对他小声提醒着："先……先吃饭，饭菜要凉了。"

周夜带着笑，把笙歌带来的饭菜摆在桌子上，两人开始吃饭。笙歌脸还是红红的，心脏也怦怦跳，而周夜像是故意似的直勾勾地盯着她看，她紧张得咽了咽口水，想要找个话题打破此刻诡异的氛围。

笙歌的目光无意间落到旁边椅子上的一个黑色的类似袖套的东西上。

她指着东西问："那是什么呀？你平时戴的吗？"

周夜看了一眼说："不是，是浩子的，大概是刚才从他的衣服口袋里掉出来的，遮文身用的。"

笙歌忽然很好奇："文身？你身上有文身吗？"

"没有。"周夜把酸奶打开递到笙歌面前，看了她一眼，有意说了一句，"浩子和沈星都有，他们也想拉我去文，但我没去。"

笙歌瞬间来了兴趣："是不是怕疼？听说文身很疼的。"

周夜挑眉："我像是怕疼的人吗？"

笙歌喝了口酸奶继续问："那你是为什么不文呀？"

周夜忽然神色正经地看着笙歌说："我希望自己是本色的。我十一岁的时候，在一场大雪里看见了一个小女孩，当时就觉得她纯洁得像人们口中所说的仙子。从那之后，我心里就一直想着，或许哪天能遇到她……"

他心里一直有个小女孩？他还记忆这么深刻？

笙歌忽然感觉酸奶不好喝了，有些不忿地撇了撇嘴，闷闷地问了句："那你后来有再遇到她吗？"

周夜看着笙歌："有，我们又相遇了。"

笙歌心里更闷了："那你们现在还联系吗？她知道你有女朋友了吗？"

周夜弯唇笑："联系着呢，她知道。"

笙歌说着说着，声音都小了："那……那她是不是长得很漂亮，所以你才一直记着她？"

"嗯，她很漂亮，"眼底闪烁着光，周夜看着笙歌笑，"是我见过的长得最漂亮的女孩。"

笙歌听完小脸瞬间黑了下来。这人是傻子吗？他还当着她的面夸别人！

笙歌越想越不高兴，怨气冲天地放下筷子站起身："我吃饱了，不吃了。我回家了！"

周夜看着笙歌气鼓鼓地转身要走，忍不住低笑，迅速站起身挡住她的去路："小朋友吃醋啦？那个女孩你也认识的。"

"我认识？"笙歌慌忙抬头看着他问，"她叫什么名字？"

周夜垂眸迎上笙歌的视线，她目光里满是急切之色。

他弯唇笑了笑，低头在她耳边很认真地说："她叫笙歌，是世界上最美好的女孩……"

周夜回想着初次见到笙歌时，笙歌在自我介绍后说的那句："纵使世间多有黑暗，你也要相信会有一束光只属于你。"

那句话让那时如身处炼狱的周夜得到了启迪，从此仿若有了信念。

笙歌一脸震惊："是我？你小时候见过我？"

周夜没有说自己那时的处境，只简单地把见到她的过程说给笙歌听。笙歌也回忆起那场比赛。原来那个时候他就认识她了，原来令他刻骨铭心的小女孩是她。

饭后收拾好餐桌和垃圾，周夜要出去给她买睡衣和洗漱用品。

笙歌急忙说："不用买，我都带了。桌子也都收拾干净了，不用再收拾了。"

周夜对她说："那你现在去洗澡，晚上早点睡。"

说着，周夜忽然想起什么，看着笙歌确认道："身份证带了吗？"

笙歌指了指书包："带了，在书包里。"

笙歌纳闷地嘀咕了一句："你要带我玩什么啊，还要身份证？"

"明天就知道了。"周夜笑着掩饰过去，"快去洗澡吧。"

笙歌摇了摇头，抬眼看着周夜时不时还滴着水珠的头发说："我想给你吹头发，好不好呀？"

周夜拒绝道："不用，我自己吹就行。"

笙歌直接学着周夜之前的语调睨了他一眼说："不许反驳！"

不等周夜回应，笙歌已经转身去洗手，准备去拿吹风机了。

周夜看着眼前的一幕幕。有她在，连这冷冰冰的房子好像都温暖了起来。

周夜坐在沙发上，笙歌拿着吹风机半跪在他旁边给他吹着头发。周夜抬着眼皮看她，小朋友连吹头发都这么认真。头顶暖黄的灯光洒下，她像是披上了一层柔光，此刻的画面美好得像是他的一场幻觉。他想，小仙女一定是故意的，明知道他喜欢她喜欢得要命，还主动给他买衣服、主动给他吹头发，让他体验从未有过的温馨感和最简单纯粹的浪漫感觉，有意让他陷进她的温柔旋涡里，永生都上不了岸。

以前他总是不停地忙不停地忙，仿若自己闲下来就只剩下了令人窒息的孤寂感和清冷感。可她的出现、她的靠近，让他想要放慢脚步好好感受关于她美好的一切。现在他静下来，内心不再有清冷的孤寂感，全被她占据了，他觉得自己不再是存活于世间的行尸走肉，开始有了灵魂。

看到笙歌关了吹风机，在用手给自己梳理发型，周夜恍惚中低喊了声："笙笙。"

"嗯？"笙歌低声回复，周夜手一伸，直接把人揽到了腿上坐着，真心感叹了句，"你怎么这么好啊？心都被你融化了。"

被夸了一下的笙歌开心地笑着说："以后还会更好的，为你变得更好。"

周夜却说："笙笙现在就是最好的。"

笙歌看着周夜，忽然一本正经地说："周夜，我是姓笙。"

周夜愕然："我知道啊。"

笙歌："那你为什么总喊我笙笙？你应该喊我歌歌……"

周夜舔唇轻笑，挑眉反问道："喊你什么？"

"歌歌。"

周夜心思不纯地又问了一遍："没听清，宝贝再说一遍。"

笙歌鼓了鼓脸，凑过去趴在他耳边又喊了声。

周夜满意地抬手摸了摸她的发顶，玩世不恭地哼笑出声："嗯……小朋友以后就这么喊。"

笙歌怔怔地眨了眨眼，歌歌，哥哥？

笙歌气鼓鼓地用小手戳了周夜一下，仰着小脸说："所以阿夜是想当我哥哥啊？那我以后是不是还能再交个男朋友？"

周夜听得瞬间眯起了双眸，一字一句地说："你敢找试试！找一个我揍一个！"

笙歌也不怕他，直接伸手揪了揪他刚吹干的头发冲他哼了声，说："那你就把自己揍了吧！"

周夜没脾气地笑了："笙笙好狠心。"

两人在沙发上玩了会儿，笙歌才起身去洗澡。周夜回到卧室准备换一套干净的床单和被罩，可刚拆了被罩，就又听到了隔壁夫妻吵架的声音。这边是老小区，隔音不太好，四周的声音总能听到一些，有时深更半夜了还有很多嘈杂声。他平时在车行回来得晚，睡一觉就走了，也没当回事，可他的笙笙在这儿睡，怕是要睡不着了，何况男孩的床又没那么柔软舒适。他记得那天去她家，她的卧室看起来很温暖、舒心。

笙歌洗完澡吹好头发，周夜趁她不注意把电停了。

"哎，停电了吗？"笙歌借着外面的路灯摸索着去找周夜，有些害怕地喊，"周夜。"

"在这儿呢。"周夜快步走过去牵住她的手，脸不红心不跳地说，"好像保险丝烧坏了，今晚大概住不了了，得出去住，我明天再找人修。"

担心笙歌怕黑，周夜说话间把人搂在怀里，打开了手机的手电筒照亮房间。

"出去住哪儿？"笙歌想了想说，"要不去我那里住？"

周夜立马否定："你是不是只想着学习，脑袋瓜都不好使了啊？奶奶刚走，你晚上就带个男人回去，邻居看到要怎么说你？傻不傻？"

周夜说完，低头凑近笙歌问了句："笙笙相信我不？"

笙歌不假思索地点头："当然啊。"

"那就听我的。"

五星级酒店。

"这里很贵吧？"笙歌心疼地说。

周夜云淡风轻地说："不贵。都快十点了，困了吧？快去睡吧。"

周夜心想：让你睡得舒心点，花多少钱都值。

笙歌一时有了些负罪感，揉了揉鼻子，抬头看着周夜："突然感觉我今天不该来找你。"笙歌叹了口气。自己又让他破费了。

周夜看着笙歌，伸手捏了捏她的脸蛋："胡说什么呢？奶奶不在家，你就该来找我。只是下次要提前给我打电话，我去接你，不要一个人跑来找我。"

是他能力不够，连个家都没有，才要让他的女孩来住酒店。

"行了，快睡觉去。"周夜推着笙歌往床边走。

笙歌回头问他："你跟我一起吗？"

周夜愣了一下，反问："笙笙想跟我一起吗？"

周夜本来是要睡沙发的。笙歌被他问得脸颊微红，但还是点了点头，很小声地说："嗯。"接着她又急忙补充了一句，"我不碰你。"

她知道，他不会对她做什么，但她乱动的话，他会难受。

周夜见她一本正经的样子，扑哧笑了："后面这话该由我说。我不碰你，笙笙安心睡。"

笙歌虽然做了充足的思想准备，但躺下后还是有些紧张。她双手扯着被子盖在胸口上，双眼直直地盯着天花板。

周夜相当淡定，气定神闲地扭头看了一眼不知在想什么的笙歌，低笑出声："你这样今晚还睡得着吗？"

周夜伸手把人捞进怀里，笑着问："要不我还是去睡沙发？"

"别去。"不知哪来的勇气，笙歌忽然抬手搂上他的腰，支支吾吾地说，"我……我也不知道自己在紧张什么，就是不受控制，应该过一会儿就好了。"

笙歌闭上眼自我催眠："好了，我睡觉了。"

"嗯，睡吧。"

然而到了凌晨一点，两个人都没睡着。他们好像都挺困的，可就是睡不着。

"睡不着啊？"周夜低声问了句。

笙歌尴尬地点点头："嗯。"

周夜坐起身："我起来陪你看电视好不好？看一会儿也许就困了。"

"好。"

然后两人看了部青春偶像电影，最后男主角为了女主角死了，女主角终生未嫁。小姑娘总会被这种电影感动，笙歌哭得眼泪掉个不停。

周夜一点感觉都没有，但笙歌哭得让他心疼："怎么还把自己看哭了？"周夜心慌地拿纸给她擦眼泪，"好了好了，不哭了、不哭了。"

周夜无措地抱了抱笙歌，说："最怕你哭了，你一哭我就蒙了。"

笙歌自己抹了把眼泪，哽咽着说："男主角好傻，你不准像他那样。以后不管我遇到任何事，你都不准想着为我死。"

周夜看她哭得这么伤心，心都碎了，连忙哄着说："行行行，我不死，我护你一辈子。好了，不哭了……"

"嗯……"笙歌哭了一场，反倒是很快就睡着了。

凌晨三点多，周夜看着终于睡着了的笙歌，松了口气。

清晨，笙歌睡得正香，周夜悄悄起床打了通电话："我现在过去签合同，大概十分钟后到。我时间有限，你们提前准备好所有东西，我到那儿签了字就走。"

　　"行，都按照之前谈的准备好了，您过来直接签字就可以了。"

　　挂了电话，周夜在笙歌的手机屏幕上贴了张便利贴，上面写着：

　　我出去有点事，马上回来。如果醒了看不到我，就给我打电话，不要一个人乱跑，我很快回来。

周夜

　　贴好便利贴后，他拿走了笙歌的身份证出了酒店。

第八章
奔赴阳光

　　周夜赶到的时候，销售人员准备好了一切。他坐下来签字，签的全是笙歌的名字。老板和他车行的老板认识，给了他最优惠的价格。

　　销售员看身份证不是面前男孩的，由衷地感慨了一句："给家人买的吗？"

　　"不是。"看着合同正在签字的周夜抽空回了句，"送女朋友的。"

　　销售员明显诧异了一瞬。他自己还是学生，竟偷偷全款买车送给女朋友，是真的爱得深吧。销售员也没再多嘴，只笑着说了句："怪不得我们老板说你是个有情有义的少年，给了从未有过的低价。"

　　销售员向签好合同的周夜伸出手，两人客气地相握，对方真心祝愿道："祝你一切得偿所愿，如我们的车标一样事事吉利。"

　　周夜轻笑："谢谢。"

　　周夜坐进驾驶座，把新车开出车行。这车是他看了很久的。他没多少钱，可选择的款式不多，也幸好这些年在车行工作，认识了一些人。车子八万多，买这车花了他几乎所有的积蓄。他低头看了一眼手机短信中显示的不到一千元的余额，轻叹了口气，然后眼角眉梢满是由心而发的喜悦之意。钱，他可以再赚，但从今天起，他的笙笙不用再经受风吹日晒，不用再经受雨雪，亦不用再坐拥挤的公交车。他用自己的能力，让心爱的女孩，少受了点生活的苦。

十一月深秋，此刻却艳阳高照，明媚耀眼。路边落满了树叶，阳光洒下，落叶金黄似火。

周夜将车窗半降，阳光透过车窗斜洒在他清俊的脸上，将他笼罩在光里。有片火红的枫叶飘进车内，他伸手，枫叶落在掌心。周夜垂眸望着大自然给他的馈赠，几秒后弯唇笑了，眼里闪着光亮。

这是周夜第一次认真观看这个世界，欣赏大自然的美，仿若周遭的一切都变得明亮了起来。

周夜回到酒店，已经快上午十点了，笙歌还睡着。

他把她的身份证放回原处，放下前看了一眼证件上的照片，笑着感叹了一句："连身份证上的照片都这么漂亮的，也只有我家宝贝了。"

笙歌迷迷糊糊地翻了个身，周夜在床边坐下，伸手想要摸摸她的头，可刚触及，笙歌突然迷糊地睁开眼。她揉了揉眼睛坐起来："你什么时候醒的？现在几点啦？"

周夜第一次看到笙歌刚睡醒的样子——披散的长发有些凌乱，一双灵动的眼眸缓慢地眨巴着，脸颊睡得红扑扑的。此刻的画面像一幅美人初醒的梦幻画卷。

周夜看得出神，笑着说："都十点了，笙笙可真能睡啊。"

笙歌羞涩地推开周夜，掀开被子下床，小声说了句："我……我去洗漱。"

笙歌踩上拖鞋小跑进浴室，周夜看着跑走的女孩，无奈地笑了。

酒店里有配送早餐的服务，但早上出门的时候，周夜跟前台的人交代了，在他回来之前任何人别来敲门打扰她。这会儿笙歌去洗漱了，周夜这才打电话叫酒店服务人员送早餐上来。

笙歌洗漱好，换了睡衣一走出来就看到了香喷喷的早餐。

"不合胃口我们就出去吃别的。"周夜给笙歌拉开椅子。

笙歌急忙说："合胃口的，我也不挑食。"

快吃完的时候，周夜问笙歌："今天周末，笙笙有没有什么特别想去的地方？我带你去玩。"

笙歌顿时满脸期待，兴奋地说："还真有。"

周夜见笙歌一脸兴奋的样子，好奇地问："是哪里？"

"忧忧说帝京有一处园林，里面有很多枫树，还有银杏树，每到秋季落叶的时候就很漂亮。"笙歌眼中闪着期待的光，"我们去那里看看好不好？"

周夜立马说："好，想去哪儿我都带你去。"

笙歌开心地冲周夜笑着，几秒后忽然想起什么，说："对了，你不是说今天要带我去哪儿玩的吗？去什么地方还要登记身份证啊？如果来不及去园林的话下次再去，先去你说的那个地方。"

周夜有些紧张地抓了抓裤兜里的车钥匙，迟缓地开口说："哦，我订了两张游乐场的票，之前你一直没时间去，刚好这周末有时间。不过来得及的，我们可以现在去园林，下午去游乐场。"

他确实提前订了两张游乐场的通票。

"笙笙。"周夜忽然站起身，郑重其事地喊了笙歌一声。

"啊？"笙歌见周夜忽然站了起来，愕然地眨了眨眼，"怎么了？"

周夜绕过餐桌走到笙歌面前，将双手搭在她的肩上把她按在椅子上坐着。他弯腰，尽可能与她平视，几秒后才缓缓开口："我给你准备了一个礼物，你不准拒绝，也别生气，更别心疼我，好不好？"

他有想过她可能会生气，可生气的原因也只会是因为心疼他。

笙歌一脸蒙地眨巴着眼睛，有些猜不透，说："好，我不生气，阿夜送我什么我都会喜欢的。"

他送她礼物，她干吗生气？难道这家伙怕自己送的不好，让她不满意？

周夜立即松了口气，笑了，趁机在她的唇上亲了一口，说："那笙笙闭上眼睛，我让你睁眼你再睁眼。"

笙歌配合着闭上眼睛，转瞬之间，她的眼前多了一条红色丝带，这条丝带蒙住她的眼睛被系在了后脑勺上。

"你干吗？"笙歌彻底蒙了。

周夜一本正经地说："怕你偷看。"

接着，笙歌被周夜抱了起来。完全看不见的笙歌紧张地抱紧周夜的脖子，慌张地问："干吗去？"

周夜："退房，然后去园林。"

"我的睡衣。"

"拿了。"

两人出了酒店，阳光耀眼，笙歌感觉到了光亮，但什么都看不见。

酒店离园林比较近，大概只有十分钟的车程。

车子顺着小道开进园林。这里傍晚来的人比较多，夜景会更好看，而上午人比较少。

周夜在枫树最多的地方停下，四周落满了树叶，有火红的枫叶，还有暖黄的银杏叶，它们交错着落在地上，很美。

车子停下，笙歌被抱了出来，两人踩在落叶上，发出一些细小的声音。

"我们到了。"周夜从地上捡起一片好看的枫叶放到笙歌的掌心。

笙歌好奇地问："给我的是什么？"

"枫叶，火红火红的枫叶。"周夜把手放到笙歌的后脑勺上，解着绑在她眼上的丝带，"希望笙笙喜欢这里，喜欢枫叶，也能……欣然接受我送的礼物。"

"你今天好扭捏啊，"笙歌轻轻皱了皱眉，"都不像你了。"

解开丝带结的周夜失笑着叹了口气。丝带被拿下前，他弯腰在她耳边低声说："我也不知道怎么了，就是怕你不高兴，可是我又必须这么做。"

周夜把丝带拿下，抬手为笙歌遮住自头顶洒下的刺眼的阳光。笙歌抬眸看着为她遮光的手，暖心地笑了笑。眼前是望不到边的枫树和银杏树，好一片美不胜收的树林。她微微抬头，还能看到在阳光下飘飘荡荡的落叶，耀眼的红枫、暖黄的银杏，一低头，脚下也是一片红黄交错的美景。

"真的好漂亮、好壮观啊。"笙歌由衷地感叹，抬起手看着周夜放在她掌心上的那片枫叶，捏起枫叶放在眼前仰头冲着他笑，"这一片最好看。"

周夜跟着笑，情不自禁地接了句："没有你好看。"

笙歌含着羞冲他皱了皱鼻子，然后朝他伸手，语调欢快地道："所以我的礼物呢？"

周夜下颌线紧绷了一下："在你身后。"

"身后？"笙歌好奇地转过身，入目的只有一辆白色的轿车。她瞪大眼睛，反应过来后心一颤。原来他扭捏了半天、装神秘装了一路，是准备了这么大一份礼物。

她一时有些无法接受，向后退了半步，周夜从身后抱住她，不让她继续后退，甚至直接把钥匙放到她的掌心，语调微沉地道："已经买了，笙笙要收下，说好不拒绝的。"

似乎猜到笙歌想说什么，周夜立马说："没花多少钱，我承担得起，老板我认识。我怕天冷冻着你，怕坐公交车有人挤着你……不是什么名牌车，笙笙不要嫌弃啊，以后我换辆好的……"

他弯下腰把头埋在她的颈间，小心翼翼地低喃着："别生气好不好？"

听到这里，笙歌不受控制地流下眼泪。怎么会有这种傻子，送人礼物还怕人生气，然后一遍遍地祈求着她不要生气，因为怕她冻着、怕她挤公交，然后给她买了车，可买了车又怕她生气？他真是小心翼翼得让人心疼。

看到车的时候，她确实有一瞬间是生气的，可生气只是因为心疼他挣钱不容易，而且她真的不需要这些东西。可听到他声音低沉地说了这些话，她似乎明白了，她不在乎这些东西是因为心疼他，他的所作所为也同样是因为他心疼她。或许只能怪他们都在一无所有的年纪遇见了想要付出全部的人，两个命运不堪的人想要相拥，或许注定比别人艰难。

笙歌努力让自己静下心来想这件事。她说过很多次自己不在乎这些东西，可他还是想尽自己最大的努力给她所有，是因为他有自尊，有自己想要承担的责任。

可他又怕她生气，现在木已成舟，他需要的是她的支持和认可。

笙歌在周夜的怀里转了个身，眼圈红红地抬头望着他，心平气和地问："买车花了多少钱啊？"

周夜看着她红红的眼圈，心抽了一下。

他如实回："八万多，全款。"

他没有隐瞒，笙歌笑了笑，又问："那你还有钱吗？"

他也不是富二代，买了车估计就没什么钱了。

周夜强装镇定："还有啊，再说钱还可以赚。"

"是吗？"笙歌语调平和温柔，"那你现在给我转两千块钱。"

"我晚上给你行吗？"周夜刚说完又急忙改口，"你等我两分钟。"

他准备找程浩借一下，心虚不安地重复道："两分钟就……"

周夜话未说完，笙歌突然踮起脚钩住他的脖子亲了上去，吻上了他的唇。

周夜看着忽然吻上来的笙歌，愣住了。

这是她第一次主动吻他，以前她都是亲脸或者轻轻碰一下他的嘴角，可眼下她踮着脚尖钩着他的脖子在笨拙地吻他。

一吻结束，笙歌在他耳边温柔地低语："我不要钱，你别着急了。"

周夜不想让她担心，急忙把双手搭在她的肩上，与她拉开点距离，低头看着她的眼睛很认真地说："笙笙不用担心钱。现在有了你，我做任何事都不会冲动，不会不考虑后果。我懂得生活中处处需要钱的道理，会留有备用的。我懂分寸的。"

他已经联系了买家，想卖掉摩托车，定金已交，明天交易，摩托车能卖近两万块钱，而且他每天也都还在赚钱。他说话时，笙歌就眨着一双大眼睛看着他，看得周夜不安地继续补充道："相信我好不好？我真的不会没钱花的……"

笙歌看出他眼神里的不安之色，又踮脚在他的唇上亲了一下，两眼弯弯冲他笑着说："我相信你。我知道你不是个做事冲动的人，我的阿夜做任何事都一定是有规划的……"

笙歌拎起车钥匙，笑着举在周夜眼前轻轻晃了晃，说："礼物我收下啦，这是我收到的最酷的一份礼物，我超级喜欢。"

笙歌仰头笑得娇艳动人，不断地给周夜支持和赞扬："我的阿夜好厉害，有能力、有担当、有想法，真是帅死了！"

可他也好让人心疼。笙歌再次抬手抱上他的脖子，笑得温柔甜蜜："能被你喜欢，好幸福啊。"

周夜被夸得有些心神恍惚，不敢相信地看着她，语调迟缓地开口："你……你真的这么想？"

"当然啊。"笙歌笑着踮脚，仰头用鼻尖蹭了蹭他的下巴，一脸骄傲地说，"想想这么厉害的男孩是我的，我就很开心，对未来都是一片憧憬。就是……"

笙歌忽然皱着小脸，周夜急忙问："就是什么？"

笙歌娇声叹了口气："你能不能弯点腰啊？这样踮脚好累的。你干吗长这么高？"周夜笑着松了口气，立马弯下腰将笙歌抱了起来，直接让笙歌比他高出一个头。被抱起来的笙歌咯咯笑着，把双手撑在周夜的肩上。周夜仰头看着她说："以后都把笙笙抱着，抱得比我高，我抬头看你。"

笙歌低头看着周夜，笑着说："还能时刻都抱着呀？走路你也抱着？"

周夜看着笑出酒窝的笙歌，也跟着笑："嗯，永远抱着。"

笙歌笑得眼睛都弯成了月牙状，低头在周夜的鼻尖上亲了一下，温柔中隐匿着心疼之意："傻乎乎的。"

周夜吊儿郎当地低声说了句："能不损我吗？"也就她总是损他，还让他没辙。

笙歌见周夜没脾气的样子，笑得更欢了，揪了揪他的头发说："我想去车里，我要好好看看这份超酷的礼物。"

"好，抱你去车里。"

周夜把笙歌放下来点，单手抱着她拉开了车门。

笙歌怕摔倒，慌忙抱紧周夜的脖子，惊讶地说："我发现你体力好好，说抱就把我抱起来了，还能单手抱着我！"

周夜把笙歌放进车里："是你太瘦了，以后多吃点。"

笙歌细眉微皱。才不是她太瘦了。

周夜坐进车里，看着打量车子内饰的笙歌，忽然好奇地问："来的路上你是一点也没发觉不是坐在出租车上吗？"

笙歌顿时扭头看了他一眼，幽幽地开口："你还好意思提，我就是太相信你了，你说什么我都不会多想就直接信了，根本没往别处想。"

周夜得意地笑出声："那我以后可得把你看紧点，别被人骗走了。"

"才不会！"笙歌瞪了周夜一眼，"我就只是对你没防备，对其他人我可警惕了。"

周夜伸手过去摸摸笙歌的头跟她道歉："以后不骗你了。"

笙歌鼓了鼓脸颊瞪着他，然后指着车说："明天我们买一个漂亮的抽纸盒，放在这里，再放一个保平安的摆件，还要在副驾驶座上贴一张'小仙女专属'贴纸……"

周夜把手肘撑在方向盘上，扭头认真地听着笙歌的每一句话，看着她的表情。她没有生气，也没有抗拒，而是欣然接受，还在用心地思考如何布置它。

说好了前面空间如何布置，笙歌又扭头看向后面说："再买几个小娃娃放在后面的玻璃那儿，还有……"

笙歌正说着，驾驶座上的人突然倾身过来搂住她的后颈亲了上来，把她剩下的话悉数堵住。

周夜意犹未尽地蹭在笙歌的耳边，嗓音低沉地说："怕你生气，怕你像上次我要休学时那样哭。看到你现在这样，我真的很开心。"他用额头抵着她的额头，笑着叹气，"我怎么就这么怕你呢？"

憋红脸的笙歌还在小口小口地喘着气，听完周夜的话，闷闷地皱了皱眉："怕我……怕我你不还是偷偷做了？你哪里怕我了？"

周夜看着她说："因为生气了可以哄，可苦日子过了就是过了，弥补不了的。"

就像他，哪怕现在过得还不错，也弥补不了小时候受的苦。

笙歌推开他："你就是讨厌！总让人心疼。"

周夜听得弯唇笑："那你就多亲亲我呗？我心情好了，笙笙就不心疼了。"笙歌被他无赖的逻辑逗笑，打了他一下："你还真会给自己谋福利！"

笙歌趁机跟他商量："那我也跟你说件事，你也不许拒绝。"

"嗯，你说。"

"你这段时间给我的钱，我都攒着呢，没有花。"

周夜立马拒绝："不用，你留着自己花。"

"你先听我说完。"笙歌心平气和地跟周夜分析着，"我生活比较简单，没什么花钱的地方，但你心思重，有很多想做的事情。你心疼我，我也同样心疼你。你放心，如果哪天我跟奶奶遇到什么事需要用钱，我一定第一个告诉你，好不好？"虽然这是问句，可还没等周夜回答，笙歌就直接气定神闲地敲定，"好了，就这么决定了。你不准拒绝，不然我就生气了，你哄不好的那种！"

周夜无奈地叹气："小朋友越来越霸道了。"

笙歌直接怼了句："没你霸道！"

两人牵手逛遍了园林里的每个角落。落叶飘零，阳光斜洒，两人在满是落叶的美景里漫步，这景美得如一幅古老的情人画卷。

在一棵银杏树下，笙歌仰头看着空中飘下的落叶，伸手接下一片，开心地笑了。周夜低头看她，笑得满足，伸手把人搂进怀里，低头在她耳边说了一句："真的喜欢你，喜欢得要命。"

笙歌仰头轻笑，抬手把手中的银杏落叶夹在周夜的耳朵上："好帅！"

银杏落叶从半空中飘落，笙歌问周夜："周夜，你有什么愿望呀？"

周夜说："我的愿望就是夜夜有笙歌。"

笙歌到家时，奶奶还没回来。

笙歌把换下的衣服洗了，回到房间看着书包里的购车合同，心里涩涩的。他花了几乎所有的积蓄，只为了让她不挨雨雪风霜。购车合同上还只写了她一个人的名字，这份礼物万分沉重，而他的愿望只是想要一个她。

笙歌提前去厨房煮了饺子，等着奶奶回来一起吃。

"囡囡，奶奶回来啦。"

当把饺子煮好端到餐桌上的时候，笙歌听到了开门声和奶奶的声音。

奶奶手里提着大包小包，笙歌急忙跑去接："怎么提了这么多东西啊？快给我。"

奶奶笑着说："哎哟！都是你小姨奶奶让拿的，不拿她就跟我生气。她恨不得我长八只手。"

祖孙俩把东西放在客厅的沙发上，笙歌说："饺子煮好了，路上辛苦啦，您歇一歇，刚好饺子也凉了一些。"

奶奶洗完手回来，把笙歌拉到沙发上坐着，一脸慈爱地笑着，一边打量着孙女一边关心地问："奶奶不在的时候有没有好好吃饭啊？有没有饿着自己？有没有遇到什么烦心事？"

听着奶奶关心的话语，笙歌想到了周夜。跟他在一块儿，她怎么可能过得不好？他比任何人都体贴入微。她没有烦心事，可心里确实有些酸涩沉闷。

"奶奶。"笙歌忽然轻轻靠进奶奶怀里。

"怎么啦？"奶奶伸手搂上她的肩，一脸慈祥地问，"有心事了？跟奶奶说说。"

笙歌犹豫了一下，还是主动提起："奶奶觉得周夜怎么样呀？"

看到孙女心事重重，还突然提起一个男孩，奶奶心里咯噔了一下，情不自禁就往某些方面想了，但还是很客观地对她说："周夜挺好的，勤奋刻苦，做事干脆利落，也有礼貌，长得也干干净净的，很俊秀。"

"是吧？"笙歌听完轻轻地笑了，靠在奶奶怀里语调很轻、很温柔地说，"我也觉得他很好很好，他真诚热烈、体贴细致，像一团火光把人照耀着。"

笙歌说完，缓缓抬起头看着奶奶，在内心挣扎了几秒后，眼神坚定地看着奶奶说："奶奶，对不起，我不乖，背着您偷偷谈恋爱了。"

奶奶神色复杂且凝重地看着孙女，轻轻皱了皱眉。她倒也没像多数长辈那样直接发脾气指责，而是平心静气地试探着问："是和周夜吗？"

笙歌如实对奶奶说："嗯，是他。奶奶，我很喜欢他。在学校，他总护着我；晚上放学，他怕我遇到坏人，就每天送我到小区门口，看着我进了小区门才走；早上，他不想让我挤公交，就天天来接我。他总是记着我说的每句话，体贴得让我觉得自己像个小宝宝，什么都需要被人照顾着，就连您带去小姨奶奶家的银镯也是他买的。他好傻，花了钱也不让我说，我说要告诉您，但他不让，说'奶奶会多想的，到时候会骂你'……"

笙歌笑了笑，继续说："他一开口就是考虑我会不会被骂，然后又说奶奶会多想我们的关系，现在的他并不值得您把我托付给他，还说奶奶年纪大了，不能让您担心。他说，他会努力早日大大方方地站在您的面前，求您让他照顾我。他怕我被您骂，怕您担心我，可唯独没有考虑他自己付出了却没有人知道。他完全可以不用送礼物，可他又说知道了就该送，因为那是我的家人。他以为我缺钱，每个月都给我钱，可其实他也没什么钱，每一笔钱都是他很辛苦很辛苦地赚来的。他甚至在得知我没有爸爸妈妈依靠的时候想要休学去工作赚钱，做我的依靠。而今天，他……"

笙歌说着说着，忽然哽咽起来，眼圈红红的："今天他送了我一份很贵重很贵重的礼物。他几乎花光了他所有的积蓄，就只是为了让我天冷了不挨冻，不用挤公交车。他是……"

笙歌吸了吸鼻子："他是付出了所有来对我好，却还总觉得自己做得不够好，让人好心疼好心疼……"

笙歌说完这句话，眼泪不争气地落下来，看得奶奶心疼了起来。奶奶正要开口安抚，笙歌的手机响了起来。笙歌拿起手机，见是周夜的来电，看了一眼奶奶："我接一下。"

奶奶点点头，笙歌接听了电话，听到周夜的声音："奶奶到家了吗？有没有吃饭？"

"到家了。"笙歌努力让自己的声音听起来正常点，"吃的水饺。"

尽管她努力克制着声音，周夜还是敏锐地听出了她声音有些异常。

"哭了吗？发生什么事了？"

"没有哭。"笙歌随便找了个借口，"就是刚才吃饭有些呛着了，可能声音听着不对劲。"怕他忽然说什么不正经的话被奶奶听到，她急忙说了句，"在跟奶奶吃饭。"

"行，那你们吃饭吧。"

挂了电话，笙歌发现奶奶正盯着她看，好像有很多问题想问。笙歌知道奶奶的担忧和顾虑，主动说："奶奶，是我先喜欢他的。他没有来打扰我，甚至还因为怕自己配不上我而拒绝了我好多次，离我远远的，就怕影响我。他很有分寸，也很尊重我，什么出格的事情都没有对我做……"

笙歌说着，忽然站起身："奶奶，您等我一下，我拿个东西给您看……"笙歌踩着拖鞋小跑着去拿购车合同。

"这是什么？"奶奶接过购车合同，疑惑地问。

笙歌急忙解释说："他给我买了辆车，写了我的名字，他是全款买的。"笙歌嘴角微抽，声音哑哑的，"奶奶，他孤身一人攒了点钱都送给我了。"

笙歌忽然抓着奶奶的手，恳求说："奶奶，您可以接受他当您未来的孙女婿吗？他对您孙女很好，很有责任感、很有担当，也很有分寸。他总说想等他有能力了再到您面前来说这些，可是我知道他也过得苦，渴望家的温馨却从没有享受过，每天都在努力却还要担心做得不够好。我不知道自己能为他做点什么，所以只能打消他所有的担忧，让他知道，不仅我接受他，您也认可他。让他心里轻松点，行吗，奶奶？"

奶奶耐心地听着孙女一句一句说完她喜欢的男孩。孙女眼圈红红的，还有泪水在眼眶里打转，她的声音沙哑，让人听着心都痛了起来。

奶奶伸手摸了摸笙歌的脸，语重心长地说："囡囡是成年人了，遇到优秀的男孩会动心是人之常情。你从小就心思细腻，也乖巧懂事，不会做出什么让人担忧的事情。奶奶见过周夜一面，也觉得他是个好孩子，但是宝贝啊，如果上升到喜欢，或考虑到未来两人一起生活，奶奶还是想问问你，你真的了解他吗？了解他的家庭环境吗？他的父母知不知道你的存在？咱们不求寻什么富贵人家，但女孩一定要被对方的整个家庭尊重。奶奶不反对你现在谈恋爱，但女孩要把自己交付给另外一个人时，一定是很了解他之后，清楚他的为人、了解他的心境、了解他是否专一长情，而不是一时兴起。"

奶奶摸摸孙女的头，慈祥地笑着："囡囡明白奶奶的意思吗？"

笙歌静静地对奶奶说："我明白您的意思，您就是怕未来他会让我受委屈，或者最后我们没有走到一起。他跟我一样，没有爸爸妈妈了，就孤身一人。我很了解他，他不是个碌碌无为、好吃懒做、不上进的男孩，他很有规划，并且在一步步实现计划，而且每一步计划里都有我。他也很专一、很长情，除了我，他身边没有任何女孩。他真的是在用尽自己的所有来对您孙女好。奶奶您知道吗？"

笙歌冲奶奶笑着，眼泪却流了下来："昨天他送我车后，一遍遍地跟我说让我别生气，他承担得起，让我别心疼……真的好傻……"

奶奶在旁边看得揪心，给孙女擦眼泪。听着孙女轻柔地诉说，她看得出来，小姑娘连流眼泪都是幸福的。她活了大半辈子，看透了很多事情。孙女自从爸爸妈妈离世后是有些孤僻的，既然能有一个男孩走进她的心里，那一定是那个男孩真的很好、很体贴。

笙歌的手机收到一条新消息，是周夜发来的：我在你家小区门口。电话里听你哭了，我不放心。是不是遇到什么事了？

笙歌看完消息的一刹那，眼泪就控制不住了。明明她很想控制，可眼泪就是吧嗒吧嗒地往下掉，她甚至忘了要回他消息。

奶奶看着孙女收了条消息就哭崩溃了，急忙问："怎么了？出什么事了？"

听到奶奶的声音，笙歌哭得更凶了，上气不接下气地把消息拿给奶奶看，泣不成声地说："奶奶……奶奶，您……您看，就因为刚才打……打电话，他听出我哭了，就不放心地立马赶了过来。他每次都不多说什么，却没有让我受过一点委屈……呜呜……奶奶，周夜真的很好。"

笙歌哭着靠进奶奶怀里，可这个时候，奶奶却开心地笑出了声。如果说前一秒她还犹豫着这个男孩值不值得托付，那么这条消息让她确认了，这个男孩值得托付。

奶奶欣慰地哄着哭个不停的孙女，瞥见周夜又发来一条消息：有事就跟我说，别想着会麻烦我，我人都已经过来了。奶奶在家我就不给你打电话了，怕老人家多想、担心。

奶奶看着消息，对周夜的好感倍升。她从字里行间可以看出他真的如孙女所说，有分寸、有担当、很细心。

"好了，别哭啦。"奶奶笑着轻轻拍了拍哭得上气不接下气的孙女，"人家都来了，挺担心你的。你下去看看吧，让人家也安心。"

哭红眼的笙歌听着奶奶的话，愣了一瞬，反应过来后慌忙从奶奶怀里抬起头，激动地试探着问道："奶奶，您……您让我下去找他，是……是什么意思？"

这是出于礼貌还是认可？

奶奶给笙歌擦擦眼泪，满眼笑意："去吧，这个男孩很好，你要跟人家好好处。还有最重要的一点，成绩不能落下啊。"

笙歌先是愣了一下，然后激动地捧着奶奶的脸亲了一口。她实在无法掩饰内心的喜悦之情："谢谢奶奶，奶奶您真好。"

奶奶笑着说："哎哟……小鬼头，好了好了，快把脸洗洗下楼去吧。"

笙歌顾不上洗脸，兴奋地跑了出去。满心焦灼地等在小区门口的周夜还在低头看着手机等待她的回复，甚至已经在心里盘算着怎么说服门卫让他进小区了。

"周夜！"

听到熟悉的声音，周夜慌忙地抬头，只见一抹倩影扑了上来，扑了他个满怀。

周夜急忙扶住她问："奶奶知道你出门了吗？"

"奶奶知道，就是奶奶让我下来找你的。"笙歌抓着他腰间的衣衫，开心得不得了，笑着仰起头看着他。

笙歌一仰起头，周夜就看到了她哭花的脸和哭肿的眼睛。他疾声问："怎么哭成这样？谁欺负你了？"随后心疼地说，"有我呢，别怕。"

笙歌看着周夜急切不安的样子，仰头笑着喊他："周夜。"

"嗯？"笙歌踮起脚笑着钩住他的脖子，趴在他的耳边欢喜地跟他说，"我跟奶奶说了我们在谈恋爱的事情。"

周夜听完浑身一僵，不安又急切地问："所以奶奶骂你了，是不是？"

笙歌喜笑颜开地对他说："没有没有，我这是喜极而泣，是开心的眼泪。因为奶奶同意了，很支持我，还夸你很好。"

周夜怕自己听错了，有些慌乱。

笙歌笑着继续说："周夜，奶奶同意我跟你在一块儿了。她很喜欢你，夸了你好多。"

"真……真的？"周夜神色紧张复杂，"笙笙，你别在这种事情上安慰我。"

"真的真的。"笙歌抱着周夜的腰，把下巴抵在他的胸腔上，一脸笑容，十分笃定地道，"不然我现在哪能跑下来见你？再说我什么时候骗过你呀？"

周夜看着笙歌眼神里的笃定之色，好像压在心里的一块大石头终于落下了。他内心窃喜但又不安地问："那奶奶知道我没有父母，没有……"

笙歌抬手轻轻捂住周夜的嘴巴："知道，什么都知道，我什么都跟奶奶说了，说了你对我的好，说了是我先喜欢你的，说了很多很多……"

"那……那奶奶有说什么吗？"周夜心底惴惴不安。

笙歌看着周夜，眸光似水。她笑着对他说："奶奶说'这个男孩很好，你要跟人家好好处'，还说……"

笙歌故意停顿了一下，凑到周夜耳边说："还说想要你这样的孙女婿。"

周夜几乎忘记自己是怎么离开小区的了，只记得如释重负，内心很是欣喜和激动。

程浩回到车行的时候，看到正在改装汽车的周夜，盯着一颗螺丝忽然笑了起来。

这是程浩认识周夜这么久以来，见他笑得最开心、最纯粹的一次，这笑容是他由心而发的，不带一丝负担和压抑。

程浩走过去打趣："怎么回事？瞧你笑得这不值钱的样。"

周夜弯着嘴角笑："我今天心情好，不跟你计较！"

自从周夜被认可之后，笙歌发现她与周夜对视的时候，他的眼神不再像以前那样阴沉沉的，眼睛里仿佛有了光亮。

学校里都在传周夜脾气彻底变好了，大家能看到周夜不再臭着一张脸，时不时还带着笑，像是变了一个人。

一天，体育老师把周夜喊了出去。

体育老师说："下周末有篮球赛，你去不去？不耽误上课。"

周夜直接问："赢了有奖金吗？"

如果没有奖金，他懒得浪费时间去参加篮球赛。

体育老师喜欢他的直接，笑着说："有。有两场比赛，你看你想去哪一场，一场在本地，一场在海城，去外地会有专车接送，不用你们掏钱。帝京的奖金高点，虽然海城的奖金低，但是赢了有电视采访，可以上电视。你考虑一下去哪里。"

周夜听完几乎没犹豫，直接回答："去海城。"

他想在海城上电视，这样他的宝贝就可以大大方方地把他正式介绍给奶奶了。他想让身上多点光环，让奶奶觉得他值得托付。在普通人的思想里，能上电视大概算是一种荣耀了吧？而他也可以趁此机会去笙子豪家里走一趟。

体育老师说："行，那就这么定了。我再挑几个人，提前让你们彼此熟悉熟悉。"

周夜回到教室时，远远就看到笙歌在追着程浩问什么。

"程浩，周夜是不是把他的摩托车卖了？"

笙歌好多天没看到周夜骑摩托车了，明明这两天天气挺好，也不冷。

"不……不知道。"程浩不敢多嘴，刚好看到周夜回来了，直接朝笙歌仰了仰下巴说，"喏，夜哥回来了，你直接问他呗。"

周夜坐下来，看着表情怪异的两人："问我什么？"

笙歌看了看周夜，直接问："你是不是把摩托车卖了？"

周夜知道瞒不住，云淡风轻地说："嗯。有车就骑不到那玩意了，不卖留着积灰啊？"

笙歌看着他云淡风轻的样子，心里沉甸甸的。他一定是买了车没钱了，可又不想让她担心。那她就不表现出对他的担心吧。

刚好上课铃响了，笙歌装作不在意的样子冲他笑笑，说："上课了，好好听课。马上要考试了，你总分若是比上次多一百分，我给你奖励。"

周夜听到有奖励，瞬间精神了，笑着凑过去小声问："什么奖励啊？"

笙歌大方地回了句："随你挑。"

"行，笙笙记得说话算话。"

中午放学，吃完午饭，笙歌在车里睡觉。此时周夜的手机突然响了起来，他急忙挂掉电话，但发现自己挂的竟是奶奶的电话，于是立马悄悄下了车重新拨了过去。

"是周夜吗？"

"奶奶，是我，您是有什么事吗？"

奶奶笑呵呵地说："这周末你有空吗？来家里吃饭啊，给你做好吃的。"

来家里吃饭？给你做好吃的？

周夜受宠若惊。虽然笙歌提前告诉他奶奶同意他们在一块儿了，可他切切实实地听到奶奶说要给他做好吃的后，激动和喜悦感似乎翻了好几倍。

周夜急忙回道："周末有空。"

奶奶说："好、好，那你平时都喜欢吃什么呀？"

周夜强压着喜悦之意，气定神闲地说："我不挑食，您随便做些就行。"

奶奶说："哪能随便呀？那我就自己看着做吧。先别告诉囡囡啊，到时候给她个惊喜。"

"好的，奶奶。"挂了电话后，周夜靠在车门上低头笑，正午的阳光都不如他的笑来得明媚耀眼。

周六，周夜告诉笙歌他周日有事，就不去找她了。

周日，笙歌起床洗漱好，穿着睡衣随意地扎了个丸子头，坐在书桌前打开电脑，搜索了一下各种摩托车的相关信息。她看得出来周夜很喜欢摩托车，为了给她买汽车才把摩托车给卖了。笙歌看着页面上价格不等的摩托车，翻着翻着，看到一辆超酷的摩托车，标价三万多。

笙歌看着电脑上的摩托车发起了呆。她想偷偷攒钱将它买来送给周夜，但奶奶不让她出去做兼职，比赛也不是时常有。她记得自己之前接触过一些公众号，可以在上面投稿赚稿费，于是就在网上搜索着，在本子上记下了几个知名度较大的公众号。

笙歌看了一眼静悄悄、没有新消息进来的手机，忽然有些不习惯，也不知道周夜那家伙在干吗。他都不给她发消息。她丧兮兮地叹了口气，把手机推到一边。

上午九点多的时候，奶奶已经在厨房准备菜品了。她的手机突然响了，是周夜打来的电话，奶奶接通后小声说："我现在下去给你开门啊。"

天蒙蒙亮的时候周夜就迫不及待地想要出门了，一直熬到现在才来笙歌家，怕来得太早打扰她们休息，又怕来得太迟她们觉得他不太礼貌，九点多来刚刚好。

"哎哟，怎么还买东西来？"奶奶把周夜接进小区，看着他手里提的礼品，严肃地说，"自己都还是学生，花这钱干什么？"

"就随便买了点，没花多少钱。"周夜礼貌地笑笑，"总不能空手来。"

奶奶轻叹了口气，也明白第一次正式登门不买点东西他自己心里也过意不去，只好说："只准买这一次啊，下次再买东西来，奶奶可就不给你开门了。"

周夜表面上先答应着，笑着说："行，下次不买了。"

进家门的时候，奶奶小声提醒说："囡囡在自己房间学习，我们小声点，先把东西拿进厨房。"

周夜开心地点头。他也想给她个惊喜。

两人把东西放在厨房后，奶奶指了指最里面的笙歌的房间说："她的房间在那儿，你过去看看。饭做好了我喊你们。"

周夜顺着奶奶指的方向看过去，内心已经激动得不行，但表面还是淡定谦和地跟奶奶说："那我先过去跟她打个招呼，再来厨房帮您。"

笙歌的房门是虚掩着的，因为她怕奶奶有事喊她，关上门听不见奶奶的声音。

笙歌很认真地在学习，周夜悄悄走进去，已经站在她的身后了，她却一点都没察觉到。笙歌的字写得很漂亮，人也很聪明，一想到如此优秀耀眼的小仙女是自己的女朋友了，且长辈认可他了，周夜就无比开心。

周夜静静地看了一会儿，弯唇笑着伸手去摸她的脸。

"哎！"忽然被摸了一下的笙歌受到惊吓而出声，扭头看到周夜，一脸难以置信，愣了好几秒才喊出声，"周……周夜？你怎么来的？"

周夜看出她眼里的惊喜之色，得意地笑："怎么，小朋友不欢迎啊？"

"欢迎欢迎。"笙歌喜笑颜开，立马站起身绕过椅子站到他面前，同时迅速看了一眼门外。见门外没有奶奶的身影，笙歌才急忙笑着凑近他，很小声地说："你来了怎么也不告诉我？也不给我发消息……"

笙歌抓着周夜的衣角晃了晃，声音更小了："我都想你了。"

平时周末，笙歌一睁眼就会收到他的消息，今天一条消息都没有收到。平时他发消息给她的时候她也没感觉有什么，突然一条消息都不发了，她就特别想念他。

周夜看着她撒娇的样子心里很开心，低头在她耳边小声说："我也想你，不提前和你说是因为奶奶说要给你惊喜。"周夜趁机在她的脸上亲了一口，继续说，"好了，我要去厨房帮奶奶，不能在你房间待太久，你接着学习吧。"

他虽然得到认可了，但是该有的分寸还是要有，不能让老人家觉得他不知礼节。

笙歌开心又激动地说："我也去厨房帮忙。"

原来奶奶偷偷给他打电话了，还喊他到家里来吃饭，笙歌欣喜地一路小跑着进厨房，抱着奶奶说："谢谢奶奶。奶奶，您真好。"

奶奶笑着轻轻拍了孙女一下说："作业写完啦？"

"还有一点……"笙歌本想说下午再写，话却被奶奶打断："去写完了再出来，厨房不要你们帮忙。"

周夜立马接话："你进去吧，我帮奶奶就行。"

笙歌看看奶奶又看看周夜。她不能让奶奶觉得周夜来了她就不学习了，只好说："好吧，那你们俩辛苦了，我写完作业就过来帮忙。"

厨房里，周夜帮着奶奶洗菜，奶奶很亲和地闲聊着说："囡囡都跟我说了你的情况，你也别给自己太大的心理压力，自己都还小，未来的路长着呢，慢慢来。囡囡的情况你也知道，她爸爸妈妈都走了，现在奶奶就觉得物质和经济没那么重要，但一定要有个好身体，好好地活着才是最重要的……"

奶奶看着周夜笑着说："哎呀……这一说就说多了。"

"不多，都是该说的。"周夜洗着土豆，看着奶奶说，"奶奶您接着说，我都听着。"

奶奶看看周夜，确实挺满意他，忍不住继续说着："奶奶年纪也大了，不能一直陪着囡囡。所以相比好的物质生活，奶奶真的希望你能照顾好自己的身体，陪着囡囡走到最后，别让她一个人孤单地活着。我这孙女啊，也是命苦，唉……"

周夜见奶奶叹气，急忙保证说："奶奶您放心，我一定会照顾好她的，这辈子都不会让她一个人孤单地活着，会永远陪着她。奶奶，您也会长命百岁的。"

奶奶欣慰地笑了："好孩子，也谢谢你，对我孙女那么好。"

周夜很真诚地说："奶奶说的哪里话？笙笙很优秀、很完美，是我高攀了。我该谢谢您不嫌弃我，愿意把孙女交给我。"

"嗐，不说这些了，"奶奶笑笑，摆摆手道，"说得气氛都变得压抑了。"

奶奶看了一眼手中的辣椒，用余光看了一眼周夜，故意说了句："中午做辣子鸡给你吃，多放点辣椒，比较入味。"

周夜扭头看着奶奶手里的辣椒，有些为难地微蹙眉心，犹豫了几秒才开口说："辣椒放多了笙笙吃了会不舒服吧？她不太能吃辣。"

奶奶佯装刚想起来的样子说："哦，对。我就想着你们男孩应该喜欢吃辣了。"

奶奶怎么会不知道自己孙女不太能吃辣？她只不过是想试试他知不知道孙女的喜好，想试试他知道的话在这种情况下是会主动说出来，还是闭口不提。试探结果很满意，奶奶心里乐开了花。

"你对我这孙女还挺了解啊。"奶奶故意又问，"那你还知道她有哪些喜好？"

周夜看出了奶奶是在考验他，淡定沉稳地跟奶奶说："她口味比较清淡，菜不能太辣也不能太咸；她还不喜欢吃香菜，不喜欢吃羊肉，说羊肉有味……"周夜一口气说了好多好多笙歌的喜好，从她不喜欢吃的到她爱吃的，说到最后，奶奶都笑得合不拢嘴了，觉得他比她这个奶奶都了解得细致。

写完作业走过来的笙歌听到奶奶发自内心的笑声，心里开心极了。看来周夜和奶奶相处得很融洽。

如果说上次自己来吃饭，周夜已经很开心，那这一次就是内心十分激动，像是在做梦。他上次是以笙歌同学的身份来的，这次是光明正大地以笙歌男朋友的身份来的，这让周夜感觉自己吃了这世上最温馨的一顿饭。

周一晚上，周夜被体育老师喊出教室。

"人挑齐了，但是楚奕也想当这次比赛的主力兼队长。本来我是定了你的，他想跟你公平竞争一下。你俩现在去篮球场单独打一场，半个小时，谁赢了谁就是主力兼队长。"

楚奕？周夜云淡风轻地应了句："行，我拿瓶水就过去。"

回到教室，周夜坐下来小声跟笙歌报备了一下："老师喊我去跟楚奕打一场球，半个小时后我就回来。"

"楚奕？"笙歌有些惊愕。

"嗯，是他。"周夜从桌洞里拿了瓶水，"没事，就正常打球，我一会儿就回来了。"

笙歌提醒着："那你小心点。"

周夜走后，程浩一脚踢在笙歌的椅子上，小声问："夜哥干吗去？"

身子向后靠在程浩的桌子上，笙歌悄悄说："体育老师喊他去跟楚奕打球，马上回来。"

"楚奕？"程浩纳闷出声，"跟他打什么球？"

笙歌说道："我也不知道，大概楚奕周末也跟你们一起去海城比赛吧，体育老师不是还挑了别的班的人？"

程浩依然不解："那也不对啊，干吗要单独打一场？楚奕是不是喜欢你来着？他该不会是故意挑战夜哥的吧？"

笙歌也想到了这一点，心里有些不放心地小声跟程浩说："我过去看看。"

程浩说："你别去，我过去。"

刚跑到篮球场，程浩就看到体育老师背着楚奕，周夜跟在旁边，三个人正在离开篮球场。

"这是什么情况？"程浩蒙了一瞬，赶忙追了过去。

体育老师背着楚奕，一脸着急地问："我就走开接了个电话，怎么就摔了？忍着点，马上到医务室了。"

楚奕没说话，只侧头看了一眼旁边跟着走的周夜。

程浩追了上来，拍了拍周夜的肩，问了句："这是什么情况？"

周夜回头见是程浩，云淡风轻地回了句："他不小心摔了。"

楚奕却接了句："我不是不小心摔的。"

周夜看了楚奕一眼，不以为意地"哦"了一声，心想：管你是不是不小心，关我什么事？

体育老师说："行了，先别说话了。"

一行人到了医务室，立马有医生过来处理楚奕的伤口。楚奕的辅导员闻讯也赶了过来，走到病床前神色紧张地问："怎么这么不小心，摔得严重吗？"

"老师，我不是不小心摔的。"楚奕疼得皱眉，看着匆匆赶来的辅导员说。

辅导员气喘吁吁地急忙问："那是怎么回事？"

楚奕看着辅导员的眼睛，突然望向周夜，语调坚定地说："是周夜故意推的。"

此话一出，旁边一直双手插兜，脸上一副事不关己表情的周夜顿时瞪大了眼睛，冷嗤："你说什么？我推你？你有被害妄想症吧？"

楚奕一口咬定说："当时篮球场上就我们两个人，你还想耍赖吗？难不成还是我自己好端端地摔倒的？我知道你想出风头，想当主力、当队长，但是你这手段未免太阴了！趁体育老师走开打电话的空当就要阴招，幸好我的伤不严重，否则你就等着承担责任吧。"

周夜听了觉得可笑，一脸嘲讽地说："楚奕，我要是想对你动手，你现在还能在医务室里搬弄是非？"

一旁的程浩很护短，冲楚奕说："楚奕，你可别血口喷人啊，凡事要讲个证据。但凡是个有脑子的人都不会在那种情况下动手，是你傻，还是你当别人傻？"

程浩说完，怕周夜等会儿爹毛做点什么事他拦不住，立马偷偷摸摸地给笙歌发了条消息。

两人各执一词，体育老师看了看楚奕又看了看周夜，不知为什么，认为周夜干不出这事。可楚奕的辅导员偏向楚奕，指责周夜道："你是不是平时打架打多了，打球中遇到点小摩擦就控制不住动起了手？"

周夜想着笙歌的话，努力压着火不冲撞老师，冷静地跟楚奕的辅导员说明情况："他是跑的时候自己摔倒，然后滑了一点距离，腿磕到了篮球架上。我没推他！"

"明明就是你推的。"楚奕厉声指责，"你要是个男人就自己承认。"

此时，医务室里其他的学生和看护的人都一脸好奇地看着这边。楚奕在学校的形象一直很好，而最近大家也对周夜改观了很多，但如此一对比，大家还是不约而同地站在了楚奕那边。

"楚奕不会说假话吧？他家教那么严。"

"我也觉得楚奕不会说假话，倒是周夜的脾气向来火暴，该不会是当时他们发生了什么口角，周夜就动手了吧？"

"这个楚奕之前在食堂给笙歌递过情书，周夜不会是因此怀恨在心吧？但是楚奕当时很体面地走了，也并没有纠缠她啊。"

"果然，一个人骨子里的性格太难改了，这叫什么？江山易改，本性难移。大家还都在传周夜变好了，一个人的性格哪有那么容易就变了？"

…………

周夜听着周围的议论声，捏紧了拳。所有人都觉得是他的问题，好像楚奕天生就是好的，而他天生骨子里就坏。

程浩看周夜眼神逐渐变得阴鸷，吓得慌忙拍了一下他的肩膀，小声提醒了句："冷静、冷静。"

周夜并没有发火，而是冷静地看向体育老师问："篮球场上有摄像头吗？"

体育老师为难地说："没有。"

周夜正要再开口，忽然听见人群外传来一个熟悉的女声："麻烦让一下，谢谢。"

周夜一扭头就看到匆匆忙忙赶来的笙歌站到了他面前。看到她的那一刻，他是有些紧张的。因为这事解释不清，他怕她也觉得是他动的手，有些着急地问："你怎么来了？"

笙歌回道："怕你被冤枉。"

楚奕看到赶来的笙歌直接站到了周夜身边，她说的话更是让他心生不甘，于是他急忙喊道："我没冤枉他！"

程浩已经发消息简洁明了地和笙歌说了情况，笙歌看向楚奕腿上包扎好的伤口。

"笙歌也来了，直接站到了周夜身边，是因为相信他吗？"

"肯定是啊，不过能喜欢周夜这样的人，大概也是臭味相投吧。"

"物以类聚，人以群分啊。"

…………

周围议论声不断，简直就像一把把刀子插在周夜心上。他不在乎别人怎么议论自己，可一直怕因为自己而让笙歌站在被恶意揣测的风口浪尖上。他冷眼扫向人群，让那些人闭嘴，同时妥协般地看向楚奕："行，就当是我动的手，你想怎么处理？"

楚奕一听，急忙开口道："我也不想怎么样，这种故意伤人的情况学校一般都会进行处分，现在你道个歉就行了。"

周夜只想把笙歌带走，不让她听到议论声，不让她处在议论中，所以他虽然满心不甘，但还是对楚奕说了句："那就处分吧。"说着他直接拉着笙歌的衣袖转身要离开这里。

"处分什么？"笙歌反手拉着他的衣角不让他走，抬头看着他，目光坚定地说，"又不是你做的。"

周夜愣了一下，程浩急忙附和着："对啊，又不是你做的。"

程浩觉得今天的周夜很反常。他竟然认了不是自己做的事！

笙歌看向楚奕问："你说是周夜推的你，那你说说当时他是怎么推的？"

楚奕心虚得僵了一下，开始胡编："当时我在运球，他想拦截，几次没成功就恼羞成怒了，要了阴招。"

"行，就当你说的是真的，"笙歌不紧不慢地又问，"那请问周夜是从哪个方向推的你？前面还是后面？左边或者右边？"

楚奕强作镇定地说："他偷袭当然是从后面推的我。"

笙歌听完忽然笑了起来，说："从后面推？那按照你说的，当时周夜恼羞成怒，应该使了很大的力推你，他推了你之后，按照惯性你大概是整个人往前倒下去，那应该是摔着膝盖或者胳膊，甚至可能是脸。可你的腿伤是在小腿的胫骨处，你怎么摔也不该摔到那里吧？再按照你的说法，在运球中被周夜推倒摔伤，那腿上应该是擦伤，可周夜说你是腿撞在球架上弄伤的。撞伤和擦伤我想医生也是可以分辨出来的，就算是被推倒后你因为惯性撞到篮球架，那也该是头被撞伤，怎么会伤到腿？"

笙歌生气地瞪着楚奕："你根本就是在撒谎、污蔑人！"

周夜听得双眸逐渐睁大，只觉得他家小朋友好聪明。程浩也是震惊得偷偷给笙歌竖了个拇指。

楚奕蒙了好几秒。他没想到这种情况下笙歌还是愿意相信周夜，甚至为周夜努力辩解证明清白。现在她说得头头是道，他若再辩解，怕是会彻底露馅，自取其辱。

楚奕急忙改口说："算了，我不计较此事了，你们走吧。"

笙歌很不高兴地说："现在是你不计较，我们要计较。你污蔑人就想这么算了？"

笙歌上前一步，义正词严地说："你要给周夜道歉！"

笙歌说完还看向楚奕的辅导员，心平气和地说："常老师，我说得不过分吧？刚才楚奕让周夜道歉，是因为您认为周夜有错，默许了。现在周夜没错，是楚奕的错，您也会默许的吧？"

楚奕的辅导员有心护短，极力地想替自己班的学生辩解，说："这位同学，你分析和猜测的情况是有可能的，但是意外发生的时候是有很多不确定因素的，况且现在楚奕身上确实有伤，他总不能是自己故意摔的吧？再说我带了楚奕几年，他的品性我很了解，他不是那种搬弄是非的孩子……"

"常老师，你说这话就不太合适了吧？"体育老师笑呵呵地插话说，"这孩子犯错也不是什么大不了的事情，谁家孩子不犯错啊？但是你这么区别对待不太好吧？得一视同仁、实事求是才对。"

当体育老师为周夜说话时，楚奕的辅导员有些诧异，一时语塞，最后只能无奈地道："那总要讲证据不是？如果有人看到真的是楚奕自己不小心摔了，那行，我一定让他写检讨书并给周夜道歉。"

周夜听到这个辅导员说话就头疼，不耐烦地直接怼道："那篮球场上都没其他人，老师这是看准了无人对证吗？"

"谁说没人？"忽然，人群外传来一个声音，所有人循声望去，竟然是谢礼。他走了过来，边走边说："真是不巧，我当时瞎溜达到篮球场，刚好看到楚奕自己摔了，摔倒的时候周夜还离他好几步远，他的腿是磕到篮球架上伤的。我当时也没多想，就以为他是自己跑摔了，反正也不关我的事，我就走了。没想到刚才在路上听说医务室这里在闹矛盾，楚奕说周夜把他推了，简直笑死……"

谢礼说着真的笑了起来，不可思议地说："原来好学生说起谎来也是张口就来啊？常老师，楚奕是您班的代表吧？也不过如此啊。"

谢礼说完，周夜、笙歌还有程浩全惊呆了，他们没想到会是谢礼过来救场。尤其是笙歌，她觉得很是不可思议。在她的印象里，谢礼不是什么好人，还总爱跟周夜对着干，此举真是让她改变了以前对他的认知。

程浩一听，立马趁热打铁地催促道："常老师，这人证来了，您刚才怎么说来着？有人证明就行，现在没问题了吧？"

本就偏向周夜的体育老师立马大声冲医务室的其他学生喊了一声："好了，现在真相大白了，楚奕是自己不小心摔的，此事跟周夜无关，大家别议论了。"

楚奕恼羞成怒地看着周夜冷声道："就算我今天要道歉，你周夜也要受罚。你跟笙歌在……"

"我跟笙歌同学怎么了？"周夜立马打断楚奕的话，双眸冷冷地凝视着楚奕，眼藏威胁，"把舌头捋直了好好说话，别又胡说八道。"

体育老师再次及时开口提醒楚奕，说："男人要坦荡磊落，犯错没什么大不了，改了就好，别错了又错啊。"

一旁脸色难堪的辅导员一脸没辙地看向楚奕说："错了就要承担后果，先给周夜道歉。"

楚奕不情不愿地跟周夜道歉："对不起。"

周夜懒洋洋地抬起眼皮："跟谁道歉呢？"

楚奕感觉周夜是有意刁难他，气恼万分地瞪了一眼周夜，慢吞吞地开口说："周夜，对不起，我不该冤枉你。"

周夜看着他，懒得跟他一般见识，面无表情又兴致缺缺地应了声："嗯，我大人不记小人过。"

楚奕恨得把拳头捏得咯吱响。他依然不甘心地看着笙歌说："你就这么相信他吗？"

笙歌毫不犹豫地说："当然信他，周夜他敢做就敢当。"

笙歌看着楚奕，失望地说："楚奕，我曾经以为你是个坦荡磊落甚至挺绅士的人，今天你真是让我大开眼界。"

她也检讨自己，不该以有色眼镜看人，觉得楚奕绅士、谢礼不好。现在她才发现，成绩只能代表一个人在学习上优不优秀，与一个人的品性无关。

这一刻，不仅是笙歌，医务室里的其他人也都对楚奕的行为感到震惊，毕竟往日的楚奕真的是仪表堂堂、绅士礼貌的。

最后，笙歌不甘心中带着点小孩子气地对楚奕说："你说周夜对你动手，你有没有想过，他若是真对你动了手，你现在就不会是在医务室里清醒地冤枉他？"

她这话怎么跟周夜刚才说的一样？程浩一脸震惊地看着周夜调侃着："你俩这台词是对好的啊？"

周夜也感到震惊，但不忘嘚瑟着回了句："没有，就是心有灵犀罢了。"

出了医务室，笙歌不高兴地望着周夜开始秋后算账："你刚才干吗那么轻易就妥协了？又不是你做的。"

周夜见笙歌板着小脸，瞬间就慌了，急忙解释："我当时就想着赶紧把你带走，那些议论声我听着烦，反正我又不是没被处分过。"

"那不一样，你妥协了别人更会议论。"笙歌纠正他的想法说，"你妥协了别人就会议论你，议论你就是议论我。你不想让别人议论我，就应该证明这事不是你做的。"

"这事我也没想就这么算了。"周夜低头看着笙歌解释说，"我是想着先把你送回去，再自己处理。我不想让你在那儿听那些污言秽语。"

"可是你当时如果出了医务室，再想证明清白就难了。"笙歌一脸严肃地看着周夜说，"你以后不准这样，不准因为我就随便把罪名揽到自己身上，任何事都不行，我不怕被人议论，谁也别想冤枉你。"

周夜见笙歌不高兴，立马道歉道："行，我错了，以后保证不这样了。"

他也觉得自己越来越不像自己了，换作以前，他一定不会认。可当时听到那些人往笙歌身上泼脏水，他什么想法都没有了，就只想着先把她带走。

"我没有让你道歉。"笙歌叹了口气说，"我就是想告诉你，我不是你的软肋，我可以是铠甲，你别为了我做任何妥协。未来日子那么长呢，如果你每一次都这样，以后别人都会拿我来要挟你。我胆子没那么小，也不怕那些，不管什么事，我都可以和你一起面对。"

笙歌抬头看着周夜："你听到没？"

"听到了，下不为例。"周夜默默叹气。他就是不想把她带进任何一场是非中，只想给她永远岁月静好的安宁生活。

周末，体育老师带队去了海城，周夜出发前怕笙歌还没起床，只给她发了条消息。

比赛上午九点半开始，有网络直播，海城当地的电视台也会进行报道。

笙歌九点钟的时候就拉着奶奶说："奶奶先别忙了，周夜的比赛马上就要开始了，快点坐在沙发上等着。"

奶奶看着孙女激动的样子，慈爱地笑了："哎哟，这还有半个小时呢。"

她虽然这么说，但还是跟着孙女坐到沙发上开始等待比赛了。

笙歌毫不掩饰地对奶奶说："周夜打篮球可帅了，说不定还会有赛前采访什么的。我先找一下直播入口，奶奶，您等着啊。"

直到九点二十分直播才开始，运动员不是什么明星或网红，活动也不算盛大，所以知道的人并不多。

没有赛前采访，笙歌已经看到现场运动员进场了。

他们这边的人统一穿着赞助商赞助的蓝白色篮球服，戴着标有赞助商标志的蓝色发带，周夜是 1 号，程浩是 2 号。

此刻，体育老师正在跟大家做赛前心理疏导，周夜瞟了一眼摄像头，知道笙歌一定在看，情不自禁地就冲着镜头轻笑了一下。

这一瞬间，奶奶扭头看向自家孙女，发现小姑娘耳尖都红了。奶奶看透不说透，笑了起来："周夜在人群中还挺显眼，清清爽爽的。"

笙歌一脸骄傲地说："等会儿比赛开始，奶奶您仔细看他，他打起篮球来更显眼，您到时候都不会看别人。"

奶奶笑着说："是是是。哎哟，小姑娘被迷了心喽！"

笙歌被奶奶说得有些害羞地低下了头，感觉自己确实太激动了。

第九章

甜蜜

　　周夜奔着胜利而来，赛场上全程以团队为主，他努力进球得分之余极力配合着所有队员。

　　坐在电视前的笙歌悄悄观察着奶奶的反应，好几次都看到奶奶的嘴角笑弯了。周夜每进一个球，奶奶都会乐呵呵地向后仰，然后夸上一句："真不错，真不错！"

　　一场球赛下来，笙歌觉着奶奶似乎更喜欢周夜了。她也开心得合不拢嘴，还拿着手机拍下了好几段他打篮球的片段。

　　最后，周夜队以高出对方九分的成绩获胜，赛后周夜作为队长接受采访，说了些体育老师提前交代好的感言。只有记者的最后一个问题——"在赛场上，你的表现十分优异，请问是有什么信念在支撑着你吗？"，是周夜自己全凭本心回答的。他看着镜头，带着胜利者的骄傲，微抬下巴，嘴角微弯地说："想为她争光，想为学校争光。"

　　这一幕被人传到了网上。周夜穿着蓝白色球服，戴着发带，发梢还有运动后的汗珠，整个人阳光恣肆又染着满满的荷尔蒙。他微抬下巴，张狂且骄傲地诉说着要为那个她争光。视频经转发，点击量分分钟破万。

网友们纷纷在视频下留言：

网友 A：我的天，无意间看到的视频，我出不去了怎么办？

网友 B：这男的很吸引人啊。

网友 C：快给我调查一下，这是哪个学校的人。

网友 D：有人上传了比赛视频，更帅气！快去看。

网友 E：从比赛视频上可以看到，他好像是帝京学院的。

…………

相比网上的热闹，周夜本人下了赛场就平静很多，他们会搭下午三点半的车回帝京。

周夜跟体育老师说："老师，我有点事先离开一下。三点半之前我会赶到集合点，跟大家一起回去。"

体育老师本就有意多留点时间给他们玩一玩，所以直接答应了："行，看着时间玩啊。一定要注意安全，你们中任何人出了事可都是我的责任啊。"

周夜保证道："放心吧，不给您惹麻烦。"

周夜出了赛场，一起跟出来的程浩问："准备干吗去？"

周夜拦了辆出租车，说："去笙子豪家取个东西。"

程浩跟着坐进车里："取什么啊？"

周夜说："笙笙的一个奖杯，那上面镶着一块纯金。她们在海城的时候奖杯被那一家子抢去了，我去要回来。那是笙笙妈妈生前最后一次带她去跳舞赢的奖杯，她一直挂念着。那会儿警察来时，那一家子咬死说没见过那奖杯，后面就不了了之了。"

程浩愤愤不平地说："这一家子还真是禽兽，对自己的亲娘和侄女都能干出这么狠的事情！那你知道笙子豪家住哪里吗？"

周夜说："知道。平时故意跟笙笙闲聊问出来的——他们住一个小区，刚好住楼上楼下。"

周夜说着，忽然笑了起来："小姑娘傻兮兮的，问什么都跟我说，被套话了也不知道。"

程浩一脸不赞同地说："可拉倒吧。她傻吗？我一点也不觉得。我觉得笙歌可聪明了，也就你天天觉得她傻。她套我话的时候，那可是一套一个准！"

周夜听了嗤笑一声，一脸同情地看向程浩："那你更傻！"

程浩："对对对，就你俩聪明。我天天吃'狗粮'就算了，智商还被碾压。"

周夜看了看苦兮兮的程浩，无情地笑着，脑子里却蹦出了笙歌曾经对他说过的话："我就只是对你没防备，对其他人我可警惕了。"

周夜想着想着，嘴角的笑意更浓了。

笙歌真的是无条件地信任他啊！

出租车司机把两人送到目的地。

周夜一下车就看到路边停了一辆车牌号很熟悉的黑色车。他下意识地看过去，透过那边半降的车窗看到了个熟悉的身影，季云潇正坐在后座闭目养神。

季云潇出现在笙歌曾经居住的小区，他可不相信只是巧合。

"夜哥，看什么呢？"程浩拍了周夜一下，问道。

"你在这儿等着。"

周夜朝程浩丢下一句话就朝黑色车走过去，然而在距离车还剩一米远左右的时候被从车上下来的一名黑衣保镖伸手拦住。

此时，季云潇的助理兼司机从小区里走了出来，一看到被拦住的周夜，就客气地喊了声："夜少爷。"

助理快步走到车窗处，对车里的季云潇喊了声："季总。"

听到声音的季云潇气定神闲地睁开眼扭头看向车窗外，目光落在周夜的身上。他朝保镖递了个眼神，保镖立马收起阻拦的手退到一边。季云潇下车走到周夜面前，开口说："我出现在这里没有恶意，只是想多了解一下那个女孩，这里是她的老家。"

"你来这里干什么？你凭什么打探她的事情？"周夜不悦地看向季云潇，"我管你有没有恶意，你没有权利去打探她的事情。"

"我只是想多了解一下你现在的生活和身边的人。"季云潇淡定地看着周夜说，"就算我打探了，也不会做任何事。你身上始终流着我的血，我理应要关心你。"

周夜觉得可笑："关心我？我小时候多少次快活不下去的时候，也没见过谁过来关心我，现在你跑出来要关心我了？"

"到底要我怎么样你才肯认我这个父亲？"季云潇有些痛心地叹气，"那个女孩无父无母，上学都是靠国家补助，现在在帝京住的房子也是租的，而你经济能力也很有限，难道你想让她一直过这样拮据的日子吗？我也问过老师你的成绩，你确实进步不少，但是想要有好的未来，很难。只要你接受我这个父亲就可以直接改变你的现状，可以让生活发生翻天覆地的变化。"

任何人这样提起笙歌，总能在周夜的心上刺一下，尤其季云潇的话更像是一把带刺的刀，插在他的心脏上，让他深感窒息。

"我会让她过上好日子的。"周夜的气焰明显不足，他微抬着下巴看着季云潇，"但我不管过得如何，都不想跟季总你有任何关系。我知道你有权有势，可我不稀罕，更不想攀附。如果你真的还挂念我们之间那一丝关系，就请不要再来骚扰我和我身边的人。否则，她们祖孙俩受到任何骚扰，不管你有多大权势，我豁出命也不会让你好过。"

车里，助理不理解地问："季总，想认回夜少爷感觉会很难，他太倔了。"

季云潇把玩着拇指上的帝王绿戒指，气定神闲地开口说："他会认的。他心气高、野心大，又很激进，为了那个女孩，他会来找我的。笙子豪一家派人多钉着点。"

"明白。"

程浩跟着周夜进了小区才开口问："刚才那是季云潇吧？"

周夜笑着自我调侃："嗯，是他，来打击我的。"

程浩看了周夜一眼，揽上他的肩说："别死气沉沉的，咱现在不是过得比以前好多了？再说你现在身边还多了个小仙女，多好啊。"

周夜看着程浩，眉心舒展了些。是啊，他现在多了个小宝贝。

两人出了电梯，周夜看着门牌一个个找过去，找到笙子豪家那户的时候直接抬手开始拍门，拍了两声就听到里面传来声音："来了来了，哪位啊？"

笙子豪的妈妈慌慌忙忙地跑过来开门，然而一打开门，看到是周夜，顿时吓得忙不迭地关门。

周夜见状迅速抬手撑着门不准她关，嘴里厉声道："看到我这么不欢迎啊？"

笙子豪的妈妈见关不上门，只好乖乖打开门，苦笑着说："哪有哪有？一时眼拙认错人了。你……你怎么知道我们住这儿？"

周夜不耐烦地说："懒得跟你废话。笙歌有一个奖杯在你们这儿，赶紧拿出来，我赶时间！"

周夜故意吓唬道："别耍花招，我是带着证据来的，再给你们次机会。"

此时里面传来笙子豪的爸爸的声音："外面是谁啊？"

笙子豪的妈妈哆哆嗦嗦地回道："是周……周夜。"

话音刚落，周夜明显听到里面传来男人喝水被呛到的声音，接着就是一阵慌忙赶来的脚步声和讨好奉承的声音："是周同学啊，快进来、快进来，你叔叔刚刚走。"

"我叔叔？"周夜一脸蒙。难道是季云潇？

"啊……是的。"笙子豪的爸爸胆战心惊地说，"说是季家的人，让我们别再打扰笙歌祖孙俩。"

周夜内心狐疑，但在笙子豪爸妈面前没有表现出来，表情淡定地说："那你们最好是乖乖听话，快去把笙歌的奖杯拿给我。"

周夜厉声催促："快点！"

"好好好，这就去拿、这就去拿。小伙子别动气啊，我这就去给你拿奖杯。"笙子豪的爸爸明显被他吓到了。

周夜看着笙子豪的爸爸这副胆战心惊的样子，内心有些困惑，直到笙子豪的爸爸把奖杯拿来递到他手里，哆嗦着说了句："原来你是季氏的人，之前有眼无珠啊。以后有机会能不能提拔提拔我们家子豪啊？他真的改过自新了。"

周夜已经猜到了什么，丢下一句："看你们以后的表现能不能让我心情好点。"

笙子豪的爸爸忙说："一定一定，他以后一定好好做人。"

周夜确认了手里的奖杯没问题后才离开小区，纳闷了一路的程浩忍不住问道："刚才该不会是那个助理过来跟笙家的人说了什么警告的话吧？他们怎么被吓成那样？"

周夜道："多半是。"

"那……"程浩犹豫了一下，看着周夜说，"看这情况，季总或许真的是想认回你。他也算是帮你了。"

周夜对程浩说："我始终觉得季云潇一定在盘算什么。小时候，我舅妈知道季云潇是我爸的时候，想趁机去找他讹点钱。那时候舅妈是想方设法地托人找过季云潇说我是他儿子这件事的，可季云潇没搭理，没搞到钱的舅妈甚至把气撒在我身上，从那之后打我打得更狠了。所以他早知道我的存在，可是现在才过来认。"

程浩说："那就不管他了。现在我们往集合点去吧。"

"我去买点海城糕点带回去给笙笙。"周夜说着就拦了辆出租车，"她挺喜欢吃那些的。"

回程的路上，周夜坐在靠窗的位置，看向窗外，脑子里回想着季云潇说的那些话。虽然周夜很不待见季云潇，可他说的也算事实，自己要尽快改变笙笙现在这种拮据的生活状态才行。

周夜低头看着手中的糕点盒子，神色黯然。他什么时候才能让她想吃什么就吃什么、想什么时候吃就什么时候吃呢？

周夜下了高铁，跟体育老师和同学们告别后立马快速往出站口跑。程浩在后面追："你跑这么快干什么？"

周夜毫不掩饰地说："想她了，我去见见她。"

程浩：……

周夜不想让笙歌跑过来接他，所以没告诉笙歌他几点下车。他一路跑出出站口，继续往路边跑，要拦出租车时，忽然听到人群中有人喊他："周夜！"

周夜突然回头循声望去，竟看到了那个让他想得发疯的身影。笙歌站在人群里冲他笑，出站口人多，她在拥挤的人群里朝他跑来，晚霞的余光洒在她的身上，令她明艳动人。

周夜看呆了一秒，迅速转身朝她跑去，把人从人群中带出来。

"你怎么来了？"周夜紧紧牵着她，"出站口这么多人，挤着没？等多久了？"

"没有。"笙歌冲他笑得甜蜜，"哪有那么娇气啊？"

笙歌轻轻往周夜身上靠，踮脚凑到他耳边轻声说："好想你，就跑来了。"

　　周夜低头看着轻轻靠上来的笙歌，耳畔萦绕的都是她温软的声音。他好想亲她一口，奈何路上人多，他只能看着她笑着低声回了句："我也想你，都想疯了。"

　　笙歌开心地笑，看到他手里提着东西想要替他分担点："怎么提了这么多东西？给我拿点。"

　　"我自己提着。"周夜直接把手里的东西拿到身后说，"给你和奶奶带了点海城特产回来，你们来到帝京，好久没吃过了吧？"

　　笙歌微愣了一下，他去比赛还想着给她带好吃的家乡特产。她满眼动容地看着周夜说："谢谢阿夜时刻都惦记着我。"

　　"傻乎乎的，这不是应该的吗？"周夜笑着抬手摸了摸她的头说，"自家小朋友我总要时刻惦记着的。"

　　周夜说着回头朝人群中看去："这程浩人哪儿去了？动作真慢！"

　　"在这儿呢，谁慢了？"程浩的声音从周夜后面几步远的位置传来，"我是懒得看你俩在那儿亲热，所以躲远点，怕吃'狗粮'撑着自己！"

　　最后在笙歌的邀约下，程浩也一起回家吃饭。

　　三个人赶到家的时候，奶奶正端着糖醋排骨从厨房里出来。看到他们回来，她笑着打招呼："哟，孩子们都到啦。"

　　听到"孩子们"，周夜愣了一下。从他有记忆开始，他似乎就没听到过有人这么慈祥地喊他孩子。他的小宝贝不仅让他感受到了恋人之间的温暖，更填补了他缺失的亲情。程浩听到这句"孩子们"，也愣怔了几秒，一瞬间，他想到了自己过世的妈妈。

　　奶奶把糖醋排骨放到餐桌上，把手在围裙上擦了擦，笑盈盈地看着程浩说："你就是程浩吧？你跟周夜今天真棒，奶奶做点好吃的给你们庆祝庆祝……"说着就看到了两个男孩手上提着的礼盒，她顿时佯装严肃地说，"怎么又提东西来了呢？自己还是孩子，用不着讲究那些礼节。"

　　一顿饭，两个男孩子都觉得温馨极了。

　　两人刚上出租车，周夜就收到了笙歌的消息。

笙歌：你走远了吗？你有个盒子落这儿了。

周夜回复道：不是我的，那是笙笙的东西，物归原主。

他去她家的时候只提了两件东西，糕点盒子和装着她奖杯的盒子，他当时找了一个礼品店包装了一下奖杯。

笙歌看着这个包装精致的盒子，困惑地看了一番，嘀咕着："我的东西？我哪有东西留在他那儿？"

正准备打开，笙歌又收到一条新消息。

周夜：我确实也有东西落在你那儿了。

笙歌：落什么了？

周夜低头看着手机，笑着打出几个字：魂丢宝贝那儿了。我从在车站见到你开始就想亲一口，到现在走了也没机会亲上。

笙歌看着消息，既羞涩又开心，缓了几秒才回他：明早给你补上。

周夜看着消息弯唇笑了：那明早见面宝贝主动亲我，晚上早点睡。

笙歌放下手机，拆着那个精致的盒子，每拆一下心中的好奇感就增加一分。直到完全拆开，笙歌愣住了："奖杯？"

熟悉感扑面而来，笙歌迅速伸手把东西捧出来，满脸惊讶之色："我……我的奖杯？"笙歌难以置信地急忙把奖杯翻过来，看底座下自己的名字——笙歌。笙歌看着奖杯，内心百感交集。他去了趟海城，不仅给她带来了特产，还把她的奖杯拿回来了。

她记得自己就只是在闲聊时说给他听过奖杯的事，而他竟然不仅记着，还帮她拿了回来。她惊喜之余，心陡然一颤。大伯连自己的亲生母亲都能下得去手，那周夜是怎么把奖杯拿回来的？他有没有因此受伤或受欺负啊？

笙歌不放心地立马放下奖杯拿起手机给周夜打了个电话。

接起电话的周夜吊儿郎当地笑着开口："小朋友这么快就想我了啊？"

"是呀，想你了。"笙歌也不否认，接着说，"我看到了你给我拿回来的奖杯，你怎么拿回来的？"

笙歌心急地问："你怎么拿回来的？他们欺负你没？大伯他们坏得很，对奶奶都下得去手，你干吗冒险过去拿奖杯？奖杯一点都不重要。"

"什么重要不重要？那是你的东西，拿回来天经地义。"周夜安抚着说，"放心，谁能欺负我啊？刚好比赛结束，我们一队人就去他们家走了一趟。你大伯一看人多就怕了。加上之前听你说他们家在公安局有案底，我就吓唬了他们一通，他们就给了。"

"真的这么容易就拿到了奖杯吗？"笙歌不放心地问，"你没受伤吧？"

周夜说："真的就是这么容易。那一家子你又不是不知道，都是欺软怕硬的主，也就欺负你跟奶奶，换其他人，他们就怕了。别担心了，我做事你放心。"

笙歌狐疑着说："你别骗我。"

周夜哄着说："哪敢骗你啊？行了，别乱想了，我做事笙笙不放心吗？"

"放心。"笙歌还是叮嘱了一句，"大伯一家很阴险的，你以后不要去接触他们家的人。现在他们知道你的存在了，你以后也要多小心点。"

"行，我知道，会很小心的。"周夜叹了口气说，"我把奖杯拿回来是想让你开心的，不是让你担心的。"

笙歌长舒了口气，露了抹笑说："我很开心，谢谢你记得我说的每一句话。"

听到她笑，周夜松了口气。

十二月中旬，寒气逼人，周夜给笙歌买了暖手宝，这样她写字的时候不至于把手冻得僵硬。

考试成绩出来之前，周夜提醒笙歌："笙笙还记得自己说过的如果我这次考试进步，奖励随我挑的事吧？"

"当然记得。"

"宝贝记得就好。"。

成绩出来后，程浩伸着头问周夜："夜哥，及格了不？"

有一门不及格的周夜没好气地睨了程浩一眼。

笙歌看了看一脸沮丧的周夜，安抚着说："有好几门的成绩都比上次高了很多很多。"

周夜用手拍了拍程浩的桌子，仰着下巴说："听见没，我厉害吗？"

"厉害厉害，真厉害！"

笙歌：……

周末午饭后，刚收拾完碗碟的笙歌接到周夜的电话。

周夜开口就说："想你了。能出来吗？"

笙歌说："能出去。刚吃完饭，奶奶说我可以出去玩会儿，不过天黑之前要回来。我现在去找你，你在哪里呀？"

"我在你家小区楼下。"周夜叮嘱道，"外面冷，出门多穿点衣服。"

"好，那我现在下楼。"

笙歌跟奶奶打了声招呼出了门，走出小区门口就看到了等在寒风中的周夜。这么冷的天，他只穿了件白色的短款棉服，而且棉服看着不太厚实也不保暖。他下面穿着一条黑色工装裤，踩着一双黑色马丁靴。他这样穿帅是帅，可看着好不暖和。

笙歌走到周夜面前，眉心微皱："你冷不冷啊？"

"不冷。"周夜从棉服口袋中掏出一个烤红薯递到笙歌手里，"给你带了烤红薯。"

"好香啊！"笙歌笑着闻了闻红薯，然后问他，"你午饭吃了吗？"

"吃了。"周夜牵着笙歌的手把她扯进怀里，低头笑着问，"想我没？"

笙歌也不掩饰，笑着冲他说："想了。"

可对上他视线的时候，她感觉他好疲惫，眼有些泛红，他像是没睡好。

"你昨晚没睡好吗？"

周夜没有回答她，而是笑着转移话题说："走了，带你去个地方。"

周夜牵着笙歌往路边走着，拦了辆出租车。

"你的车呢？"坐进出租车里的笙歌好奇地问道。

周夜给司机指了路，回答说："今天不太想开，就没开来。"

他哪里是不太想开？完全就是昨天放学到现在一直在车行，都没合过眼，回去洗了澡换了衣服就来找她了。他是怕自己这个状态开车载着她出事故。

笙歌听着周夜的话，看着他眼底的疲意，不太相信他的话。他是不是又一夜没睡？但在车上，她也没多问。

下了车，笙歌发现自己来到了酒店。她困惑地仰头问周夜："我们来这儿干吗？"

"笙笙不是说我这次考试进步，奖励随我挑的吗？"

周夜看着一脸困惑的笙歌，不正经地笑着说："我想要的奖励就是来这儿。"

笙歌愣了一下。难道他真的是一夜没睡来补觉的？

在笙歌出神之际，周夜已经牵着她进了酒店。一进到房间，笙歌就开口问他："你昨晚是不是一夜没睡？"

周夜没有隐瞒，如实回道："嗯……没来得及睡，所以想补一觉。"

笙歌看着他问："是在车行工作吗？"

周夜轻轻应着："嗯。"

笙歌没再说什么心疼他的话，只语调轻柔地问："雇主催得很急啊？这么赶。"

"是啊，催得急。"周夜把笙歌当成抱枕紧紧抱在怀里。

笙歌看看他，忍不住问："你工作累不累呀？"

周夜说："不累，平时不会这样赶时间，所以笙笙不用担心我会累着。"

笙歌看着周夜。工作哪有不累的呢？他只是不想让她担心心疼罢了。她也不再追问，搂上他的腰亲昵地对他说："你要顾着自己的身体，别太辛苦了。"

"好，我会的。"现在的他一点也不觉得辛苦，只想快点赚够钱，买了房子娶她。

笙歌不再说话，安安静静地给周夜当抱枕。

房间里渐渐安静下来，静得落针可闻。笙歌以为周夜已经睡着了，却听到耳边传来他轻浅的声音："笙笙，我要跟你坦白件事。"

他声音低沉，笙歌忐忑地问道："什么事啊？"

周夜轻叹了口气，情不自禁地把笙歌搂得更紧了些，声音里染着半睡半醒的沙哑感："我爸其实还在世，就是那个季云潇……"

"啊？"笙歌惊愕地想从周夜怀里仰起头，却被他重新按在了怀里。

"宝贝先听我说完。我跟你调到一个班就是他申请的，他找过我很多次，想认我。我知道他有权有势，认他的话我的生活可能会比现在更好，可我不想认他。我不相信他这样做没有目的，就算他真的没有目的，到时候我享受了他提供的物质，就要受他管控。我不想受任何人的管控，因为怕他让我离开你，毕竟当年他连我妈都护不住。前段时间他调查过你，我不知道他到底有没有恶意，想了很久，觉得这件事我应该告诉你。我怕有一天他到你面前说三道四，让你觉得我隐瞒了你，同时也想让你留个心，多小心点。最近，他总拿你们的经济条件说事，说你跟奶奶过得不好。可是笙笙，你放心，我会改变我们的生活的。不靠任何人，我可以自己努力，那样就不用担心受人管控、遇到事自己做不了主，就不用担心谁能把我们分开了。这辈子，我只想要你一个，请宝贝再给我点时间，一点点就好，我一定不会让笙笙等太久的……"

周夜声音低沉，落在笙歌的心上却如擂鼓般让人心颤。听周夜说完，笙歌急忙对他说："遇见你之后，我跟奶奶的生活已经好了很多很多，你不要给自己那么大的压力。我不在乎任何物质的，你也永远不要担心我会从别人嘴里听到什么话就对你产生误会。你说你这辈子只想要我一个，那你知道吗？这辈子，也只有你是让我时时刻刻都无条件信任的。至于你说的爸爸，你想认就认，不想认我们就不认。不管你做什么决定，我都支持你。"

笙歌笑着鼓励周夜："我相信阿夜在不久后会功成名就，不靠任何人闯出一片天地。"

说完，笙歌犹豫了一下，继续对他说："我之前做了一个梦，梦到了你在全国开了好多好多家名叫'夜夜笙歌'的电竞网络咖啡厅，足足开了1314家，可厉害可厉害了。"

夜夜与笙歌，一生一世。

周夜听着只淡淡地笑。他知道她是在安抚他。

"是吗？可是我都没想过开网咖，如果创业，我想的是开赛车改装类的工作室，宝贝的梦不太准啊。"

笙歌皱了皱眉，还想说什么时，发现周夜已经睡着了。他真的太困了，心思也好重，睡着了眉心还微皱着。笙歌轻轻抬手为他抚平轻皱的眉，在他的唇上很轻地亲了一口，低喃着："不管发生什么事，我都会永远陪着你的……"

笙歌停顿了一下，伸手戳了戳周夜的头发，羞答答地小声补充了句："我家的大宝贝心思不要那么重呀。"

大宝贝？此话一出，半睡半醒的周夜闭着眼睛弯唇笑了。

看到睡着的人笑了，笙歌一时有些尴尬。早知道她不说后面那句了。

寒假来临，笙歌说服奶奶，开始兼职了，还一直偷偷在网上接稿赚稿费。

春节前，笙歌躲在房间里，算着自己的私房钱。她将在外面兼职的钱给了奶奶，手上只留下了接稿赚的稿费。三个多月她只攒了五千块钱，要攒够三万，还得过久。笙歌叹了口气，将记账本收了起来。

笙歌一走出房间就听到奶奶在接电话，奶奶似乎很开心。

等到奶奶挂了电话后，笙歌随口问了句："谁的电话呀？奶奶这么开心。"

奶奶笑盈盈地说："是你小姨奶奶打来的。我说你交了个很优秀的男朋友，她高兴地说要看看，想让我们过年去她那边过。"

笙歌有些诧异："啊？"

她倒是不怕把周夜介绍给人认识，但是自己现在还是学生，不知道的人如果听说她谈恋爱了，多半会怪罪奶奶没有管教好她。

奶奶解释着说："不会的。你小姨奶奶啊，一直担心我们祖孙两个在这陌生的地方生活会受欺负，听到有个男孩掏心掏肺地对你，也很开心。再说你不是也没耽误学习？"

奶奶拉着笙歌的手问："要不你问问周夜方不方便到你小姨奶奶那边过年？我们提前一天去，第二天就回来。还有那个程浩你也问问看，他也没家人，要不要跟我们一块儿过年？那孩子也讨人喜欢，是个可怜的孩子。"

笙歌更加诧异了，笑着问："奶奶，您不会也跟小姨奶奶提了程浩吧？"

奶奶笑呵呵地说："提了呀。我跟你小姨奶奶说呀，想认个干孙，她就吵着要见见他，就说方便的话一起过年，大家热闹热闹。"

笙歌听得又惊喜又激动："奶奶，您要认程浩当干孙？"

奶奶笑着说："有这个想法，就是不知道人家愿意不愿意。他这段日子也来了几次，平时听着你提到那俩孩子，我感觉他们都是好孩子，也都挺可怜的。如果他们两个不介意，大家就一起过年吧。"

"那我现在就打电话问问他们。"笙歌高兴极了。

程浩应该会愿意的吧？毕竟自从他来过这儿一次之后，就总是说奶奶很和蔼、很亲切。

奶奶站起身说："那你打电话问问他们，我去厨房看看粥熬好了没。"

奶奶朝厨房走去，走了几步又悄悄回头看了看孙女。其实她想认程浩，一来确实是觉得那孩子不错，又跟孙女一样没有了爸爸妈妈，让人心生怜悯；二来，她也有自己的私心——她知道自己不能一直陪着孙女、照顾孙女，周夜很好，很让人放心，但她还是想再给孙女招揽点亲近的人，等她哪天离开这个世界之后，孙女能多个人帮忙照看。

摩托车俱乐部。

周夜被雇主——国际赛车手 Abbott 邀请过来研究他新入手的摩托车，他想要现场看周夜改装摩托车。

两人正聊得投入，手机响了起来。周夜一听铃声，知道是笙歌打来了电话，立马对 Abbott 说："我接个电话，你先跟程浩聊。"

"行，你去接。"

周夜接通电话，走到旁边安静的地方。

"周夜，你现在忙不忙呀？"

周夜说："不忙，怎么了？"

笙歌如实说："也没什么事，就是想问问你愿不愿意见见我小姨奶奶。小姨奶奶听奶奶说我交了男朋友，想见见你。要是见她的话，你就得去小姨奶奶那边过年，得提前一天去，第二天才能回来。你方便吗？"

"方便是方便。"周夜犹豫了一下，略显为难地问，"我要是去了那边，那些长辈会不会问我的成绩啊？我怕给宝贝丢人。"

他想去见她在乎的所有人，可是现在没什么可以拿得出手的成绩，怕给她丢人。尤其这种大团圆的日子，七大姑八大姨凑在一起总喜欢问人成绩。

笙歌听完他的顾虑笑了起来，安抚道："放心好了，他们不会问的。因为以前他们总问奶奶我的成绩，每次我都考得很好，所以他们就再也不问成绩了。"

周夜说："那行，到时候我开车带你跟奶奶过去。你提前把地址给我，我规划好路线。"

"好……对了，还有一件事。奶奶想让程浩也去，他方便吗？奶奶想认他做干孙……"

周夜一惊，直呼："什么？那我以后岂不是得喊他大舅哥了？"

笙歌：……

好像是，她都没想到这个问题。

周夜很丧气地说："算了，喊就喊吧。他应该会很高兴。"

笙歌隔着手机都听出了某人语调里的郁闷和错愕之意，故意笑着打趣说："那你等会儿问问程浩要不要做你大舅哥。"

周夜顿时阴沉沉地说："笙笙是不是想挨揍？"

笙歌嬉笑着说："不想不想。好了，你快去问问程浩的意思，问好了你再给我回电话过来。"

"先别挂电话。"周夜急忙问她，"明天下午能出来玩吗？"

笙歌听他这么问，想他一定是想让她出去的，直接就回道："可以啊。"

"行，那明天吃过午饭我去接你。"周夜骄傲地说，"来看我比赛。"

"嗯？什么比赛？"

"摩托车比赛。我的那个雇主 Abbott 回国了，他在俱乐部举办了一场娱乐性的比赛。赢了有奖金，比赛一结束奖金就会发给赢了的人，我如果拿到了，给你和奶奶买年货。"

"你别赚点钱都想着给我花了。"

周夜理所当然地说："不想着你我想谁？傻不傻？"

笙歌娇声嘟囔着："你才傻！那你记得问程浩，我还要给奶奶回复呢。"

挂了电话，周夜把程浩喊了出来，告诉了他奶奶的想法。激动的程浩主动给奶奶打了个电话求证，听到奶奶亲口说出来要认他当干孙的时候，开心得不得了。尤其听到奶奶邀请他一起过年的时候，他开心得抑制不住地大笑，甚至当天晚上去给奶奶买了个玉镯。

翌日午后，周夜来接笙歌。

比赛地点在郊外一处空旷的环山公路，现场聚集了很多人，青年男女激动兴奋地叫嚣着。起点线上摆了一排炫酷的摩托车，有的女孩脸上画着涂鸦兴奋地蹦跶着，现场一片欢腾。

比赛开始前，周夜微微弯腰，把双手搭在笙歌的肩上与她平视着说："一会儿让程浩带你去终点等着。"唇角带着肆意不羁的笑，他凑到她耳边说，"你男朋友拿第一给你看。"

现场一片喧闹，笙歌侧头在周夜的脸颊上亲了一口，说："好，我去终点等你。要注意安全，加油！"

周夜也侧头在笙歌的耳垂上亲了一下，说："宝贝放心，我会注意安全的。"

沸腾的现场随着一声哨子响瞬间寂静了下来，拿着指示旗的热辣女孩放下小旗，所有参赛者准备就绪。

周夜穿着红白色赛车服，戴着头盔，长腿撑在地上，在指示旗放下的那一瞬间压低身子握紧了车把。尽管他戴着头盔让人看不清脸，可就算是背影，他在那一排参赛者中都很惹眼，笙歌看得又激动又紧张。

寂静的现场随着又一声哨声响起，瞬间人声鼎沸，喧闹声掺杂着摩托车启动飞驰而去的声音，响彻整个赛场，所有人疯狂地呐喊助威。

第一次看到这种场面的笙歌足足愣了好几秒。所有参赛者冲出去的一刹那，很是壮观。

"走，带你去终点。"程浩拉着处在愣怔中的笙歌的衣服说，"比赛有两圈，我带你走小道去终点。"

"好。"笙歌激动地跟上去。

从半山腰穿过去的时候，笙歌居高临下地看了一眼赛场，看到弯道超车的周夜整辆车都倾斜得快要倒地了，甚至快要撞到旁边的车，吓得她心跳都好似漏了半拍。接着她就看到周夜超过了那辆车，随后将车身摆正飞离她的视线。

两人赶到终点的时候，赛车手们已经跑完了一圈，笙歌迅速掏出手机，找到合适的位置，调整好镜头想要记录一下激动人心的时刻。

笙歌拍着旁边的程浩说："程浩，你也拍一下。"

程浩纳闷："你不是拍了吗，还要我拍干什么？"

笙歌一本正经地说："你个子比我高，能拍得更全面点。"

程浩双臂抱肩，不情不愿地说道："不拍，我天天见他，还拍个啥啊。"

笙歌看着他撇了撇嘴，忽然喊了声："哥，帮个忙，谢谢。"

这声"哥"喊得程浩瞬间乐了，他放下双臂掏出手机乐呵呵地说："行吧，帮你拍一下。"然后两个人举着手机不断地调整镜头，旁边站满了其他等待的人，声音嘈杂得不得了。

几分钟后，笙歌看到有人冲进了她的视线里。明明隔得很远看不清人，可她觉得那就是周夜。她激动得拍打着一旁的程浩："来了来了，周夜过来了，快拍。"

程浩瞅了瞅，根本看不清："哪儿呢？"

"就是第一个啊！"笙歌既紧张又激动，好像是她在比赛似的。

程浩是在几秒后看清人时才开始举着手机拍对方的。赛车速度太快，没一会儿第一名就直接冲到了他眼前。程浩正在专注拍照，忽然听到旁边的人兴奋地叫了起来："啊啊啊！"笙歌兴奋地蹦跶着喊，"真的是周夜！他赢了！"

第一次见到这么失态的笙歌，程浩觉得好笑地看着她说："你疯了吧？妹子，矜持点、矜持点。"

然而程浩话音刚落，只听旁边的人全部激动地开始呐喊。在一片热血沸腾的喧闹中，笙歌兴奋地往前冲了过去。

热闹喧嚣中，笙歌看到冲破终点线的周夜下了车，在众目睽睽之下朝她小跑而来。

周夜来到笙歌面前，摘下头盔，轻甩了一下头发，潇洒地伸手抬了抬她的下巴："帅吗？"

"帅！帅死了！"笙歌开心得眼角眉梢都是笑，激动得直接蹦到周夜身上，抱着他的脖子兴奋地道，"你赢了！我们赢了，你太厉害了。"

周夜没想到她会直接蹦到自己身上，又惊讶又开心地迅速伸手托着她。身穿红白赛车服的少年意气风发，满脸骄傲得意的神色，英俊的身姿沐浴在阳光下，一手拎着头盔，一手抱着怀里的女孩，画面唯美浪漫。

周夜在热闹声中低头在笙歌耳边提醒："笙笙，好多人在看着呢。小朋友等会儿不要害羞啊。"

"看吧看吧。"笙歌兴奋地趴在周夜的肩上说，"多光荣呀，啊……你真的好厉害啊，刚才冲过来的时候好帅。"

"之前就跟你说了，我除了成绩差点，其他的倍儿棒！"周夜被她夸得快昏头了，止不住地笑，抱着她往程浩那边走。

一直没关摄像头的程浩记录了刚才笙歌头脑兴奋时的所有行为，简直惊呆了！他真心觉得女孩疯起来真可怕！

周夜把笙歌抱出人群，笙歌从他身上下来。后面的车辆也接二连三地冲破终点线，将热闹的气氛再次点燃，人群直接朝着赛车手们拥了过去。

周夜虽然走出了人群，但身为第一名的他吸引了众多男男女女，大家围过来为他祝贺。很多人投来倾慕崇拜的目光，甚至还有大胆奔放的女孩激动地上前询问："可以拥抱一下冠军吗？"

周夜直接拒绝："不可以。"

笙歌闷闷地撇了撇嘴。她觉得这些女孩太奔放了，明明刚才都看到他们是抱在一起过来的，还想要拥抱他。

此时一辆红色跑车开过来，里面的人朝他们喊："嘿……周夜，你们三个快上车。"

周夜见是 Abbott，立马牵着笙歌喊上程浩上了车。

三人一上车，Abbott 就一脸不可思议地看向周夜说："周夜，你行啊，深藏不露呢。你这技术完全可以参加职业赛了。"

周夜开着玩笑说："你要这么说，那改天我就去玩玩。"

曾经他也幻想过自己有一天可以去参加一场职业赛，可要成为职业赛车手要求很多，不仅要金钱，还要有相关证件和达到比赛要求的摩托车。

Abbott 笑着接话："行，找个时间我们一起玩。对了，有个事要问你呢，考虑到我的俱乐部当改装师吗？我准备年后退役，自己在国内搞个俱乐部。你的改装技术是我在赛车生涯里见过的最好的，我想把你挖过来，条件随你开。"

"行啊。"周夜当场答应，"就一个条件，我在俱乐部只改参赛的车，酬劳是比赛奖金的十五个点。若是参赛者拿不到前三，我一分钱不收。"

此话一出，旁边的程浩愣了一下。周夜这有点冒险啊。

笙歌也是错愕了一瞬。她不太懂摩托车、赛车这些，但是这样拿酬劳，确实太冒险了，除非她家周夜技术逆天！

笙歌悄悄扯了扯周夜的衣角，仰头看看他，想要给他点提醒，让他别冲动提条件。然而她得到的回应是周夜悄悄握住了她的手，紧接着他沉稳淡定地垂眸看着她，用眼神示意她不用担心。

周夜明白自己在说什么。他一直想开个摩托车改装的工作室，可他的启动资金迟迟凑不齐，现在 Abbott 抛出这么一个大好的机会，他不想拿死工资。他必须要努力搏一下，职业赛的奖金都很高，而且那些玩赛车的人更在乎的是荣誉和名次，自己的改装技术能让那些人赢得比赛，那些人会愿意出这笔钱的。而且以前他接触的只是 Abbott 一个职业赛车手，以后接触的职业赛车手多，机会也就更多了。

Abbott 听完他的话，爽朗地笑出声来："哈哈哈……我就喜欢跟有野心的人玩。好，就按照你提的条件来，但是你也要保证，在我这里当了改装师就不准在其他地方私自接活。我也会跟你保证，俱乐部只聘请你一个赛车改装师。这两天我拟个合同给你，没问题的话咱们就签下来，对双方都是个约束。"

"行。"周夜一口答应，"拟好合同你发给我。"

大年二十九，一大早，四人驾车去往小姨奶奶家，在那里度过了一个温馨愉快的新年。

帝京。

大年初三的时候，Abbott 把合同发给了周夜。

周夜先把合同转发给了笙歌，自己也打开电脑看了一遍。

看完合同后，周夜把认为有问题的地方标了出来。

周夜穿上外套出了门，骑上程浩的摩托车把帝京的各个街角溜了一圈。

"你一圈一圈地看什么呢？"被载着一起出来的程浩在他逛了几圈后不解地问道。

周夜神色冷峻地说："看看帝京的商业圈。再开学没几个月就要毕业了，要提前做一些打算。俱乐部那边也不是每天都有赛车要改装，Abbott 说接下来一个月国际上他能参与的赛事有五六场，奖金最高的有八十万，最低的二十万。如果 Abbott 能赢，拿了酬劳就可以直接创业……"

周夜说了只改赛车，从此以后就不会再接任何普通车的单子，不然他的技术会变得廉价，人人都可得，这样那些职业赛车手就不会再想找他改装车子了。

他想赚大钱，就要学会包装自己，要让自己成为这个行业稀缺的存在，不是谁来找他，他都接单，这样才能让自己越来越"贵"。这也是人性，人们总觉得稀缺的、难以得到的才是宝贵的。而他，想成为这个行业的宝藏。

程浩听周夜说完，开口说："原本你这技术完全可以自己开一家摩托车改装室的，你也有计划了，没想到半路杀出个 Abbott，你的计划一下子全被打乱了。"

周夜客观地说："其实 Abbott 开这个俱乐部对我来说反而是个跳板。之前我们想开改装室，原定的也就是普通规模，接触的还是普通车辆。但是有 Abbott 这个跳板，我们就可以直接接触职业赛车，那些人都有钱。"

车子路过一家电竞网咖，这家店规模在帝京不算最大、最豪华，却人满为患。周夜忽然想起之前笙歌说她梦到他开了很多家网咖的事，于是鬼使神差地停下车，带着程浩走了进去，吊儿郎当地对程浩说："走，哥请你上网玩游戏。"

程浩顿时来了兴趣："行啊，玩游戏虐人去。"

周夜进去后环顾了一下四周的情况。这是一家集休闲、娱乐和电竞于一体的网咖，里面的客人有打游戏的，有看竞技直播。看到这儿，他忽然有了一个念头——如果能把摩托车职业赛的直播画面引进这种地方进行独播，应该会是一个引流点。

程浩喊着："夜哥，你磨叽什么呢？过来啊。"

周夜收回思绪朝程浩走去，两人一起在游戏里把对手打得在语音里骂骂咧咧。

阳春三月，鸟语花香。

学校百年校庆，每个班开始上报节目，笙歌作为班级委员会中的一员，得和大家一起整理节目单，留到最后才走。

在校园暖黄的路灯灯光下，周夜牵着笙歌往家里走，一高一矮的倒影慢慢移动。

送笙歌到小区门口，周夜像往日一样看着她刷了门禁卡进了小区后才转身离开。他环顾着四周走向车边，手刚搭上车门的时候，余光忽然瞥见不远处有一个鬼鬼祟祟又熟悉的身影。周夜顿时眉心紧蹙，但表面上淡定地当作没看见，继续打开车门坐进去，驾车离开，车速不快不慢。跟踪的人大概是看到笙歌进了小区，又没有门禁卡，进不去，于是逗留了一会儿后偷偷摸摸地溜走了。周夜面色沉重地紧锁着眉，掏出手机给笙子豪打了通电话。这个时间点，不知笙子豪是睡了还是怎么回事，没接电话。周夜坐在车里一直打电话，打第五通电话的时候笙子豪才接通。

笙子豪困倦地眯着眼睛接通电话，很不耐烦地说："谁啊，大半夜一直打电话，让不让人睡觉了？"

听到笙子豪的声音，周夜直接冷着声音开口："笙子豪，你爸什么时候来的帝京？他都跟踪到笙歌的住处来了。你可别忘了自己现在的处境！"

"周……周夜。"笙子豪陡然清醒，坐了起来，一脸惊恐地结巴着，"我……我爸去帝京了？不可能啊，他说了以后再也不会找笙歌她们麻烦的。会……会不会是夜哥你看错了？"

周夜神色阴鸷，语调冷峻："我不瞎！立刻跟你爸联系，让他赶紧滚，否则走着瞧！"

"哎……这事我……哎……别挂电话啊。"完全不知情的笙子豪直接吓蒙了，然而周夜已经挂了电话。

笙子豪吓得赶忙去敲开妈妈的房门让他们不准再去惹周夜，接着又主动给周夜打了个电话，表诚心，表示自己真的不知情。

周夜坐在车里，面色凝重地目视着前方，盘算着眼前的事。笙子豪的爸爸与家人失联来到帝京，是想孤注一掷？可是他怎么会知道笙歌的住处？一路上周夜都有留意，笙子豪的爸爸绝不是从学校跟踪过来的。他明知道自己儿子的事还敢冒险，多半只有两种可能：一是他遇到了什么事走投无路，甚至可能危及自己的命；二是有人给他兜底，让他敢冒险。

周夜想着，立马给笙歌打了通电话。

刚洗完澡钻进被窝的笙歌立马接通电话，道："怎么了？你到家了吗？"

周夜语调平和："还没到家，笙笙要睡觉了吗？"

"嗯，刚洗好澡躺进被窝，就准备睡了。"笙歌拉好被子轻声问，"是有什么事吗？"

周夜犹豫了一下，还是说了："笙笙，刚才我在你家小区附近看到了你大伯，他鬼鬼祟祟的，不知道想做什么。你明早跟奶奶说，让她最近不要出门。你早上必须等我到了再下楼。"

"我大伯？"心一颤，笙歌有些慌，"你看清楚了吗？确定是他？"

"确定，不会看错。明天你就如实跟奶奶说，不然你也找不到合适的理由让她几天不出门，如果隐瞒了，反而容易出事。"

笙歌不想周夜担心，冷静地保证道："好，我知道了，我会跟奶奶说清楚的。你也要小心点，他见过你的。"

周夜应着说："好，我会小心的，早点睡吧。"

挂了电话，周夜怕笙歌不安心、睡不好，又给她发了条消息：别怕，晚上安心睡。这两天我会在你家小区对面的宾馆住下，守着你们。

看到消息的笙歌知道自己若是拒绝了周夜，他反而不安心，便只回复说：好，辛苦阿夜了。我如果发现不对劲，会立马给你打电话，不要太担心我。

关闭手机，周夜开车去了附近的二十四小时商店买了点礼品，给笙歌小区的门卫送了去。

"叔叔，这么晚还在坚守岗位，真是辛苦了。"周夜直接把礼品放在进门的拐角处，带着笑说，"我女朋友住在你们这个小区，她最近天天担惊受怕，跟我说感觉自己被人跟踪了。麻烦你们帮忙留意一下，小姑娘怕得很。"

周夜说着还掏出手机把那张笙歌和奶奶的合照拿给门卫看："就是这祖孙俩，麻烦你们多留意一下，十分感谢。"接着他又递上一张字条说，"这是我的手机号码，如果她俩有什么紧急情况，希望你们能给我打个电话。"

两个门卫看着面前一脸正气的小伙子，笑着说："哈哈哈……我们认识你。你天天来我们小区门口等这个小姑娘，每天放学还按时给人送回来，风雨无阻的……"

年长点的门卫说："把东西拿回去吧，保护小区里每个人的安全本来也是我们的责任。放心吧，这个小区治安很好的，如果她俩有什么意外，我们会及时跟你联系的。"

周夜见门卫起身要把礼品退给他，急忙阻止说："一点心意，不能白麻烦你们。"

他转身离开，边走边说："那你们忙，我就不打扰了。"

两个门卫叔叔对视了一眼，摊了摊手说："真希望他们能一辈子好好的啊，现在的年轻人太浮躁了，他这样的很少了。"

早上，笙歌早早地起床跟奶奶交代了情况。

奶奶听完，气不打一处来："这个不孝子还想干什么？他骗走了钱，还差点打了我们，闹到了公安局。我们这才过了几个月安生日子，他又阴魂不散地追来了？"

奶奶又气又无措地瘫坐在沙发上："我这是作了什么孽？这辈子摊上这么一个祸害！"

笙歌坐下来安抚着奶奶说："奶奶，您别自责。好在周夜提前发现了他，这几天您就先别出门了，否则您要是出了什么事，我都不知道该怎么活了。"

"好，奶奶明白其中的利害，这几天都不会出门的。"奶奶不放心地拉着孙女的手说，"囡囡啊，奶奶年纪大，不中用了，忽然听到这事也不知道该怎么办是好。或许我能做的就只是老老实实地待在家里，不让你们担心。唉……老了就没用了。"

笙歌安慰道："奶奶别这么说自己。您明明把我照顾得很好，不然我哪能安安心心地读书呢？大伯的事，您也别太担心，我就是跟您说一下，好让您心里有个底。"

祖孙俩相互安抚了一会儿，直到接到周夜的电话，才起身出门。

出门前笙歌犹豫了一下，看向奶奶问："奶奶，如果大伯做错了事，我报警导致他坐牢了，您会难过、会怪我吗？"

奶奶听得整个人僵了好几秒，说一点不难过也是不可能的，毕竟他也是自己十月怀胎生下来的，可这个儿子的所作所为，全都是让她心寒的。

在海城时，她已经心软过一次，导致笙歌父母留下的钱被他骗走，闹到公安局，最后他也没有归还。如果他还是不知悔改，做母亲的也不能再心软了，毕竟她不只是一位母亲，也是一位奶奶。孙女一直乖巧孝顺，她不能再这样心软下去了。

奶奶思索一番后，深深地叹了口气，对孙女说："如果他再犯错，受到任何惩罚，都是他自找的，是老天爷要惩罚他啊。奶奶不会难过，更没道理去怪你。"

笙歌最后看了一眼奶奶，转身出了家门。昨夜她想了很多，以前她想着只要大伯他们不再来打扰她和奶奶的生活，她也就当过去的一切没发生过，跟奶奶和周夜好好地过完这辈子。可大伯不知悔改，又追到了这里来。

周夜知道大伯一家的所作所为，万一她优柔寡断，拉扯不清与大伯的关系，引发周夜做出一些极端的行为，那一切就不可收拾了。她必须要尽快处理好大伯的事情。

笙歌刚走到小区门口，就看到周夜站在大门旁边。她一踏出大门，就被他牵住，他还顺手接过了她手里的两份早餐。他牵着她往车边走，余光不动声色地环顾着四周。

一上车，周夜就担心地问："跟奶奶说清楚了吗？奶奶什么想法？"

笙歌如实说："说清楚了，奶奶最近都不会出门的。大伯如果再犯错，就该得到应有的惩罚。"

笙歌说着，目光深沉地看着周夜，忽然喊他："周夜。"

周夜听着她略显严肃的声音，急忙问："怎么了？"

笙歌看着周夜，攥了攥手心，很冷静地开口说："想跟你商量件事。昨晚挂了你的电话后，我想了很久。大伯他以前就因为赌博有很多劣迹，现在忽然出现在这里，大概又是被人追债追到走投无路了。他以前就因为敲诈我和奶奶被警察带走过，只是那时情节不严重，他被关几天就放出来了。但如果严重的话……我想……"

周夜听得声音微怒："你脑子里在想什么呢？"他甚至没等她说完就冷声打断道，"我知道你在想什么，但我不准你有让自己犯险的念头。"

笙歌一时无措，喊道："周夜。"

周夜再次决绝地否定："这事没得商量，我说不行就不行。"

周夜扭头见笙歌一脸愁云的样子，有些挫败地叹气，说："这事你别管了，照顾好自己跟奶奶就行，其他的交给我处理。"

笙歌闷闷地低下了头："我就是不想任何事都让你一个人挡着，总辛苦你一个人。"

周夜看着笙歌低下了头，顿时心软地蹙眉："笙笙，这不是感情用事的时候。你明知道你比我的命还重要，我怎么可能答应拿你当诱饵？就算计划周详到天衣无缝，我也不可能让你去冒险……"

周夜咬了咬牙，咬肌微突，下颌线紧绷着。他伸手搂上笙歌的后颈，声音很低很低，隐隐发颤："我赌不起的。"

周夜紧盯着笙歌说："我才过了几个月的好日子，你别吓我行不行？再说现在还不确定他到底想做什么，我告诉你只是让你小心点，而不是让你胡思乱想。"

周夜把早餐递给笙歌，继续说："好了，别乱想了。把早餐吃了，我们去上课。"

周夜摸了摸笙歌的发顶，保证说："天塌了，我顶着。好好吃饭，好好上课。"

笙歌看着周夜递过来的早餐，想着周夜的话，闷闷地撇了撇嘴。她知道他是怕她受伤。她忽然就体会到了她出门前奶奶说"不中用了"的意思，此刻她也觉得自己很没用。现如今，她不能再让自己陷入危险之中，因为她若有危险了，周夜会疯的。

周夜见她闷闷的，半天不说话，心里很不是滋味，又开口说："好了，别乱想了，没什么大事。你大伯还什么都没做呢，你就自己先把自己吓到了。"

周夜伸手过去捏着笙歌的下巴让她抬起头看他，语调放柔了些："不是说了，都有我呢？乖，别瞎想了。"

笙歌看着周夜的眼睛，有些歉疚地对他说："我就是觉得很对不起你。我总让你担心、给你惹麻烦，你又总护着我，什么都不让我做，我觉得自己很没用。"

周夜见笙歌说着眼圈都要红了，慌忙倾身过去伸手抱抱她说："笙笙这是说的什么话？我护你不是应该的吗？再说这又不是你的错，那坏人要找你麻烦，你一个受害者还要自责吗？怕自己对不起我，那就让自己永远好好的，而不是想着把自己往火坑里送。我这人呢，命不大好，能遇到你已经是我最大的幸运了，所以你平平安安的就好。"

傍晚放学，周夜看着笙歌收拾完桌子上的书本，开口说："明天周末，带你去逛逛。"

笙歌听完狐疑地侧头看他。以前周末他会先问她有没有空、能不能出来，然后再约她，今天他却不是询问，而是直接约。她凑近他小声问："你是不是想看看大伯会不会跟踪我？"

她竟然猜到了，周夜倒是有些诧异，笑着赞赏道："宝贝真聪明。"

"好。"笙歌立马答应，但是想了想，又改口，"要不我们现在就去逛逛吧？我给奶奶打电话说一声，顺便再去超市买点菜，奶奶这几天都不能出门的。"

"行，天黑前就送你回去。"

周夜心里盘算着计划，面色淡定地牵着笙歌往校外走。

一路上，周夜一直留意四周的情况，并没有发现可疑的人，想了想，直接把车开回了笙歌的小区。

笙歌看着回家的路，若有所思地问："你是不是担心大伯会守在小区附近等奶奶？"

"嗯。"周夜一边开车，一边若有所思问，"你大伯很爱赌钱吗？赌的金额大不大？"

笙歌知道周夜在盘算着计策，一五一十地跟他说："他很爱赌钱，还嗜酒，赌金也越来越大。我快跟奶奶离开海城时，他一夜就输掉了三十多万。我想他这次一定又是输了很多钱，想来逼迫奶奶给钱的。"

周夜听得皱眉。之前他去海城参加球赛，去笙子豪家的时候，明明这个大伯以为他和季家有关系，对他怕得很。大伯知道他和笙歌的关系，却还敢来冒险，不知是真的被追债的人逼得想冒死一搏，还是这事和季云潇有关。若是后者，季云潇想以此逼他妥协什么？周夜顿时觉得又不安又烦躁，抬手捏了捏眉心。

笙歌看出周夜不安的情绪，急忙安抚着说："让我别乱想，你自己却乱想了。别这么愁眉苦脸，现在奶奶在家里很安全，我也跟她说了谁敲门都不开。而我跟你在一块儿也很安全，只要大伯出一点问题，我们就报警。"

周夜隐藏心思，让自己看起来很轻松，冲笙歌弯唇笑了笑，让她安心。

走到小区门口，远远地，笙歌一眼就认出了那个人。

周夜看出她很紧张，急忙伸手过去握紧她的手说："别怕，冷静点，当没看到，一会儿我们下车步行到旁边的超市。"

手被周夜包裹着，笙歌顿时心安了很多。她努力保持冷静，对周夜说："好。"

两人下了车，一路说说笑笑，散步似的走向超市，大伯在看到他们走出小区的那一刻悄悄地跟了上去。周夜一路都在偷偷通过路边的反光物看身后的情况，带着笙歌逛到了晚上八点多才送她回家。

翌日，上午笙歌在家陪着奶奶，午后又被周夜喊了出来。他带着她到处玩，还去了动漫城教她打电动游戏，给她抓了好多布娃娃。

全程周夜都有看到她大伯一直在跟踪着他们。

他们一直尽可能地出现在街角的监控下。

天黑了两人才往家里赶。

回到车里，周夜算着笙歌大概到家的时间，掐着点给她打了通电话。

刚到家的笙歌看到周夜的来电，立马接通："怎么了，不是刚分开？"

周夜声音冷淡："到自己的房间去，有话跟你说。刚才怕附近有人听到，我没来得及和你说。"

笙歌快速走到自己房间，关上门："好，你说吧。"

周夜冷静果断地道："你明天不要去学校了，我会让程浩把你带走。把手机关机，不要联系任何人，程浩会全程保护你。我向你保证，等你回来，事情会处理好的。"

笙歌攥紧了手机。她完全信任周夜，镇定地说："你放心，我一定不出错，也会保护好自己。"

翌日，程浩带笙歌去了一处寺庙，一位僧人看出笙歌心有郁结，正在开导她。

僧人面含笑意地悉心开导着笙歌，两人一直聊了很久，程浩就一直在一旁守着。最后笙歌在一处佛前虔诚地跪下祈福，祈福当下，祈福未来，祈福她身边的人此后永远平平安安、顺顺利利，祈福她的阿夜永远心想事成。

公安局里，因为笙歌消失了一天而着急报警的奶奶眼睛哭得红肿，奶奶担心是笙歌的大伯劫走了笙歌，已经向警察说完了这些年笙歌大伯的一切所作所为。同时告知了前几日就看到笙歌大伯又鬼鬼祟祟地出现在他们小区附近的事情。

警察正在调取笙歌近日的行踪监控录像，监控里是可以看到一直有个人在跟踪他们，甚至跟踪的人几次想要伺机劫走笙歌，幸好都被旁边的周夜及时带离了危险之地。

且小区门卫主动上报说两日前在小区附近看到可疑人徘徊不前，他们进行过驱赶。从监控录像的显示来看，被驱赶的人和这几日跟踪笙歌的是同一个人。

奶奶一看监控录像，一眼就认出了自己那不争气的儿子，气得捂着心口说不出话来，过了好一会儿才心如死灰地跟警察说："就是我那不争气的造孽儿子。他捂得再严实，我这当妈的也认得出来。他在海城就逼着我们要钱，我一个老人家被迫带着孙女来到这人生地不熟的地方，没想到这样他都不能放过我们。是我作了孽，养了这么个孽种出来……"

奶奶说得满心哀叹。她是真的伤心了。

"奶奶，您别自责，这都是他自己造成的。"年轻的女警察上前安抚着说，"我们一定会尽快找到您孙女的。"

"刘队，人跑了。"一位警察一脸严肃地向上级汇报，笙歌的大伯没有找到。

被叫刘队的警察一脸严肃地回道："十二个小时内把人带过来问话。"

季氏总裁办公室。
助理肖恩匆匆敲门而入。

"季总，他们报警了，警察正在找那姓笙的。"

季云潇一时有些震惊："报警？说说什么情况。"

肖恩把事件经过如实汇报给季云潇，说完后由衷地赞赏了一句："夜少爷很聪明，不愧是季总您的血脉。"

季云潇听完，诧异地低语着："这小子倒是聪明又谨慎啊，对于他这个年纪的人来说，很难得了。"

肖恩看了看季云潇，恭敬地继续道："夜少爷一直无依无靠走到现在，理应是会比同龄人更小心翼翼且谨慎点的。不过主要还是他身上流着您的血，聪明是从骨子里透出来的。"

"别奉承了。"季云潇向后仰靠在总裁椅上，气势凌人地看向肖恩问，"那姓笙的男人现在在哪里？"

肖恩道："已经安排到了一个安全的地方，随时等待季总发落，至于我们交代他的事，他一个字不敢乱说，季总放心即可。"

季云潇气定神闲地说："既然行动败露，那就把那姓笙的的嘴巴封干净了，给周夜那孩子送个人情过去。那姓笙的非法赌博欠下高利贷的证据都有了吧？"

肖恩恭敬道："嗯，所有罪行足够让他牢底坐穿，何况那姓笙的以前就多次威胁过笙歌祖孙俩，有过不良记录。"

季云潇站起身："那就去公安局走一趟吧。"

肖恩道："是。"

季云潇本想利用笙歌的大伯来让笙歌遇险，从而逼迫周夜去求他，他便可以顺理成章地说出自己的条件与周夜交换，毕竟他很清楚周夜为了那个女孩可以做任何事。只是没想到会被他识破。

不过倒也无妨，他早就做好了两全之策，一边让人联系笙歌的大伯去劫持笙歌，一边收集了笙歌的大伯所有的罪证，如果笙歌的大伯劫持笙歌成功就可以以此威胁周夜，如若不成功便可以用这些罪证给周夜送个人情，刷一拨好感，左右他都不吃亏。

思虑中的季云潇忽然开口问："医院那边现在情况怎么样？"

肖恩打着方向盘把车驶向主干道，如实汇报："大少爷还是没有醒来的迹象，已经一年多了，医生说……"

肖恩停顿了一下，从后视镜看了一眼季云潇，哀叹道："医生说他醒过来的概率太渺茫了。"

季云潇垂下眼帘，眼底一片黯淡："知道了。"

季云潇望向车窗外，淡然地说："必须将周夜尽快认回来，还要让他心甘情愿才行。"

一年前，季氏长子季景航因车祸昏迷至今，医生说他醒来的概率很小，现在只能维持他的生命体征，他仿如植物人。

季氏一直对外隐瞒，从那之后，季云潇就开始计划着把周夜认回，让他替季景航活下去，出现在大众视野，过季景航的人生……

肖恩急忙附和着说："季总，您一定会心想事成的，夜少爷也会明白您的苦心的。再说夜少爷马上就毕业了，等进入社会，他会明白赚钱困难，到时候自然就会想到您了。"

季云潇说："最近别打扰他，等他毕业后再说吧。那孩子聪明，也很机警，如果因我的打扰影响了那小姑娘的顺利毕业，我们的关系就再难变得融洽了。"

公安局。

季云潇到的时候，周夜刚把奶奶扶进车里。

季云潇让肖恩去跟警察交涉，走到周夜面前说了两个字："聊聊？"

周夜看到季云潇出现，显然没有惊讶。他也想弄清心里的疑惑，随口就答应了："行，聊聊。"

周夜打开车门跟奶奶说："奶奶，您在车里等我一会儿。"

奶奶冲周夜点了点头。

周夜没有走远，让奶奶一直在他的视线里。

季云潇假仁假义地说："出事了怎么不来找我？我一直在关注你，收到你遇事报了警的消息，就立马赶了过来。"

周夜漫不经心地听着季云潇说完，不屑地嗤笑一声，直接反问："是你指使笙歌的大伯来对付我们的？想让我跟你妥协？"

季云潇微怔了一下，但脸上依然平静。他云淡风轻地笑着说："我就算想对你用这种手段，也不会找笙歌的大伯来做这事。明知道你在海城的时候看到我去找笙子豪一家，我还用他们来对付你，不是此地无银三百两吗？我季云潇做事会那么不严谨？"

季云潇目光冷静淡然地看着周夜。两人沉默几秒后，周夜目光灼灼地盯着季云潇开口道："或许季总你就是故意的，好让我反过来以为这事跟你没关系。"

季云潇再次一怔，这个少年比他混迹商场遇到的很多老滑头都聪明。只是再次开口时他依然冷静如常："你对我有恨和成见，这么怀疑，很正常，我尊重你的任何猜想。我今天来也不是想要改变我在你心里的形象，但是虎毒还不食子，得知你遇事，我自然不会坐视不理。这件事我会替你处理好，那个人再也不会危害到你们。"

季云潇有意佯装出一副通情达理、爱子心切、不予计较的模样对周夜说："老人家还在等着你，回去吧，剩下的事情我处理。对，还有件事，你们的校庆表演我赞助了点奖金，我知道那姑娘很优秀，不内定也会是第一的，但我还是……"

季云潇笑笑，佯装坦荡地说："我就是想让你担个人情，让你能对我有点好印象。"季云潇抬手轻拍在周夜的肩上，继续道，"你很聪明、很谨慎，希望有一天咱们可以一起掌管季氏。"

周夜心有芥蒂，不管季云潇说什么，他都不在意。他抬手甩开季云潇拍在他肩上的手，语调冰冷："我一点都不稀罕你的什么季氏，只希望你离我的生活远点。"

当天傍晚，奶奶就接到公安局的电话，说犯罪嫌疑人抓到了，笙歌也找到了。

警察破例对周夜说："犯罪嫌疑人已经归案，他身上还有其他案子，你也算是帮了我们个大忙。你们放心，这个人以后再也不会危害到你们了。"

周夜听到警察的话，蓦然想起季云潇说的话。他到底想做什么？周夜内心一阵不安。

他带着笙歌和程浩出了公安局，看到了刚上车的季云潇。季云潇远远地看到周夜，没有多说什么，只冲他笑笑，然后坐进了车，随后车子消失在了周夜的视线里。

此刻周夜倒很希望季云潇走过来跟他说些"邀功"的话，可现在对方什么都不说就走了，好像是付出了不在乎是否得到回报，真心实意想要给予他帮助和弥补似的。

这两天，周夜很怕治不了笙歌的大伯的罪，很怕笙歌和程浩在外面遇到危险，好在一切都在朝着他预计的方向发展，除了那个季云潇……

校庆演出。

随着第一个学生的唱歌节目开始，其他参加表演的学生也陆续换上了演出服，在后台等待上场。

笙歌表演的是弹古筝，演出服是汉服。

周夜没有坐在座位上，而是在后台等笙歌，看着换好衣服走出来的笙歌，他的眸中都泛起了亮光。笙歌穿着以绿色为主色的古风服装，及腰的长发半披着，头上做了个很唯美的古风发型，还戴了根很温柔的簪子，整个人活生生就是一个从唯美古画中走出来的仙子。

舞台上的表演正在热闹地进行着，小品逗得大家齐声哈哈大笑，笑闹声一波接着一波。

周夜等到笙歌上台，帮她把古筝搬到舞台上才回到观众席。他站在最后，拿出手机录着笙歌的表演。

笙歌微微低头，手抚在古筝上，弹奏出一个又一个好听的音符，云袖随着她的动作飘然摆动，每一个动作都极为唯美柔和，让人沉浸在古风音乐中。

整个现场让人如坠古风的世界，台下原本好几个欢笑吵闹的同学瞬间不约而同地静了下来。表演结束后，是一片疯狂的喝彩声。

拿着手机的周夜听着大家对他家宝贝的赞美声，替她开心也替自己开心，因为如此优秀的人是他的。

笙歌的节目得了第一名，实至名归，一万五的奖金三个女孩平分，一人五千。

笙歌分出三千存到给周夜买摩托车的小金库里，深夜，笙歌看着小金库里她这半年多攒的一万六千块钱，心想：我一定要努力拿下下一个学期的奖学金，在今年给周夜买车，当作他的新年礼物。

笙歌拿笔在小本子上计算着，忽然叹了口气，自言自语着："攒钱好慢啊。他的钱应该赚得更辛苦、攒得更辛苦吧？"

第二天周末，周夜去俱乐部见了之前想见他的人，一天都在工作。

吃过晚饭，笙歌陪奶奶看了一会儿连续剧，然后洗澡钻进被窝就看到了周夜的来电。

笙歌高兴地接通电话，刚把手机放到耳边就听到了那令她想念的声音："笙笙在做什么？"

"刚洗了澡，躺在被窝里。"笙歌声音温软地问，"你忙完了吗？"

"忙完了。"周夜很是开心地说，"跟宝贝说个好消息。"

笙歌听出他语调里的开心之意，很期待："什么好消息呀？"

周夜拿着车钥匙走出了俱乐部，坐在车里，满脸洋溢着喜悦的神色："我上次接的两个单，选手比赛又拿奖了，一个第一，一个第三，奖金很高，分到手有十五万元，已到账。加上之前的所有奖金，我终于在娶笙笙这个目标上前进了很大一步。"

周夜降下车窗，慵懒地向后靠在椅背上，望着窗外街角闹市的霓虹灯笑着长舒了口气，继续道："很快就可以娶到宝贝了。"

他开心地弯唇笑，仿若已经看到了她为他穿上婚纱的样子。

笙歌隔着手机都能想象到周夜开心的样子，可她却闷闷地说："周夜，娶我不用那些的，你别那么辛苦地拼。等到了法定年龄，我们就去领证。"

周夜听着笙歌的声音，望着夜空，慵懒地开口："笙笙可以什么都不要，但我必须要给，这是责任，一个男人的责任。"

笙歌说："那也该我们一起努力，为了我们的未来一起努力。"

周夜弯唇笑着，轻叹了口气："可是……我舍不得啊。"

他心想：舍不得让你跟我吃苦受累。

在笙歌收到保研通知的那天，周夜在笙歌家小区门口徘徊了很久很久才给她打电话。

正在电脑上写稿子的笙歌看到周夜的来电，急忙接通，周夜嗓音低沉地喊她："笙笙。"

"怎么啦？"笙歌急忙问。

"你现在能出来吗？"周夜说。

"能呀。"笙歌问他，"你要过来吗？"

"我就在小区门口。"

"啊？那我现在就下去。"

笙歌察觉到周夜情绪低落，大概猜到了些什么，出门前从抽屉里拿了一个东西套在手上，跟奶奶打了声招呼便跑下了楼。

小区门口，周夜穿着简单宽松的白色 T 恤衫和黑色运动裤，双手插在兜里。看样子，他是等了很久，笙歌快步跑到他面前亲昵地抱住他的脖子侧头问他："你是不是来了很久啊，怎么不早给我打电话？"

周夜还保持着双手插在兜里的动作，低头看了看笙歌抱着他脖子的双手，微蹙眉心，然后缓缓地把手从兜里拿出，把她的手拿下来裹在掌心，声音低沉地开口："你的保研通知下来了，你要继续读书，未来会很好、很优秀，可是我连毕业证能不能顺利拿到都不清楚。"

周夜微叹了口气："你以后会不会嫌弃我啊？"

笙歌看着眼前的周夜。她知道这个男孩真的有很努力地在补习落下的课程，总怕自己会配不上她。眼下她直接保研了，他心里一定有很大压力。她看着惴惴不安的大男孩，知道这个时候一本正经地安慰是不行的，便有意看着他笑出声："咦，你这是干吗呢？我又不是刚知道你成绩差，你这次考试进步这么多，我还挺意外的。"

果然，周夜被她这嬉笑的语气逗得无奈地低笑，捏了捏她的脸："又损我是吧？"

"哪有？明明就是在夸你。"笙歌俏皮地冲周夜笑着，眨了眨眼，"你真的好厉害的。"说着她快速瞅了一眼四周，见没什么人，踮起脚就在他的唇上亲了一口，"奖励阿夜一个吻。"

得到她奖励的周夜愣了一下，随后露出一抹笑，努力控制住心里想把她拉进怀里亲回去的念头。

笙歌看着周夜此刻舒爽的笑容，又笑着对他说："你先闭上眼睛，给你看个东西。"

周夜好奇地挑眉："什么啊？"

"你先闭上嘛。"笙歌话里带着些撒娇的语气。

周夜乖乖闭上了眼睛，笙歌见状，眼底含笑着把自己的手抬到他眼前："好了，睁眼。"

周夜睁开眼睛，入目的是白嫩秀美的手，再定睛一看，她的中指上竟然戴着一枚戒指，它在月光下泛着光芒。

"戒指？"周夜愕然。

"是呀。"笙歌冲他笑着，开心地说，"左手中指戴戒指是订婚的意思，这是前两天我偷偷去买的。"

笙歌伸手抱上周夜的腰，将下巴轻抵在他的胸膛上，仰头笑得娇艳迷人："以后在学校我会一直戴着它，告诉别人我已经订婚了。到了法定年龄，我们就去领证。"

笙歌想过如果她确定了直接保研，以周夜的性格，他肯定会敏感不安，所以她偷偷去买了这枚戒指。戒指虽是银质的，不贵，但意义珍贵，能让她的大男孩安心。本来她是想开学再戴它，可今天感受到他的不安，就想提前戴出来让他安心。她太懂他的小心思了。

周夜听完笙歌的话，眼睫不受控制地轻颤。她是如此优秀的一个女孩，马上，她身边将全是跟她一样优秀的人，她却为了他，主动隔绝一切靠近她的异性，只做他一个人的女孩。他的宝贝怎么这么好，好到让他心颤，他怕自己这辈子会照顾不好这个全心全意守在他身边的女孩。

周夜低头看着靠在自己胸膛上傻笑的女孩，满眼温柔地摸摸她的头，笑了笑："真傻……"

她傻得让他好想把全世界最好的东西捧到她面前。

周夜抬起自己的手放到她眼前说："好巧，我也买了一枚戒指，和笙笙有一样的想法。"

笙歌看到周夜的左手中指上也有一枚戒指，瞬间笑开了，说："那你也傻，我们刚好凑一对。"

笙歌笑出了小酒窝，周夜看得心尖涟漪荡漾。

临近毕业，周夜一连几天都拿着笔在计算着什么，程浩好奇地问："算什么呢？该不会是在算'老婆本'攒够没吧？"

周夜心情很好地笑着说："'老婆本'还没攒够，毕竟要给笙笙的东西太多了，但是盘下那家转让的网咖应该够了。"

程浩一脸错愕："网咖？就是上周看到的那家？他都转让了，会不会是那儿人流量太少啊？你接手会不会风险太大？"

程浩回想着上次他们一起出去吃夜宵的时候看到的一家正在转让的网咖，面积大概是一百平方米，有上下两层。那家网咖在这繁华的帝京不算大，当时他跟俱乐部其他人还调侃着老板多半是干不下去了才转让的。

　　周夜一脸沉稳地说："这一周我在各个时间点去网咖看过了，那边人流量其实挺大的，旁边还有一所职高和一所大学，年轻人也多。那家店的主要问题是机器不行，没有自己的特色和专项引流项目，在同行中毫无竞争力，但是那儿的地理位置是没问题的。昨天我去找老板谈了，不要设备，空壳转让，费用挺低的。"

　　周夜说着，满脸认真地看向程浩："我想接过来试试，闯一闯。我现在在俱乐部酬金是很高，但是不稳定，还得借助 Abbott，这不是我想要的。"

　　程浩好奇地问："怎么想起来开网咖？"

　　"之前我们去网咖玩，我发现了一些商机，就留意了一下，刚好上周不是就看到那个转让的网咖了吗？"周夜说着忽然笑了起来，"而且笙笙说她梦到我开了很多网咖，我想让她梦想成真。"

　　程浩见他说着说着就变成了"恋爱脑"，一脸无语，严肃地提醒道："不是做兄弟的不支持，你平时当'恋爱脑'也就算了，但如果开了网咖，会掏空你所有的家底，也许还不一定够。你再想攒这么多钱就很难了……"

　　程浩并不是想泼他冷水，只是作为兄弟，他真心想在对方可能冲动行事时给予客观的意见。

　　周夜也明白程浩的用心，很诚心地跟他解释说："其实那时候笙笙说她做了那样一个梦的时候，我也觉得是不太可能的，因为我就没想过干这行。后来 Abbott 开了俱乐部，改变了我想搞工作室的念头。接着我们就去了网咖，我一下子就有了念头。我想我可以开一家独一无二的网咖，在这个行业脱颖而出。"

　　周夜说着，忽然淡漠地笑了笑："如果闯过，失败了，我也认了；但不闯，我不甘心。"

　　程浩很了解周夜，他从来不是一个冲动的人。吃过苦的人做任何事都会经过一番又一番的深思熟虑，因为他比任何人都怕失败，怕人生回到原点，怕回到他最苦的日子。

程浩见周夜摆出胸有成竹的样子，伸手拍了拍周夜的肩说："你想好了就行，兄弟陪你。"

他们还年轻，也应该闯一闯，即使跌倒了，也可以再站起来。

这天，两个大男孩一起讨论到了深夜。

暑假开始，笙歌就背着周夜偷偷在外面做兼职，有超市促销、市场问卷调查等。她每天都会提前一晚问周夜第二天有没有事，如果周夜不忙，要来找她，她就不出去兼职。因为最近周夜比她忙，所以她兼职的事情一直都进行得很顺利。

这一天，正在超市做酸奶促销的笙歌忽然看到周夜的来电，吓了一跳，心虚地接起电话。

周夜："笙笙在做什么呢？"

笙歌急忙掩饰道："我在家呢，怎么啦？"

她心虚地问："你今天不是要忙吗？"

周夜说："忙完了。好想你，去找你好不好？"

今天他去跟网咖的老板谈了所有的转让事宜，本以为会谈很长时间，就告诉她自己可能要忙到很晚。没想到两人谈得很愉快，就等签合同了，他想在签合同前告诉她这件事。

"找我？"笙歌一时慌乱，有些紧张地说，"要……要不晚上再来找我，行吗？"

周夜隔着手机都能听出小姑娘语调里的慌乱之意，而且自从奶奶知道他们在一起后，他每次找她，她都没有被拒绝过，今天却忽然拒绝还语调慌乱。一想到她可能是出了什么事，周夜心一紧，疾声问："你到底在哪儿？乖点，别撒谎！"

笙歌隔着手机都能听出周夜语调里的急切感和不悦感，他一定是发现她不对劲了。笙歌紧张地捏紧手机，咽了咽口水。她就说这家伙除了读书，其他时候都聪明敏锐得不得了。

"说话啊。"周夜见笙歌许久不出声，冷着声音问，"你在哪里？"

笙歌撇了撇嘴，弱弱地如实说："在超市。"

笙歌已经知道他发现自己不对劲了，再编下去怕他胡思乱想，但也不想丢下工作直接跑了，否则她不仅今天的钱拿不到，还得被罚钱，只好如实说出自己的位置。

"哪家超市？"

"延安路这边的合家福超市。"

知道她的位置后，周夜才舒了口气："在那儿等着。"

笙歌内心忐忑："哦，好。"

周夜没想到笙歌竟然会在这么热的天偷偷跑出去做兼职。赶到超市门口，他一眼就看到了穿着蓝色工作服的笙歌，她旁边的桌子上摆了很多开封的酸奶，供人品尝。那一刹那，周夜喉间酸涩。他停下了脚步，怔在原地，凝重的目光穿过来来往往的人群落在她的身上。同一时间，笙歌也看到了他。她像个做错事的孩子紧抿着唇，眼睛轻眨着对上他凝重的视线。

在超市的灯光下，两人隔着人群彼此对望，一个表情凝重，一个表情不安。

周夜快速穿过人群走过去的时候，笙歌以为自己要被他骂了。她知道他会心疼她。可周夜没有说话，直接上手将她身上的蓝马甲脱下，套在了自己身上，对她说："到旁边坐下等着。"

笙歌猜到他这是要帮她卖酸奶，急忙拒绝说："我能行的，你去旁边等我一会儿就好了。"

周夜却直接伸手强制性地把她按在椅子上，眉心紧皱着说："乖乖坐好。"

笙歌看出周夜的情绪不太好，没再拒绝，然后就看到穿着蓝色工作服的周夜端起一杯打开的酸奶招呼走近的路人品尝，接着帮她推销酸奶。那一瞬间，她鼻尖一酸。他这个年纪的男孩大多会觉得在大庭广众之下做这些事情挺丢脸的，尤其他是有些要面子又桀骜的。看着他带着笑脸给人推销酸奶的样子，她心里涩涩的。明明他做过很多比这更让她感动、更让她心疼的事，可他眼下的行为就是让她眼圈泛红。他总是不舍得她吃一点苦，一点点都不行，而他可以不在乎自己的面子，不在乎自己丢不丢脸，也并没有因为自己的情绪而直接把她带走，让她难堪，而是帮她完成接下来的工作。

"怎么还哭了？"工作结束后出了超市，周夜一低头就看到身边的笙歌眼尾泛红，撇着嘴要哭的样子。

"没有哭。"笙歌急忙深吸了口气掩饰着，缓解情绪后伸手轻轻牵上周夜的小指，仰头看着他主动道歉，"对不起，我不该瞒着你的，你是不是生气了？"

她像个做错事的小孩，唯唯诺诺地只牵了他一个小指，眼神更是惴惴不安的。周夜看着她这副模样，瞬间什么脾气都没有了，轻叹了口气说："没生气。"

他就是挺难受的，明明他已经很努力了，可他的女孩还是过得不轻松。

周夜掏出手机给笙歌转了一万块钱，然后朝她伸手："手机给我。"

处在歉疚中的笙歌急忙听话地把手机递给他："给。"

笙歌的手机没有密码，周夜点开微信，将钱领了，对她说："先给你转一万，以后我赚了钱都打你卡上。"

若不是他要创业，他早就把所赚的一切给她了。

笙歌一听他又给了自己钱，立马皱着小脸夺过手机要把钱转回去："我不要钱！"

"不要钱你做什么兼职？"周夜听得皱眉，"给人搞慈善做公益啊？"

笙歌：……

她才不要现在告诉他，自己是想攒钱买摩托车。

周夜见笙歌要把钱转过来，立马夺过她的手机说："不准转回来，给你就拿着。"

笙歌看着被抢走的手机和他冷漠的脸，知道自己跟他正面交涉不行，立马委屈巴巴地望着他，幽幽地道："你凶我！"

"我没凶你。"周夜急忙说。

笙歌撇着嘴瞪他："你就是凶我！你还抢我手机。不然你就把手机还给我，把钱收回去。"

周夜一时慌了神："我……"

反应过来后，周夜叹了口气，笑道："你就欺负我拿你没办法是吧？"

她以为他看不出她是故意这么说的？

笙歌眨了眨眼，一时没忍住，笑了起来。

"欺负"这两个字从他嘴里说出来怎么这么奇怪呢？一般都是他欺负别人还差不多！

周夜见笙歌笑了起来，无奈又没辙地抬手在她的发顶胡乱地揉了揉。

"哎，别这样摸我头发！"笙歌抬起双手将他作乱的手拉下来牵着，"我真的用不到钱，就是在家闲着没事，偶尔过来兼职的，也不累。你现在正是用钱的时候……"

两人坐进车里，周夜给笙歌系上安全带，说："再不用钱，也收着这一万块钱。"

笙歌见他油盐不进的样子，鼓着小脸说："你这样我生气了！"

周夜吊儿郎当地笑着说："那我哄呗。"

"你讨厌死了！"笙歌没辙，伸手打了他一下，"还霸道！"

周夜笑着说："嗯，我霸道，我讨厌。笙笙又乖又好，是我讨了个大便宜。"

周夜侧头看着她说："行了，就一万块钱，你这么纠结，会让你男人觉得自己很无能，知道吗？这个天太热了，别再做这些了。"

周夜伸手捏了捏笙歌的脸，语气有些强硬："听到没？"

笙歌微皱细眉，不想让他担心，只好先答应着："听到啦。"

笙歌拍掉周夜捏着她脸的手，娇嗔着："疼！"

周夜松开手，启动车子对她说："带宝贝去个地方。"

"去哪儿？"

"到了就知道了。"

十几分钟后，车在一处路边停下，周夜将车窗半降。

周夜倾身过去给笙歌解开安全带，双手捧着她的脸说："宝贝，转头……"

说着周夜捧着笙歌的脸转向马路对面那家他将要盘下的网咖，有些紧张地开口说："看到那家网咖了吗？我……我准备接手了。"

笙歌很认真地看了看店面："挺好的啊！"然后她有些担心地问，"应该得花不少钱吧？你的钱够吗？不够的话，我这儿还有一点。"

周夜急忙说："不用宝贝的钱，宝贝的钱自己留着。我既然带你来看，那就是已经准备好了，什么都不用笙笙操心的。"周夜捧着笙歌的脸让她看着自己的眼睛，语调有些低沉地继续说，"其实我今天找你就是想跟你说这事。接手这家网咖会再次花光我所有的积蓄，也不知道能不能成，其实心里挺没底的。如果败了，我就会一无所有，可能还会欠债，挺怕……"

他挺怕赌输了，一无所有后连她都守不住了。

笙歌看着周夜的眼睛，已然猜到他藏在心里的话。她冲他笑着，抬起双手覆在他捧着她脸的双手上，温柔又坚定地对他说："别怕，我相信这是你经过好几番深思熟虑后的想法，放心大胆地去做吧。你一定能成功的，就算出了意外，我们输了，你也不用怕。不管成败，我永远都会陪着你，永远都是你的人，这是任何人和事都改变不了的。"

她鼓励着说："按照你的想法去做吧，我支持你，并且不管成败，我都会坚定不移地跟你相守。所以，不要让我成为你的顾虑。"

笙歌说着忽然咬了咬唇，耳尖有些微红地说："我未来的老公他很厉害的，我相信他一定会成功的。"

简单的一句"未来的老公"，听得周夜心底乐开了花，这是她第一次这么称呼他，比任何海誓山盟都让他心如擂鼓。

得到了她莫大的支持和坚定不移的信任，周夜眼角眉梢都染上了笑意，他伸手把笙歌抱进怀里说："原本也不想跟你说的，怕你为我担心。可也不知道怎么了，定下来前又很想来跟你说说……"

或许他是想得到她的支持吧。

笙歌轻轻笑了："我很开心你来告诉我。我的阿夜终于不再像以前那样把什么事情都藏在自己心里，一个人默默承受了，这样才好。"

笙歌突然想到什么，提醒他说："网咖开起来后，阿夜可以去跟一些游戏公司合作，做专项产业特色。"

周夜听得惊愕一瞬："笙笙怎么知道我要结合游戏做？"

"网咖嘛，里头不是有好多打游戏的人吗？既然你都准备好了，那这几天我给你写写策划书，你看看有没有能用得上的。"

"好，谢谢宝贝。"

网咖盘下来后，周夜更忙了，跟程浩要定装修方案、采购设备以及试用机器，力争网咖每个细节都尽可能完美，让人一进门就觉得有种扑面而来的舒适感。

笙歌没再出去兼职，只抽空在网上接稿。而奶奶听说两个男孩在创业，感动于他们年纪轻轻就如此有上进心。她年纪大了也帮不上什么忙，也怕自己过去了给孩子们帮倒忙，就在家做好饭，到饭点的时候让笙歌提着饭盒给他们送去。

这天网咖装修完毕，挂上了门牌，笙歌一下公交车，远远就看到了那发着光的几个大字——夜夜笙歌，其右下角是小一点的四个字"电竞网咖"。

笙歌站在原地怔怔地看着门牌呆了几秒，由衷地为周夜感到开心。

笙歌一路小跑着进入网咖，周夜看到她后迎出来，接过她手里提着的沉甸甸的饭盒，皱眉说："不是说不让你送饭了吗？天这么热，来来回回的还得挤公交车。"

笙歌悄悄看了一眼旁边，发现没人，便凑到他耳边笑着小声说："想你了嘛，要是不来送饭，我好多天都见不到你。"

周夜很吃她这套说辞，嘴角带着笑意："抱歉，最近冷落宝贝了。"

他争分夺秒地赶时间，每天都忙到很晚很晚，有时甚至就在店里睡一夜，醒了就接着忙，每次忙到太晚了想去找她，又怕耽误她和奶奶休息。

笙歌笑着说："也没有冷落，不是每天都有给我打视频电话吗？我也知道你是在忙我们的未来。"

笙歌指了指饭盒说："好啦，快喊程浩来吃饭，不然一会儿就不好吃了。"

刚提到程浩，她远远就听到程浩的声音传来："好了，都检查完毕，大功告成，就等开业了。"

程浩走过来看到笙歌和那熟悉的饭盒，一脸期待地问："妹子，奶奶又做了什么好吃的啊？"

周夜听得皱眉，冷不防地接了句："喊嫂子。"

"你也就会欺负我了，有本事你欺负笙歌啊！"

周夜吊儿郎当地接了句："那我没本事。"

笙歌被这两人的幼稚行为逗笑："好了，你们快把饭吃了。"

周夜把饭盒递给程浩，低头对笙歌说："等这里忙完了，过两天带你去玩玩。"

笙歌听着他的计划，开心地说："好。"

周夜见笙歌笑得开心，抬手搂在她的肩上，将手绕过她的后颈抬起她的下巴，把人圈在臂弯里问："那宝贝想去哪里玩？"

笙歌在他臂弯里抬着下巴，有些兴奋地眨巴着眼睛问："去哪里都可以吗？"

"当然。"周夜的目光在她的脸上游移，"笙笙想去哪里都行。"

"那我们还是去游乐场玩玩吧，那儿新弄了两个游戏——密室逃脱和剧本杀，然后晚上……"笙歌一时有些忐忑，抓着周夜的衣衫眼巴巴地询问道，"晚上你可以带我去酒吧吗？"

说完，笙歌还急忙补充了句："我就穿短袖衫和裤子去。"

周夜见她紧张忐忑的样子，笑着说："这是干什么，这么紧张？"

周夜嗽着笑，暧昧地用指腹在笙歌的下巴上蹭了蹭，说："宝贝不怕，有我在，笙笙想去哪儿都行，我护着你去看世界……"

他说话时，笙歌在他臂弯里仰着头看他，像个乖宝宝，大眼睛一眨一眨的。她这样子看得他喉结轻动，他忍不住，低头亲了下去。

笙歌怔怔地眨巴着眼睛。程浩还在旁边，他的行为惹得她脸红了，奈何她被他禁锢在臂弯里退无可退，只能由着他胡来。

翌日。

刚巧吴忧还有其他几个同学也要玩密室逃脱和剧本杀，大家就一起约着出来玩。

吃了晚饭，按照计划，他们去了酒吧，同时又来了几个男生。

补了一天觉的程浩早早地等在了酒吧门口，一看到他们走来，就一脸好奇地问着笙歌："原来你们好学生也想来这种地方玩啊？"

听到周夜说是笙歌想来酒吧时，他真的是惊呆了，觉得很新奇！

笙歌直接说："我那是一个人不敢来，所以只好拉着大家来嘛。"

跟着周夜走进酒吧的时候，笙歌看哪儿都觉得新奇。同样，别人看她，也觉得新奇，因为她穿着简单，扎了个丸子头，与酒吧里的其他人有些格格不入。

旁边的吴忧和另外两个女孩也是一脸新奇的样子，嘀嘀咕咕着，吴忧拉着笙歌的手说："哎呀，我这是第一次来，别人会不会看出来啊？"

笙歌一本正经地趴在她耳边说："没事，我也是第一次来。"

两个女孩对视一笑。

周夜看着就不像是第一次来的人，进门的时候还有人跟他打招呼。

找地方坐下来后，周夜给笙歌要了杯果汁，笙歌好奇地看着周围的一切，看到稀奇的就指着问周夜："哎，那边被人围着，站在那台机器前的是不是就是 DJ（唱片骑师）啊？"

周夜顺着笙歌指的方向看过去："嗯，那就是 DJ。"

笙歌看着那边氛围感极强的现场，脱口来了句："好帅啊……"

话刚出口，她就瞬间意识到不对，立马看着周夜改口说："不是，我是说那边氛围感好强，现场比较热闹，不是说人帅……嗯……对，我没有说人帅，你最帅……"

"DJ 帅？"周夜垂着眼皮看着身边的女孩，忽然低头贴在她耳边说，"你男人也会打碟。"

笙歌惊呆了，大眼睛瞪得圆溜溜的。她望着他问："你是不是除了读书，其他的都会？"

周夜看着旁边一脸震惊、瞪大眼睛望着他的笙歌，有些无奈地笑着开口："小姑娘，这个事过不去了，是吧？"

笙歌很会说话，笑着冲他说："哪有啊？谁让你那么厉害，总是猝不及防地就给我一个大惊喜。"

她这种夸赞对周夜来说很是受用，他顿时得意地嘴角轻弯，漫不经心地说："也没有什么都会，就恰巧会了这么几个。"

他以前在酒吧做过一段时间的服务生，只是后来怕自己在酒吧待久了，心会变得浮躁，就果断离开了。

周夜说着悄悄伸手搂在笙歌的腰上，凑到她耳边暧昧地道："宝贝想不想看我这个 DJ？"

周夜的声音萦绕在笙歌耳边，笙歌听得耳根一麻，咽了咽口水。她转头看向周夜，兴奋而激动地说："想看。"

笙歌此刻眼里都冒着光，周夜故意道："笙笙要看什么？"

笙歌伸手在他的腰上掐了一下。

周夜看着难得闹小脾气的笙歌，带着笑："笙笙给我撒个娇，我就去表演。"

笙歌眨了眨眼。不就是撒娇嘛，她会！为了能看周夜化身 DJ 的样子，笙歌立马双手抱着周夜的胳膊轻轻晃了晃，眉眼含着笑，软绵绵地喊："阿夜哥哥。"

笙歌刚喊出四个字，周夜顿然脊背一僵，急忙轻咳一声打断她说："宝贝别撒娇了，我这就去……"

他怕她再撒娇下去自己会在众目睽睽之下做出不恰当的事，于是忙不迭地站起身，叮嘱道："在我回来之前，别离开这里。"

接着周夜也对程浩交代了一句："看着点笙笙。"

没等程浩反应过来，周夜抬步朝 DJ 那边走去。

笙歌看着周夜落荒而逃的背影，得意地笑着，揉了揉鼻子。他明明就受不了她撒娇，还非提这个要求。

程浩看向笙歌大声问："夜哥干什么去了？"

笙歌立马指了指正在台上跟 DJ 交涉的周夜说："他准备客串一下 DJ。"

程浩顺着笙歌手指的方向看过去，发现周夜已经跟 DJ 交涉好了。DJ 拿起话筒情绪高昂地介绍了一下周夜，接着切换音乐，气氛变得极其热烈，一片欢呼喝彩声，舞池里的人激昂地跳起贴身劲舞。

笙歌被台上充当 DJ 的周夜惊艳了。他穿着简单的黑色短袖衫和黑色休闲裤，额前的碎发微微遮在眉骨，整个人都在五颜六色的灯光下，活力四射，痞劲十足。他隔着人群冲她望过来的瞬间，不羁地一笑，简直勾魂。

"天哪，是周夜。"吴忧震惊地看着在台上发光的周夜，诧异地道，"突然觉得周夜除了在读书上不行，其他时候都好惹眼啊……"

"噗……咳咳咳！"刚喝了口果汁的笙歌因为吴忧的话呛得直咳嗽。完了，大家都发现读书不行是她家周夜的唯一缺点了。

"你这么激动干吗？"吴忧见笙歌激动得直咳嗽，急忙说明，"我就是单纯地夸夸他，没有任何想法啊，别多想啊！"

"咳……没多想、没多想。"笙歌拿纸擦了擦嘴，护短道，"我家周夜成绩也不差好吧？"

吴忧笑着打趣着："啊，是是是……你家周夜好得不得了。"

周夜从台上下来，坐到笙歌身边时看到小姑娘正对着刚才录的视频傻笑。别的女孩手机里是自拍照很多，而笙歌手机里则是偷拍的周夜的照片很多。

余光看到周夜回来了，笙歌立马朝他坐近了一点，把拍的视频拿给他看，一脸痴笑地说："好酷。"

笙歌抬头冲周夜笑得明艳动人："阿夜帅死了！"

周夜低头沉醉在笙歌的笑容里。这个女孩好喜欢夸他，有时他都不知道是自己真的这么优秀，还是她有意说出来想让他开心罢了。但不可否认，因为她，他变得自信了很多很多。比如以前当别人偷偷看他时，他就会不自信甚至敏感地想别人一定是又在诋毁他什么、议论他什么，然后浑身带刺，一点就生气；而现在当偶尔有人看向他时，他的第一反应是坦然自信地接受他人的目光。

是她耐心温柔地将他内心的敏感情绪抚平，改变了他的心境，让他学会了享受生活里的点点滴滴，让他变得自信坦然，不再浑身是刺，这是再多的物质都给予不了的。

网咖正式开业这天，恰好是周末，笙歌一有空就赶来帮忙。

开业当天，网咖上座率达到了百分之百。周夜跟甜品师傅提前商量好，要在生活休闲区做出一批从未在市场上出现过的甜品和茶饮，作为引流项目。开店花光了周夜所有积蓄，他没钱买断师傅们的技术，卖甜品和茶饮所赚的钱都是他和师傅们五五分账。

络绎不绝的男孩女孩蜂拥赶至网咖，还有很多学校的同学前来光顾。

开业第一天，周夜和程浩都忙得很，到处转着看有没有哪里没做到位，需要改进的。毕竟只有营业起来，他们才能发现网咖中一些隐藏的问题。

第一天开业，周夜担心出问题，就一直在店里，没回去睡觉。

凌晨两点多，程浩在休闲区泡了桶泡面吃，周夜坐在旁边的高脚凳上喝了杯咖啡提神，用平板电脑查看今天网咖的生意情况。

程浩说："凌晨的时候，我看了一遍账。开业活动很完美，上座率一直是百分之百。"

周夜用手指戳着电脑屏幕，说："今天该解决的问题都解决了。之后可以让王耀看着店，我们把监控录像连到手机上，可以实时看看网咖情况就行，有急事我们再赶过来。"

"行。"程浩拿纸巾擦了擦嘴，隔着玻璃看着对面坐满人的电脑区，好奇地问道，"夜哥还真是有商业头脑，看着这儿生意这么火爆，你真的没有后悔当初听笙歌妹子的话继续读书，没有直接出来创业？"

周夜听完毫不犹豫地说："一点也不后悔。"

周夜坐在高脚凳上，单脚撑在地上，另一只脚踩在椅子的横栏上，姿态慵懒地喝了口咖啡，缓缓开口："那时候我如果休学了，是想要每天马不停蹄地赚钱，给她做依靠。那时候她认识我才几个月，而且她那么优秀，学校里有很多人青睐，如果我休学了，也许我们不会像今天这样彼此毫无保留地信任对方，而我也会像以前一样，只是个无情的机器，只会闷头赚钱。我幼时没有被人呵护过，童年过得并不开心，幸好她给我留了点可回忆的青春……"

以前深夜睡不着的时候，回忆过往，他都会越来越觉得压抑，甚至快要在压抑中窒息。而如今，他会回忆起他在篮球场上跟一群满含热血的同龄男孩肆意奔跑、全班同学一起为他加油的画面，与她牵手轻松自在地走在校园小道上的画面……这段青春记忆，是他人生中最宝贵的回忆。

程浩想了想说："这倒也是。你以前啊，都不爱笑，就算笑，也是皮笑肉不笑，还容易让人脊背发凉。话说回来，笙歌天天给你补课，有没有不耐烦啊？"

"没有。"经程浩一提，周夜现在满脑子都是他的笙笙了。他笑着说："其实她从来没有真的逼着我努力学习，让我留下来读书就只是想让我过得轻松点，享受一下这个年纪该有的生活。那时候她劝我别休学，说当作陪她，可其实一直都是她在陪着我、鼓励我。"

周夜说着忽然嘚瑟了起来，弯唇笑着扭头看向程浩，说："我家宝贝就是太心疼我了。"

程浩无语了。

九月，新的开学季，新的启航。程浩和周夜学分未满，延迟毕业，笙歌则选择留校读研究生。

十月入秋，落叶满地。十月二十六日是周夜的生日。

笙歌侧头看向周夜，说："今天是你的生日，我给你准备了生日礼物。"

周夜好奇地道："什么礼物？"

笙歌神神秘秘地说："秘密，先不告诉你。我们现在去你那儿。"

周夜好奇地问："去我那儿干吗？"

笙歌神神秘秘地说："到了你就知道了。"

周夜为了让笙歌每次突然去找他的时候能在好一点的环境里待着，换了套精装修的房子，笙歌也有该房子的钥匙。

周夜拿出钥匙，笙歌忽然抬手遮住他的眼睛说："你先闭上眼。"

"我来开门。"笙歌接过周夜手上的钥匙，一只手遮住他的双眼，另一只手拿着钥匙开门。

周夜狐疑地微微挑眉："这么神秘吗？"

"你不准偷看！"笙歌疾声交代，"我让你睁眼你再睁眼。"

周夜配合着说："好，不偷看。"

进入房间，闭着眼睛的周夜听到了关门的声音："宝贝，我能睁眼了吗？"

"不行。"

"好吧。"

笙歌看着轻靠在门上，听话地闭着眼睛的大男孩。好像她说什么，他永远都会照做。她一脸甜蜜地笑着抬手，指尖在他好看的薄唇上轻轻拂过，落在他的嘴角上。接着她踮脚在他的唇上亲了一口，双手环在他的脖子上，声音温软含娇："去年的生日我没能陪你过，这是我陪阿夜过的第一个生日。以后我会陪你过每一个生日、过每一天，给你很多很多礼物。这次的礼物我准备得还不够好，以后我会再补上更好的礼物……"

笙歌本想把摩托车当成生日礼物送给周夜，可是还差几千块钱，只能再等等，等攒够钱了，再将摩托车买来当作新年礼物送给他。

笙歌说着缓缓搂下周夜的脖子，踮脚在他耳边温柔地说："阿夜，生日快乐，我唯一挚爱的男人，要永远平安喜乐。"

周夜听得耳根酥麻，耳畔萦绕的全是笙歌诱人的呼吸声，他心都乱了。

笙歌又仰头望着他，亲昵地用鼻尖蹭了蹭他的鼻尖。她轻轻笑着："亲我一下，就可以睁开眼……"

周夜捧着她的脸低头亲了下去，亲得热烈。眼底隐匿着笑，双手缓缓落下，他掐着她纤细的腰肢紧紧地把人禁锢在怀里。

周夜弯腰将人抱了起来，准备抱着笙歌去沙发那儿，然而直起身刚走两步，看着眼前的温馨画面，脚步直接顿住了。整个房间从客厅开始就被她精心布置了，通往卧室的天花板上飘着很多好看的气球，每一个气球下都吊着一张便利贴，每一张便利贴上面被她用彩色的笔写着不同的字，家里各个角落都被她精心布置了一番，桌子上还放着一个蛋糕。

笙歌还被周夜抱着，双手还搂着他的脖子。见他停下脚步，她笑着冲他说："你先放我下来。"

周夜完全愣了神。这是第一次有人给他过生日，还这么隆重认真地布置了一番。周夜把笙歌轻轻放下来，笙歌牵着他的手往前走，走到气球下。笙歌举手拉下第一个气球上吊着的便利贴，放到周夜的掌心。周夜看着掌心的便利贴，上面画了一个小婴儿，还写着：

感谢上天，让我的阿夜在这一天降临于世，让我在这世间多了一份羁绊，祝你一辈子平安喜乐。

接着笙歌又拉下第二张便利贴给周夜看，上面依然是画了一个小婴儿，只是婴儿长大了一点，上面写着：

我的阿夜一岁了，可以自己走路了，一定很可爱。

接着是第三张便利贴、第四张便利贴……第十一张便利贴，之前的婴儿变成了一个小小的少年，便利贴上写着：

我的阿夜十岁了，听说你过得不好，好遗憾我没有在这时遇见你。但你要相信，未来会是光明美好的，你会有属于你的一片天地。

接着是第十二张便利贴，上面画着小小的少年，他身边多了一个小女孩，旁边写着：

我的阿夜十一岁了，很高兴你能认识我，只是很遗憾，没能在这时与你相遇相拥，真的很想抱抱你。

直到最后一张便利贴，之前小小的少年长成了一个风华正茂的男人，他牵着一个年纪相仿的女人，便利贴上写着：

我的阿夜，生日快乐！好高兴我们能遇见，能被你保护真好。你为我平淡的青春添上了一抹独特的色彩，让我的青春缤纷又烂漫。能成为你的挚爱，是我这一生最大的幸运。

周夜喉间酸涩，心尖颤动，整个人都沉浸在惊喜和感动的情绪里。从没有人花心思为他做过这些，也从未有人如此认真且费尽心思地给他过过一个生日，她甚至细心地补上了从他出生开始到现在的每一年的祝福，弥补他幼时缺失的温暖。

正当周夜失神心动时，笙歌悄悄拿出卧室门旁放置好的遥控器，牵着周夜走进卧室。窗帘将阳光遮尽，昏暗的房间内响起音乐《遇见》，接着投影仪在墙面上映射出画面。

周夜转头望去，发现那竟是他们初见时的照片，是一张他的背影照——他走在教室的走廊上，那时的他还留着一头"雾霾蓝"的短发，整个人沐浴在晚霞的余光下。

接着画面跳动，一张张不同的照片慢慢浮现在他眼前：他骑着摩托车载着她穿梭在城市各个角落的背影；染黑了头发，穿着简单的白色T恤衫的他；他在教室回头和程浩打闹的样子；他在篮球场跟同学打球的样子；他跟着体育老师去海城打比赛时的样子；他第一次考试及格，开心地跟她炫耀的样子……

在这些照片里，他的脸上发自内心的笑容越来越多。视频的最后，是两人的合照展示，之前两人各种欢乐甜蜜的瞬间被定格，有的照片是笙歌偷拍的，有的是她拉着他拍的。

这些照片一张一张地在周夜眼前闪过，勾起了他遇见笙歌之后的所有回忆。他深知都是她的坚持和认定，他才会与她一步步走到现在，否则他早就退缩到她看不见的地方了，像行尸走肉般存活在黑暗的世界中。他退缩时，她却始终如一地认定他，她从一开始就坚定不移地奔向他，不在乎他不堪的过往，像一团火光将他照亮。

外人总认为是他一直在宠着她，只有他最清楚，她更宠他、纵容他。她细腻温柔、坚韧勇敢，他何其有幸，得以遇见这样一个女孩。

笙歌见周夜整个人都僵在了原地，眉心微蹙着，满脸受宠若惊，她弯唇笑了。她抱上他的腰，在他的唇上亲了一口，说："阿夜对生日礼物还满意吗？我今年的祝福，是愿你跟你爱的人生生世世都能相知相守。"

她轻轻的吻和温软的嗓音将处在回忆中的周夜拉回神来。

周夜低头看着她，缓缓开口："谢谢宝贝给的生日礼物，我很喜欢，这是我……"他喉间酸涩，嗓音微哽。他强露出一抹笑，叹气道，"这是我长这么大第一次过生日，笙笙给的礼物很隆重、很温馨，辛苦宝贝了。"

"不辛苦。"笙歌见周夜满意，冲他笑着说，"别人有的仪式，我的男人也要有。"

周夜的心都被她甜化了。

他抬手摸了摸笙歌的笑脸："做这些费了多少心思？宝贝不用辛苦做这些的，你在我身边，就是最好的礼物。"

"不辛苦啦，也没有费多少心思，照片都是手机里一直有的。"笙歌皱了皱小鼻子，俏皮地说，"就是那些画，我画了好久好久，画技不大好，阿夜别嫌……"

她最后一个字还没说完，周夜突然低头吻了下来，在她的唇瓣上蹭了蹭，低喃道："不嫌弃，画得很好。"

今年的冬天不像去年冬天那么冷，腊月中旬才迎来第一场雪。

地面一片雪白，路边的枯枝上挂满了雪花。

周夜终于如愿带笙歌去看了新房子。奶奶年纪大了，住在市中心会觉得吵，但是住郊区交通又不方便，于是他折中选择了一处适合奶奶居住的楼盘。

看好房子，周夜牵着笙歌走在小路上。道路旁的两排树木上落满了积雪，一眼望去，倒是一番别样的美景。路上只有周夜和笙歌，两人牵手走着。周夜穿着黑色工装裤和一件简单的黑色薄棉服，身姿挺拔。笙歌穿着米色的羊羔毛外套和杏色直筒裤，长发披肩，头上别了个红色的发卡，整个人看起来很温柔，又带着些俏皮感。

周夜搂住她的肩，把人圈在臂弯里，对她说："先住着这个小区房，总不能让你一直租房子住。"

见四下无人，周夜抬起笙歌的下巴，弯腰低头在她的唇上亲了一口，说："我向笙笙保证，我们一定会换房子。城南有一栋小洋楼别墅，带着小庭院，将来我们住在那里，可以让奶奶种些菜之类的，那样她就不会觉得无聊。我们还可以种些花，给笙笙种喜欢的桃花。"

她知道那栋三层的小别墅，有小庭院，不在闹市区，但它的位置也不算偏，附近风景很好，很适合居住。它因为不在闹市区，所以房价并没有很高。

"如果笙笙不喜欢城南，我们就不去那儿住。宝贝想在哪儿定居，我就在哪儿买房。"

笙歌笑着往周夜身上靠，说："喜欢。"

她没有说，跟他在一起，无论住哪儿，她都喜欢，因为知道这种回答会让他以为她在为他而将就。

笙歌抬着下巴，眼里亮晶晶的。她笑着说："我喜欢城南那边，那边风景很好，也相对清静，奶奶住在那里也可以种点东西，有点事做就不会觉得自己没用了。那儿真的很好。"

她也真的不喜欢居住在闹市区，虽然那儿繁华热闹，可是不安静，让人睡不好。

见笙歌笑着说喜欢，周夜顿时舒了口气，此时手机忽然响了起来，他掏出手机，看了一眼来电显示，是俱乐部的人。

"我接个电话。"

笙歌点点头。

周夜一接通电话，就听到电话里的人急切地说："夜哥，Abbott这两天有联系你吗？"

周夜如实地说："没有，前天我把车改好后，他就没再联系我了。怎么了？"

电话对面的人犹豫了一下说："两天没联系上他了，以前从来没发生过这种情况。再说明天有比赛，之前我们每次有改装车比赛，Abbott 都会全程看着比赛，这次我们到现在都联系不上他。"

周夜微微皱眉，说："行，我知道了，我试着联系他看看。"

"好，有消息彼此说一声。"

周夜挂了电话，笙歌问道："是俱乐部的人吗？"

周夜没有隐瞒："嗯。"

笙歌忽然想起什么，又问了句："感觉你现在很少去俱乐部了，是不是那边生意不太好啊？"

"不是。"周夜拿着手机给 Abbott 发消息，"现在我一个月只接三单。在俱乐部改装赛车毕竟是在别人手下工作，机会也得等别人给，我才有，我就想慢慢退出来，专心搞我自己的事业……"还有一点是他这几个月发现改装赛车有隐形风险，他拿的分成越高，自己的风险就越大。

笙歌也没多想，顺口接了句："不去那边也好，不然你太辛苦了，每天都忙个不停。"

周夜说："不辛苦。网咖有网管看着，其实我不怎么忙，笙笙不用担心我。"

Abbott 不接电话、不回消息，确实让人不安。

翌日，大家还是没找到 Abbott，周夜一大早又去了一趟俱乐部。

午饭后，笙歌坐在桌子前看着自己手机里的小金库，一脸开心地说："终于攒够了钱，可以给我家大宝贝买摩托车了。"

跟奶奶打了声招呼后，笙歌便出了门。她本来准备让程浩陪着自己一起去看摩托车，以防吃亏，可是前两天程浩出了趟国，回来后就情绪低落，她就不想打扰他了，于是自己在网上搜了买摩托车的注意事项。

笙歌走进一家自己考察已久的摩托车行。她是提前看好了摩托车的款式和车型的，也在网上多处询问过价格，所以目标明确，与销售员讨价还价时也思路清晰。

笙歌交完钱，签好收据等相关字据后，销售员好奇地问："你一个人来，难不成你把它骑回去吗？"

"我可不会骑。"笙歌反问道，"你们这儿可以帮忙送货吗？"

销售员立马说："当然可以。"

笙歌高兴地说："那就麻烦你们后天帮我送一下，我提前给你们发地址，可以吗？"

销售员："当然可以，我们的服务是全市最好的。"

笙歌礼貌地道谢："谢谢。"

出了车行，笙歌看着手上的购车合同，眼底的笑意都快溢出来了。她又激动又紧张，希望周夜会很开心。

笙歌迫不及待地掏出手机给周夜打了个电话。平时周夜都会立马接电话，可今天电话响了好几声，才被接通："笙笙。"

他一接通电话，笙歌就轻声问："你是在忙吗？"

"不忙，"周夜迟疑了一瞬才说，"怎么了？"

"也没什么事。"笙歌言语里都带着笑意，"你要是不忙，我想去找你。"

周夜轻蹙了一下眉心，说："对不起，宝贝，我马上要去趟公安局。Abbott 不见了，还没找到，我报了警，要去录口供。"

笙歌体谅道："这样啊，那你去忙吧，忙完了给我打个电话。"

"好，忙完就给笙笙打电话。"

笙歌忽然有些不放心地问："你们没出什么事吧？"

周夜有意带着笑说："没有出什么事，你男人这不是在好好地跟你打电话吗？别瞎担心，晚点去找你。"

"你有什么事千万不要瞒着我。"笙歌叮嘱着。

周夜故作轻松地笑着说："好，不敢隐瞒。"

他挂了电话，一旁脸色沉沉的程浩才慌忙开口问："赛车怎么会出事？还恰巧是你改装的那辆车出事。会牵连到你吗？"

程浩将面前暂停的视频重新播放，这是半个小时前国外那场职业摩托车赛直播视频的回放。

面色冷峻的周夜没说话，几分钟后，周夜嗓音低沉地开口："这件事不要告诉笙笙。"

"这个我明白，不用你交代。"程浩急得焦头烂额，努力冷静下来客观地分析着，"夜哥，按理说你改装的每辆车都有签相关协议，俱乐部也是正规的，有各种相关手续可以证明。所以出现这种事应该纯属意外，不该牵扯到你和俱乐部……"

程浩话未说完，周夜的手机响了起来，来电显示是国际号码。周夜顿感不妙，按下接通键，电话里传来一个陌生男子的声音："你好，请问是周夜先生吗？"

周夜眸色微沉，他坦然应对："是我。"

"你好，我是一名律师。经你改装的一辆摩托车在比赛中出现事故，有专业人士初步判定事故是改装者偷工减料造成的。当事人让我告知你，事态可大可小，他们也不想把事情闹大，因为往大了闹可能会触及法律问题。只要你能拿出一百万元当作医药费，即可了结此事。"

挂了电话后很久，目光沉沉、一言不发的周夜忽然冷笑出声，神色变得阴鸷，眸中透着寒意。程浩脊背发凉，他咽了咽口水，不安地小声问了句："谁的电话？"

周夜冷笑："受伤赛车手那边的电话，说让我给一百万元这件事就算了，还威胁我说不给后果会很严重。"

程浩震惊得噌的一下站起身，疾声道："这人有病吧？想钱想疯了！要钱他也该去俱乐部找 Abbott，关你什么事？你在这儿也只算个员工……"

程浩激动地说着，忽然看到周夜面色阴沉地缓缓抬起眼皮看他。周夜若有所思、心事重重的样子顿时让程浩意识到事情可能没这么简单，于是又立马坐回去，神色忐忑地安抚着说："实在不行，要不咱就凑点钱，要不……"

程浩犹豫了一下说："要不把网咖转了，挺过这一劫再开。"

周夜毫不犹豫地打断程浩的话，说："不行，网咖不能转。那是笙笙的梦，转了我们就什么都没了。"

程浩急得皱眉："那眼下怎么办？去哪儿搞一百万？"

周夜坐在沙发上，烦闷地将双手合十抵在额间，想着眼下的所有状况，不久后低沉地出声："浩子，事情好像没那么简单，我并不觉得这是钱能解决的事情。"

周夜眼底满是阴郁之色，他缓缓抬头看向程浩："是有人想搞我！"

周夜理性分析道："Abbott 恰好在比赛前不见了，接着这场比赛出现意外，上午出事，下午就有人联系到我，开口要一百万，简直巧合到离谱！他们目的很明显，就是想搞我。"

程浩听出事情的严重性，立马朝周夜坐近了一些，分析道："跟 Abbott 有关吗？"

周夜继续分析着说："不会是他做的。这个俱乐部是他的，我是他的员工，他才是直接责任方，用这种方式来对付我，他得不偿失。我现在甚至怀疑他失踪是被我牵连的，因为如果他在，这一百万对他来说不是大事，但他不在，这一百万就落在了我头上！"

程浩听得胆战心惊："那是谁想搞你啊？你最近是得罪谁了吗，还是挡了谁的财路？谁这么恶心？"

周夜看着程浩，眸色沉了又沉。他得罪谁？他挡了谁的财路？是谁要逼死他？谁有这么大的能力设这么一场局？周夜琢磨着，突然眸光一闪。他直起腰，一脸严肃地说出三个字："季云潇！"

除了季云潇，周夜想不到第二个有这么大能力的人。季云潇是想逼自己去求助吗？之前自己每次出事，季云潇都会说，有事可以随时去找他。周夜明白季云潇并不是想当自己的后盾，而是想让自己妥协！

程浩一脸惊愕："如果真是他，那这还真不是钱能解决的事情，他可不缺钱。"

周夜突然站起身："我去找他。"

他得从根上解决问题。

"我也去！"程浩急忙跟着站起身。

周夜拒绝道："你待着，我自己去。"

程浩不理他，继续跟着："我哪能待得住？"

对程浩来说，周夜是他在这世上最信任的人。他妈妈身患癌症，周夜二话不说就拿出所有的积蓄给他，而且周夜不管做什么，都会带着他一起。开网咖的时候，他要出资，周夜不让，说怕失败了，连他的钱都亏进去。然而网咖赢利了，周夜却跟他对半分账。周夜真心待

.279.

他，他同样也希望自己能给周夜当后盾。虽然他们之间没有血缘关系，但他一直认为他们胜似亲兄弟。

季氏大厦楼下。

周夜走进大厦前掏出手机打开了录音功能，同时对程浩说："把手机录音功能打开。"

"好。"程浩没多问，直接照做。

准备两份录音，万一他们出什么意外，可以多一些保障。

肖恩快步走到总裁办公室门口，敲门而进，恭敬地汇报："季总，夜少爷来了，和那个程浩一起，已经上了电梯，应该很快就到了。"

季云潇慢条斯理地签好桌上的合同，抬起眼看向肖恩，冷笑了一声："这小子动作倒是挺快，看来是明白了事情的严重性，终于肯主动找来了。"

随着一阵敲门声响起，季云潇开口说："你先忙去吧，我单独跟他聊聊。"

肖恩颔首："好，季总小心。"

肖恩转身走到门口打开门。门口站着周夜和程浩，他客气地喊了声："夜少爷、程浩同学。"

周夜眼神晦暗地看了肖恩一眼，对程浩说："你先在门口等着，注意安全。"

周夜与肖恩擦肩而过，走进办公室。

季云潇露出一副和善的样子笑着说："来啦！随便坐。"

周夜看着季云潇脸上和善的笑意，只觉得他很虚伪。周夜不敢确定这事到底是不是季云潇做的，只好佯装急切走投无路的模样，一脸颓废地坐在季云潇对面的椅子上，低着头不说话，眉心紧皱。

季云潇老奸巨猾，见周夜不说话，也不开口，气定神闲地双臂环胸靠在椅背上，端详猎物似的看着周夜，揣摩着周夜此刻的心思。

周夜很沉得住气，一直未开口。

季云潇忽然爽朗地笑出声来："你难得来一趟，就这么坐着不说话？有什么事就说。"

"这次来确实遇到事了。"周夜闻言，抬头看向对面的季云潇，双眸紧盯着季云潇继续道，"遇到了很棘手的事情，我不知该怎么办，想到之前你说有事可以找你的……"

季云潇见眼前没了气焰的周夜，满意地弯了弯唇。他站起身，装出一副慈父的模样走到周夜的身边，叹了口气，拍了拍周夜的肩说："孩子，早该这样了，这么多年你在外面受苦了。遇到什么事了啊？"

周夜不动声色地侧头，看了一眼搭在他肩上的那只手。眼下季云潇站着，他坐着，不利于他在突发情况下进行反击，于是他也跟着站起身，佯装为难地说："季总可以借我一百万吗？我可以给你打欠条。"

"不用打欠条。"季云潇看着周夜，过了良久才继续道，"只要你答应我一个条件，你遇到任何事，我都可以帮你。"

周夜微挑眉峰，急忙问："什么条件？"

他就是想弄清楚季云潇到底在盘算什么！

季云潇对上周夜幽深不见底的眼睛，想要以气势压住他，一字一句地说："要你回到季家，换脸、改名，从此，这世上不再有周夜这个人。"

换脸？改名？

周夜心底一震。这就是季云潇一直以来靠近他的目的？

碍于手机还在录音，周夜极力压制着心底暴躁不甘的情绪和怒火，故意问："换谁的脸？怎么换？"

季云潇微眯双眸，字字诛心："我会请最好的整容医生，把你整成景航的样子，你替他出现在大众的视线里，替他活着。"

周夜有意连名带姓地反问："整成你儿子季景航的模样？"

"对。"季云潇想自己已经说了这么多，索性直接说完，"你也不会吃亏。用景航的脸生活，你想做什么，我都支持你。你想创业，我可以给你提供一切支持。至于你身边所有的朋友、爱人，我也会给他们最好的安排，会让他们一辈子衣食无忧，享受荣华富贵……"

周夜不屑地冷嗤，睨着眼前这个男人，有意喊他的全名："季云潇，这才是你靠近我的目的吧？"

周夜深吸了口气，垂下眼睫，眼神凄然悲凉。他冷笑着开口："真可笑，我就知道老天对我没那么好，忽然蹦出来一个有权有势的爹要认我。原来你是等在这儿算计我呢。"

周夜冷冷地睨着眼前的男人："所以眼前这一切都是你算计好的？目的就是逼我来向你妥协，对吗？"

季云潇没有回答，办公室内陷入沉默。

而他这份沉默对周夜来说就是默认，周夜又问道："Abbott 呢？季总把人藏哪儿了？"

季云潇坦然地道："只要你答应我的条件，你身边的任何人都不会受伤，我可以向你保证。我给你时间，你好好考虑考虑，想想你喜欢的那个女孩、你门外的兄弟，还有 Abbott，以及那个老太太。这些人未来如何，都在于你。若做出正确的选择，你自己也会因这一个决定而钱权加身，以后你想做什么，都会更容易。"

周夜清楚眼下他在别人的地盘上，不能鲁莽冲动行事，否则无任何好处，于是面色阴沉地说："行，我回去好好考虑考虑，两天内会给季总一个答案。"

"哈哈哈哈……"季云潇大笑起来，像看着一个十分可笑的无知者一般看着他，"果然还是年轻了啊，我跟你说了这么多，你认为在你考虑好之前，我能让你离开吗？"

周夜心中一震，一直被压制着的暴戾之气突然上涌，他愤怒地出声："你这是想把我关起来？"

周夜的情绪顿然失控，下颌线绷得僵直，脖子上的青筋隐隐凸起，眸光变得阴鸷冰冷："季云潇，我不欠你的！难道就因为我流着你的血，你就要整死我吗？"

周夜的眼神里透着落寞之意。他在来的路上还抱着一丝幻想，希望这事不是季云潇做的，也曾幻想过或许季云潇是真的想要认他。可这么多年，他在这世上苟延残喘地活着时，都不敢奢望会有人真心想给他温暖，他这辈子的运气都用在遇见他的笙笙和程浩上了。周夜不得不承认，他曾经有那么一瞬间对季云潇是有过一丝期盼的……

而如今真相大白，他不过是一颗棋子，一颗悲哀的棋子，季云潇是要买断他的人生！

季云潇把他带到这世上，未曾给过他一丝温暖，却想在他受尽世间疾苦准备走向美好的生活时买断他的人生。

季云潇凭什么？就凭那一点血缘关系吗？

季云潇见周夜冷着一张脸，像个初出茅庐的暴躁小子，气定神闲地笑了笑，提醒道："怒火是这世上最无用的东西，只能让人丧失理智。所以你现在不该发怒，应该好好考虑我的要求。"

"我不会答应的，你死了这条心吧。"周夜用余光看了一眼办公桌上的美工刀，咬了咬牙，绝望地对季云潇说，"不就是因为我身上流着你的血吗？行……"

周夜嗓音阴森慑人："我还给你！"

周夜说话间动作迅速地拿起桌子上的美工刀，毫不犹豫地对着自己的手腕划上一刀，绝望地出声："我还嫌你的血脏！"

季云潇愣住了。他没想到这孩子性子这样刚烈，竟然会以命相抵。眼看着周夜准备划下第二刀，季云潇慌忙冲上去阻止："快把刀放下……"

"别废话。"周夜动了动抵在手腕处的美工刀，"让我出去，一切好说，否则……"

周夜就知道季云潇舍不得他死，他从来不打没把握的仗，只好拿自己当饵。

"有话好好说。"季云潇心悸，垂眸瞄了一眼美工刀，努力平静地说，"我从未想过要你的命，你出一点事，就会有人找到那个叫笙歌的小姑娘，你会因为自己的鲁莽害了身边所有人……"

周夜听得不耐烦了，把美工刀抵在手腕上又划了几毫米。

季云潇慌忙说："好好好，我送你出去，别冲动、别冲动。"

一直守在门口的程浩看到周夜流血的手腕时，神色一慌，心底一抽："夜哥，你……"

"没事，一点点伤。"周夜说着跟程浩使了个眼神，看了一眼自己装手机的裤兜。程浩立马明白，把周夜的手机拿了出来，装进自己兜里。

季云潇会一直盯着周夜，那段录音放在周夜身上没有保障。既然季云潇这么想让他替季景航活着，就一定是季景航出了什么事，但是之前他搜索季氏新闻的时候，并没有看到季景航出事的新闻，说明是季家封锁了消息，怕外界知晓。这段录音会让他们不完全被对方拿捏着，处于被动状态。

迅速赶来的肖恩身后跟了一群黑衣人，季云潇挥了挥手让他们停下。

季云潇淡定地说："无妨，让他们走，谁都不准阻拦。"

肖恩意味深长地看了一眼季云潇，跟他对视一眼，然后恭敬地颔首："好的，季总。"

坐进专属电梯，程浩急忙撕了衣服，简单给周夜的手腕包扎了一下。

电梯直通地下车库，周夜警惕地环顾着四周，小心谨慎地用手中的美工刀挟持着季云潇朝车边走去。

车库静得可怕，只能听到几个人的脚步声。

走到车边，程浩打开车门。

"啊！"陡然间，一声刺耳的痛叫声回荡在地下车库，一颗玻璃弹珠击打在程浩的腿弯处，被玻璃弹珠重击的程浩单腿跪倒在地。

周夜闻声慌忙转头，看到倒地的程浩，顿时心中一震："浩子……"

砰——

周夜一时分心，右侧一道黑影趁机从车底滑出。

"夜哥小心！"站起来的程浩迅速朝周夜冲去，周夜将手中的美工刀朝季云潇甩了过去，整个动作急而快。

"季总小心！"准备袭击周夜的黑衣人见美工刀朝季云潇飞去，急忙赶去保护季云潇。

周夜甩刀就是为了给自己争取时间，于是迅速拉上程浩钻进了车里，将车启动，飞速离开。

季云潇见周夜要逃，疾声下令："快！务必把人追回来！不能伤及性命。"

几个黑衣人飞速上车，其中一人骑着摩托车追赶他们。

伴随着一阵刺耳的轮胎摩擦地面的声音，周夜他们逃出了地下车库，而两辆黑色轿车和一辆摩托车紧跟其后。

季云潇气恼地捏紧了拳，呼吸带怒。忽然一阵急促而凌乱的脚步声传来，季云潇警惕地望过去，看到了女儿季书怡。

"爸爸，您到底在干什么？"季书怡眼圈通红地看着季云潇质问，

"大哥已经出了意外，您为什么还要对您的另一个孩子这么狠？是想我们全出意外才甘心吗？您就守着您的金山银山和权力地位过一辈子吧！您太可怕了！您不要再伤害周夜哥哥了行不行？收回命令吧。"

季云潇听着女儿的控诉又羞又恼，顿然厉声质问旁边的阿辉："不是让你看着她，不准她出门吗？"

阿辉急忙解释说："季总，大小姐她以死相逼，属下不敢不从。"

季书怡赶忙说："爸爸，您不用责怪任何人。"

季云潇听着女儿的话，看着她脖子上触目惊心的血痕，心里猛抽了一下。

季书怡看着季云潇哀求道："爸爸，您收回命令吧，女儿求您了。"

季书怡眼眶通红地喊了声："会死人的！您会害死您自己的孩子的！爸爸……"

季云潇看着眼眶通红还未满十八岁的女儿，听着对他的控诉和指责，让他内心有了丝丝波动。可是季景航醒不过来，他便没有继承人，家族继承权就会被其他几房的人夺走。

季书怡见爸爸犹豫不决的样子，直接说了一句："您不收回命令，那我自己去挡在周夜前面，您连我也一块儿丢弃吧！"季书怡说完便转身要走，然而刚抬脚，就听到季云潇的手机响了。她下意识地停下脚步。

季云潇暴跳如雷："车祸？不是交代了不准伤及性命吗，你们怎么做事的？"

"车祸？"季书怡吓得慌了神，跑过去抓着爸爸的衣服问，"周夜哥哥出车祸了？"

"阿辉，把大小姐送回去。"季云潇对女儿说，"你先回家去，爸爸还有事。"季云潇说完推开女儿。季书怡似乎猜到爸爸要去哪儿，紧紧抓着爸爸的衣服不放："我也去。"

医院。

头上、嘴角还流着血的程浩像没了灵魂的行尸走肉，颓废地瘫坐在抢救室门口。旁边有个护士正在劝说他去包扎一下伤口，可程浩没有任何反应，一句话不说，也不去包扎，仿若根本感受不到伤口的痛。

他脑子里全是周夜为了救他猛打方向盘，撞向前面躲避不及的卡车的画面。

季书怡跟季云潇赶到的时候，看到程浩，先冲了过去。

然而程浩一抬眼看到季云潇，像头发了疯、毫无理智的猎豹，凶狠暴怒地就要冲上去打季云潇，被肖恩和一个保镖及时拦住。

"你这个禽兽，你来干什么？现在你满意了？"

程浩情绪激愤地指着季云潇怒骂道："周夜他不想认你，也不想回你的季家，你为什么要天天来逼迫他？非要像现在这样整死他，你才甘心吗？季云潇，如果周夜醒不过来，你就等着吧！"

此时医生走过来喊了声："周夜家属，过来把字签一下。"

程浩这才收起怒火，跟着医生过去签字。

晚上，一直没等到周夜电话的笙歌给周夜打了好多电话，都没人接，她心里七上八下的。她去了网咖，也没见到人，连程浩都不在。她只好给程浩打了个电话。

程浩看到笙歌的电话，呼吸都停顿了好几拍。他轻咳了几声，让声音听起来正常，才接通电话。

"程浩，你在忙吗？"笙歌先问了声。

程浩强撑着笑说："没在忙。怎么了，妹妹？"

笙歌握紧了手机，惴惴不安地问："我联系不上周夜，你知道他去哪里了吗？他下午说好忙完给我打电话的，到现在一个电话都没有给我打。他从来都不会这样，我心里好慌，他是不是出什么事了？"

程浩听着笙歌着急的声音，面色凝重地捏紧了手机，耳边回荡着车祸发生的瞬间，周夜用身子护着他说的那一句声音微弱到让他听不真切的话："照……照顾……笙笙……"

他知道，周夜不想让笙歌知道眼下发生的事情，可是这事他要怎么瞒住她？

笙歌见程浩一直不出声，心里的不安感更强烈了。她疾声问："周夜出事了，对不对？"

程浩慌忙说："没……没有，他就是这会儿在忙……"

"你骗人！"笙歌不安地道，"他就算再忙，看到我这么多未接来电和消息，也会抽空给我回复的。"笙歌心慌得不行，开始穿外套，不再询问他，而是直接说，"你们在哪里？我现在去找你们。"

程浩虽心虚，但立马回绝："这么晚了，你不许出门。"

"那你就让周夜给我回电话。"

笙歌快急哭了。她发了那么多消息，打了那么多电话，他却一点回复都没有。他平时不会这样的，一定是出什么事了。

"程浩，你不要瞒我，他到底怎么了？"

程浩看着抢救室上方亮着的灯，沉默了。他不知道要怎么告诉她这事，她会被吓哭的吧？他知道周夜最怕她哭了……

"程浩。"笙歌见电话那头的人又沉默了，努力克制让自己不乱想，再次问道，"周夜在干吗呀？让他给我回个电话，好不好？你……"

笙歌嗓音有些哽咽，缓了一下，她继续道："你跟他说，我想他了，让他给我回个电话，行吗？"

程浩听着笙歌焦急不安的声音，抬眸看了一眼抢救室，无力地低下了头，声音很低："对不起，他现在回不了电话……"

笙歌脑袋好像瞬间炸开了，穿鞋的手突然一顿，整个人惊慌到发抖。她急忙问："他在……在哪儿？现在在哪儿？"

程浩不再隐瞒，嗓音微弱低沉："市人民医院。"

笙歌立马挂了电话，穿好鞋就准备冲出家门。

在客厅看电视的奶奶看着要匆忙出门的笙歌，急忙问："这么晚还出去啊？"

笙歌耳里嗡嗡地响，什么声音都听不到，没得到她回复的奶奶慌忙起身过去拉住她询问："出什么事了？"

笙歌突然回神，看着奶奶，努力压制着不安的情绪，勉强露出一抹笑对奶奶说："快到春节了，网咖忙不过来，周夜打电话催我过去帮帮忙。先不和您说了，我赶着过去。奶奶，您困了就先睡，我带了钥匙。"笙歌说完，不等奶奶再出声，已经拉开门冲了出去。

奶奶被孙女凝重不安的神态吓得愣了神，回过神时，已经看不到笙歌的踪影。她想追出去，又怕自己出什么意外反而在这个时候让他们乱上加乱。上了年纪后，她总怕自己给孩子们添负担、帮倒忙，最后只能焦灼不安地在家等着孙女。只是半个小时后，她实在不放心，给孙女发了条消息：不管遇到什么事，奶奶都陪着囡囡。

笙歌没来得及看手机，下了车就急匆匆地赶去抢救室。

出了电梯门，奔跑的笙歌与季云潇擦肩而过。

程浩看到匆匆赶来的笙歌，突然从长椅上站起来，一脸不安地望着笙歌。笙歌看着抢救室上方的灯还亮着，心猛地一痛。她惶恐不安地紧攥着双手，嘴角隐隐发颤。看着眼前浑身带着伤的程浩，她紧皱着眉头，张了张嘴，却发不出声音，过了好一会儿才艰难地出声："发……发生什么事了？"

她话音刚落，抢救室的指示灯熄了，门被医生打开。

笙歌看着被推出来的周夜，瞬间眼眶通红。她快速冲了过去。

医生安抚道："家属让一下，病人已经脱离了生命危险。"

笙歌看着被推出来的周夜，包扎伤口的纱布上渗着血迹，头上、腿上……

到底发生了什么事？他怎么伤成这样？她眼角瞬间红了，双手紧紧地攥着，指甲陷进了肉里，眼泪却被硬生生地憋回。她不能哭，没什么好哭的，她的男孩就是受了点伤，马上就醒了。

不哭，不哭……

笙歌憋回了眼泪，却双腿一软，要倒下去，幸好手疾眼快的程浩将她扶住。站稳的笙歌深吸了口气，急忙对程浩说："我没事，你快去看着周夜，我去问问医生周夜的详细情况。"

程浩知道此刻问清周夜的状况、看好周夜要紧，直接说："好，我去看着他，你一个人小心点。"

医生办公室里，正在写病历报告单的医生儒雅和善，他如实地对笙歌说："病人的伤主要在后背，听同行的男孩说，在最后一刻，是病人趴在了他身上护着他。庆幸的是，大货车车主及时踩了刹车，做了紧急应对措施，否则后果真的不好说。病人目前虽然脱离了生命危险，但脑部有块淤血，这比较棘手，只能先观察，看他二十四小时后能不能恢复意识，再做进一步处理……"

"如果二十四小时后他没有恢复意识呢？"

"那你们就要做好其他打算了……"

笙歌听完医生的话，脑袋里嗡嗡地响。她忘记自己最后是怎么走出医生办公室的，脑海里只一遍遍回荡着医生那句"也不排除变成植物人的可能"。医生的话像一把带刺的刀，在她心上扎出了一个又一个窟窿。

笙歌瘫坐在走廊的长椅上，像被抽走了灵魂，一双好看的眼眸里没了一丝光亮。她弯下腰，将手肘撑在膝盖上，把脸埋进掌心，世界陷入了漫无边际、令人窒息的黑暗里。

她还等着给他惊喜呢，她攒了好久才攒够钱买摩托车，怎么会这样？

程浩一看到笙歌走进来，立马问："医生怎么说？他什么时候能醒过来？"

"明天吧。"笙歌声音淡淡地看着程浩问，"你们遇到了什么事？"

怕程浩隐瞒，笙歌强忍着哭腔说："不要再瞒我了。"

程浩看了一眼笙歌，快步走过去把病房的门反锁，然后把事情的来龙去脉向笙歌如实说了一遍，接着拿出碎了屏的手机继续道："手机里有一段录音，录下了季云潇所有的阴谋。"

笙歌和程浩一起把录音听了一遍。手机有些受损，虽然录音里有些杂音，但他们还是能听清每一句话。

"这种录音是可以修复的。"笙歌冷静下来，琢磨着录音里的对话，对程浩说，"你多备几份录音，放在不同的网盘里。"

笙歌说："你也受伤了，去躺下休息。我看着周夜就行。"

"我没事，小伤。"程浩逞强说，"你回家吧，别让奶奶一个人在家。"

他的伤虽不像周夜那般严重，但也好不到哪儿去，他一直也在强撑着。

笙歌听着程浩的话，目光一直落在周夜身上，声音微微发颤地说："我不回去，我要看着他醒过来，我哪儿都不去……"

笙歌说着掏出手机要给奶奶打电话，这才看到奶奶发来的消息。她立马拨打了奶奶的电话，电话接通后，她强撑着笑安抚奶奶说："奶奶，周夜生病了，有点不舒服。我晚上不回去了，要在医院看着他。您把门关好，注意安全啊，有事就及时给我打电话。"

奶奶听着孙女的话，心里忐忑不安地问："他生了什么病啊？在哪家医院？奶奶明早煮点营养汤送过去。”

"不用了，奶奶。外面天冷，您来来回回的我也不放心。"笙歌说，"就是天冷，他得了重感冒，发烧了，现在在医院输液。您在家照顾好自己就行。"

挂了电话，祖孙俩都心事重重的，奶奶知道孙女有事瞒着自己。笙歌似乎也猜到奶奶有所怀疑，但是现在不能告诉奶奶这件事，她怕奶奶接受不了。

明天，她的阿夜就会醒的⋯⋯

笙歌催着程浩躺在病床上休息。夜里程浩发了高烧，直接昏睡过去了。

程浩第二天中午才醒来。他伤得轻，输液后烧也退了，状态还算好。

"你睡着的时候，手机响了好几次。"笙歌看着醒来的程浩提醒道。

程浩看了一眼未接来电和消息，昏昏沉沉地问："我睡多久了？"

笙歌如实说："十多个小时了，现在中午了。"

程浩瞬间清醒，立马掀开被子下床："夜哥醒了吗？"

"还⋯⋯还没。"笙歌像没了力气似的，声音极小。她不愿接受眼前的现实。再过几个小时，他要是醒不过来，她该怎么办？

笙歌拿着温毛巾给周夜擦着脸，看着一动不动的他，痛心不已。她给他擦手的时候，指腹蹭着他的掌心，嘴角轻颤。她咬紧了唇，指尖轻轻地在他的掌心挠了挠。他总喜欢她对他做这些小动作，然后口是心非地对她说不许撒娇。她很希望他现在也能醒来跟她说说话，说什么都好⋯⋯

护士过来护理周夜的伤口、帮他换药，程浩想要笙歌出去，别看这些伤口，可她哪里愿意出去？她就想看看他到底伤得多重，甚至想替他承担疼痛。

护士剪掉周夜头上渗着血迹的纱布，笙歌紧张地看着伤口一点点露出，脑海里已经幻想出血肉模糊的画面。可纱布拆除，她看到的只是一个小伤口，大约三厘米，靠近左后脑。那一瞬间，笙歌是松了一口气的。这伤口比她想象的小一点，纱布上的血迹只是看着吓人。

接着护士开始处理他腿上的伤。纱布被护士剪掉，笙歌能看到他的腿已经红肿，大多是擦伤，伤得也比想象中的轻些。笙歌紧攥的手松了一些。换好他腿上的药，护士开始交代："多给病人量体温，若是病人有发烧现象，要立即喊医生。"

笙歌见护士说完就要走，立马问："他后背上的伤不处理了吗？"

护士："后背上的伤严重点，处理方式不同，现在不用换药。"

"严重？"刚松了一口气的笙歌又紧张了起来，"特别严重吗？"

女护士比较温柔，看出笙歌的忧心，安抚道："别看纱布上都是血，有的是一开始渗出的，好多病人家属一看到纱布上的血就吓得胡思乱想。不要自己吓自己，病人目前的危险主要是脑部有淤血。至于他后背上的伤，也不多，再说现在医学技术很发达，皮肤都可以修复的……"

等到护士走后，笙歌低喃："我不在乎这些的，只想要他醒来……"

笙歌已经守在病床边二十三个小时了，每一分、每一秒都饱受煎熬。

程浩看着一直未合眼的笙歌，她的眼里都染了血丝，可他劝了好多遍，笙歌只一遍遍地说："我不困，他马上就醒了，我想让他一睁眼就看到我……"

一个小时内，他一定会醒的，她知道她的阿夜若是醒了，第一眼一定想看到她。

对他们来说，这一个小时很是煎熬。季书怡买了饭走进来，本想招呼他们先吃饭，可看到房间内气氛凝重，一句话也没说出口。

笙歌一遍遍地看时间，人生第一次希望时间走得慢一点，再慢一点，等等她的大男孩……可时间慢慢过去，似乎忘了等她的爱人。

"病人醒了吗？"

一片沉寂中，主治医生走进来，这一句话仿若一枚炸弹，炸得笙歌和程浩遍体鳞伤。

所有人看着病床上没有醒来的周夜，陷入了沉默，房间里静得可怕，落针可闻。

最后，两人只听到医生叹了口气："唉……你们先做好最坏的打算吧，我们医生也会全力以赴地进行救治的……"

医生话音刚落，坐在椅子上的笙歌身子一瘫。她将双手撑在床沿，表情悲痛。"喀——"笙歌心急得咳血。原来人在悲痛欲绝时，真的能咳出血来。

她的阿夜没醒，他是丢下她，不要她了吗？

一瞬间，笙歌仿若失去了所有支撑，倒了下去。

"笙歌！"程浩吓得慌忙冲过去，却被医生及时阻止："别乱动她。"

看着大家一个个倒下，程浩真的快疯了。

护士迅速把人抬到病床上，医生检查一番后，对程浩说："小姑娘没什么大碍，就是一时情绪过激、悲伤过度，加上一直未休息，心力交瘁才会这样。让她好好休息吧，你自己身上也有伤，也要注意休息。"

翌日，艳阳高照，中午的时候，季书怡把窗帘拉开了一点，一束阳光照进病房。

病床上的笙歌忽然惊醒，坐起来惊呼出声："周夜！"

程浩第一时间按下了呼叫机。

笙歌一心只想着周夜："周夜醒了吗？他醒了吗？"

笙歌一边说一边着急忙慌地掀开被子下床，看着旁边病床上还睡着的周夜，瞬间紧锁着眉头，低下了头，好一会儿后才缓缓抬起头。护士赶过来让她躺回去，仔细检查了一遍她的身体后交代说："还要多躺一会儿，不要乱走动。"

护士离开，笙歌一言不发地坐在病床上，双手抱膝，头搭在膝盖上。她侧头看着旁边的周夜，好几次要流下泪来，但她紧紧咬着唇，攥紧拳头把眼泪憋了回去。

"囡囡。"绝望中，笙歌恍惚听到了奶奶慈爱的声音，以为是自己产生了幻听，却还是循声望去。

奶奶站在门口，慈爱地冲她微笑。那一瞬间，她隐忍了许久的眼泪瞬间盛满了眼眶，可也只是一刹那，她就慌忙抬手擦干了眼泪。奶奶急忙走过来把孙女搂进怀里，轻轻地抚着笙歌的脸，哄着："难过就哭吧，没事的，奶奶抱着，有奶奶在呢……"

靠在奶奶怀里的笙歌还是强忍着眼泪。

她吸了吸鼻子说："不想哭，没什么好哭的。他会醒的，阿夜会醒的，就是晚一点而已，我等他……"

"好，奶奶陪囡囡一起等着他醒来。"奶奶哄小孩似的轻拍着孙女的背说，"但是你要把自己的身体照顾好啊，不然怎么等他呢？"

"好。"笙歌抱着奶奶的腰喃喃低语，"我会照顾好自己的，对不起，让奶奶担心了。"

笙歌仰头看着奶奶问："您怎么知道我在这儿的？"

奶奶低头看着孙女，轻轻柔柔地把她脸上的碎发撩至耳后："奶奶打你电话，你没接，心里七上八下，慌得很，就打电话给小浩。你别怪他，是奶奶逼着他说的。"

程浩是知道这事瞒不住了才说出口的，而笙歌也明白这一点，侧头看了看程浩又抬头看向奶奶，嗓音低沉地说："奶奶，如果……如果阿夜醒不过来，我这辈子就不嫁人了，我要照顾他一辈子。"

奶奶听得很是心疼，安抚着说："他会醒来的，你别瞎想，他会醒来的……"

她仿佛也是在安抚自己。

整个病房再度陷入了沉寂，没人知道周夜的病情会如何发展，也没人敢确定她们这些话是真的还是只是安慰话。

笙歌的手机响了，铃声打破了这令每个人窒息的沉默气氛。摩托车行的销售员问笙歌要把车送到哪儿，笙歌闷闷地回了句："先放你们那儿吧，麻烦了，谢谢。"

奶奶说："奶奶给你们带了营养汤，你俩快喝了。你们现在一定要把身体照顾好了。"

程浩和笙歌都没胃口，但还是乖乖坐下来喝了营养汤。

翌日清晨。

护士查房后临走时叮嘱道："家属今天记得交费，已经欠费了。"

"费用已经交过了。"一个声音从门口传进来，护士率先看过去，立马恭敬地喊了声："季总。"

同时朝门口看过去的笙歌和程浩也看到了季云潇。

"我们不稀罕你的钱，嫌它脏！"程浩说着立马冲过去扬起拳头就击向季云潇的脸。特需病房外四周无人，笙歌也没上去阻拦程浩的行为。

不解气的程浩面色痛苦地对季云潇说："我这就让医生把你交的钱退了，咱们走着瞧！"

"凭什么退钱？"一直未说话的笙歌忽然开口，满脸不甘地看向程浩，"为什么要退？他是罪魁祸首，是他把周夜害成这样的，凭什么他能独善其身、健康自在？"

笙歌说着又一脸怨恨地看向季云潇继续道："季先生，你要负责周夜所有的医药费，要给他请最好的医生。在他醒来之前，你每天都要来看他，尤其是他换药的时候，你必须要看着，你好好看看，你给他带来了多大的痛苦。他从来不奢望你对他好，可你呢？你接近他，一切都是阴谋，虎毒还不食子，你简直像个恶魔！"笙歌说得眉头紧锁，艰难地继续说，"听说，你还有一个儿子，他也躺在病床上很久很久没醒了，也可能再也醒不过来了。而如今你找到周夜，一手把他害成这样，满意了？"

笙歌向前一步靠近季云潇说："如果周夜醒不过来，你那天在办公室想逼周夜做的那些事，我会一五一十地公之于众，大家一损俱损……"

季云潇抬眸看了一眼笙歌，抬手抹了把嘴角的血迹，皱了皱眉说："我会按你说的做。"

三月十六日，周夜还没有醒来。

周末两天，笙歌都待在医院里。她趴在周夜的床头，看着手机里周夜的照片。她点开一张从程浩朋友圈里保存下来的台球室的照片，拿起来给周夜看，自言自语地笑着说："那时我们刚认识，你还染着'雾霾蓝'的头发，其实真的挺帅。那时候你老躲着我，我也没追过男孩，总找不到你，也不知道该怎么办了，就穿了条惹是非的裙子去找你，给你惹了个大麻烦。可你一点没怪我，还让我别怕。"

笙歌说着轻轻笑了："那天我说给你保护费，你拿走了我的生活费，让我以后都跟你一起吃饭，我当时好开心……"

笙歌又翻出一张照片，看着躺在床上的人继续自言自语着："这张是你第一天来接我上学的早上拍的。你不知道，前一天晚上我都没睡好，怕你第二天食言。跑出小区看到你，我真的很高兴，就在那一刻，我的生活好像变得美好了起来。"

笙歌一张张地翻着照片，语调越来越低："还有这张，那时你想休学，那一天你都装出一副颓废的模样，一直趴在桌子上睡觉，不愿意听课。那时我不知道你的小心思，还老是凶你，你也不生气，还……"

笙歌的嗓音慢慢哽咽："还一直逗我笑。还有这张，这是我们第一次去游乐场拍的。当时好多人在看你啊，你却说，好多男孩在看我……"

笙歌眼眶泛红却在笑："你非要把我搂在怀里往前走，说要'宣示主权'。还有这张，这是你送我上学时拍的。那天下车前，你把我亲得都快断气了，还捏我的脸，让我离别的男孩远点，好霸道。"

笙歌用指腹再向后翻，是一段视频。周夜在酒吧充当 DJ 时，她录下了这段视频。视频里，他在炫目的灯光下活力四射、光芒万丈，一举一动都是那么令人神魂颠倒。

笙歌看着视频里的人，再看看躺在眼前的人，心里好难受，她难受得快要死掉了。

笙歌轻轻抬手去摸周夜的眼睛，用指腹轻轻抚着他的脸，低喃道："好想你醒来陪我说说话，今天……今天是我的生日啊，去年我过生日时，你说好以后会陪我过每一个生日的。阿夜，你又食言了。等你醒来，你要给我补上生日礼物，我等你……"

笙歌的声音越来越低："好想你，好想好想……"

五月。

晚自习下课，夜空中下起蒙蒙细雨，笙歌皱了皱眉。明明天气预报说今天没有雨的，因而她今天出门并没有带伞。

教学楼楼下，躲雨的学生看着这场突如其来的雨怨气冲天，有些人的目光不约而同地落在了笙歌身上。这几个月，很多人发现以往每天都会接送笙歌的男孩好久好久都没有出现了，而笙歌自此变得沉默寡言。很多人猜测她失恋了，把她当作谈资在跟好朋友窃窃私语。

笙歌时不时地听到几句议论声，但丝毫不为所动。只是容貌过于美艳的人在任何时候都是惹眼诱人的，尤其现在她的护花使者不在了。

笙歌赶着去医院，看了一眼下着的雨，直接用手遮在头上就要冲出去。忽然，她面前出现一个撑伞的男生："笙歌，下雨了，我送你吧？"

这男生是学生会主席杨宇，大多数学生都认识他，有爱起哄的男生调侃道："哟，杨宇，蓄谋已久了吧？终于让你抓到机会了。"

笙歌下意识地向旁边走了一步，跟杨宇拉开些距离，面无表情地说："谢谢，不用了。"笙歌说完便用手遮着头跑向了细雨中，一路朝校外跑去。

杨宇看着那抹跑开的倩影，急忙追了过去。他挡在笙歌面前，直接把雨伞递给她："伞你拿着，女孩淋雨不好。如果你介意跟我同撑一把伞，那你自己撑着。"

杨宇忽然有些紧张，挠挠头略显局促地继续道："笙歌，在你报到第一天，我就喜欢上你了，可能一见钟情很肤浅，可就是那样一眼，我被你惊艳到。最近学校里的流言很多，如果流言是假的，那我祝你跟那个男孩白头偕老；如果……如果流言是真的，希望你可以给我个机会，可以吗？"

笙歌看着面前害羞的大男孩，他甚至有些脸红。杨宇在学校挺出名的，因为他确实足够优秀，可这天底下，再优秀的男孩都不及她的阿夜。

"杨宇，谢谢你的喜欢。"笙歌矜持地笑了笑，"但是我跟我男朋友感情很好，虽然不知道大家传了什么流言，但是我跟我男朋友快结婚了，今年就会结婚。你会遇到一个更好的女孩。"她退了一步，与他拉开距离，"再见。"

杨宇见笙歌要走，急忙要把伞塞到她手里，疾声说："伞你拿着。"

笙歌拒绝道："不用，谢谢。我男朋友若是知道我收其他男孩的东西，会吃醋的。"

尤其是喜欢她的男孩，她更加不能与对方牵扯不清了。

杨宇想再开口时，笙歌已经跑远了，他看到一个女孩从车上下来撑着伞把笙歌接走了。

杨宇站在细雨中，挺直脊背，看着黑车渐渐消失在视线里，自语了一句："那个男孩一定很优秀，祝你幸福。如果不幸福，希望你可以想起我。"

病房里，专业的调理师正在给周夜做一些规范的被动体能锻炼。

五个月了，周夜身上的伤口已经愈合了，他像个正常人一样躺在那里，唯独没有醒过来。

康复训练结束，调理师离开病房。笙歌拿着温毛巾给周夜擦脸，在擦手的时候，看到了他手背上已经结疤的牙印，那是她咬的。

笙歌目光轻柔，指腹轻轻地在牙印上抚了抚。她记得那时他怕自己配不上她，想把她赶走，后来她被噩梦惊醒，不受控制地在他手上狠狠地咬了一口。

笙歌给周夜擦着手，低喃道："阿夜，今天下雨了，我忘了带伞，遇到一个男孩跟我表白。他挺好的，学校里有好多女孩喜欢他，他很优秀，可是……"笙歌抬眸看向周夜说，"我看不上他，因为我想要最好的，有个叫周夜的男孩，是这人世间最优秀的，我只喜欢他。"

笙歌轻轻笑着，弯腰在周夜的唇上亲了亲："生生世世都只要你一个。"

五月底，天气已经很热了。

笙歌想要赶在高中生高考结束前推出自己做的一款女性婚恋休闲游戏——高考后，学生会陆续放假，网咖会迎来一波人流高峰。之前周夜合作的都是些竞技类偏男性化的游戏，可她发现网咖里也会有很多女孩，有的女孩陪着男朋友来打游戏，会无聊地坐在茶饮区等男朋友，于是她便想着设计一款偏女性化的游戏。

晚自习下课，大家都走了，笙歌还在教室里用笔记本电脑测试游戏。

测试成功后已经十点了，笙歌赶忙收拾东西，提上电脑离开了教室。

路上已经没什么人了，好在公交车还在运行。笙歌提着电脑，有些疲惫地坐在公交车站台的长椅上，捏了捏眉心。忽然，一阵浓郁刺鼻的酒气朝笙歌扑来，笙歌心底一惊，警惕地抬眸，两名醉汉一脸狠琐地摸着下巴站在旁边看她。笙歌慌忙站起身，离他们远点，同时手摸索到包里，去摸防狼喷雾。

"小姑娘，等车啊？"其中一个醉汉忽然拦住笙歌的去路，甚至伸手要拽住她。笙歌吓得脸色苍白，惊叫一声，拿起防狼喷雾对着醉汉的脸喷过去，拔腿要跑。

"啊！"醉汉双眼刺痛，他尖叫着骂出声，"竟敢偷袭我！快！把她拉进车里！"

"好嘞，大哥。"

笙歌刚要拨通报警电话，忽然头发被人从后面扯住。

"啊！"笙歌痛叫一声，接着就听到醉汉狠琐粗鄙的声音："欠收拾，找打！"

醉汉扬起手掌。

在笙歌绝望时，一道黑影闪现，来人扬起手中的棒球棍击向醉汉的后背。

"啊！"一阵哀号声响彻整个夜空，醉汉直接倒地。

另一名醉汉立马冲上来要为兄弟拼命，只见来人扬起手中拎着的棒球棍，快、狠、准地重击他的双膝，下手暴戾，他双膝跪地倒了下去。

笙歌被一连几声惨叫声吓蒙了，僵在原地，尤其在看清手拿棒球棍的人时，刹那间，她的呼吸都变得小心翼翼起来。她生怕这是一场幻觉。

昏黄的路灯下，她看清那个还穿着病号服的男孩，那是让她思念成疾的周夜。

不知是梦境还是现实，她动也不敢动，只双眸一眨不眨地望着灯光下的人。她紧紧攥着双拳，紧咬着唇，生怕自己动一下，梦就醒了。

周夜满脸心疼地看着眼前委屈至极的笙歌。刚才动作用力过猛，他有些站不稳，虚弱地拄着棒球棍，撑着身体站着。他看到他的宝贝女孩那委屈、隐忍、小心翼翼却又不敢奢望的样子，尤其想到她刚才被人扯了头发，还差点被人欺负，一瞬间痛得心在滴血。他多想直接冲过去，好好地抱抱她，可刚才已经用光了自己所有力气，一时连抬步都变得艰难。

两人面色凝重，隔着昏黄的灯光对望了几秒。

最后，周夜深吸了一口气，丢下棒球棍，提着一口气朝笙歌走过去。周夜把人抱进怀里，用尽全部力气紧紧地拥着笙歌。他埋头在她耳边，嗓音低沉，微微发颤："笙笙，我醒了，你的阿夜回来了。对不起，没能护好你，让宝贝受委屈了……"

听到他的声音，感受到他是真实存在的，还有这熟悉的怀抱，笙歌在这一刻仿若重获新生，顷刻间眼泪夺眶而出。看到他从抢救室被推出来时，她没哭；看到他术后二十四小时没醒，她没哭；而此刻，她在周夜怀里哭得不成样子："你……你终于……醒了……"

笙歌哽咽着，纤瘦的肩膀在轻颤，哭声越来越大。她说不出一句完整的话来："好……好想……你……"笙歌抬手紧紧抓着周夜的衣衫，整个人拼命地往他怀里钻。她好想念他的怀抱和他那令人心安的胸膛。

"周夜……我多怕你醒不过来，好怕……好怕我的阿夜醒不过来……"

她的眼泪洇湿了周夜胸前的衣衫，渗在他胸膛的皮肤上，就像炙热的烙铁，在他心上烫出一条条血痕，令他心碎。

周夜强撑着站稳身体，让笙歌靠在怀里，心疼得下颌线紧绷着，眉头紧锁着。他艰难地抬手，轻轻拍了拍她的背，柔声哄着："乖，笙笙不怕。我舍不得丢下你，不哭了……不哭了……"

可笙歌哭得不能自已，眼泪根本就控制不住，越哭越多。她从周夜的怀里仰起头，泪眼婆娑地吸了吸鼻子，哽咽道："我……我攒钱给你买了辆摩托车，还没来得及送给你。我还以我们为原型做了个小游戏。我每天都在盼着你醒来，每天都在盼着……"

周夜低头看着笙歌哭得红肿的眼，心里像被刀子插了似的。他缓缓抬手给她揉了揉被醉汉扯痛的脑袋，嘴里低喃道："谢谢笙笙，宝贝好聪明，是我不好……"

笙歌感觉周夜说着话，整个身体像支撑不住似的往下沉，慌忙从他怀里退开。她瞬间意识到他刚醒，还很虚弱，慌忙扶着他："我们回医院……"

车里，笙歌一直牵着周夜的手。季家安排一直看护的医生给周夜大致检查了一遍身体，检查完松了口气，说："家属可以放心了，病人就是刚醒过来，用力过猛，身体还比较虚弱。回到医院一定要好好疗养，不能这么冲动了。他一睁开眼就发疯了似的要来找你。"。

笙歌听得后怕极了，可看着醒来的他一颗心也终于安定了。

他若再有一次意外，她会疯的。

病房里周夜看着眼前又哭又笑的女孩。她瘦了好多，眼角眉梢都是难以掩饰的疲意。这些日子她是怎么过的？她一定很煎熬，很无助。

周夜没有多说什么，缓缓抬手要去搂她，声音轻柔，满是怜爱："过来……我抱抱。"

笙歌立马放下手上的碗，坐过去轻轻趴在他的胸膛上，露出了发自内心的笑。

第十三章

雨后彩虹

周夜内心五味杂陈，不敢去想这几个月笙歌是如何度过的。他抬手摸了摸她的脸："以后再也不会了，我不会丢下笙笙了。"他又摸了摸她的后脑勺，轻声问，"头疼吗？"

笙歌笑着摇头："不疼，哪儿都不疼。我现在好开心，能跟你说话，好开心……"

她话音刚落，病房的门被粗鲁且用力地推开，趴在周夜身上的笙歌被吓得惊颤了一下，慌忙直起身。激动又惊喜的程浩站在门外见周夜醒了，所有人都松了一口气。

不一会病房的门再次被人推开，所有人定睛望去，来人竟然是季云潇，他身后还跟了一个西装革履的男人。

季云潇不知道周夜醒了，进门的一刹那愣了一下。

"什么时候醒的？"季云潇眼底闪过一丝惊喜之色，"怎么没人通知我？"

笙歌看到季云潇，知道周夜一定会做出过激行为，慌忙趴在周夜身上抱着他，疾声道："阿夜，不要冲动，别冲动……"

医生特意交代他们，不能让周夜情绪过激，否则他可能二次昏迷。

因此，纵使他要讨伐季云潇，她也不能让他冒着再次昏迷的风险行动。

趴在周夜身上的笙歌能够清楚地感受到周夜浑身紧绷着，他捏紧了拳，下颌线绷得僵直，眸色阴鸷，嗓音低沉："笙笙，让我起来。"

就是季云潇害他发生车祸躺了这么久，让他的宝贝一个人在惶恐不安的情绪里煎熬了那么多个日日夜夜。

"我不要！"笙歌努力安抚着他，"周夜，你冷静点。"

周夜见笙歌紧紧抱着他不撒手，努力保持冷静。

季云潇看着对自己恨之入骨的儿子，愧疚地出声："是我对不起你。你放心，以后我再也不会逼你做任何事了，经过这次……"

"别在我面前假惺惺的。"周夜一点也不想听季云潇说话，情绪激动，"你说一句对不起就想抵过所有的错吗？你把我害成这样，害了我身边所有人，就想这么算了？"

季云潇自知罪孽深重："那我要怎样做才能让你心里好受些？"

"想让我心里好受？行啊。"周夜冷冷地睨着他，讥讽出声，"你也让车撞一下，我就试着原谅你！"

季云潇一怔，顿时睁大了双眼看向被笙歌抱在怀里的周夜，周夜满脸愤怒之色，恨不得把他杀死。他释然地长舒了口气，说："如果按你说的做，可以让你原谅我，那我愿意废除一只胳膊……"

周夜看着眼前这个他妈妈曾经爱慕过的男人、曾经想要逼他走投无路的男人如今这般模样，一时只觉可笑。季云潇折磨过他，又要来安抚他吗？可他不稀罕！

周夜嗓音凄凉："你滚吧。季云潇，你如果真心感到有愧，那从今以后就不要再出现在我面前，不要再来骚扰我和我身边的任何人。我永远不会认你，麻烦你从今以后滚远点。"

此刻，一直站在季云潇身后的西装革履的律师一脸动容地插话道："夜少爷，其实季总今天来是要给你一份他名下资产三分之一的赠予协议。三个孩子，你们一人一……"

周夜直接打断律师的话："不必说下去了，我说过很多遍，我不稀罕。"

周夜一脸坚定，凝视着季云潇毫不给回旋余地地说："立刻从我眼前消失，咱们以后不要再有任何交集。"

季云潇听着周夜决绝的话，万分悔恨，试图挽回："一点挽回的余地都没有了吗？"

"没有！滚！"

他只想好好地跟他的笙笙在一起，不受任何人打扰。

他从此不愿与这个男人有任何交集。

翌日清晨。

好几个月没睡安稳觉的笙歌睡了个懒觉，已经醒来锻炼了一会儿的周夜看着床上睡得香甜的女孩，低头轻轻在她脸上亲了一口。迷迷糊糊的笙歌感觉脸上痒痒的，微微睁眼，然后突然清醒："你都醒啦。"她立马坐起身揉了揉眼睛，"我睡过头了，你吃早饭了吗？"

"吃过了。"周夜看着揉眼睛的可爱女孩，一时心都软了，"吵醒你了，没睡醒就再睡一会儿。"

他知道她这些日子一定寝食难安。

"不睡了，我起来带你去楼下走走。"笙歌说着就掀开被子下床，"医生说，你现在要多走动走动才恢复得快。"

知道笙歌心急，周夜没拒绝："好，都听笙笙的。"

笙歌冲他笑，踩着拖鞋去洗漱。

笙歌刷牙的时候，周夜斜倚在门框上看她。洗漱好的笙歌走过来在他面前站定，俏皮地把双手背在身后，抬着下巴鼓着小脸问："这么看着我干吗？"

周夜被她俏皮的小模样逗笑，抬手捏着她的下巴说："想亲一口……"话落，周夜抬起她的下巴，低头亲了下去。

笙歌在他亲下来的瞬间，下意识地朝他贴近了一步。

周夜揽着她的腰，低头一点点探着独属于她的清香。

笙歌呜咽着颤了颤眼睫，周夜肆意地笑开了："小朋友是忘了怎么接吻了？"

"才没有。"笙歌娇声掩饰道，"我是怕你身体还没康复，会站不稳。"

周夜低头看着她笑，伸手把人抱进怀里，在她耳边说："站得稳，你男人既然醒了，就没那么脆弱……"

周夜说着停顿了一下，微不可察地叹了口气："我昏迷的时候，有男孩跟笙笙表白了吧？"

"嗯？"笙歌愕然地从他怀里仰起头，一脸惊奇，"你怎么知道？"

周夜看着笙歌的表情，心想：果然不是幻听，真有人想趁机抢走我的宝贝。

周夜又低头亲了亲她，边亲边说："我听到了。"

"听到了？"笙歌被周夜的话惊得眨巴着大眼睛，双手抓着周夜腰间的衣衫，声音从彼此紧贴的唇齿间溢出，"你都听到什么了？"

"听到笙笙说'今天下雨了，我忘了带伞，遇到一个男孩跟我表白……'"周夜说着，手从她的衣服下摆摸索到她的细腰上，轻蹭她白嫩的肌肤，细细碎碎的吻从她的唇上移至脸颊上，落在颈窝、耳后。

他指尖仿若带着电流，酥麻感从她腰间散开，她情不自禁地低喃："那你还听到什么了？"

周夜轻咬了她的耳垂，在她的颈窝蹭了蹭，叹气道："还听到宝贝说'他挺好的，学校里有好多女孩喜欢他，他很优秀'。"

笙歌愣了一下，他竟然都听到了。她清楚地记得说完这句话之后她还说了很多情话，于是急忙挠了挠他的腰，侧头继续问："还有呢？还听到什么了？"

周夜亲吻着她的脖子，嗓音低哑："没了，就听到了这些。"

笙歌：……

他怎么这么会挑重点听？明明她每天都会来跟他说很多表白和鼓励的话。

笙歌在周夜的腰上轻打了一下，鼓着小脸嘟囔："你可真会挑重点听。"

"是啊，就听到宝贝说'他很优秀'。"周夜放在笙歌腰间的手缓缓而上，语调明显低沉下来，他一字一句地说，"他有多优秀啊，嗯？"

笙歌被周夜惹得一阵躁动，抬手打那只作恶的手，脸颊微红："周夜，你不讲道理！我说了那么多话，你就只听了这么一两句，哼！白说那么多话给你听了。"

她继续打他的手："把手拿开！"

"不拿。"周夜从她颈窝处抬起头看着笙歌，委屈巴巴的，"真的就只听到了这些，我当时好痛苦，醒不过来……"

他很怕那个优秀的人一直缠着她，而他连睁开眼的力气都没有。

笙歌看出周夜的心思，无奈地撇了撇嘴："我们都经历那么多事情了，你怎么还这样啊？你这是不信任我。哪天我出意外了，到时候你遇到一个更优秀的人，难道就会弃我而去吗？"

周夜急忙说："当然不会。我不会弃你而去，笙笙也永远不会出意外。"

"那我也不会。"笙歌抬手搂上周夜的脖子，看着他的眼睛一字一句地说："那天，我后面还说了一句'可是我看不上他，因为我想要最好的，有个叫周夜的男孩，是这人世间最优秀的，我只喜欢他'。"

笙歌踮着脚亲周夜，笑容甜美明艳："生生世世都只要阿夜你一个。"

周夜低头看着笑颜明媚的女孩，抬手摸上她的脸，眸光轻柔，满腹感动："谢谢笙笙对我不离不弃。"

一周后，夜里又下起了雨，六月的雨中夹杂着雷声。

晚自习下课，教学楼下又聚集了一些忘带伞的人，他们在吐槽天气阴晴不定。笙歌透过人群看着大雨，好在她今天带了伞。

"笙歌，这么大的雨，你男朋友还不来接你吗？"

有同学好奇地喊了一嗓子，毕竟她男朋友以前每天接送她，突然消失了半年，真的很难让人不好奇。

自从周夜醒来后，笙歌变得开朗多了，此时她笑着回了句："他有事过不来，我自己带了伞。"

其他人听后呵呵地笑，议论声四起。

"我猜她肯定是被甩了，不愿意承认罢了。"

"我也觉得，不然哪有人突然消失半年的？"

"哎，你说，笙歌前段时间像丢了魂似的不说话，最近两天好像又恢复正常了，该不会是真和杨宇在一块儿了吧？杨宇把她从失恋中拯救过来了？"

"哎哎哎……杨宇，不会这么巧吧？"

笙歌刚撑开伞要走，眼前忽然出现一个人影，她抬眸一看，竟是杨宇。

"你带伞了啊。"杨宇尴尬地挠了挠头，"雨这么大，我怕你又没带伞。"

上次被拒绝后，他本不想再打扰笙歌，可他发现她身边的那个男孩依然没出现。他以为笙歌真的失恋了，当时她只是找了借口拒绝他，就想着为自己再争取一下。

笙歌看着杨宇礼貌地笑了笑，说："我带了伞，谢谢。"

笙歌说完从杨宇身侧离开，杨宇见状急忙转身要跟上："一起吧……"

刚转身，杨宇就听到人群中传来阵阵喧嚣的议论声，接着看到大雨中离他们几步远处站着一个男孩。那个男孩穿着黑色的衬衫、黑色的裤子，撑着一把黑伞，即使站在黑夜中，也没有被黑暗隐匿，很是夺目。

周夜看着与杨宇擦身而过的笙歌，有意大声喊了句："宝贝。"

"阿夜。"笙歌看着已经走到自己面前的周夜，眼角眉梢都染上了惊喜之色，"你怎么来啦？"

周夜递出自己的伞让她撑着，然后顺手把她手上的伞收了，再重新接过她撑着的伞，整个动作一气呵成、温柔细腻。他缓缓开口："怕下雨了，又有人向宝贝表白。"

话落，周夜一只手撑着伞，另一只手把人紧紧牵在身边。他把雨伞斜着压低了一些，低头在笙歌耳边说："来看看是哪些不长眼的人，趁我不在，想抢我的女人。"

笙歌仰头看着满是醋意的周夜，无奈地弯唇笑了起来。

他们被黑伞遮住了头，杨宇和那些看热闹的人只能看到他们紧靠在一起，男孩微微弯腰低头凑近女孩，而女孩似乎仰着头，他们像是在接吻。

看热闹的学生们惊讶地道："他这半年不出现，一出现就这么帅啊。"

"我之前觉得杨宇已经很帅了，可是刚才笙歌男朋友的眼神，好有压迫感，他好帅啊。"

议论声传入杨宇耳朵里，他心中凉意四起，攥紧了手中的雨伞。如果他能早一点遇到她就好了。

周夜抬起伞，回头看了一眼杨宇，看到他眼神里有丝丝不甘之意。

周夜有意牵着笙歌朝杨宇走过去，在他面前站立。雨夜下，两个男孩对望，周夜率先开口说："同学，谢谢你趁我不在的时候想替我照顾笙歌，以后我会每天来接送她，请别再惦记我的未婚妻。"

他尽可能说得礼貌，不想让别人觉得笙歌的男朋友是个没有素质的人。

杨宇看着周夜，也毫不畏惧，坦荡地说："那就请你别再消失，否则我还会靠近她，希望你别给我这个机会。"

周夜微抬着下巴，冷冷地睨着杨宇，嗓音低沉："你不会有这个机会的。"

转身走了一段距离后，笙歌觉得好笑地看着周夜说："某人该不会就是来'宣示主权'的吧？幼稚死了！"

周夜低头看着笑颜动人的笙歌，哼笑着出声："那做点不幼稚的事情……"

他低头亲在笙歌的唇上，且这一次，他没再把伞压低，有意让所有人看清他们此刻的样子。他在吻上她的同时，将牵着她的那只手放在她的腰上，动作暧昧到了极致。

这个时候猝不及防地被他亲了一下的笙歌脸马上红了起来。她紧咬着唇，怕他在这么多人面前做出更过分的事情。周夜看着她红红的小脸，得意地弯唇笑了："笙笙，撑着伞。"

内心忐忑的笙歌来不及多想，立马听话地接过他手上的伞，可下一秒，整个人竟被抱了起来。

笙歌一惊："哎！周夜，你的身体……"

周夜眉眼带笑地看着她："没事，我抱得动。把伞撑好，前面有水坑，会弄脏笙笙的裙子。"

笙歌一只手搂着周夜的脖子，另一只手撑着伞，心有余悸地低头看了看周夜，叮嘱道："你别逞强。"

"别担心，我有分寸。"

在雨幕中，男孩抱着女孩，女孩撑着伞，他们一步一步逐渐消失在所有人的视线中。

议论声此起彼伏——

"这男人要么不出现，要么一出现就这么让人惦记。"

"啊啊啊啊，突然羡慕笙歌了。"

…………

在议论声中，杨宇默默转身离开。这份热闹不属于他。

暑假，笙歌的小游戏在网咖上线。因为游戏画面足够浪漫唯美，且仅此一家网咖有此游戏，所以有很多女孩前来。网咖又一次迎来了人流高峰，这让周夜萌生了开分店的想法。

暑假结束后，周夜的身体已经完全恢复如初，他虽然不愿再接触摩托车改装，但是在离开俱乐部前，把自己所有技术教给了俱乐部的一个男孩。

十月金秋，周夜给笙歌补过了生日，笙歌终于把之前买的摩托车送给了周夜。

圣诞节。

笙歌站在大门前，看着周夜为她拼来的新家，内心感慨万千。她和周夜盼这一天很久很久了。他们终于跨越所有荆棘，得偿所愿。

"那边是留着种桃树的吗？"笙歌站在楼上的落地窗前，指着后院那片小空地问着。

周夜说："嗯，现在天气寒冷，不适合移植。等气温适合的时候，就移植一些桃树过来。"

"好。"笙歌向四周看了看，看到一个东西，走过去看了看，说，"这是什么？"

周夜一本正经地说："消音器。"

笙歌愕然："消音器？在房间里放消音器干吗？"

周夜脸上露出不正经的笑："怕以后房间里声音太大。毕竟奶奶在楼下，听到不太合适。"

笙歌一时没反应过来，等反应过来，小脸唰地红了："周夜你……"

笙歌羞愤地踢了周夜一脚："过分！"哼了一声后，她转身去了别处，周夜低头笑了笑，跟着她走过去。

周夜给笙歌准备了一间书房，里面配有全套的电脑设备。客厅很大，整个房子的装修风格很是温馨。

笙歌和周夜又去了楼下花园逛了一圈，又来到奶奶的房间看看有没有哪里需要改进的。

翌日，笙歌上学的时候，周夜找了个搬家公司，和奶奶一起把所有东西都搬到了新家。

周夜车祸醒来之后，一心扑在事业上。

元旦当天，程浩带奶奶去了寺庙祈福。网咖筹备了新活动，生意红火，周夜忙到晚上才回家。

笙歌在家给奶奶晒被子。虽然周夜在入住前找了保洁人员将家里全部打扫了一遍，但还是有些小地方要再收拾收拾。

周夜到家的时候，笙歌刚从奶奶的房间出来。一出门就看到周夜，笙歌欣喜地迎上去："你回来啦。"

周夜伸手搂住跑到他面前的笙歌，低头问："想我没？"

笙歌故意仰着下巴，口是心非地说："没有！"

"没有？"周夜眯着眼睛沉声反问。

笙歌点头："嗯。"

下一秒，周夜眉峰一沉，弯腰把人扛了起来。

笙歌猝不及防地惊吓出声："哎，周夜，你干吗？周夜！"

周夜不出声，直接把人扛着走上了楼。笙歌被扔到了沙发上，接着周夜俯身下来吻上她的唇。

周夜看着笙歌，又问了一遍："想我没？"

笙歌撇了撇嘴："想了、想了！"

"敷衍！"周夜摩挲着她的下巴，笑得意味深长，"我先去洗澡。"

周夜一从浴室出来就立马抱住笙歌，低头在她的唇上浅吻了一下。笙歌一时愣怔，眼看着周夜又亲了下来。笙歌被周夜搂着亲着，他一步步向前走，她一步步往后退。他炽热的呼吸萦绕在她耳边，低哑的嗓音令人心神恍惚，她因他脸红心颤。

周夜察觉到怀里的人心跳加速，安抚似的亲了亲她的脸蛋，语调深沉地低语道："我真的等这一天等了好久好久……"

笙歌突然反应过来，试探性地问："所以，程浩是故意在这个时候带奶奶出去玩的？"

周夜没有隐瞒："嗯，笙笙真聪明。"

转而哄着说："笙笙主动亲我一下。"

笙歌紧抿着唇摇摇头。她现在很紧张，不敢动。

周夜继续哄着说："那笙笙抱着我。"

笙歌又摇摇头，心想：我现在逃，还来得及吗？

周夜看着怀里拼命眨巴着眼睛且不听话的女朋友，痞痞地笑了："你不听话，那我随意了？"

笙歌知道他等这一天等了很久很久，她逃不掉，似乎也不想逃。眼睛湿漉漉的，她怔怔地看着他，怯生生地讨好了几句。周夜低头亲了亲她的鼻尖，嘴角溢出笑。

…………

这一天的周夜很温柔、很温柔。

又是一年金秋，一个幸福圆满的季节。

十月二十六日，周夜迎来了又一个生日。

周夜牵着笙歌从民政局出来，盯着手里的结婚证傻笑。

一切尘埃落定，他们终于合法地在一起了。

领证前，周夜把自己名下的所有财产移至笙歌名下，做了婚前公证。

朝阳下，曾经那个阴郁卑微的少年，此刻带着明朗的笑，搂着女孩的肩，抬起她的下巴，将那张明艳动人的小脸圈在臂弯里，低头对她说："小富婆，以后就靠你了，要养我一辈子啊。我很好养，还能赚钱。"

周夜还在心里补充了一句：还生生世世只钟情于你一人。

笙歌在周夜的臂弯里仰头笑看着他，眸中似有璀璨的流光："好吧，小哥哥这么好，那我就养着你吧。"

笙歌笑靥如花："不止这一辈子。"

周夜醉在她甜甜的笑容里，像有蜜糖在心尖化开："喊老公。"

笙歌俏皮地皱了一下鼻子，喊给他听："老公。"

从此岁月与你，皆如骄阳般明媚。

又是一年毕业季，很多实习的学生都返回学校参加毕业典礼。这几天，笙歌很忙。在学生拍完毕业照，离校的前一晚，学校还举办了一场盛大的毕业晚会。

笙歌再一次被选中做晚会的主持人，和其他三个搭档一起主持这场盛大的晚会。

晚会在室外的大操场上举行，也有很多非毕业生过来观看。

台上正在表演最后一个节目，笙歌站在一旁悄悄地寻找着周夜的身影。他每天都会来接她回家，每到有晚会的时候，也都会提前过来看她。可是今天这都进行到最后一个节目了，她还是没有看到周夜。

笙歌闷闷地抿了抿唇。大概是他今天太忙了吧，毕竟现在夜夜笙歌网咖被他做成了连锁产业，不只是帝京，其他城市也有了很多加盟店，他自然就更忙了。

最后一个节目表演结束，主持人上台收尾致谢。

笙歌感觉今天的晚会越临近结束，大家越兴奋，周围异常喧嚣热闹，哄笑声不断。她正要开口说话做晚会最后的结束语时，台下传来阵阵尖叫声，尤其她研究生班的同学还将荧光棒和一些其他烘托氛围用的道具用上了。

笙歌愣怔了一瞬，立马调整心态拿起话筒做最后的致辞："相聚虽短，情谊无限。祝大家前途无量、高飞远举，在各个领域里瞩目耀眼、光芒万丈。"

最后，四名主持人一起朝台下鞠躬："谢谢大家。"

话音刚落，在笙歌直起腰的瞬间，整个夜幕陡然间绚丽多彩。

砰——

黑暗的夜幕刹那间被烟花点亮，五颜六色的烟火光彩夺目。

台下众人忽然开始尖叫，绚烂唯美的夜空中出现了几道条幅，上面写着：

笙歌，我喜欢你，一眼万年的那种。

我想做你的骑士，护你一生平安喜乐。

笙笙小公主是我的曙光，也是我的信仰。

我亲爱的小公主，有个叫周夜的男孩很想娶你为妻。

笙歌看着那些挂在无人机下的条幅，一字一字地看完，顷刻间鼻尖一酸，可嘴角是带着笑的。那前三句话是他第一次给她写情书时，他憋了一下午又想了一节晚自习，才写出来的，而最后一句，是他曾经说过的话，娶她，是他生生世世的愿望。

明明他们已经领证结婚了，她可以不要这些仪式，可他还是不愿她有遗憾，所以在所有同学的瞩目下向她求婚。

夜空又闪现出硕大的"我爱你"三个字，同时台下有的同学忽然齐声唱起《告白气球》。

没有任何配乐，歌声异常响亮，所有人又欢乐又兴奋，甚至有人激动到尖叫。原本只是笙歌的同班同学和一小部分人在唱歌，其他人看到如此盛景，也纷纷跟着唱了起来。一时间，现场沸腾，仿若演唱会现场，有人甚至举着手中打开了灯光的手机摇晃。

笙歌站在台上看着现场，情难自控地红了眼眶，看向人群疯狂寻找着周夜的身影，然而任她怎么找都找不到他。想见到他的心迫切难耐，她正要跑下台去找他，忽然，台下歌声消失，大家都安静了下来，仿若世界在这一刻静止了。转瞬之间，令她熟悉至极的声音传来，是他在唱歌。

笙歌眸光一闪，这是 *Beautiful*（《美丽》）。以前她闹他，让他唱歌的时候，他总说唱歌和学习是他的短板，他五音不全，唱不好歌。她记得以前自己教他英语，他只记得住二十六个字母。可现在，他每一句英文都唱得很标准、很好听，他总是为了她去学习，然后给她惊喜和感动。

烟花还在绽放，台下的人不约而同地让出一条路。她看到手捧鲜花、拿着话筒的周夜从人群中朝她缓缓走来，一句句歌词从他的唇齿间溢出……

It's a beautiful life（这是一种美好的生活）

遇见你是美丽意外

It's a beautiful life（这是一种美好的生活）

像蒲公英拂动心海

Beautiful love（美丽的爱情）

在你身边　呼吸慢下来

…………

笙歌愣在台上，看着灿烂烟花下踩着光芒穿越人群朝她走来的男孩，他嗓音低沉诱人。她眸中有泪光闪烁，嘴角带着最甜蜜的笑。这个男孩总能让她疯狂心动。

笙歌站在台上，灯光打在她的身上，她穿着漂亮的白纱礼服裙，美得像个仙子。她提着裙摆跑下舞台，奔向周夜。在她跑下台的那一瞬间，整个操场再次喧闹了起来，所有人都兴奋了。

笙歌直接扑进周夜的怀里，紧紧地抱着他，感动的眼泪在她抱上他的一瞬间落了下来。接着，她的耳边传来周夜低喃的声音："宝贝不哭。"

周夜将话筒递给身边的人，然后在众目睽睽之下单膝下跪，从鲜花中拿出一枚钻戒："光彩夺目的笙歌小仙女，你愿意嫁给我吗？我爱你，不只是这一世。"

笙歌吸了吸鼻子，带着最明媚的笑容，大大方方地把手伸向他："我愿意。"

周夜开心地把钻戒戴到笙歌的手上，把手中的鲜花递给她。笙歌接过花，立马把他拉起来，仰头看着他，眼里亮晶晶的。

这晚的笙歌成了全校人最羡慕的存在，好长一段时间都是大家议论的焦点，而那个叫周夜的男孩，更是惊艳了所有人。

当晚烟花燃放了很久，周夜和笙歌在烟花下、在众人的祝福中缓缓退场。

自从周夜有钱后，笙歌每次参加活动的服装都是周夜给她买的，她不再像以前一样租别人穿过的衣服，所以她今天不用换衣服，周夜直接带她离开了学校。

笙歌穿着细高跟鞋，站久了很累，周夜就背着他的笙笙往校外走。笙歌乖巧地趴在他的肩上，细细打量着背她的大男孩，眼角眉梢都满是笑意。

笙歌回味着求婚现场，笑道："你不是说不会唱歌的吗？竟然还唱了首带英文的，偷偷学了多久啊？"

想到学歌，周夜现在还头疼："学了大半年，真难学！英文真'烫嘴'！"

"哈哈……"笙歌嘻嘻地笑着，眸中水光潋滟，"你唱得好好听啊，真的是惊艳到我了。"

她已经想象到周夜在学唱那些看都看不懂的英文时的样子了，一定又烦又躁。

笙歌想到什么，缓缓收起笑，眸光轻柔："今天花了很多钱吧？"

"没花多少钱。宝贝很优秀，大家听说我要向你求婚，都很积极地配合我。"周夜说着微微侧头，瞟了一眼背上的女孩，然后停下脚步弯唇笑了笑，"再说笙笙教过我，钱可以慢慢赚，但是青春没了，就是没了。"

眼睫微颤，他用玩世不恭的语气笑着说："你男人呢，出身不好，没能在一遇到你的时候就带你过好日子，承蒙宝贝不嫌弃，陪我走到现在。现在生活终于好点了，我以后不会让笙笙再有任何遗憾。"

一个女孩十八岁时喜欢的小裙子，直到她三十八岁时才拥有，那这条裙子就没什么意义了。所以，在他有能力的时候，在这个青春热血的年纪里，他就应该给她该有的浪漫的一切。

笙歌趴在周夜的肩上，侧头看着他，听他一字一句地说完，甜甜地笑着凑到他耳边说："遇到你，我从来没有一点遗憾。"

同年十月十日，周夜竭尽所能给笙歌举办了一场盛大的婚礼。

原本笙歌说双方家庭特殊，都没什么亲人，就简单办一下，请亲戚朋友吃个饭就好，可周夜说："我的小公主在亲情上已经有所缺失了，不能在爱情上还得不到圆满。你什么都不用做，我来操办，宝贝只用负责美丽地出现在婚礼上就好。"

他想，每个女孩应该都曾幻想过自己拥有一场盛大浪漫的婚礼，穿上自己喜欢的婚纱，而不是像他的妈妈一样，到死都还在遗憾没能穿上婚纱嫁给爱的人。

如今，他怎么舍得让他的女孩留有这种遗憾？他恨不得把全世界最好的东西捧到她面前。

婚礼当天，温度适中，天气很好。

近来，周夜的事业蒸蒸日上，夜夜笙歌加盟店已开遍全国各地，他也认识了很多人。虽然他和笙歌亲友都不多，但是他尽可能地邀约了每个相识的人，免除份子钱，只为给他的宝贝办一场热闹盛大的婚礼。

婚礼上，当笙歌被奶奶牵着出现的刹那，所有宾客都被她惊艳了。

婚纱是定做的，洁白贵重的裙摆上撒着玫瑰花瓣，那张美艳到无可挑剔的精致脸庞隐匿在头纱下，她就像仙子下凡。

周夜看着在奶奶的搀扶下缓缓朝他走来的笙歌，一瞬间喉咙发涩。她终于穿上婚纱，成了他的新娘。

当奶奶把笙歌的手放到周夜掌心的瞬间，这个曾经天不怕地不怕的少年，甚至紧张得绷紧了下颌线，手心隐隐渗出细汗。这一刻，他掌中之物仿若有千斤重。尤其当他看到奶奶红了眼眶时，更加觉得自己责任比天大，他一定会好好照顾这祖孙俩。

在司仪的主持声中，在众宾客祝福的视线里，周夜牵着笙歌，缓缓走上前。

最后，司仪看向周夜，问："你愿意娶身边这个女人吗？爱她、忠诚于她，无论她贫困、患病或者残疾，直至死亡。"

周夜深情地看着笙歌："我愿意！"

司仪接着又看向笙歌，问："你愿意嫁给身边这个男人吗？爱他、忠诚于他，无论他贫困、患病或者残疾，直至死亡。"

笙歌与周夜对望，眼里满是幸福："我愿意！"

从此，此心终不改，此情永不败，只愿无悔与君行，携手欢颜度余生。

从此，这世间万物皆不如你，你嫣然一笑，世界都失了颜色。

婚礼当天，向来嘻嘻哈哈的程浩看着好兄弟一步步走到现在，满心感动。他比任何人都能看出周夜的改变。周夜就好像从深渊攀爬而出，站在了阳光下，自信坦荡得耀眼。

笙歌查出怀孕的当晚，周夜激动得睡不着觉。他告诉自己一定要做个好爸爸，他童年时所经历的不愉快和悲惨之事，一定不会发生在他们的孩子身上。

三个月后，笙歌的妊娠反应没那么大了，胃口也慢慢好了。

周夜看着床上已经睡着的笙歌，她红扑扑的脸蛋上长回来了点肉，气色也好多了。他终于松了口气，扯了扯被子给她盖好，轻搂着她入睡。

清晨，周夜是被细弱的啜泣声和轻颤的动静惊醒的。

周夜慌忙睁开眼，轻喊道："笙笙，怎么了？"

接着长臂一伸，周夜按亮了床头的护眼灯，低头就看到还熟睡着的笙歌眼睫湿润，嘴角微微抽动着。她在说什么呓语，表情很难过，像是做噩梦了。

周夜瞬间眉头紧皱，轻摸她的脸，嗓音很低很柔地哄着："宝贝，做噩梦了吗？不怕，有老公在呢……"

他正说着，笙歌忽然迷糊地抬手摸覆在自己脸上的手，小脸贪恋似的在他的掌心轻轻蹭了蹭。她低喃道："爸爸。"

这一声"爸爸"听得周夜呼吸一滞，转瞬他就听到梦魇中的笙歌细弱地啜泣了一声，难过地继续说着呓语："妈妈，你们为什么都不要我了，都把我丢下了……"她说话时，眼泪顺着眼角流了下来。周夜心里像被什么狠抽了一下，他慌忙要把人搂进怀里，这个时候，笙歌忽然哽咽着吸了吸鼻子，醒了过来。她一睁眼，看到了周夜，委屈地撇着嘴巴。

周夜很揪心，伸手轻轻抚她的眼角，给她擦眼泪："做梦了？委屈成这样。"

"嗯。"笙歌没有掩饰，应了一声，很没安全感地往周夜的怀里钻。她抱紧他的腰，低喃着："抱抱。"

周夜心疼地把人搂在怀里，轻轻拍着她的后背，哄小孩似的道："宝贝想爸爸妈妈了？"

周夜感到无措和焦躁，别的事他可以想尽一切办法让她如愿，可她想爸爸妈妈，他真的无能为力。

"嗯，梦到他们丢下我走了。"笙歌说着把周夜搂得更紧了，"阿夜，等我们的孩子出生，我们要给他一个幸福快乐的童年，要陪着他成长，不要让他的经历和我们的一样……"

"好。"周夜摸上她湿润的眼角，答应着，"咱们一定会给他一个好的童年，陪他慢慢长大。"

周夜轻叹了一口气，哄着说："不哭了，我会一直守着笙笙的。"

笙歌眨了眨泪眼，看着眼前的男人，很是依赖地趴在他的胸膛上说："你今天晚点出门好不好？"

周夜立马应着说："好。"

见笙歌情绪低落，等她起床后，周夜开车带她出门转了转。

下午，周夜独自出门，没有直接去工作室，而是买了一束鲜花和一些祭品，去了墓地——笙歌父母的坟墓经奶奶允许都迁到了帝京。

周夜走到墓碑前，面色凝重地轻轻抬手拂去碑上的落叶。他虔诚地将手中的鲜花和祭品摆放在墓碑前，整理了一下衣服，在碑前跪下，嗓音很低地开口："爸、妈，很不孝，好久没来看你们了。你们在那边过得还好吗？"

周夜微微低下头，停顿了好几秒，才抬起眼眸继续道："笙笙梦到你们了，她很想你们，梦里她只看到了你们的背影。看到她哭，我也不知道该怎么办，这件事，我真的挺无能为力的。如果你们能够听到女婿的话，恳求你们再去梦里见见她吧，让她别那么难过了。我答应你们，除了这件事，其他的我一定会满足她，我会竭尽所能地宠她、爱她……"

说完后，周夜弯下挺直的脊背，朝墓碑磕头。

离开墓地，周夜驾车去了趟海城，往返六七个小时。当地有很有名的手工糖人，他让老板按照笙歌的样子捏了一个，又买了一个小兔子形状的。他听奶奶说笙歌小时候喜欢拉着爸爸妈妈来这里买糖人，老板每次捏出一个她满意的图案，她都能高兴好多天。然后他还买了些她爱吃的糕点。

晚上到家，笙歌看到周夜手里的糖人和自己爱吃的糕点，兴奋得像个小孩："这怎么像海城那边捏的糖人？"笙歌欢喜地接过周夜手中那个和自己有点像的糖人，放在脸前比较了一下，对周夜说："它跟我好像呀。"

周夜见她眼角眉梢都染上了笑意，心底也顿时轻松了。他笑着说："没有宝贝好看。"

笙歌冲他皱了皱鼻子，看向他娇嗔道："你不会是下午去了海城给我买的这些吧？"

"没有。"周夜不动声色地掩饰道，"刚好有个加盟商从海城过来，我就托他带了这些。"

周夜伸手摸摸她的头，笑着问："喜欢吗？"

"喜欢。"笙歌笑得很开心，心情都好了起来。

周夜被她感染了，带着笑说："喜欢就好，哪天笙笙想去海城，老公带你和奶奶一起过去玩几天。"

笙歌听了很高兴："好。"

一个小糖人好像让她心中所有的阴霾都消散了，她连晚上做的梦都是甜蜜幸福的。

笙歌梦到了爸爸妈妈带着她去买小糖人，还带她去了游乐场，妈妈对她说："宝贝，爸爸妈妈从来没想过丢下你，我们很爱你。宝贝要过得开心啊，爸爸妈妈会永远守护着你的，你幸福了，爸爸妈妈才会开心……"

梦境中充满欢喜，笙歌醒来的时候，嘴角还溢着笑。她眨了眨眼睛望着天花板，低喃着："爸爸妈妈，我现在很幸福，你们安息吧。"

笙歌下意识地摸了摸身边，那儿已经没人了。她揉了揉眼睛坐起来，发现周夜正坐在床边的地毯上，屈着一条腿，背靠着床沿，身上黑色的家居服松松垮垮的，整个人慵懒随性地看着平板电脑。

笙歌悄悄下床来到周夜面前，直接跨坐在他伸长的腿上，满眼盈着笑。她亲昵地抱着他的脖子："你怎么坐地上呀？"

周夜立马放下手中的平板电脑，扶着她的腰，一脸无奈地笑着说："是某人一脚把我踹下来的。"这么大一张床，似乎已经不够她睡了。她高兴了就往他怀里拼命钻，抱着他不放；她不乐意了就把他推到一边，还将他踹下床。

"胡说。"笙歌不承认，"我这么温柔，怎么可能踹你？"

周夜看着不认账的小姑娘，没辙地抬手按了按太阳穴："行，我们笙笙最温柔了。"

他看到她亮晶晶的眼里的笑意，试探性地问："昨晚睡得很好？"

"嗯。"笙歌笑着点头，"我又梦到爸爸妈妈了，梦里我很开心。"

周夜诧异地微微挑眉，心想：这么神奇的吗？她这就梦到了爸爸妈妈？

笙歌在周夜微愣的瞬间，亲昵地抬手，用指尖轻轻触他鼻尖上浅淡的小痣，调皮地说："阿夜这颗痣真好看……"她说着就凑上去在他的鼻尖上亲了一口。

朝阳透过窗户洒在床边，地毯上拥吻的两人被阳光笼罩着，唯美得好似发着光。

他爱她、宠溺她，不只是这一个清晨。太阳东升西落，他的爱，永无止境。

一年后。

笙歌和奶奶一人抱着一个孩子坐在客厅的沙发上，看着电视里优秀青年创业人颁奖典礼的直播。

当看到电视里周夜站在台上的一瞬间，笙歌和奶奶都激动地笑了。这天，周夜西装革履，眉宇间褪去了少年气，冷峻的脸上增添了一分成熟、稳重之色。他身体挺拔，穿上西装后，整个人更帅了。

"宝宝快看。"笙歌激动地牵了牵怀里哥哥的小胖手，又伸手过去蹭了蹭奶奶怀里的妹妹，高兴地说，"你们的爸爸多有魅力呀。"

抱着奶瓶的两个宝宝根本听不懂妈妈在说什么，笙歌也不再逗他们，认真地看着电视。

只见电视里主持人问道："周先生虽然是替爱人来领奖的，但是我们有收到你爱人的消息，她说这一切都是你白手起家创立的，只是你在跟她领证前，把一切财产都转移到了她的名下，甚至做了婚前公证。这一行为真是令人震惊，周先生不仅是一位商业奇才，更是一位好丈夫。那么在今天这个日子里，你有没有什么想对你的爱人说的呢？"

周夜接过话筒，先是很正经地客套了几句，然后才满脸含笑地继续道："我这一生能够遇见我太太，是荣幸、是恩赐。没有她，就没有现在的我，所以，我所拥有的一切理应都是她的……"

最后，他说："我曾孤身一人游荡在这世间，是她给了我方向，是她教会我享受生活、热爱这个世界。我的周太太，她叫笙歌，是这世间最好的女孩，我很爱很爱她。"

电视前的笙歌十分动容地笑了，内心说道：我的周先生，他叫周夜，是这世间最好的少年，我很爱很爱他。来世，我还要再遇见他。死生契阔，与子成说，执子之手，与子偕老。

昏黄的傍晚，桃花盛开的桃林中。

周夜怀抱着女儿，儿子坐在小推车里。笙歌开心地仰头看桃花的瞬间，他低头亲在她的唇上。周夜眼底藏笑，笙歌眉眼间满是甜蜜的神色。桃花细细碎碎地飘落，落在两人头顶，缓缓滑落。

奶奶走过来，看着桃花林中的一家四口，欣慰地笑了。

这个叫周夜的男人，弥补了她宝贝孙女儿时所有的缺憾。

【正文完】

幼儿园门口。

一辆车呼啸而来，稳稳停下，车门被人打开，身穿黑色冲锋衣的周夜从车上下来，走向幼儿园大门。

"周总来接孩子啊。"门卫客套地打了声招呼。

周夜漫不经心地点点头："嗯。"

大门被打开，周夜大步流星地走进去。

周夜走到教室门口，老师叹着气跟他说，孩子在幼儿园跟人打架了。

三岁的周慕深像小大人似的拎着书包在旁边听着，一脸不屑。

离开教室，还没等周夜问他，软乎乎的脸蛋上透着无奈之色的小慕深率先开口："爸爸，你是不是忘记我几点放学了？"

"没忘。"周夜带着小慕深就往幼儿园门外走。

小慕深一本正经地看了一眼手表："那你都迟到十九分钟零三秒了，班里就剩我一个人了。"

周夜嫌儿子走得慢，直接弯腰将人拎起来往外走，漫不经心地回他说："因为我先接了你妈妈。"

小慕深："下次我还是自己回去吧。"

幸好妹妹因为要打预防针提前被接走了，不然得跟他一块儿等着了。这爸爸不靠谱！

周夜看着一脸不知错的儿子，问道："为什么打架？"

小慕深眼神桀骜不屑："看他不爽。"

周夜微微皱眉，沉声道："说实话！"

小慕深仰着下巴，丝毫不觉得自己有问题："他推了妹妹，我就要打他！"

周夜：……

这暴脾气。他一时也不知道该怎么教育小慕深，毕竟他也觉得儿子这事做得没错，可儿子小小年纪，不能养成这种冲动鲁莽的性格。

"咱们俩是该保护好妹妹和妈妈。"周夜教育着说，"但是一个理智的男人，不能只用拳头来解决问题。"

周夜看着儿子说："以后再有这种事，跟爸爸说，爸爸来处理。"

"那哪行？"小慕深一脸不赞同地说，"男子汉要保护人，就得当场解决问题。"

周夜无言以对，因为他的想法跟儿子的想法差不多。

小慕深见爸爸眉心微皱，担心似的急忙说："你别告诉妈妈我打架的事，免得她担心，这是我们男人之间的秘密。"

"行，我不告诉你妈妈。"周夜还是交代了句，"少打架，你有爸爸护着呢。"

小时候他爱打架，是因为没人护着他，只能自己拼，他不想自己的儿子也那样。

小慕深漫不经心地"哦"了一声，也不知道有没有听到心里去。

女儿周语笙前两天闹着要看萤火虫，周夜便买了些人工饲养的萤火虫回来，放到了后院的小花园里。

晚上，小慕深牵着妹妹在小花园里兴奋地追逐着萤火虫。小语笙说想捉一只萤火虫放在手里，小慕深立马小心翼翼地捉了一只萤火虫放在手心里，拿去给妹妹看。周语笙扒着哥哥的胳膊，眯着眼睛从哥哥手中的缝隙里看萤火虫。看到近在眼前的萤火虫，小姑娘激动地蹦趿着，笑声不断。

　　笙歌看着两个孩子欢声笑语的样子，觉得自己好幸福。她仰头看身边的男人，笑得甜蜜："阿夜，我现在好幸福啊，尤其是有你在我身边。"

　　周夜搂上笙歌的腰，低头看着她说："有笙笙在身边，我就会永远幸福。"

　　夜幕星辰下，萤火虫闪耀，小花园里谱写着最浪漫、最温馨的情诗，永永远远没有结尾。

　　从天而降的暖心小仙女与她生生世世的守护神。

　　她是他的救赎，他是她的神祇。

　　周语笙，周与笙；周慕深，周夜爱慕笙歌。

番外二

陷入昏迷的周夜浑身动弹不得，意识却似乎还是清醒的，仿若陷入了梦境。

周夜又看到了初见时的笙歌。在那个大雪纷飞的夜里，他穿着单薄的衣服，如乞讨者般蹲在墙角，仰头看着大屏幕上站在聚光灯下光鲜亮丽的小仙女。舞蹈结束，她正拿着话筒说："纵使世间多有黑暗，你也要相信会有一束光只属于你。"

那一瞬间，好似真的有一束光从他的头顶洒下，照亮了阴暗不堪、浑浑噩噩、毫无目标的他，让他的人生路上有了指引他前进的路标。那是他第一次感受到自己拥抱到了太阳，他感觉温暖而振奋。

而令他惊喜的是，时隔多年，他们竟在同一所学校相遇。这一年的笙歌已经从当初那个令人觉得温暖的美丽小天使变成了一个亭亭玉立且青春靓丽的美人，优秀得让他觉得自己连望她一眼都是在亵渎她。

那一天，成绩公示栏边围满了观看某比赛成绩的人。

"笙歌，你是全校第一呢，好棒好棒。"

路过的吴忧凑过去瞄了一眼就看到了名列第一的笙歌，激动地拉着笙歌的胳膊凑热闹地挤进人群继续找自己的名字，嘴里激动地说着："小鸽子，你等我一下，我看看我是多少名。"

"好，我等着你。"笙歌眼看着吴忧扒拉开人群挤到了最前面认真地寻找自己的名字。她本也想凑上去陪吴忧一起看一下名次，然而人潮拥挤，围观的人三两下就把她挤到人群外，她甚至不知被谁踩了一脚。

笙歌猝不及防地轻呼一声，踉跄着急忙退出人群。她刚退出人群，忽而后背撞到了什么，还没出声，她就听到身后有男生说："哟，夜哥，你故意的吧？占人便宜呢，哈哈……"

听到声音的笙歌慌忙回头，刚好对上周夜噙着笑意的双眸。少年顶着"雾霾蓝"的头发，穿着一件白色宽松的短袖衫，嘴角叼着一根青草，浑身透着一股吊儿郎当的劲。在她转头看过来的瞬间，他甚至慵懒不羁地冲她微抬了下下巴，像个惹人厌的地痞流氓。回过神的笙歌立马微皱着眉，躲瘟神似的迅速与眼前的少年拉开距离。

"对……对不起。"笙歌对周夜的了解完全来自吴忧，对他的印象是不大好的，甚至有些怕他，道歉的声音都显得有些胆怯。

"这么怕我啊？"周夜捕捉到女孩眼底的丝丝胆怯之色，故意向她凑近一步，问："那你还故意撞我怀里？"

"我才不是故意的！"笙歌有些气恼地急忙解释，"刚才我又不知道身后有人。"

此刻已经看到自己名次的吴忧从人群中挤了出来，看到周夜好似正一脸痞劲地调戏笙歌，立马就上前拉过笙歌说："看到名次了，我们快回教室吧。"说完吴忧偷偷瞪了一眼周夜，拉着笙歌就跑，而笙歌也不想招惹周夜，跟着吴忧快速离开。

周夜看着胆怯逃离的笙歌，蓦然收起了眼底吊儿郎当的坏笑，微叹了口气，心里在想：你不是故意的，可……我是故意的。

周夜抬起头看着笙歌渐渐消失的背影。此刻在一旁憋了半天的程浩扑哧笑出声来："笑死！夜哥，你看你把人吓成啥样了？两个女孩生怕跑慢了。"

周夜漫不经心地收回视线，又换上了散漫不羁的语气，看着程浩轻嗤道："她们怎么就不能是被你吓成那样的？"

"怎么可能是被我吓的？我这么绅士纯良。"

"这话说得你自己信吗？"

程浩：……

晚上的时候，校园小道上没什么人，没有去上课的周夜悄悄来到了成绩公示栏前，盯着第一名的名字看。

笙歌不仅是第一名，还与第二名拉开了很大差距，曾经那个让他一眼惊艳的小仙女，成长得比他想象中更加优秀。

这一天，从不关注成绩的周夜莫其妙地在成绩公示栏下独自坐了很久很久，直到程浩走过来递给他一瓶饮料才回过神。

"怎么跑这儿坐着了？"程浩把饮料递到周夜手中，"找你半天了。"

周夜拧开瓶盖，仰头灌了一口水，云淡风轻地笑着说："你说这好学生是不是都特别怕我们啊？"

还没看透兄弟心事的程浩听得云里雾里的，接了句："谁知道那些好学生脑子里都在想什么？好像我们很凶神恶煞一样。"

凶神恶煞？周夜眉心微蹙了一下，接着，他没好气地拍了程浩一下，大声说："以后不准凶神恶煞地站在我旁边，影响我形象！"

程浩蒙了。到底谁凶神恶煞？

如果自己试着改变一点，是不是可以离她近一些？周夜这样奢望着。

在那之后，他试图好好学习，然而自己落下的课程太多，他甚至不知该从何补起。

一个月后，笙歌得了某项比赛全市第一，名字再次出现在了成绩公示栏上。夜幕下，周夜再一次站在了校园的成绩公示栏前，呆呆地望了许久。望到最后，他自嘲般地低头笑了笑，嘲笑自己那异想天开的奢望。

大概是上天都想泼他冷水，在两日后的学院大会上，他因多次违反校规，被校长点名批评，而笙歌则代表优秀生在大会上做演讲，吐字清晰，声音温软。她气质优雅地站在高台上，让站在人群中的周夜再次感受到了他们之间跨越不了的鸿沟。他还是和年幼初见她时一样，只能以不堪的模样在万千人群中仰望着她。

　　笙歌追求者不断，她每天都会收到很多情书，只是她一心都在学习上，根本无心恋爱。那些当面向她表达爱意的人，她都是礼貌地直接拒绝。

　　直到一天晚自习放学，笙歌被一名自己叫不上名字的男生拦在校外的公交车站台上。

　　"你想做什么？"笙歌满眼警惕地看着眼前挡着她去路的男生，紧张地抓紧了书包的背带。

　　"我想做什么，笙歌同学还不清楚吗？"男生眼底露出低俗不堪的笑，他甚至要伸手去拉笙歌的手腕，吓得笙歌慌忙向后退着。她厉声呵斥道："我不清楚，你再靠近一步，我就报警了。"

　　男生不屑地轻嗤一声，嘴里言语不堪："我让人给你送了那么多情书，你别不识好歹啊。能被我看上，可是你八辈子修来的福……"

　　男生话未说完，陡然间，一只胳膊从他身后绕过来直接揽着他的脖子将他强行带走了。来人力道很大，让男生连还手的机会都没有，男生只能骂骂咧咧地道："你是谁啊？快把'爪子'松开！"

　　然而男生越喊，带走他的人力道越大，最后来人直接将人从笙歌面前拖走。

　　笙歌看着面前的状况，愣住了。忽然出现的少年穿着一件黑色的连帽衫，帽子很大，松松垮垮的，他站的角度让她一点都看不清他的脸。受到惊吓的笙歌来不及多想，也不敢再逗留，刚好看到有公交车到站，便迅速上了公交车。

　　兴许是那个坏男生自己惹到了谁，被人找上门了吧？笙歌这么想着，心情便放松了很多。

　　直到公交车开走，路边转角处的周夜才将人松开。

　　"夜……夜哥。"看清眼前人是谁，男生立马赔笑道，"夜哥，找我是有什么事吗？"

　　周夜扯下帽子，目光从渐渐远去的公交车方向收回。他阴鸷冷峻地盯着眼前的男生警告道："离笙歌远点，再让我看到你骚扰她，我保证让你后悔一辈子。"

男生一听立马明白，疾声道："保证没有下次了、保证没有下次了。夜哥，别动怒。"

那天之后，那个男生确实没再骚扰过笙歌，可是又出现一个看上去绅士温柔且优秀的楚奕向笙歌表达爱意。周夜同样试图用"武力"来解决楚奕，让楚奕知难而退，可他发现，或许只有楚奕那样优秀的男生才能配得上笙歌那样的女孩，而他则是一无是处。

"你要退学？"正打着游戏的程浩听到周夜的话，先是蒙了一瞬，然后惊得从椅子上站起来，激动地道，"那我也退，你去哪儿我就去哪儿。"

周夜劝过程浩，可程浩一心追随他，态度坚决。

"听说了吗？那个周夜退学了。"吴忧跟笙歌说，"听说是打了架要被处分，然后他自己主动退学了。"

"哦。"笙歌与周夜接触得不多，没有过多的情绪，只笑笑说，"你还挺关注他的呀。"

"哪有关注呀？"吴忧立马解释说，"我也都是听说的，就跟你说说了。"

寒冬，帝京下了一夜的大雪，小区里多了很多流浪猫，笙歌吃过晚饭，会端些好吃的下楼喂这些流浪猫。她丝毫没有注意到，在昏暗的角落里，总会有一个人远远地陪着她，甚至在她偶尔不来的时候，替她喂这些小猫。

或许是周夜偶尔也来喂它们，有只小猫闻着味就朝着周夜跑了过去。

"咪咪。"笙歌喊了声忽然跑走的小猫，顺着猫咪跑的方向，看到了一个身穿黑色羽绒服的男生。不知是不是她的错觉，在她看过去的一瞬间，男生将挂在下巴处的口罩拉上，遮住了脸。

"你好。"笙歌下意识地喊了声，以为那只小猫是这个男生家里跑丢的，"这只小猫是你的吗？"

"不是。"周夜快速回了一句后心虚地走开了，好似做了什么亏心事怕被发现一样，独留笙歌站在原地，深感困惑和郁闷。

走远的周夜懊恼地自叹了声："什么啊？真没出息！"

又是一年毕业季，周夜偷偷混进校园，看笙歌拍毕业照。

笙歌很受欢迎，很多其他班级的学生都想着法过来跟笙歌合照。在一片激动人心的欢声笑语里，周夜站在一棵树下，远远看着毕业典礼上的笙歌。这时的他很渴望能够光明正大地走到她面前，邀请她跟自己拍一张合照，却始终都没有鼓起勇气走向她。

内心的渴望让他绞尽脑汁寻到了一个合适的位置，他站在那个位置伸出手，影子刚好能与笙歌的影子相碰，若只看地上的影子，就好像他们在喧闹的人群中悄悄牵了手。周夜看着地上的倒影，微不可察地动了动嘴角，心里有一丝丝兴奋。他掏出手机，将两人牵手的影子拍摄下来，设置成了手机屏保。这张两个人影子的照片，成了他在每个孤寂深夜里的依托，鞭策着他努力向前奔跑。

可似乎他怎么努力都追不上她的脚步。

周夜总会去她的大学，走在路上都能听到别人对她的议论，议论她如何优秀、议论她让人惊艳的一切，而他永远都只能在一个她看不到的角落，偷偷地看她一眼，然后一遍遍地告诉自己，再努力一点，再努力一点……

几年后，周夜的事业终于有了些起色。他付了首付，买了栋小别墅，在庭院里种满了笙歌喜欢的桃花，还有一处小园地，可以供笙歌的奶奶种些小花小菜之类的植物。周夜看到满园桃花盛开，差点喜极而泣，激动得又是一夜未眠。他幻想了千万种自己手捧鲜花站在她面前重新介绍自己的画面，却怎么也没想到，他还未来得及到她面前重新介绍自己就出了车祸。车祸不是很严重，然而他苏醒后，听到的却是笙歌坠楼身亡的消息……

"笙笙。"躺在病床上的周夜陡然睁开眼，吓得正在给他做被动康复训练的康复师惊叫出声。

"先生，你现在还不能下床。"医生见周夜要起床，急忙出声阻止。

"我要去找笙笙！"周夜不管不顾地掀开被子下床，在坐起身的一瞬间，关于梦境的记忆却突然消散。他只记得梦里，他的笙笙遇到了危险，此刻只想拼了命赶过去救他的笙笙。

"先生……"

"我要去找笙笙！让开！"周夜用尽所有力量推开了医生，疯了似的冲出了病房，好似生怕慢一步，就救不了他的宝贝了。

好在，上一次他慢了一步，而这一次，他及时出现，救下了他的宝贝。

他永远都想做她的保护神，永远永远……

一切皆为自事代谢

君之书